Bernie Bookbinder

Das Baseball-Outing

Social Fantasy

Aus dem Amerikanischen von
Otto Emersleben und Hartmut Mechtel

Zweite Reihe 2013
Argument

Titel der amerikanischen Originalausgabe: Out at the Old Ball Game

Redaktion: Wolfgang Fritz Haug
Lektorat: Gabriele Reinhold

Die Deutsche Bibliothek – CIP-Einheitsaufnahme
Bookbinder, Bernie:
Das Baseball-Outing / Bernie Bookbinder.
1. Aufl. – Berlin ; Hamburg : Argument-Verl., 1996
(Zweite Reihe ; 2013)
ISBN 3-88619-913-4
NE: GT

Originalausgabe

Rentzelstraße 1, 20146 Hamburg
Telefon 040 / 45 36 80 – Fax 040 / 44 51 89
Titelgrafik und Signet: Martin Grundmann
Fotosatz: Steinhardt, Berlin. Druck: Alfa, Göttingen
Gedruckt auf säure- und chlorfreiem Papier
Erste Auflage 1996

Dieses Buch ist den Schwulen und Lesben gewidmet,
die mit sich selbst und gegen eine feindselige Gesellschaft
darum ringen,
mit ihrer Sexualität gut umzugehen.

Der Autor ist dankbar für die großzügige Hilfe und Unterstützung durch seine Söhne, Ronald, Joseph und Jack; seine Frau, Marilyn; seine Freunde Stan Isaacs and Chuck Hitchcock; die Long-Island-Assoziation für AIDS-Hilfe und seine Lektorin, Barbara Phillips.

1

In den letzten Jahren, als die Begeisterungsschreie dünner wurden und die Besuchermengen dahinschwanden, ertappte Scrappy sich dabei, daß er sich bei einsamen Erinnerungen an bessere Tage wohler fühlte als inmitten seines Baseballteams. Verwaltungspflichten, einst blanker Horror für ihn, gewannen einen gewissen Reiz, wenn auch nur als Alternative dazu, seine Mannschaft, die Gents, dabei zu beobachten, wie sie neue Strategien für das zuverlässige Verlieren entwickelte. Selbst die langweiligen Monate zwischen den Spielzeiten schätzte er mittlerweile, weil sie die einzig sichere Unterbrechung der Serie von Niederlagen garantierten.

An einem kalten Wintertag trat er in den Katakomben unter dem großen Stadion der Gents, eine schwankende Pyramide unerledigter Post in den kräftigen Armen balancierend, mit der gewohnten Stinklaune seine Tür auf. Die Aufschrift bemerkte er schon seit Jahren nicht mehr:

SCRAPPY SCHWRTZNBRGR
BESITZER UND MANAGER
DIE NEW YORK GENTS
PRIVAT

Er grunzte mit der unschuldigen Befriedigung, die daraus entsteht, sich an etwas Wehrlosem vergriffen zu haben. Die Briefe auf seinen riesigen, unaufgeräumten Schreibtisch in ein Chaos, das so gigantisch war, als habe es eher die kühle Berechnung eines postmodernen Architekten denn der reine Zufall konstruiert.

Das Büro wirkte so übertrieben groß wie ein menschenleeres Stadion. Der Schreibtisch war in eine Ecke gezwängt, um Scrappy vor jeder Attacke zu schützen, abgesehen von Frontalangriffen. Ansonsten standen nur ein Fernsehapparat, eine Schreibtafel, ein paar unbequeme Stühle und ein Miniaturkühlschrank im Büro, dazu noch eine Wärmflasche, die als Spucknapf diente. Fenster gab es nicht, also waren die Wände groß genug für Hunderte von gerahmten Fotografien von Mannschaften, von Spielern, von Stars aus Politik und dem Showgeschäft. Obwohl kaum noch Platz für neue Fotos war, hing an einer der Wände nur ein einziges Bild. Es war das farbige Porträt eines kahlköpfigen Mannes mit einem breiten Lächeln. Ein Metallschild identifizierte ihn simpel als »Onkel Manny – ein echter Gent«.

Unter den Fotos der Gents, von denen keine zwei nebeneinanderhingen, waren, wie sich bei genauerem Hinsehen erwies, auch jungenhaft dreinschauende Versionen von Scrappy, anfangs mit dem Handschuh eines Feldspielers oder einem Baseballschläger, später posierte er, indem er seine dicken Arme über der tonnenähnlichen Brust kreuzte. Die Ausstellung, chronologisch von links nach rechts geordnet, zeigte Scrappy vor allem im linken Teil häufig bei Dramatik vortäuschenden Aktionen, die auch als Motive für Baseball-Sammelkarten gern ausgewählt werden. Wer Scrappy genauer betrachtete, konnte das Epos einer Entwicklung studieren, die nicht nur einfach vom Älterwerden bestimmt wurde, sondern auch von Enttäuschung, Desillusionierung und schließlich auch noch von Verzweiflung. So, wie die Lebensjahre seine Jugend zerstörten, hatte ihm der Niedergang seines Teams die Lebensfreude gestohlen.

In den frühen Szenen waren Stärke und Wohlbefinden in dem schlotternden Dreß der Gents verpackt. Zuversichtlich posierte Scrappy auf dem Platz des Schlägers und forderte einen nichtexistierenden Werfer heraus, es mit ihm aufzunehmen. Die mittleren Fotos dokumentierten den beginnenden Verfall des Körpers durch Ansetzen von Fleisch, auch wenn Scrappys Gesicht noch mehr Hoffnung als Trotz ausdrückte. Auf den Fotos rechts, ohne Schläger oder Handschuh, aber, wie stets, als Gent kostümiert, sah er aus wie ein Überlebender auf dem Floß der Medusa im Meer der Enttäuschung, wie ein Star, der sich beim Versuch, den einstigen Ruhm noch einmal zu erjagen, endgültig verausgabt hat.

In den vierziger Jahren, als stämmiger Junge, hatte er gelernt, mangelnde Fähigkeiten durch Getöse zu kaschieren. Eine große Klappe konnte einen guten Schlag ersetzen, besonders dann, wenn man nicht mal jeden vierten Ball traf. Während seine Schulfreunde den scheuen, introvertierten, schlaggewaltigen Mel Ott als Idol verehrten, war Scrappys Held der brüllend die Schiedsrichter beschimpfende Leo Durocher.

Er glaubte früh, daß seine eigenen Ängste allgemein, wenn nicht gar universell verbreitet waren. Deshalb leistete es sich bereits der zehnjährige Scrappy, die regelmäßig wiederkehrende Beschimpfung: »Du mußt den Ball treffen, nicht die Luft!«, routinemäßig mit der Aufforderung an den Werfer zu kontern: »Schlag ihm in die Eier!«

Dieser Rat regte die paar Rentner auf, die sich damals als einzige Erwachsene zu den Wettkämpfen der Kinder zu verirren pflegten. Nur wenige Spiele, auch die guten nicht, rissen diese halbherzigen Zuschauer von den Bänken, aber sie reagierten sehr spontan auf Zank, Kabbeleien, Fouls und grobe Worte, bestärkt in ihrer durch nichts zu widerlegenden Auffassung vom unaufhaltsamen Niedergang der Moral und der guten Sitten. Sie gründlich zu reizen, war Scrappy unbezahlbar. Mit seiner Hemmungslosigkeit und seinem nackten Hang zu gewinnen, personifizierte er ihre schlimmsten Befürchtungen.

Wenn Scrappy bemerkte, daß es ihm wieder einmal geglückt war, die mäkelnden Rentner zu provozieren, fühlte er sich angespornt, es noch ärger zu treiben. Ein besonders hartnäckiger Meckerer wiederholte jedesmal, wenn Scrappy den Schläger hob, wie eine gesprungene Grammophonplatte: »Du kannst nicht schlagen! Du kannst nicht schlagen! Du kannst nicht schlagen!« Geduldig wartete Srappy in seiner rechten Feldposition, bis der geeignete Ball kam, und indem er den Schlagmann und die eigenen Feldspieler ignorierte, warf er den Ball mit Wucht auf den alten Mann, der nahe der Grundlinie auf einer Bank saß. »Ich kann auch nicht werfen!« brüllte er triumphierend, als sich ein halbes Dutzend Zuschauer um den Verletzten bemühen mußte. Sofort entschuldigte sich Scrappy, allerdings nicht bei seinem Opfer, sondern bei seinen Kameraden, weil die Gegner während seines gutgezielten Fehlwurfs Gelegenheit hatten, zwei Runs zu vollenden.

Gemein und böse zu sein, diese beiden Qualitäten verschafften Scrappy einen entscheidenden Vorteil bei seiner Karriere im Profisport. Inzwischen bedeuteten sie nichts mehr. Seine Mannschaft, die New York Gents, hatte alle Stadien des Niedergangs durchlitten – keine ernstliche Bedrohung für andere Mannschaften, ewiger Bewohner des unteren Tabellenplatzes, schließlich kaum mehr als ein Witz. Sie hatte ihr Selbstvertrauen und ihren Stolz verloren und, am schlimmsten von allem, auch noch ihre Zuschauer. Die Fans erschienen nicht mal mehr, um sie auszupfeifen. Die Gents hatten es schließlich sogar geschafft, das erste Team in der Geschichte der Oberliga zu werden, dessen Spiele nicht vom Fernsehen übertragen wurden.

Die Aussichten wurden mit jeder Saison trüber. Nur der große Streik der Baseballspieler im Jahr 1994 hatte verhindert, daß den Gents damals bereits der Gnadenstoß versetzt wurde. Inzwischen war Scrappys nackter Hang zu gewinnen, ersetzt durch den Wunsch, aus dem Geschäft auszusteigen. Er hatte seine Bücher in Ordnung gebracht, und sein Cousin Norman, der Buchhalter, hatte sie mit staatsanwältischem Eifer geprüft. Ihre Schlußfolgerungen waren identisch: Verkauf die Gents und zieh dich zurück nach Nord Miami Beach, Florida.

Scrappy dachte an Dick (Rootie) Toote, den ersten Baseman der Gents, ohne den es schwierig sein dürfte, einen Käufer für die Mannschaft zu finden. Toote hatte die Gents so viele Jahre auf seinen Schultern tragen müssen, daß ein Sportjournalist ihn »Atlas« getauft hatte. Es war nicht nur seiner spielerischen Qualitäten wegen die passende Metapher. Zugleich beschrieb sie sein körperliches Erscheinungsbild durchaus treffend. Immer wenn Scrappy am Rockefeller-Center vorbeikam, dachte er voller Hochachtung an Toote. Die Mammutschultern, die schwellenden Bizepse und die wohlmodulierte Brust über dem fettfreien Bauch, die flachen Hüften, die faßartigen Oberschenkel und die strammen Waden der Figur vor dem Eingang könnten nach dem Vorbild von Scrappys bestem Mann entstanden sein. Sein Körper, verewigt in Anzeigen für Unterwäsche, war so bemerkenswert wie seine Reflexe, sein Koordinationsvermögen, seine Vorausschau, seine Intelligenz und seine Fähigkeit, einen Baseball zu fangen und zu schlagen. Toote war der beste Schläger und Feldspieler in der Oberliga, der gegen Ende jeder Saison für die All-Star-Mannschaft der besten Spieler benannt wurde, und dies bereits als Neuling, und viermal wurde er zum besten Spieler gewählt. Die *New York Times* nannte ihn schlicht »Mister Baseball«, und seinen Fans galt er, allenfalls den Central Park ausgenommen, als New Yorks wertvollster Besitz.

Er besaß eine anziehende Persönlichkeit. Ehrlich und selbstkritisch witzig in Interviews, kameradschaftlich auch zu seinen unfähigsten Mitspielern, gebildet über die Sportszene hinaus. Er lehnte es ab, sich durch einen Agenten managen zu lassen, und er weigerte sich, für Produkte zu werben, die er nicht selbst benutzte.

Scrappy teilte die allgemeinen Ansichten über Toote und schätzte ihn so wie ein Erbe seinen Wohltäter, obwohl er sich in seiner Gegenwart immer etwas unbehaglich fühlte. In Scrappys Welt gab es nur gute und böse Jungs, und da er sich letzteren zugehörig fühlte, zog er deren Gesellschaft der von Tugendbolden vor.

Als Scrappy gerade beginnen wollte, die Berge unerledigter Post abzutragen, klingelte das Telefon.

»Ja?« meldete er sich.

»Scrappy? Hier ist Mann. Was ist los mit Toote?«

Der Anrufer war Sportreporter der *Post*, dessen Kolumne »Von Mann zu Mann«, wie Umfragen erwiesen, fast von so vielen Menschen gelesen wurde wie die Leserbriefecke.

»Was meinst du?«

»Seine Pressekonferenz natürlich. Hat er dir nichts davon gesagt?«

»Doch«, improvisierte Scrappy, »aber darüber kann ich jetzt nicht sprechen.« Und um seinen vorgetäuschten Besucher noch sichtbarer zu machen, fügte er kumpelhaft verschwörerisch hinzu: »Du verstehst, was ich meine?«

»Klar«, sagte Stan Mann. »Jemand ist bei dir. Okay, ich habe Zeit. Ruf mich zurück. Irgendwas ist im Busch, und ich möchte davon nicht erst in der *Times* lesen.« Er legte auf.

Srappy schnaufte. Visionen von Schlagzeilen, sein einziger Star wolle sich vorzeitig zur Ruhe setzen oder werde mit Drogen in Verbindung gebracht, ließen ihn aufstöhnen. »Scheiße!« schrie er in das leere Büro. »Will Toote mich fertigmachen?« Er nahm ein Wasserglas und eine Wodkaflasche aus dem Kühlschrank neben dem Schreibtisch, füllte das Glas zur Hälfte und leerte es mit einem gleichmäßigen Zug. »Was kann es nur sein?« fragte sich Scrappy. »Ich wette, es ist Koks. Dann ist alles futsch. Alles.«

An der Wand hinter dem Schreibtisch klebte ein fleckiges Stück Papier, vollgekritzelt mit Notizen und den Telefonnummern derer, die für seine eigene Existenz wichtig waren. Er fand Tootes Nummer und wählte.

»Dick!« grunzte er, ohne abzuwarten, ob wirklich Toote den Hörer abgenommen hatte. »Was zum Teufel ist los?«

»Scrappy?« fragte Toote.

»Ja, ja, ich bin's.« Scrappy gelang es nicht, die Angst in seiner Stimme zu überspielen. »Was ziehst du auf einmal ab? Eine Pressekonferenz? Hast du ein Problem? Wir können darüber reden. So wie immer! Was ist los? Willst du mich mit Scheiße übergießen?«

»Langsam«, sagte Toote mit seiner freundlichen, sonoren Stimme. »Es geht um etwas, das mir schon lange auf der Seele liegt. Wirklich sehr lange. Jetzt muß es raus.«

»Was denn, verflucht noch mal! Willst du mich mit nacktem Arsch im Regen stehenlassen? Ich muß doch wissen, was Sache ist!«

»Tut mir leid«, sagte Toote weich, »ich glaube, ich habe ausnahmsweise mal nicht an dich gedacht. Aber ich möchte es nicht am Telefon erörtern. Können wir uns nicht treffen?«

»Klar, klar! Wo? Wann?«

»Hm...« Toote machte eine Pause, dann sprach er langsam weiter. »Ich kenne einen ruhigen Platz im Village, wo niemand uns stören wird. Kannst du in einer Stunde dort sein?« Tootes Ton warb um Vertrauen.

»Natürlich«, sagte Scrappy, »ich muß endlich wissen, was los ist. Wo ist es? In Greenwich Village?«

»Ja«, bestätigte Toote. »Eine Kneipe namens ›Samthandschuh‹ in der Bleecker Street, westlich der Siebenten Avenue. Wir sehen uns in einer Stunde.«

Scrappy hängte den Hörer auf und trank den nächsten Wodka. Was hatte dieser Toote bloß vor? Das Gefühl von Unsicherheit war ihm nicht unbekannt. Seine Freunde, seine Frauen, seine Trainer, seine Spieler hatten gelernt, von ihm nicht unbedingt Verständnis zu erwarten. Das war keine Qualität, die Scrappy sich zu entwickeln bemüht hatte.

Er war lange nicht in Greenwich Village gewesen und war überrascht, an wie vielen Geschäften für Herrenmode und Boutiquen für Lederkleidung sein Taxi ihn vorbeifuhr. Es wird immer schlimmer, dachte er, und er erinnerte sich daran, wie einst die gewundenen Straßen und alten Gebäude ein heitereres New York vorgaukelten, wie die originell sortierten Kramläden und die unangepaßt aussehenden Leute Trends vorwegnahmen, die sich in anderen Stadtbezirken erst Monate später durchsetzten. Aber in den letzten Jahren hatte die Subkultur zu aggressiv und üppig gewuchert: Gemischtrassige und gleichgeschlechtliche

Paare waren eher die Regel als die Ausnahme. Sie gingen Arm in Arm und küßten sich in den Hauseingängen.

Er erinnerte sich an seinen ersten Besuch im Village. Als Oberschüler hatte er sich im prickelnd verrufenen Flair der Szene vergnügen wollen. Zu diesem Zweck war er mit seinen Freunden in einen Jazzklub gegangen. Eine verführerisch aussehende Blondine an der Bar hatte ihn so fasziniert, daß er sich mit ein paar Drinks den Mut verschaffte, sie abzuschleppen. Der eigene Erfolg erstaunte ihn, bis er der Blondine in den Schoß faßte und eine Wölbung ertastete, die er dort nicht vermutet hatte. Mit rotem Kopf hatte er den Transvestiten vom Barhocker gestoßen und war auf die Straße gerannt, ohne einen Gedanken an das Bezahlen zu verschwenden.

Das Taxi beendete Scrappys Erinnerungen durch scharfes Bremsen. »Der Samthandschuh« besaß ein solide gesetztes Namensschild und wirkte wie ein Treffpunkt anspruchsvoller Intellektueller.

Das Sonnenlicht hatte Srappy geblendet, und er blinzelte, als er in den schummrigen Raum trat. Alles war in Grautönen gehalten, selbst die opulent bestückte Bar, die den größten Teil der hinteren Wand einnahm.

»Scrappy!« rief eine sanfte Stimme. Der Eigentümer und Manager der Gents wandte sich um und sah die riesige Gestalt von Dick Toote neben sich. »Gehen wir an einen Zweiertisch«, sagte der.

Während sie einen freien Tisch suchten, fielen Scrappy etliche Männer auf, die paarweise beisammensaßen. Zwei von ihnen, so schien es, hielten sich gar bei den Händen.

»He, Dick«, sagte Scrappy ernst, während sie sich auf die Sitze an der Wand sinken ließen, »der ›Handschuh‹ sieht fast so aus wie eine Schwulenkneipe.«

»Findest du?« fragte Toote und nickte. »Und wenn es so wäre, Scrappy, wäre das schlimm?«

Scrappy starrte Toote im Schummerlicht an, als hoffte er, durch ein deutlicheres Bild von dessen Äußerem auf sein Innenleben schließen zu können. »Ach was, Dick, ich weiß doch Bescheid. Ist doch egal, in welcher Umgebung wir miteinander reden.«

»Es könnte eine Menge bedeuten«, versetzte Toote. »Eben darum sind wir hier.«

Scrappy fühlte sich unbehaglich. Etwas Befremdendes, fast Bedrohliches ging vor.

»Also, Dick, die Kneipe ist schön«, sagte Scrappy. »Wenn du dich ausgerechnet hier mit mir unterhalten willst, ist das okay. Aber ich muß wissen, was los ist. Was soll der Quatsch mit der Pressekonferenz? Üblicherweise setzt Ruby so etwas an. Das mußt du nicht machen, das erledigt dein Klub für dich.«

Irwin Rubinstein, genannt Ruby, war seit mehr als dreißig Jahren für die Öffentlichkeitsarbeit der Gents verantwortlich.

»Diesmal ist es etwas anderes. Es ist persönlich, sehr persönlich«, sagte Toote gemessen. »Es hat mit meinen Gefühlen zu tun.« Er stockte. »Es hat mit Sex zu tun.«

»Oh, Scheiße«, rief Scrappy erleichtert, »und ich dachte schon, du nimmst Drogen.«

Toote war sichtlich verärgert über Scrappys Reaktion. »Nein«, sagte er und schüttelte den Kopf, »nichts dergleichen. Es ist überhaupt nichts, womit der Klub je zu tun gehabt hat.« Er zögerte. »Mit Baseball hat es absolut nichts zu tun.«

»Dick«, sagte Scrappy, »du brauchst nicht nervös zu sein. Wir sind doch alle nicht von gestern. Wegen ein bißchen Sex geht die Welt nicht unter.« Scrappy grinste. »Also, was ist? Vögelst du Giraffen? Du wärst nicht der erste!« Scrappy überlegte. »Oder vielleicht doch ...«

Toote setzte ein schiefes Lächeln auf. »Ich denke nicht, daß du verstehst, was ich dir sagen will, Scrappy.« Er deutete durch die Bar. »Das ist die Umgebung, in der ich mich gern aufhalte. Das ist die Sorte Leute, mit der ich mich wohl fühle.«

Scrappy erstarrte. »Was sagst du? Was versuchst du, mir unterzujubeln?«

Toote sah sehr müde aus. »Ich erwarte von dir kein Verständnis, Scrappy. Ich glaube, du kannst es gar nicht verstehen. Ich bin ja nicht mal sicher, ob ich es verstehe. Aber das ist egal. Wichtig ist nur, daß es wahr ist. Ich bin homosexuell. Und das ist schon ewig wahr. Ich wußte es in der Oberschule, sogar noch früher. Aber ich wollte es nicht glauben. Und bis jetzt konnte ich es nicht zugeben. Jedenfalls nicht jemandem gegenüber, der nicht so ist wie ich.« Der Baseballspieler holte tief Luft, seine Brust schwoll an. »Aber es ist wahr. Ich weiß es, und ich kann nicht mehr lügen. Egal, was das für Folgen hat.«

Scrappy schüttelte den Kopf. »Weißt du überhaupt, was du da für einen Quatsch erzählst? Ich kenne dich doch, verdammt noch mal«, beschwor ihn Manager Toote. »Wir waren im Klubhaus zusammen unter der Dusche, wir haben sogar gemeinsam in Hotelzimmern übernachtet, im selben Bett. Du hast nichts versucht! Das ist doch verrückt!« Scrappy starrte Toote ungläubig an. »Du bist ein Sportler!« schrie er. »Du kannst doch keine Schwuchtel sein!«

Toote lachte spöttisch. »Ach, Scrappy! Ich werde mit dir nicht darüber streiten, was ich bin. Ich glaube, das weiß ich einfach besser. Es geht darum, wie ich damit umgehe oder was ich darüber sage. Und wo wir gerade beim Thema sind, kannst du dir schon mal einprägen, daß wir nicht Schwuchtel sagen, sondern Gay.«

»Ich kann den Quatsch nicht glauben«, sagte Scrappy wider besseres Wissen. »Das ist nur ein Spaß, stimmt's? Du willst mich auf den Arm nehmen. In einer Minute kommen die anderen Jungs rein und lachen sich scheckig, weil ich dir beinahe auf den Leim gegangen wäre. So wie damals, als Eisenmann Murphy vor dem zweiundsiebziger Endspiel mit einem falschen Gipsarm ankam.« Scrappy verstummte. Er wußte, das war kein Witz. »Es ist unglaublich. Unglaublich. Unglaublich«, stotterte er.

Ein Leben für den Baseball und die Schürzenjagd hatte Scrappy auf alle möglichen Überraschungen vorbereitet, aber nicht auf diese. Toote eine Tunte! Klar, dachte er, Kinder, Jungen, die machen allerhand Mist miteinander. Wer hat das nicht getan? Und das erste Mal, wenn man ein Mädchen aufs Kreuz legt, ist es meist gar nicht so toll, wie es immer dargestellt wird. Aber es mit einem

Mann zu treiben – mit Männern! Allein der Gedanke war abstoßend. Die Vorstellung, daß Toote einen Mann küßte, von allem anderen ganz zu schweigen, jagte ihm eine Gänsehaut über den Rücken.

Scrappy konnte das Bild nicht mit der Person in Verbindung bringen, die ihm am Tisch gegenübersaß. Fast hätte er ihm beschwichtigend die Hand getätschelt, aber das konnte in dieser Umgebung allzuleicht falsch ausgelegt werden. Er zuckte mit den Schultern, schüttelte die ekelhaften Vorstellungen ab und erlaubte seinem Sinn fürs Praktische, die Kontrolle über die Situation zu übernehmen. Er strahlte Toote an.

»Also, Dick, auch wenn du es nicht glaubst, ich verstehe dich. Okay, du bist eine Schwuchtel, ich meine, ein Gay oder wie immer du das nennen willst. Das ist deine Sache, stimmt's? Na und? Wen schert's? Warum also der ganzen Welt davon erzählen. Ich habe auch ein Geheimnis, und du sollst der erste sein, dem ich es erzähle. Weißt du was? Ich will den Klub verkaufen. Die Gents. Ich will meine Moneten wieder rauskriegen und nach Florida ziehen, mich mit einem Wodka-Tonic an einen Swimmingpool legen und an die guten alten Zeiten erinnern. Verstehst du, was ich meine?«

»Klar«, sagte Toote, »das ist ja nicht allzuschwer.«

»So, du verstehst das also«, sagte Scrappy. Sein Kopf lief rot an, und er hob die Stimme. »Da bin ich mir gar nicht so sicher. Verstehst du wirklich, was die Gents ohne dich sind? Ein Zuchthengst ohne Eier. Kannst du mir folgen? Weißt du, was passiert, wenn du den Leuten sagst, daß du schwul bist? Meinst du, die jubeln dir zu? Meinst du, die sagen, daß Dick Toote ein ganz toller Bursche ist? Weißt du, was sie wirklich sagen werden? Sie werden sagen: Schmeißt den Schwanzlutscher raus. Die Tunte gehört nicht in ein Baseballtrikot, sondern in ein Ballettkostüm.«

Nun griff Scrappy doch über den Tisch und packte Tootes rechten Arm. »Weißt du, was die Gents noch wert sein werden, wenn du deine Ansprache hältst? Nichts, mein Lieber. Gar nichts. Weißt du, was du mir damit antust? Glaubst du wirklich, ich werde den Klub jetzt noch los? Nicht mal einen Cent werde ich bekommen! Es wird ein Witz sein. Du und ich und die Gents sind nichts mehr als ein einziger großer Lacher! Begreifst du endlich? Alles geht den Bach runter. Deine Karriere ist beendet. Ich werde die Mannschaft nicht mal verschenken können! Die Gents wird man nicht mal mehr mit der Kneifzange anfassen! Um Gottes willen, Dick, zur Hölle, ich wünsche mir, daß ich dich stoppen kann. Ich wünsche mir, daß du noch etwas länger darüber nachdenkst, was du allen antust, dir, deinen Kameraden, dem Baseballspiel. Und, verdammt noch mal, besonders mir! Ein einziger dämlicher Satz von dir kostet mich Millionen!«

Kopfschüttelnd erhob sich Scrappy und ging, ohne sich noch einmal umzuwenden, durch das märchenhafte Zwielicht der Bar hinaus in die schmerzend helle nachmittägliche Realität.

2

Auf dem Anrufbeantworter in seinem Büro hörte Scrappy, daß Stan Mann sich schon wieder gemeldet hatte und endlich informiert zu werden wünschte. Er schenkte sich eiskalten Wodka ein und ließ Irwin Rubinstein kommen.

Ruby trat ein, ohne zu klopfen. Er trug ein grünes Sportjackett aus Wolle, ein gelbgestreiftes Hemd und goldene Hosen. Sein schütteres weißes Haar war nach vorn gekämmt und konnte dennoch die Glatze nicht verbergen. Er lutschte eine Tablette gegen seine chronischen Magenbeschwerden.

»Hast du mit Toote gesprochen?« fragte Ruby. Mit den Jahren war Ruby zu *der* Instanz für Baseballinformationen geworden. Sein Gedächtnis war Legende, seine Kontakte Legion. Unter den New Yorker Sportreportern gab es die Redensart: »Wenn du wissen willst, was geschehen ist, lies die *Times*, wenn du wissen willst, was nicht geschehen ist, lies die *Post*, wenn du wissen willst, was geschehen wird, frag Ruby.«

»O ja«, sagte Scrappy, »aber ich fürchte, du bist nicht bereit dafür. Setz dich.«

»So schlimm?« fragte Ruby.

»Noch schlimmer. Ich kann es immer noch nicht glauben.«

»Was es auch sein mag, wir werden etwas unternehmen. Sag's mir nur endlich.« Ruby konnte seine Ungeduld kaum zügeln. Daß er über irgend etwas nicht Bescheid wußte, irritierte ihn.

»Du wirst es nicht mal glauben.«

»Teste mich!«

»Er ist andersrum«, sagte Scrappy. »Dick Toote ist eine Schwuchtel. Das Idol aller Baseballfans ist ein Schwanzlutscher. Unser Held, Dick der Gerechte, ist – laß mich das Wort benutzen, das er selbst bevorzugt – ein Gay. Und was noch übler ist – die ganze verfluchte Welt soll es erfahren!«

»Unsinn«, Ruby winkte ab. »Das glaube ich nicht. Du hast es falsch verstanden, Scrappy.«

»Selbst ein Idiot kann das nicht falsch verstehen. Es ist die gottverfluchte Wahrheit!«

»Hör auf, hör auf. Ein Kerl wie Toote? Ein großer, starker Mann wie er? He, Scrappy, das ist ein Spaß. Der nimmt dich auf den Arm.«

»Schön wär's. Ich weiß, daß es wahr ist. Was ist los mit dir, Ruby? Deine Mimik ist eingefroren. Setz mal ein anderes Gesicht auf.«

»Mir ist nicht zum Lachen. Und dir wird es auch vergehen, wenn du versuchst, die Gents zu verkaufen, und feststellst, welchen Marktwert eine Mannschaft besitzt, deren bester Spieler ein Homo ist.«

»Deswegen reden wir ja«, sagte Scrappy. »Uns muß etwas einfallen. Er ist das einzige, was ich habe. Und nun kann ich ihn nicht mehr verkaufen. Ebensogut könnte ich gleich meinen Bankrott anmelden.«

Ruby biß sich auf die Unterlippe. »Leg ihm eine Braut ins Bett. Vielleicht kann ein guter Fick ihn kurieren.«

»Ein ausgesprochen dämlicher Einfall. Der Kerl ist alt genug, um rausgefunden zu haben, daß er nicht auf Weiber steht. Umdrehen können wir ihn nicht, also müssen wir einen anderen Weg finden, uns selbst zu schützen.«

»Stimmt. Dann laß es uns logisch angehen. Wer außer dir weiß davon?«

»Noch keiner, aber er hat eine Pressekonferenz einberufen. Für wann eigentlich?«

»Nächste Woche, laut Stan Mann. Er sagte, daß Toote eine Mitteilung an alle Redaktionen gefaxt hat, in der nur steht, daß er etwas sehr Wichtiges mitzuteilen hat. Das heißt, wir haben noch eine ganze Woche!«

»Wir könnten alle Zeit der Welt haben«, erwiderte Scrappy resigniert, »es nutzt nichts. Er wird seine Meinung nicht ändern. Das war ganz klar, so, wie er mit mir geredet hat.«

»Mag schon sein«, sagte Ruby, und endlich gelang es ihm tatsächlich, ein anderes Gesicht aufzusetzen. Er lächelte. »Aber Donald jedenfalls weiß noch nichts davon, oder?«

»Du bist ein Bastard!« schrie Scrappy aufgekratzt, denn er verstand sofort, was Ruby meinte. »Denkst du, das funktioniert? Glaubst du, damit kommen wir durch?« Selbst eine vage Möglichkeit, seinen Gegenspieler aus der Bronx hereinlegen zu können, ließ Scrappy gewöhnlich vor Vergnügen erschauern. Und hier gab es vielleicht sogar die reelle Chance, den Superjackpot zu erjagen.

»Klar. Er ist hinter Toote her, seit Steinbrenner ihm den Klub verkauft hat«, sagte Ruby. »Donald würde seine Häuser, seine Yacht, wahrscheinlich sogar seine Frau versilbern, nur um Toote zu bekommen. Geh es cool an, und du bist aus dem Schneider.«

»Genau!« sagte Scrappy und genoß die Vorfreude. Dann setzte er nachdenklich hinzu: »Das einzige, was zu bedenken wäre, ist die Reaktion der anderen Klubbesitzer. Du weißt, was sie von solchen krummen Deals halten.«

»Scheiß drauf«, sagte Ruby. »Geschäft ist Geschäft. Außerdem werden sich alle freuen, wenn wir Donald Bigg über den Tisch ziehen.«

»Du hast recht«, sagte Scrappy. Kurz entschlossen suchte er auf der Telefonliste die Nummer seines Konkurrenten und wählte sie sofort.

»Donald? Hier ist Scrappy. Wie geht's, wie steht's?«

»Scrappy? Scrappy? Hast du keinen richtigen Vornamen wie ein normaler Mensch? Was bedeutet Scrappy eigentlich?«

»Das bedeutet, daß hier ein Mann sitzt, der dir ein Geschäft vorzuschlagen hat, Donald. Bist du interessiert?«

»Ich dachte, Scrappy bedeutet, daß du immer nur nein sagen kannst. Ich würde meine Geschäfte lieber mit jemandem machen, der vernünftig ist und intelligent genug, die Realität anzuerkennen.«

»Laß den Scheiß, Donald. Ich habe mich entschlossen, Toote loszuwerden. Wenn die Zahlen stimmen, versteht sich.«

»Ach was. Ich will nicht ausschließen, daß ich vielleicht interessiert bin.«

»Tu nicht so, Donald, ich kann doch hören, wie dir die Spucke im Mund zusammenläuft. Ich brauche Dollars, und zwar die großen Scheine, nicht die kleinen. Und ich brauche sie schnell. Wenn ich nicht in der Klemme wäre, würde ich nicht mal an so was denken. Ich will es schnell hinter mich bringen. Wir können es sogar gleich am Telefon erledigen.«

»Bis jetzt habe ich noch nicht eingehängt.«

»Okay.« Scrappy holte tief Luft. »Er muß noch drei Jahre von einem Fünfjahresvertrag abdienen. Das wird dich zwanzig Millionen kosten. Und um ihn zu bekommen, leg noch, äh, fünfzehn drauf.«

»Hast du das Klicken gehört? Ich habe aufgelegt.«

»Zwölf.«

»Tut-tut-tut.«

»Okay, Donald. Zehn. Das ist mein letztes Angebot.«

»Ich melde mich wieder.«

»Laß dir nicht zuviel Zeit. Ruf heute noch an, wenn du ihn haben willst.«

Erregt warf Scrappy den Hörer auf den Apparat. »Ruby, ich glaube, eben haben wir uns eine Luxuswohnung gekauft.«

»Du hast ihn am Sack, Scrappy. Die paar Millionen bedeuten nicht soviel für Donald, wenn er dafür bekommt, was er will. Du hast auf den richtigen Knopf gedrückt. Er ist scharf auf Toote.« Ruby dachte nach. »Was der wohl dazu sagen wird?«

»Keine Ahnung. Vielleicht freut er sich ja sogar, zur Abwechslung mal in einer Siegermannschaft zu spielen. Darüber würde sich jeder freuen. Aber das ist egal. Er ist noch nicht lange genug in der Oberliga, um es sich leisten zu können, ein Geschäft zu vermasseln. Außerdem – wenn wir erst mal Donalds Geld haben, interessiert mich Tootes Meinung einen Scheißdreck.«

Ruby schaute durch Scrappys offene Bürotür in das leere Klubhaus. Nichts ist so ruhig wie ein Stadion in der Pause vor der Spielsaison. Oder so überflüssig. Die Farbe an den staubigen Umkleidekabinen blätterte ab. Ruby blickte zu Tootes Schrank, und er erinnerte sich daran, wie ruhig sich Toote vor Spielen umkleidete, wie er die Mannschaftskameraden ermutigte oder gelassen Glückwünsche entgegennahm. Daß Toote homosexuell war, überlegte Ruby, war schockierend genug, doch daß er das auch noch bekanntzugeben vorhatte, war unglaublich. Er mußte verrückt geworden sein! Oder doch nicht? Was trieb ihn nur an, so etwas zu tun? Selbst jemand, der so abgebrüht war wie er, Ruby, würde nicht soweit gehen.

Das Telefon meldete sich, und Scrappy ließ es einige Male klingeln, ehe er abnahm. Donald sollte nicht bemerken, wie sehnlich sein Anruf erwartet wurde. Aber es war nicht Donald, sondern Stan Mann.

»Wo bleibt deine Geschichte, Scrappy?«

»Worüber denn? Ach, ich weiß, du meinst Toote.«

»Allerdings. Weshalb beruft er eine Pressekonferenz ein? Mir wollte er kein einziges gottverdammtes Wort darüber sagen.«

»Ich würde dir gern helfen, Stan, aber, bitte versteh mich, es ist seine Sache.«

»Weißt du, worum es geht? Ich brauche einen Ansatzpunkt. Bei einem anderen Kerl würde ich an Kokain denken, aber Toote? *Mister Baseball?* Der würde schon ein Schuldbekenntnis ablegen, wenn er zufällig daneben gestanden hätte, als ein anderer kiffte. Das kann es also nicht sein. Will er abspringen? Das wäre verständlich bei der traurigen Verfassung der Gents.«

»Also, Stan, vielleicht sind wir auch in der nächsten Spielzeit nicht Anwärter auf den Titelgewinn, aber wir haben ein paar neue Ideen. Wir bauen die Mannschaft völlig neu auf. Kann sein, daß es ein paar Jahre dauern wird, aber...«

»Wenn du dich entschließt, eigenhändig die Cheops-Pyramide nachzubauen, wirst du schneller fertig. Hör auf, mich zu verklapsen, Scrappy, ich habe keine Zeit dafür. Gleich ist Redaktionsschluß. Wenn du mir etwas zu erzählen hast, dann sag es. Wenn nicht, dann laß es eben bleiben.«

»Ich würde dir ja gern helfen, aber im Augenblick weiß ich nicht, wie. Du kennst mich, Stan, ich tue für dich alles, was ich kann.«

»Das machst du schon seit Jahren. Versuch doch mal was anderes!« Der Sportreporter legte auf.

»So ein Hurensohn!« schimpfte Scrappy. »Aber jetzt dauert es nicht mehr lange, und ich kann dem ganzen Pack ins Gesicht sagen, daß sie mich am Arsch lecken sollen.«

Ruby wünschte sich, Scrappys Begeisterung für den Ruhestand teilen zu können. Ein Leben als Rentner erschien ihm leer und beängstigend. Der Baseball war sein Leben. Freude empfand er nur, wenn er seine Zeit mit den Spielern, den Schiedsrichtern und den Sportjournalisten verbringen konnte. Und ihnen bereitete seine Gegenwart Vergnügen. Unterwegs, in Cincinnati, in St. Louis, in Atlanta, war er eine größere Attraktion als seine Mannschaft. Er war allgemein beliebt und wurde sogar respektiert, soweit jemand, der Öffentlichkeitsarbeit für eine mittelmäßige Mannschaft macht, überhaupt geachtet werden kann. Ohne die Gents und ohne Scrappy wäre es damit vorbei. Bis jetzt hatte er noch nie daran gedacht, daß er mit der Art Leben, die ihm gemäß war, je würde aufhören müssen. Ein Liegestuhl am Swimmingpool war nur ein anderes Wort für Sarg.

Wieder klingelte das Telefon, und diesmal war es Donald.

»Was willst du mit mir abziehen?«

»Wie meinst du das?« fragte Scrappy unschuldig.

»Das weißt du genau. Ich meine Tootes Pressekonferenz.«

»Ach das, Donald. Ich habe davon gehört. Stört dich das? Glaub mir, mich stört es kein bißchen. Deswegen braucht das Geschäft nicht zu platzen. Wenn er seinen Rücktritt erklärt, bekommst du dein Geld zurück.«

»In den Ruhestand zieht er sich bestimmt nicht zurück, aber was will er dort bekanntgeben?«

»Wenn ich es dir sagen würde, dann würdest du lachen. Keine große Sache. Nur etwas, das er gern allein erledigen möchte. Ich habe ihm gesagt: Klar, mach das. Er hat mich gebeten, vorher nichts weiterzuerzählen, und ich habe geantwortet: Okay, ganz wie du willst.«

»Wo ist der Haken?«

»Würde ich dich betrügen, Donald?«

»O ja. Bei jeder Gelegenheit, die sich bietet. Paß auf, vielleicht sprechen wir tatsächlich irgendwann noch mal über Toote. Frühestens nach seiner Pressekonferenz.«

Scrappy starrte frustriert auf das Telefon. »Arschloch!« schrie er. Aber Donald hatte schon aufgelegt. »Hätte ich mir denken können. Selbst er hat schon von der Pressekonferenz gehört. Solange er nicht weiß, was Toote vorhat, gibt es kein Geschäft mit ihm. Jesus, er hat uns am Schwanz.«

Ruby schüttelte den Kopf, zuckte dann die Schultern. »Versuch es noch mal bei Toote. Vielleicht kannst du ihn umstimmen. Wenn nicht, kannst du ihn vielleicht dahin bringen, wenigstens noch etwas zu warten. Wenn er bis zur Saisoneröffnung dichthält, beißt Donald vielleicht doch noch an. Was hast du zu verlieren?«

Scrappy nickte unfroh. Immerhin hatte Toote bisher der Presse gegenüber keine Andeutung über den bösen Inhalt seiner Erklärung gemacht. Schlimmstenfalls hatte er seine Bereitschaft bekundet, es schnell hinter sich zu bringen. Scrappy fühlte sich erschöpft. Für einen Tag hatte er mehr als genug geleistet. Die Zukunft konnte bis morgen warten.

In dieser Nacht konnte ihn nicht mal seine Lieblingshure auf Touren bringen. »Los, Trainer, du schaffst es!« spornte sie ihn an.

»Das wird nichts«, sagte Scrappy. »Mir geht zuviel im Kopf herum. Hör mal, willst du einfach so über Nacht bleiben? Es würde sich lohnen.«

»Heute geht es nicht, Trainer«, sagte sie und küßte seine Wange, als sie aus dem Bett stieg. »Schlaf dich aus und melde dich wieder.«

»Du weißt nicht, was dir entgeht«, sagte Scrappy.

◇

Als er am nächsten Morgen, wie üblich, beim Bäcker frühstückte, griff er sofort nach dem Leseexemplar der *Post* und klappte den Sportteil auf. »WILL TOOTE MEHR GELD?« fragte die Schlagzeile unter dem »Mann-zu-Mann«-Logo und einem absurd jugendlichen Foto des Kolumnisten Stan Mann.

»Gut so«, murmelte Scrappy zufrieden, als er die Spalte überflog, ohne einen Hinweis auf den tatsächlichen Gegenstand von Tootes angedrohter Pressekonferenz entdecken zu können. In der routinierten Art eines Reporters, der die richtige Fährte noch nicht gewittert hat, spekulierte Mann wild herum, in der Hoffnung, er wirke wie stets gut informiert, während er doch nicht die geringste Ahnung hatte. Er ritt auf der in der Tat nicht unwahrscheinlichen Möglichkeit herum, daß der einzige Star der Gents mehr Geld haben wollte, und kam zu dem Schluß, daß es ebenso unwahrscheinlich war, aus Scrappy mehr Geld herauszupressen, wie daß die Eintrittspreise im Gents-Stadion gesenkt wurden, weil der Klub zuviel Geld verdiente. »Das einzige, was Scrappy leichten Herzens weggeben würde, wäre ein ungedeckter Scheck«, schloß Manns Kolumne.

»So, wie Sie aussehen, sollten Sie lieber eine kräftige Hühnersuppe nehmen.« Die stark akzentuierte Stimme gehörte einer kleinen Frau mittleren Alters mit rotorange gefärbtem Haar, die eine Tasse schwarzen Kaffee und ein Brötchen mit geräuchertem Lachs und Sahnekäse vor Scrappy stellte.

»Wenn ich wirklich medizinische Hilfe brauchte, Sophie«, sagte Scrappy, »würde ich sie mir nicht unbedingt von einer Kellnerin holen.«

»Viele Doktoren hören auf mich«, sagte Sophie und schüttelte ihr buntes Haar. »Übrigens auch 'ne Menge Zeitungsleute«, setzte sie fort, indem sie Manns Kolumne betrachtete, die sie bereits gelesen hatte.

»Das glaube ich gern«, Scrappy zwinkerte ihr zu, »wenn ich mir den Quatsch durchlese, den sie zusammenschmieren.«

»Die schreiben, ich bediene, und Sie managen Spiele.« Sophie schnaufte. »Jeder tut, was er kann.«

Scrappy genoß den weichen, cremigen Käse, den zart salzigen Geschmack des geräucherten Lachses, die feste Konsistenz seines Brötchens. Jeden Morgen freute er sich auf sein Frühstück wie ein Raucher auf die erste Zigarette. In diesen Laden ging er, seit der vor etwa zehn Jahren eröffnet worden war: immer dieselbe Bestellung, derselbe Geschmack, derselbe Genuß. Außer wenn die Gents unterwegs waren. Selbst in Städten wie Chicago oder Los Angeles verstand niemand soviel von Lachsbrötchen wie in New York.

Scrappy fragte sich, ob er in Nord Miami Beach ein vernünftiges Frühstück bekommen würde. Sicher gab es auch dort jüdische Bäckereien mit den von ihm bevorzugten Bagels, den Brötchen mit dem Loch in der Mitte, aber bei seinem letzten Besuch dort hatten sie ihm ein Lachsbrötchen vorgesetzt, das mit rohen Zwiebeln, Salat und Tomaten garniert war. In New York würde das niemand wagen. Aber vielleicht mußte er ja doch noch nicht so schnell in sein Rentnerexil ziehen. Wenn der Deal mit Donald nicht funktionierte, würde er noch wer weiß wie lange an den Gents klebenbleiben. Damals war alles noch ganz anders, als er den Klub gekauft hatte – mit dem Geld, das ihm Onkel Manny hinterlassen hatte. Das war ein echter Geschäftsmann gewesen. Hatte sein Vermögen mit gefülltem Fisch gemacht. Hatte Karpfen, Rotbarsch und Weißfisch durch Siebe gepreßt und mit dem Slogan verkauft: »Was schwer ist, erledigen wir. Sie brauchen nur noch zu essen.« Ein Mordskerl.

Scrappys unruhig herumschweifende Gedanken verharrten bei seinem aktuellen Problem – dem Gespräch mit Toote. »Du packst es, Schwartzie«, sagte er, als er ein üppiges Trinkgeld für Sophie hinlegte und das Restaurant verließ.

Er war entschlossen, so direkt wie möglich zu sein. »Dick«, sagte er, als sich Toote am Telefon meldete, »hier ist Scrappy. Ich muß noch mal mit dir sprechen, und zwar gleich.«

»Du hast den falschen Zeitpunkt erwischt, ich will gerade weggehen.«

»Es ist wirklich wichtig. Es wird auch nicht lange dauern.«

»Nein, ich muß jetzt ... Laß uns einen Termin machen.«

»Na los, Dick«, sagte Scrappy einschmeichelnd, »ich werd's kurz machen. Ich treff dich, wo immer du sagst.«

»Ich weiß nicht. Okay, aber es muß sofort und wirklich kurz sein. Und du mußt wieder ins Village kommen. Vielleicht wird es dir ein bißchen, hm, sonderbar erscheinen.«

»Klar, Dick, es geht ganz schnell. Und es ist auch für dich wichtig.«

»Gut. Das Lokal heißt ›Der andere Trommler‹ Christopher Street, Nummer 34. Aber du mußt sofort aufbrechen.«

»Mach ich.«

Scrappy fand gleich ein Taxi, als er auf die Straße trat. Das, so glaubte er, konnte nur ein gutes Vorzeichen sein. Um diese Zeit waren die Straßen noch nicht durch Staus verstopft, so daß er ein paar Minuten später bereits die Christopher Street erreichte, weltweit bekannt durch die alljährliche Parade der Homosexuellen. »Der andere Trommler« war, wenn man dem bunten Schild mit dem naiven Gemälde aus dem Unabhängigkeitskrieg glauben durfte, ein trommelnder Junge im kurzen Röckchen. Scrappy öffnete die lavendelfarbene Tür.

Im Inneren war es dunkel, sehr dunkel. Er konnte bequem gepolsterte Sitzecken erkennen, die von flackernden Lampen erleuchtet wurden, die Wandleuchter aus dem achtzehnten Jahrhundert imitierten. Hinten war ein größerer Raum zu erkennen, vielleicht eine Tanzfläche, die von Tischen und Stühlen umgeben war. Einige der Sitzecken waren besetzt, und ein halbes Dutzend Männer lümmelte an der Bar herum. Allesamt hatten die Haare kurz geschnitten, und einige trugen schwarze Lederwesten.

Scrappy ging auf die Bar zu und versuchte, die Buchstaben an der Wand zu entziffern, als ihn eine Stimme fragte: »Kann ich Ihnen helfen, mein Herr?«

»Oh«, sagte Scrappy, »nicht nötig. Ich suche nur, äh, Dick.«

»Tun wir das nicht alle?« fragte einer der Gäste.

»Kennen Sie ihn?« fragte Scrappy, dem die Zweideutigkeit sowohl der eigenen Frage als auch der Antwort entgangen war.

»Mein Gott«, sagte ein Gast und schüttelte den Kopf, »ein verirrtes Lamm.« Seine Freunde grinsten.

Endlich war Scrappy nah genug an die Bar herangekommen, um die Schilder lesen zu können. Auf einem stand:

EINEN HARTEN MANN ZU FINDEN IST GUT

Auf einem anderen:

ICH MOCHTE KEINE REISSVERSCHLÜSSE
BIS ICH BEGANN SIE ZU ÖFFNEN

Ein drittes, unter dem Bild eines Wandschränkchens mit angelehnter Tür:

KOMM RAUS FÜR EINE GUTE ZEIT

Und schließlich auch noch das Foto eines hauteng bekleideten Baseballspielers, unter dem stand:

SEX IST EIN SPIEL, BEI DEM ES AUF ZENTIMETER ANKOMMT

»Die Zeiten haben sich wirklich geändert«, murmelte Scrappy. »Früher war das ein Baseballslogan.«

»Behaupte nicht, daß ich dich nicht gewarnt habe«, sagte eine leise Stimme hinter Scrappy. Es war Toote. Der Manager folgte ihm zu einer Sitzecke.

»Ich werde mich nicht für das Lokal entschuldigen«, sagte Toote fest. »Du hast behauptet, daß es ungeheuer wichtig ist, mit mir zu reden. Worum geht es?«

Scrappy sah Toote ein paar Sekunden lang gerade in die Augen. »Ich möchte, daß du deine Pressekonferenz absagst. Nicht ganz absagen, nur ein paar Wochen verschieben.«

»Aber, Scrappy, du weißt, daß ich das nicht kann. Ich habe dir gesagt, worum es geht und was es für mich bedeutet.«

»Natürlich«, sagte Scrappy, »aber inzwischen hat es Entwicklungen gegeben. Ziemlich große sogar. Kannst du dir vorstellen, wie es wäre, in einem wirklich guten Team mitzumachen? Nichts ist schöner, glaube mir. Auf Sieg zu spielen. An der Spitze der Liste zu stehen. Hör mir genau zu, Dick. Ich spreche von den New York Yankees!«

»Wie meinst du das?«

»Ich sage, daß Donald deinen Vertrag übernehmen will, und ich sage, daß mir das recht ist. Aber ich sage dir auch, daß du das vergessen kannst, wenn du nächste Woche deine kleine Ansage machst. Donald wird dich nicht mehr nehmen. Niemand wird das.«

»Das haben wir gestern schon durchgekaut. Ich habe dir gesagt, daß ich es tun muß.«

»Klar hast du das. Und? Versuche ich, es dir auszureden? Absolut nicht. Ich bitte dich nur, noch ein bißchen zu warten. Wenn du die Pressekonferenz absagst, bist du nächste Woche ein Yankee. Und wenn Donald dich unter Vertrag hat, dann mach, was du willst. Du kannst jeden Tag Pressekonferenzen abhalten und Reden schwingen. Ganz, wie es dir gefällt.«

»Glaubst du, es ist so einfach? Weißt du, wie lange ich darüber nachgedacht habe? Wie lange es gedauert hat, bis ich endlich soweit war? Das ist kein Trick, um Aufmerksamkeit zu erregen. Das ist mein Leben! Wie glaubwürdig bin ich noch, wenn ich auf solche lausigen Spielchen eingehe? Du kennst mich nicht, Scrappy. Du weißt überhaupt nichts von mir.«

»Eines weiß ich immerhin. Ich weiß, daß es dir leid tun wird, wenn du das Maul aufreißt. Glaubst du etwa, die Leute werden dich verstehen? Einen Scheiß werden sie! Glaubst du, du bekommst Unterstützung? Vergiß es! Die Sportreporter werden dich in Stücke schneiden. Die Fans werden dir den Rücken drehen. Weißt du, was sie sagen werden? Ich höre sie schon geifern. Du auch? Sie werden sagen: Ich will nicht, daß meine Kinder sehen, wie Schwuchteln Baseball spielen.«

»Aber genau das tun sie doch«, entgegnete Toote. »Sie tun es.«

»Unfug«, sagte Scrappy. »Erzähl mir keinen Scheiß. Willst du mir einreden, daß die Leute wollen, daß ihre Kinder Schwule beim Baseballspiel sehen?«

»Nein«, sagte Toote ärgerlich. »Aber ob sie wollen oder nicht, sie sehen Gays beim Baseballspiel. Glaubst du etwa, ich bin der einzige? Laut Statistik sind ungefähr zehn Prozent aller Männer schwul. Einer von zehn. Denkst du, die sind alle Friseure geworden oder zum Ballett gegangen? In der Oberliga gibt es sechs- oder siebenhundert Spieler. Dreißig, vierzig, fünfzig Gays sind mindestens dabei. Die können sie jeden Tag spielen sehen.«

Scrappy saß da wie betäubt. »Du hast mir das von dir erzählt. Okay, ich muß es wohl glauben, weil niemand so etwas grundlos über sich sagen wird. Du bist schwul, aber nicht verrückt. Doch du sprichst mit jemandem, der für den Baseball gelebt hat. Du sprichst mit der personifizierten Erfahrung von vierzig Jahren. Und du willst mir aufbinden, daß ich mit Homos gespielt habe und daß ich Homos trainiert habe und daß ich Homos gemanagt habe und daß ich Homos besitze und nichts davon bemerkt habe? Jesus, Dick, das kannst du deiner Oma erzählen.«

Toote schlug mit seiner riesigen Faust auf den Tisch. »Verdammt, du hast keine Ahnung davon. Du weißt überhaupt nichts von uns! Du ahnst nicht mal, was für ein Leben wir führen. Vortäuschen. Aufpassen, was wir sagen. Die Gefühle verstecken. Uns selbst verstecken. Ich bin wirklich kein Einzelfall. Rhino Romanski ist wie ich! Und Dave Ripp! Und Jughead Jackson! Und Chico Santiago! Und Zipper Zeeman! Und Speedy Gonzalez! Und Tony Mike! Und Gigolo Johnson! Und Mickey Mayo!«

Scrappy erstarrte. Das waren nicht einfach Baseballspieler, das waren Superstars. Fänger, Schläger, Feldspieler. Kräftige Männer, schnell, hart, zuverlässig. Die Namen tauchten auf jeder Bestenliste auf.

»Heilige Scheiße!« schrie Scrappy. Einige Gäste drehten sich nach ihm um. »Das ist nicht wahr. Das kann nicht wahr sein.

Niemand würde das glauben. Das ganze Spiel würde im Klo runtergespült werden. »Wenn das, was du erzählst, wahr ist, werde ich auf meinem eigenen Platz einem Schiedsrichter die Hosen runterziehen und seinen Arsch küssen.«

»Oh, kommst du endlich auf den Geschmack?« fragte eine Stimme von der Bar her.

Scrappy beachtete ihn nicht und fuhr fort. »Du sprichst über Giganten, über Helden. Gott, jedes Kind in Amerika will so sein wie sie. Es ist unglaublich, unglaublich. Sollte das wirklich stimmen, weißt du, was passiert, wenn das rauskommt? Das Land würde zusammenbrechen! Ich meine, das ist so, wie wenn jemand sagen würde, George Washington war ein Homo.«

Toote sah ihn nervös an. »Scrappy, vergiß, was ich gesagt habe. Du hast mich dazu getrieben. Ich hatte kein Recht – ich meine, du hast recht, es ist nicht wahr. Die Jungs sind keine Gays. Sie sind genauso gepolt wie du.«

Scrappy zuckte die Schultern und nickte. Die Diskussion war ihm aus dem Ruder gelaufen. Er fühlte sich müde und wollte nur noch weg. »Also, Dick, egal, was du erzählst, es wäre einfach schön, wenn du mit deiner Ankündigung noch ein bißchen wartest. Für mich bedeutet es zuviel. Denk noch mal drüber nach, okay? Mehr will ich gar nicht. Vielleicht fällt dir ein Ausweg ein, der für uns beide akzeptabel ist, ja? Ich denke, das war's. Wir haben über alles gesprochen.«

Toote nickte und blieb sitzen, während Scrappy nun schon zum zweiten Mal psychisch angeschlagen aus einer dämmrigen Schwulenkneipe in die Nachmittagssonne hinauswankte.

3

Wird das bis in alle Ewigkeit so bleiben? fragte sich Dick Toote, der in der gesamten Saisonpause wenig anderes machte, als sich innerlich auf seine sehr öffentliche Coming-out-Party vorzubereiten. Wenn ein Freund wie Scrappy so heftig reagierte, was würden die anderen sagen? Hört es denn nie auf, daß wir uns vor den Heteros für die eigene Sexualität rechtfertigen müssen wie für ein Verbrechen? Mechanisch holte er den Rasierapparat, die Rasiercreme, das After-shave und sein Deodorant aus dem Medizinschränkchen, legte sie ordentlich auf die Ablage vor dem großen, eine ganze Wand bedeckenden Spiegel und seufzte tief. Daß er ein Gay war, machte ihn nicht zwangsläufig fröhlich.

Seiner männlichen Ausstrahlung und Kraft wegen kam niemand auf die Idee, Toote sei homosexuell. Das blieb sein Geheimnis, bis er es aufdeckte. In den glücklicherweise seltenen Anfällen von Angst und Depression beneidete er seine effeminierten Seelenfreunde, deren Sprache und Manieren unmißverständliche Botschaften aussandten. Für ihn war das Leben ein permanentes Ausweichen, ein andauernder Prozeß verschämter Lügen zum Vorgaukeln einer Oberfläche, die mit seiner wirklichen Existenz wenig zu tun hatte. Wieviel leichter wird es sein, machte er sich Mut, endlich von der Notwendigkeit erlöst zu sein, das tägliche Spiel des Glaubenmachens spielen zu müssen. Endlich die Angst zu überwinden, sich in einer Welt von Vorurteilen, Feindschaft und Unterdrückung zu outen. Es war an der Zeit, es zu wagen. Höchste Zeit.

Er war nicht sicher, wann er das erste Mal bemerkt hatte, daß er ein Gay zu sein schien, doch das war verständlich, hatte ihm sein Psychotherapeut versichert: »Glauben Sie etwa, daß sich Heterosexuelle an den Augenblick der Erkenntnis über ihre sexuelle Orientierung erinnern?« Was wirklich etwas bedeutete, hatte Doktor Goodkind autoritär verkündet, waren seine Träume von nackten Männern beim Einsetzen der Pubertät, die seltsame, zuvor unbekannte Erregung, die er im Umkleideraum empfand, wenn er seine Klassenkameraden beobachtete. Von geringerem Interesse für den Therapeuten, erinnerte sich Toote enttäuscht, war ein Vorfall im Pfadfinderlager.

Er war gerade zwölf geworden und bewunderte einen großen, schlanken, siebzehnjährigen Gruppenleiter, der voller Anmut und sehr treffsicher Baseball spielte. Als sie allein am Lagerfeuer saßen, hatte ihn der ältere Junge gefragt, ob er bereits einen Busch habe. Toote verstand nicht und hatte ihn verwirrt angestarrt. »Haare«, hatte der Gruppenleiter in leicht ärgerlichem Ton erklärt. »Hast du schon Haare um deinen Pimmel?« Erregt, verwirrt und verlegen stellte Toote sich unwissend. Sofort öffnete der ältere Junge seinen Hosenschlitz, zog die Unterhosen herunter und zeigte ihm die dichte Krone seines Schamhaars. »Siehst du? Los, gib mir deine Hand.« Zitternd vor Erregung ließ Toote den Gruppenleiter gewähren. Der nahm seine rechte Hand und legte sie fest um den Penis, der, wie es Toote schien, zu enormer Größe anschwoll. Der Vorfall, der in gegenseitiger Masturbation gipfelte, ließ Toote gleichermaßen befriedigt, beschämt und beunruhigt zurück. Ihm war unklar, was eigentlich geschehen war, nur daß er dabei Vergnügen empfunden hatte, daran gab es keinen Zweifel.

In seiner Collegezeit lernte er von Doktor Goodkind, daß die Episode nichts weiter belegte als die allgemeine sexuelle Neugier Heranwachsender. Über die spätere sexuelle Orientierung ließen sich allein daraus keine Folgerungen ziehen. An seine zwei Jahre später stattfindende Einführung in die Mysterien des

Geschlechtsverkehrs mit Frauen erinnerte sich Toote eher amüsiert. Geschehen war es gegen Ende der Baseballsaison von 1983, im ersten Jahr auf der High-School. Grace Anderson, mit den Worten eines kirchlichen Chorals zumeist Amazing Grace – erstaunliche Gnade – genannt, war Cheerleader und selbsternannter Fan Nummer eins der Schule, ein Name, dessen Berechtigung sie damit beweisen wollte, daß sie es mit jedem Mitglied des siegreichen Baseballteams nacheinander trieb.

In einer mondlosen Juninacht ging sie mit den Spielern ins Stadion und forderte sie auf, sie auf ihren gewohnten Positionen zu erwarten. Fast so stolz auf ihre Baseballkenntnisse wie auf ihre sexuellen Erfahrungen, ging Grace in der Reihenfolge vor, wie sie auf Mannschaftslisten traditionell vorgeschrieben ist. Zuerst war der Werfer an der Reihe, dann der Fänger, dann der erste Baseman – und so weiter. Tootes Unglück war, der rechte Feldspieler zu sein, der an letzter Stelle genannt wird, und so sah der aufgeregte Vierzehnjährige aus seinem Grasbett, daß die nackte und inzwischen auch schon schwankende Grace nicht allein auf ihn zukam, sondern begleitet von seinen acht Mannschaftskameraden, die zwar ausgepumpt, aber doch immer noch neugierig waren. Daß sie lautstark Wetten über die Qualität der bevorstehenden Vorstellung abschlossen, beförderte sein Selbstvertrauen nicht unbedingt.

Ihn überraschte, als sein Körper ungeachtet der Zuschauer sehr stark auf die deftigen Hantierungen von Grace antwortete. Da er mangels Erfahrung passiv blieb, führte Grace ihn an ihren schwitzenden Körper heran und hinein in die feuchte Stelle zwischen ihren Beine. Er übernahm den Rhythmus ihrer Bewegungen, explodierte, begleitet von den Jubelschreien seiner Vorgänger, in einem wilden Orgasmus, stand sofort danach auf und tippte grüßend an die Baseballkappe, die er die ganze Zeit aufbehalten hatte.

Während er Rasiercreme auftrug, erinnerte sich Toote an seinen grundlegenden Konflikt als Teenager: Er wollte so sein wie seine Freunde und fürchtete zugleich, daß er es nie würde sein können.

Jahre später, als die Therapie ihn dazu befähigte, seine Homosexualiät anzuerkennen und zu akzeptieren, hatte Doktor Goodkind ihm auch zu erkennen geholfen, daß sein Wunsch nach Intimitäten mit Männern nicht ausschloß, daß er Sex mit Frauen hatte und dabei sogar Lust empfand.

Die therapeutischen Sitzungen waren quälend gewesen, doch inzwischen wußte er, daß sie ihm geholfen hatten. Während er sein Gesicht im Spiegel begutachtete, schweiften seine Gedanken weiter zurück. Aufgewachsen war er in einer christlich-fundamentalistischen Familie. Eine seiner frühesten Erinnerungen war die an den Umzug seiner Eltern von ihrer Farm in Ohio nach Kalifornien. Das Radio im Ford Pickup war defekt. Die Eltern rezitierten Psalmen und sangen Kirchenhymnen, während er still um das Wunder betete, das Radio möge wieder funktionieren. Der bekannte 23. Psalm war der Lieblingsschlager der Familie: »Der Herr ist mein Hirte, mir wird nichts mangeln. Er weidet mich auf einer grünen Aue und führet mich zum frischen Wasser. Er erquicket meine Seele ...«

Während sie mit kräftigen Stimmen der Hoffnung Ausdruck verliehen, sie werden »bleiben im Hause des Herrn immerdar«, und Jesus um Gnade und Vergebung anflehten, saß der kleine Dick still zwischen ihnen, studierte die ungewohnten Nummernschilder der vorbeifahrenden Autos und wunderte sich, warum es ihm an Familiengeist mangelte und weshalb er für ihren Glauben keine Verwendung hatte.

Nachdem sie sich in Südkalifornien niedergelassen hatten, steigerte sich der religiöse Eifer seiner Eltern bis zur Penetranz, was ihn dazu veranlaßte, so wenig Zeit wie möglich mit ihnen zu verbringen. Stärker als bei normaler kindlicher Rebellion üblich, lehnte er seine Eltern und ihre Frömmelei ab. Die Entfremdung und das ewige Frühlingsklima trieben ihn hinaus aufs Baseballfeld. Erst fand er dort Ablenkung und Trost, später auch Befriedigung, als seine Fähigkeiten zum Schlagen und Fangen sich entwickelten. Nach einem Trainingsplan, der ihn möglichst lange von Heim und Kirche fernhielt, machte er sich fit für das Spiel.

Im Morgengrauen stand er auf und lief, noch ehe die Schule begann, meilenweit durch die Hügel am Fuß der Santa-Ana-Berge, und abends sorgte er mit Hunderten von Liegestützen und Strecksprüngen für die nötige Bettschwere.

Er blieb ein Einzelgänger, schützte sich so vor dem Bedürfnis, jemandem die Verwirrung der Gefühle anzuvertrauen, die ihn nie verließ. In der High-School, als die Jungen und Mädchen anfingen, paarweise miteinander auszugehen, wurden Dicks Sexualnöte noch existentieller. Auf dem Baseballfeld hatte er sich im Griff, verließ er es, verlor er jede Sicherheit. Mit Mädchen verabredete er sich erst, als es unumgänglich war, wollte er sich nicht verraten. Seine sexuellen Wallungen anderen jungen Männern gegenüber und die fast unwiderstehliche Anziehungskraft, die sie auf ihn ausübten, ließen ihn immer wieder staunen, daß er manchmal auch in der Gesellschaft von Mädchen etwas empfinden konnte.

Als Jüngling, Mitte der achtziger Jahre, so erinnerte er sich, war seine Haltung zur Welt der Schwulen ambivalent und seine Annäherung nur zögernd. Er begann sich einzugestehen, daß er anders war, aber das Ergebnis war eher die Furcht, entdeckt zu werden, als der Wunsch, am Leben der Gays teilzuhaben. Die auffälligsten Bewohner jener Welt, die Transvestiten und die Modegecken, stießen ihn damals so ab wie heute. Und obwohl ihn die Erinnerung an sein Erlebnis als Pfadfinder noch immer erregte, fürchtete er sich davor, sich mit anderen Jungs auf ähnliche Weise einzulassen. Statt dessen verbrachte er Stunden in Buchhandlungen und Bibliotheken und las alles, was er über Homosexualität finden konnte. So interessant ihm auch schien, was er dabei erfuhr, sein Verhalten änderte sich nicht. Bei einem Besuch in Los Angeles nach Abschluß der High-School verbrachte er ein paar Stunden in West Hollywood, dem Mekka der Gays. Er bewunderte die gebräunten, gutfrisierten Männer auf den Straßen, doch wandte er sich entrüstet ab, wenn sie ihm Zeichen mit den Augen gaben.

Die Hand mit dem Rasierapparat erstarrte in Brusthöhe, als Dick sich so genau, als sei es erst gestern geschehen, an seinen ersten wirklich homosexuellen Kontakt erinnerte. In der Woche, bevor sein Studium an der Stanford-Universität begann, besuchte er eine Bar in Palo Alto und ließ sich von einem Soziologieprofessor in den Vierzigern abschleppen. Der traktierte ihn drei Stunden lang mit Whiskey und brachte ihn dann in seine Wohnung auf dem Universitätsgelände. Als er am nächsten Morgen erwachte, lag er allein in dessen Haus im Westernstil auf einem riesengroßen Bett. Auf der Kommode lag ein Zettel, auf dem ihm handschriftlich versichert wurde: »Ich hab's genossen. Ich mag dich.« Das nächste Mal traf er den Professor vor einer Buchhandlung auf dem Campus. Er tat, als würde er ihn nicht sehen.

In den nächsten vier Jahren gab es mehrere Zufallskontakte und kurzlebige Beziehungen, darunter immerhin eine, von der er geglaubt hatte, sie werde ewig dauern, und in seinem letzten Jahr sogar eine – allerdings frustrierende – Begegnung mit einer Frau.

Geschehen war es, so passend wie zufällig, im Zoologielabor, wo er an einem verregneten Winternachmittag nach dem Unterricht sitzen geblieben war, um ein paar Fakten über die Fortpflanzungsgewohnheiten der Primaten zu pauken. Als Toote Modelle der Genitalien von Affen untersuchte, trat Lizbeth Meacham ein, eine strenge Doktorandin, deren Laborsektion er durch die Willkür des Alphabets zugeteilt worden war.

Mit ihrer Metallrahmenbrille, dem mausbraunen Haar, das sie in straffem Knoten trug, und ihren schlampigen, konturlosen Kleidern war Miss Meacham, wie selbst ihre Kollegen sie nannten, die ideale Zielscheibe unzähliger platter Studentenwitze wie dem folgenden: »Wie findest du Miss Meacham?« – »Mit einem Besen.« – »Äh ... mit einem Besen?« – »Um die Spinnweben zu beseitigen.«

Falls sie von den Bosheiten der Studenten etwas wissen sollte, ließ sie es sich jedenfalls nicht anmerken. Im Unterricht war sie lebhaft, übergenau und geschäftsmäßig. Was sie in der Freizeit in der Abgeschlossenheit ihres kleinen Apartments auf dem Universitätsgelände anstellte, ließ sie keinen wissen. Ihre unattraktive Erscheinung und ihre prosaische Art paßten in das dunkle, triste Labor mit den langen, schwarzen Tischen und den Wänden, die mit Graphiken von Amphibien, Reptilien und Säugetieren dekoriert waren.

»Hallo«, sagte sie fröhlich, »es ist erfrischend, mal einen Studenten zu treffen, der sich freiwillig hier aufhält. Sie sind doch ein Student?«

»Ja, Miss Meacham«, antwortete er. »Toote, Dick Toote. Ich gehöre zur Dienstagsgruppe.«

Sie war neben ihn getreten, und Dick spürte auf einmal Nähe, nicht gerade Wärme, aber doch eine unerwartete Vertrautheit, ganz anders, als sie sich sonst im Unterricht verhielt. Zum ersten Mal sah er sie wirklich an und bemerkte, daß sie viel attraktiver war, als sie sich zu erscheinen gestattete. Es war wie bei einer Nonne, die, weil sie auf gar keinen Fall anziehend wirken will, jede Spur von Schönheit oder Sexualität versteckt. Er stellte sich vor, daß ihr unter dem üblichen grauen Sackkleid unsichtbarer Körper eben jetzt Gestalt anzunehmen begann, als sie versuchte, die Schnur aufzubinden, die den fleckigen weißen Laborkittel zusammenhielt.

»Es sind meine Nägel«, sagte sie. »Ich schneide sie kurz. Das macht die Arbeit im Labor leichter. Und sauberer.«

Toote blickte sie erstaunt an.

»Meine Nägel«, wiederholte sie. »Deswegen habe ich Probleme mit Knoten.«

Nun verstand er und bestätigte es durch Nicken.

»Könnten Sie mir vielleicht helfen?« fragte sie. »Der Kittel ist dreckig. Sogar die eingeweckten Affen würden mir aus dem Weg gehen, wenn sie könnten.«

Dick erhob sich sofort, aber der Knoten war fest und widerstand seinen Bemühungen. Sekunden, ja, Minuten schienen zu vergehen, ohne daß er Erfolg hatte, und er wurde langsam nervös. Außer dem Ticken einer großen Wanduhr war kein Geräusch zu hören.

»Tut mir leid«, murmelte er. »Sieht so aus, als ob meine Fingernägel auch zu kurz sind.«

»Stimmt«, sagte sie, setzte schnell hinzu: »Können Sie es von hinten versuchen?«

Unsicher sah er sie an, zuckte die Schultern und stellte sich hinter sie, griff um ihre Hüfte. »So?« fragte er.

Sie nickte, und auf einmal spürte er den Druck ihres Gesäßes an seinen Oberschenkeln. Das ist doch wohl kein Zufall, sagte er sich, während er mit den Enden der hartnäckigen Schnur kämpfte. Die Festigkeit und Wärme ihres Körpers erregte ihn, doch war er nicht sicher, ob sie wußte, was sie bei ihm auslöste. Um festzustellen, ob es Absicht war, trat er ein paar Zentimeter zurück. Ihr Hintern folgte ihm unverzüglich.

Dick bemerkte, daß sein Glied steif wurde. Im selben Moment gab der Knoten endlich nach.

»Das war der richtige Einfall«, sagte er. »Jetzt geht es.«

»Das merke ich«, antwortete sie und legte ihre Hände auf seine, als handle es sich beim Aufbinden eines Knotens tatsächlich um eine Aufgabe, die den vollen Einsatz zweier erwachsener Menschen erfordert. Als der Knoten offen war, drehte sie sich zu ihm um, und der Laborkittel öffnete sich. Obwohl sie darunter ein graues Baumwollkleid trug, zerrte sie schnell den Kittel zusammen, als habe sie zuviel von ihren intimsten Körperteilen offenbart.

»Mal sehen«, sagte sie. »Vielleicht kann ich jetzt Ihnen helfen. Haben Sie den Kurs über die Sexualmerkmale belegt?«

Er nickte.

»Wir können es noch mal zusammen durchgehen«, schlug sie vor.

Er holte tief Luft und nickte wieder, wobei er nicht so genau wußte, ob es ihm um den Lehrstoff ging oder eher darum, etwas über seine eigene Natur herauszufinden.

»Gut«, sagte sie. »Eines der bemerkenswertesten sekundären Geschlechtsmerkmale ist die Stimme. Eine männliche Stimme ist tiefer.«

Dick imitierte einen Sopran. »Ja, Miss Meacham«, quietschte er.

Sie lachte. »Sie können Ishmael zu mir sagen«, erwiderte sie mit tiefer, heiserer Stimme, und dann in normaler Tonlage: »Oder doch besser Lizbeth.«

Sie trat näher und berührte mit ihren Fingerspitzen seine Wange. »Da haben wir ein anderes Merkmal – den Bart.«

Da seine Erinnerung den Gegenstand seiner aktuellen Bemühungen erreicht hatte, fiel ihm endlich auf, daß die Hand mit dem Rasierapparat noch immer unterm Kinn schwebte, und mit mechanischen Bewegungen schabte er über den längst angetrockneten Schaum. Daß seine Lehrerin ihn so vordergründig anmachte, hatte ihn gleichermaßen erregt wie abgestoßen. Damals, im Labor, hatte Lizbeth eine seiner Hände genommen und an ihre Wange gelegt. »Sehen Sie«, sagte sie, »kein Bart.«

Ihre Haut war weich. Die Lippen öffneten sich leicht, und die rosa Spitze ihrer Zunge wurde sichtbar. Lizbeth lachte ermutigend, spielte aber weiter, als er auch auf diese Aufforderung hin noch immer nicht aktiv wurde. Sie begann sein Hemd aufzuknöpfen. Als es bis zur Taille geöffnet war, strich sie mit ihren Fingern über seine breite, nackte Brust. Seine Brustwarzen wurden fest und sandten eine unmißverständliche Botschaft in seine Leistengegend.

»Das ist ein weiteres sekundäres Merkmal«, sprudelte sie heraus und kratzte ihn leicht mit ihren kurzen Fingernägeln. »Körperbehaarung. Bei Männern viel stärker entwickelt.«

Ihr Laborkittel öffnete sich, während sie seine Brust streichelte. Diesmal half sie durch Anheben der Schultern bei ausgebreiteten Armen nach, ihn ganz loszuwerden. Dann öffnete sie den Reißverschluß ihres Kleides und ließ es fallen. Ihre Brustwarzen waren unter dem Büstenhalter deutlich zu erkennen. Aus dem winzigen, fast unsichtbaren Slip hatten sich ein paar braune Haare ins Freie gekämpft.

»Helfen Sie mir«, sagte sie, indem sie seine Hände nahm und zum Verschluß ihres Büstenhalters führte. Dicks Herz raste, während er an dem Verschluß herumfingerte. Gefangen in der Erregung, fühlte er sich hilflos. Er hatte keine Ahnung, wie sein

Körper reagieren würde. Und er wußte, er konnte die Worte nicht stammeln, die einzig ihn erlösen würden: Ich bin schwul. Als der Verschluß offen war, nahm Lizbeth seine Hände und führte sie unter den Büstenhalter. Seine Finger strichen über ihre Brustwarzen, die hart wurden, und er legte seine Handmuscheln darüber.

Sie atmete schwerer. »Einige Studenten vergessen, daß die Brüste ein sekundäres Geschlechtsmerkmal sind«, sagte sie. »Die halten sie für primäre.«

Lizbeth kam näher, und durch Unterwäsche und Hosen spürte er ihren Körper. Sie legte ihre Arme um seinen Hals, zog sich noch näher heran und preßte ihr Becken gegen ihn. »Mmmm«, gurrte Lizbeth. »Sie kommen gut voran im Stoff.«

Plötzlich waren ihre Finger an seiner Taille, öffneten energisch seinen Gürtel und mit einem Ruck auch den Reißverschluß der Hose. Mit einem weiteren Ruck zog sie seine Hosen und Unterhosen herunter. »Oh, ja«, sagte sie und griff mit beiden Händen danach, »das ist ein primäres Geschlechtsmerkmal.«

Lizbeth fiel so schnell auf die Knie, daß Dick einen Moment lang glaubte, sie sei kollabiert. »Sieht appetitlich aus«, sagte sie. Er nahm ihren Kopf in beide Hände und beobachtete fasziniert, wie ihre Zunge herausschnellte und ihn liebkoste. Er stöhnte, als die warme Feuchtigkeit ihrer Zunge Schockwellen durch seinen Körper sandte.

Aber es waren Bilder von Männern mit gebräunten, glänzenden, muskulösen Körpern, die durch seinen Kopf zuckten, als Lizbeth sich mit Fingern, Zunge und Lippen an ihm zu schaffen machte. Er fühlte sich groß, unglaublich angeschwollen, und als sich der Kopf unter ihm schnell vor- und zurückbewegte, hatte er das Gefühl, in einem reißenden Fluß zu schwimmen, mitgerissen von einer Strömung, die er nicht kontrollieren konnte. Er wollte sie gar nicht kontrollieren.

Auf einmal war es vorbei. »O Gott«, stöhnte er.

»Scheiße!« explodierte Lizbeth. Sie hustete und spuckte. Ihr frustriertes Gesicht war verzerrt vor Ärger.

Dick sah zu Boden und wurde rot. »Das... Ich... Es tut mir leid«, stammelte er. »Ich hab's nicht mit Absicht...«

Lizbeth ließ sich nicht versöhnen. »Sie haben noch viel zu lernen«, sagte sie schnippisch. »Die Leistung war unvollständig, also gibt es eine Fünf. Ich hoffe, das nächste Mal schaffen Sie wenigstens eine Vier.« Er wollte ihren Arm berühren, aber sie zog ihn fort. »Der Unterricht ist vorbei.« Ihre Stimme klang wieder so nüchtern und offiziell wie immer.

Der Vorfall beschäftigte Toote noch wochenlang. Lizbeths Wut ärgerte ihn um so mehr, als ihm klar war, daß er ihr allen Anlaß dazu geboten hatte. Und die eigene Verwirrung verstörte ihn. Ohne Zweifel hatte sein Körper sehr heftig auf ihren Körper reagiert, aber er spürte nicht das Verlangen zur Wiederholung. Weder mit Lizbeth noch mit einer anderen Frau. Was zum Teufel war er? Ein Gay? Ein Hetero? Bisexuell? Die Ungewißheit wurde zur drückenden Last. Selbst nach fünfhundert Liegestützen schlief er nur mit Mühe ein, und im Unterricht konnte er sich überhaupt nicht mehr auf den Lehrstoff konzentrieren.

Er hatte sich rasiert, wie ihm endlich auffiel. Das Wasser lief schon seit einer Viertelstunde ins Waschbecken. Er drehte den Hahn zu und betupfte sein Gesicht mit einem Handtuch.

Er krümmte sich, als er sich daran erinnerte, daß ihn in jenen Collegetagen die Angst sogar bis aufs Baseballfeld verfolgt hatte, einst das heilige Refugium vor den eigenen Gefühlen. Als er in einem wichtigen Spiel gegen Arizona drei dumme Fehler machte und den Ball sogar viermal ins Aus schlug, fragte ihn sein Trainer, was zur Hölle mit ihm auf einmal los sei. Er zuckte nur die Schultern; tatsächlich wußte er ja selber nicht so genau, was mit ihm los war. Am nächsten Tag ging er in das Büro der Studentenpsychiatrie und ließ sich einen Termin bei Doktor Goodkind geben.

Die Möglichkeit, seine Zweifel und Verwirrungen offen aussprechen zu dürfen, beruhigte ihn und besserte seine Laune. In den ersten Sitzungen bemühte er sich, die Art seiner Sexualität zu verstehen, und in den folgenden Monaten versuchte er, damit klarzukommen. Indem er seine Homosexualität akzeptierte, wuchs Tootes Bedürfnis, auch mit anderen als nur dem Psychiater darüber zu sprechen. Aber der Druck, seine Orientierung der Öffentlichkeit gegenüber unter Verschluß zu halten, war größer. Studenten sind gemeinhin offener und freizügiger als andere soziale Gruppen, also gab es auf dem Campus keine Vorurteile gegen Homosexuelle. Anders war es bei den Sportlern, die Distanz wahrten und sich über die Schwuchteln bestenfalls lustig machten. Fünf lange Jahre hatte es gedauert, bis er ausreichend Kraft und Selbstvertrauen gewonnen hatte, sich zu outen. Aber jetzt würde er es endlich tun.

In einer Stunde.

Eigentlich hatte er sich das erste Mal einem anderen Patienten von Doktor Goodkind geoutet, einem sanft sprechenden Studenten, der Tootes gestammeltes Geständnis sehr sachlich aufnahm. »Hätte ich nicht von dir gedacht«, sagte der. »Aber ich finde es gut, daß du es mir gesagt hast. Daß du mir vertraust.«

Die ungeheure Erleichterung und Befreiung, die darauf folgte, ermutigte ihn, darüber nachzudenken, ob er nun auch Mutter und Vater informieren sollte. Wenn er ihren Pietismus auch ablehnte – sie waren seine Eltern. Er mußte es ihnen sagen, auch wenn sein Optimismus bezüglich ihrer Reaktion mehr als gedämpft war. Mit der Zeit war die Distanz zu seinen Eltern gewachsen. Über Grundwerte des Lebens, über Politik, über die soziale Organisation der Gesellschaft und vor allem über religiöse Pflichten konnten sie sich überhaupt nicht mehr verständigen. Während Dick an der Stanford-Universität Studenten unterschiedlichster Herkunft und deren Ansichten kennengelernt und im Unterricht verschiedene philosophische und politische Positionen studiert hatte, war der fundamentalistische Horizont seiner Eltern immer mehr zusammengeschrumpft, seit sie in der Bewegung der Religiösen Rechten aktiv mitwirkten und andere Auffassungen überhaupt nur noch zur Kenntnis nahmen, um sie von unerschütterlicher Warte aus ablehnen und bekämpfen zu können.

Als er anrief und ihnen mitteilte, daß er sie am kommenden Wochenende besuchen werde, waren sie überrascht und freuten sich.

Obwohl Dick das Wasser der Dusche, unter der er sich für sein Outing reinigte, immer heißer einstellte, fröstelte ihn bei der Erinnerung an den lange zurückliegenden Besuch. Als er vor dem Haus seiner Eltern parkte, strömten Kinder aus der Nachbarschaft herbei. Es dauerte einige Zeit, bis er begriff, daß nicht er die Attraktion war, sondern sein weißes Mercedes-Kabriolett, das Geschenk eines reichen Absolventen seiner Hochschule. Der opulente Dank an den Star, der Toote als erster Baseman geworden war, als seine Mannschaft die nationalen Hochschulmeisterschaften gewonnen hatte.

Nachdem sich der Auflauf gelichtet hatte, traten seine Eltern vor die Tür und drückten ihn an sich – der innigste Ausdruck von Zuneigung in seiner Familie. Er holte sein Gepäck vom Rücksitz, eine Reisetasche aus handgearbeitetem Leder mit seinem Monogramm, ebenfalls die Gabe eines dankbaren Absolventen der Stanford-Universität. Als er sie durch das Haus zu seinem alten Zimmer trug, fiel ihm auf, daß sein Elternhaus unordentlicher war als früher. Stapel von Zeitungen und Zeitschriften am Boden, daneben Bündel von Briefen, an den Wänden zwei neue, offenstehende, mit weiteren Papieren vollgestopfte Metallaktenschränke. Eher ein schlampig geführtes Büro als ein Wohnzimmer.

Anders als das Haus schienen seine Eltern kaum gealtert zu sein. Sie waren lebhafter, als er sich erinnerte, und dünsteten ungewohnte Energie und Zielstrebigkeit aus. Grinsend deutete er auf das im Wohnzimmer verstreute Material, die Stapel religiöser und rechtsgerichteter Literatur, die Poster, Abzeichen, Plakate, Anstecker, die zerfetzte Föten, wölfische Kommunisten und räuberische Homosexuelle zeigten.

»Was ist denn hier los?« fragte er. »Habt ihr ein Versandhaus aufgemacht?«

Sein Vater lachte. »Wenn du es so nennen willst? Aber wir versenden keine Waren, sondern Werte. Wir sorgen dafür, daß die amerikanischen Männer richtige Männer bleiben. Das ist ein Vollzeitjob, kann ich dir versichern. Besonders hier in Kalifornien mit all den Perversen und Degenerierten. Zur Zeit unterstützen deine Mutter und ich Anita Bryant und ihren Kreuzzug gegen die Unmoral derer, die Gottes Gesetze verletzen und unsere Kinder verderben wollen.«

Sein Vater legte den Arm um Mutters Schulter und lächelte. »Ja, mein Sohn, deine Leute machen sich einen Namen!«

Dick war bei der Erwähnung von Anita Bryant zusammengezuckt. Sie war eine abgehalfterte Popsängerin, deren unermüdliche Kampagne gegen ein Gesetz über Schwulenrechte in Dade County, Florida, sie bekannter gemacht hatte als ihre Songs: als Sprecherin derer, denen die Begriffe Homosexueller und Krimineller als Synonyme gelten. »Aber, aber«, stammelte er, »das ist doch furchtbar, was sie macht. Unschuldige Menschen attackieren!«

Sein Vater lächelte mild ironisch. »So unschuldig nun auch wieder nicht, Sohn. Überhaupt nicht unschuldig. Sie sind nicht unschuldig, denn sie verletzen Gottes Willen. Sie sind nicht unschuldig, denn sie locken Kinder an, um sie zu verderben. Jedes Mittel ist ihnen dafür recht. Sie mißbrauchen die Musik, die Kunst, die Politik.«

Die Mutter unterbrach ihn. »Weißt du, mein Lieber, sie können ihre Art nicht so erhalten, wie Gott es bestimmt hat, also können sich nur vermehren, indem sie die Jugend verführen. Unschuldig? Ganz im Gegenteil, das ist doch offensichtlich!«

Dick schüttelte energisch seinen Kopf. »Ihr wißt nicht, was ihr sagt. Ihr habt keine blasse Ahnung, worüber ihr sprecht!« Er konnte sich nicht beherrschen, er schrie, die Worte und Gefühle sprudelten aus ihm heraus. »Ihr nennt sie Perverse. Ihr nennt sie Degenerierte. Eigentlich solltet ihr etwas mehr über sie wissen! Einen von ihnen habt ihr zum Sohn. Ihr habt einen dreckigen Homo als Sohn. Mich!«

Sein Vater starrte ihn ungläubig an. Seine Mutter hielt sich die Ohren mit den Händen zu, versuchte, nicht zu hören, was sie gehört hatte. Dann schrie sie: »Nein! Nein!« und schlug Dick mit aller Kraft ins Gesicht.

Sie starrten sich an, als der Abdruck ihrer fünf Finger auf seiner Wange sichtbar wurde. Niemand sprach. Dann wandte er sich um und verließ das Haus.

Er fuhr in seine alte High-School, parkte, kletterte auf die Zuschauertribüne des Stadions und starrte über das Feld, auf dem er zum Baseballspieler geworden war. Ihm war schwindlig. Er fühlte sich leer. Zwar hatte er kein Verständnis erwartet, aber auch nicht diese brutale Feindseligkeit. Lange saß er da und starrte vor sich hin, bis er sich endlich entschloß, wieder nach Hause zu fahren. Dorthin, wo er früher zu Hause gewesen war. Trotz der Spannung fühlte er sich besser als je zuvor, erleichtert, weil er die Wahrheit ausgesprochen hatte. Und so war er völlig unvorbereitet darauf, daß auf den Stufen vor der Haustür nur sein Gepäck ihn erwartete.

Das warme Wasser war verbraucht. Die kalte Dusche brachte ihn in die Gegenwart zurück, und Dick genoß es, sich so gründlich gereinigt zu haben. Lange hatte er nicht an seine Eltern gedacht. Warum jetzt, fünf Jahre nach der letzten Begegnung? Keinen seiner Briefe hatten sie beantwortet; alle waren ungeöffnet zurückgekommen. Wenn er anrief, klickte sofort der Hörer auf die Gabel.

In den Jahren danach hatte er ohne Erfolg herauszufinden gesucht, weshalb er ein Gay war. Er wußte nur, daß er sich nicht bewußt dafür entschieden hatte, so, wie ja auch die Heterosexuellen sich nicht für ihre sexuelle Orientierung entscheiden – sie haben sie einfach. Zu diesem Schluß war er durch die Therapie bei Doktor Goodkind gekommen. Doch daß seine Eltern ihn verstoßen hatten, traumatisierte ihn so stark, daß er sich bis jetzt keinem anderen Heterosexuellen offenbart hatte. Nur unter Gays und Lesben war er offen, in ihren Bars und auf ihren Partys, und natürlich zu seinen Liebhabern, gleichgültig, ob es sich um einen One-Night-Stand oder um eine aufreibende, lange Affäre handelte.

Jetzt, da der Termin für das öffentliche Abnehmen seiner Maske unmittelbar bevorstand, versuchte er, sich auf die zu erwartenden Fragen der Reporter vorzubereiten – und vor allem auf die Antworten, die er ihnen geben wollte. Kein amerikanischer Präsident oder Präsidentschaftskandidat hatte die Konfrontation mit der Presse je sorgfältiger geprobt.

Er hatte dafür gesorgt, das Geheimnis zu wahren, nicht, um mehr Wirkung zu erzielen – was natürlich auch eine der Folgen sein würde –, sondern weil er sich selbst erklären wollte, in seinen eigenen Worten und unter den von ihm selbst gewählten Bedingungen.

Das Resultat war seine Pressemitteilung, in kurzen, treffenden und zugleich nichtssagenden Worten abgefaßt. Nach der sorgfältigen Auswahl einer konservativ gestreiften Krawatte las er sich noch einmal die Kopie durch, die auf seiner Kommode lag:

An: Alle Nachrichtenmedien
Von: Dick Toote
Betrifft: Pressekonferenz

Ein Gegenstand von großem Interesse für mich, der, wie ich annehme, auch Sie interessieren wird, veranlaßt mich zu dieser Einladung. Am Mittwoch um 14 Uhr werde ich in Gallagher's Steak House zugegen sein, um eine Erklärung abzugeben und auf Ihre Fragen zu antworten. Gallagher's befindet sich in der Nummer 228, West, Zweiundfünfzigste Straße.

Rasiert, geduscht und angekleidet, beruhigte sich Toote damit, daß er als Berufssportler fast an jedem Tag der Spielsaison kritische Situationen meistern mußte. Wieder und wieder hatte er seine erfolgloseren Mannschaftskameraden mit einem guten Schlag, mit der Chance für einen Extrapunkt oder auch nur durch seine Überzeugungskraft mitgerissen. Doch war er nicht sicher, daß der Heroismus des Sports sich so einfach würde auf das wirkliche Leben übertragen lassen. Das mochten vielleicht

Laien glauben, aber als Sportler war er darauf trainiert, die Besonderheiten jeder Situation zu erkennen. Er erinnerte sich an eine Kolumne von Ira Berkow in der *New York Times* über Lefty Gomez, den legendären Spieler der Yankees. Der achtzigjährige Werfer lag auf seinem Sterbebett. Der Doktor hatte gesagt: »Lefty, stellen Sie sich vor, Sie stehen auf dem Wurfhügel, und dann stufen Sie Ihre Schmerzen ein in Werte zwischen eins und zehn.« Und Lefty hatte ihn angeschaut und gefragt: »Wer ist der Schläger, Doc?«

Gut, dachte Toote, als er ein Taxi für die Fahrt zu Gallagher's Steak House rief, ich bin bereit.

4

Sein Schreibtisch bei der *New York Post*, so hatte der Sportjournalist Stan Mann seiner Frau Marti erzählt, stand so nah am Fulton-Fischmarkt, daß er ihn riechen könnte, würde seine eigene Zeitung nicht so bestialisch stinken. »Dann hau dort doch endlich ab!« hatte sie gesagt. Er wußte, daß es besser für ihn wäre, aber er wußte auch, daß er nicht weggehen würde. Er versuchte, Marti zu erklären, daß er in seinem Alter bei keiner anderen Zeitung mehr unterkommen würde – schon gar nicht mit dem inzwischen gewohnten Gehalt. Er hatte schlichtweg Angst.

Nach dreißig Jahren – o Gott, so lange war er schon dabei? –, nach dreißig Jahren fühlte er sich an die *Post* gekettet – durch seinen Charakter, durch die Unwägbarkeiten eines Lebens jenseits der vertrauten Flure und durch die zahlreichen Prämien, die langjährigen Mitarbeitern zustanden. »Meine Zukunft«, hatte er einem Kollegen anvertraut, »liegt in der Vergangenheit.« Er war jetzt Ende Fünfzig. Die Aussicht auf eine behagliche Pension hatte ihn in höherem Maße korrumpiert, der *Post* treu zu bleiben, als der optimistischste Personalchef zu hoffen gewagt hätte.

Paradoxerweise weckte das Rentenprogramm seiner Firma, das den Mitarbeitern Sicherheit garantieren sollte, seine Ängste. Was, wenn ein impulsiver Ausrutscher oder irgendeine Nachlässigkeit die Rente gefährdete? Solche Gedanken waren ihm in den zwanzig Jahren, in denen er sich vom Durchschnittsreporter zum Autor einer vielbeachteten Kolumne hochgearbeitet hatte, nie gekommen. Damals war es ihm nur um die Erweiterung seiner journalistischen Freiheit gegangen. Über Sport hatte er eine Menge zu sagen. Das meiste davon war unkonventionell.

Sport, darauf hatte er immer bestanden, sollte Spaß machen. Von Anfang an hatte er sich über die Prunksucht, den schnöden Materialismus und die Heuchelei des Sportestablishments lustig gemacht. Bei jeder Gelegenheit deckte Stan auf, wie das Geld und nicht Spielfreude oder Kameradschaft die Mannschaften und Sportler motivierte. Er war einer der ersten, der auch Profisportler als Menschen mit Problemen und Leidenschaften beschrieb, nicht als Idole. Seine Reportage über eine typische Tournee, in der er auch die Saufereien und die sexuellen Eskapaden mit Groupies nicht ausgespart hatte, galt inzwischen als Klassiker des Enthüllungsjournalismus. Und er war einer der ersten gewesen, der das politische und soziale Bewußtsein im Baseball hinterfragte.

Obwohl Stan die Sportszene erst betreten hatte, nachdem Jackie Robinson als erster Schwarzer die Farbbarriere zum bis dahin weißen Baseballsport übersprungen hatte, entging ihm nicht, daß der Rassismus im Establishment weiter existierte, auch wenn er auf dem Feld überwunden schien. In seiner Kolumne untersuchte er das proportionale Verschwinden von Nichtweißen aus der Statistik, je höher man sich von der Spielerebene hinauf an die Spitzen des Managements arbeitete – ein Artikel, der Gegenstand zahlreicher Soziologievorlesungen an Universitäten wurde. Als Mitte der Sechziger ein Team aus dem Mittelwesten für seinen Star, einen schwarzen Mittelfeldspieler, im Klubhaus eine Geburtstagsparty veranstaltete und dabei Wassermelone servierte, obwohl alle weiße Hemden trugen, war die *Post* die einzige Zeitung, die über das Fest der bekleckerten Hemden berichtete. Natürlich zählte die Mannschaft, eingeschlossen das Geburtstagskind, von da an nicht mehr unbedingt zu den Fans seiner Kolumne.

Stan kannte viele nichtweiße Baseballspieler, Schwarze und Latinos, nicht nur auf dem Feld, sondern auch privat. Solche Kontakte wurden stets belohnt mit Geschichten über das Aufwachsen in Ghettobanden oder in den staubigen, armen Dörfern von Mittelamerika. Seine jahrzehntelange Arbeit hatte ihm die Feindschaft einiger Sportler, die Kritik vieler Verleger und den Neid der meisten Kollegen eingebracht. Viele Reporter folgten seinem Beispiel; er hatte den Boden für eine neue Art des Sportjournalismus bereitet.

Als die Zeiten sich änderten und der Wettbewerbsdruck durch Radio und Fernsehen die Verleger dazu trieb, ihre Leserscharen durch billigen Revolverjournalismus erhalten zu wollen, entdeckte er schnell, daß graue Statistiken, oberflächlich recherchierte Artikel über Trends und Schwächen, die nur im Kopf der Reporter existierten, den wirklich sportinteressierten Lesern nicht genügten. Stan betrachtete solche Entwicklungen mit Abscheu und parodierte sie. Er veranstaltete Wettbewerbe, um den geizigsten Klubbesitzer, den erfolglosesten Manager, die dümmste Sportzeitung zu prämieren, und forderte die Leser auf, ihm durch rege Beteiligung die Auswahl zu erleichtern. Während die Kolumnen Stans Lesern gefielen, machten sie seinen Chef wütend.

Früher ein Leuchtturm des Liberalismus, war die *Post* inzwischen fast schon zu einem Modell für Sensationsjournalismus geworden. Verbrechen und Sex von der ersten bis fast zur letzten Seite, dargestellt auf einem Niveau, das er nicht ernst nehmen konnte. Als er sich über die Versessenheit des Blattes auf Gossenjournalismus in seiner Kolumne lustig machte, hatten die Ressortleiter und die Chefredakteure schwer damit zu kämpfen, ihren Mißmut nicht allzu laut werden zu lassen, da Umfragen unter der Leserschaft ergeben hatten, daß »Von Mann zu Mann« eine der Hauptattraktionen der Zeitung war.

Stan verstand es, ernste Gedanken leicht und banale Einfälle frappierend wirken zu lassen. Seine Kolumne wurde zum Lehrstoff in Journalistikkursen und ihr Autor zur Kultfigur im amerikanischen Sportjournalismus. Wenn er den gar zu zahlreichen

Einladungen der Universitäten folgte, nutzte er seine Vorträge, um immer wieder seine Überzeugung zu verkünden, Sport sei nur ein Spiel und auch der Journalismus solle Spaß machen. Die letzten Zeilen seines Standardvortrages wurden so populär, daß die Studenten sie singen konnten: »Wenn du aufhörst, Spaß am Spiel zu haben, häng deinen Sackschutz an den Nagel. Aber sei gut zu dir. Nimm ihn erst ab.«

Jetzt, als Stan vor dem leeren Bildschirm seines Computers saß, spürte er, daß immer noch Reste der einstigen Freude am Beruf in ihm schlummerten. Die Geschichte mit Toote hatte seine Neugier geweckt. Ein Hauch des alten Enthusiasmus hatte ihn gestreift, herübergeweht aus jener Zeit, als er Tag für Tag begeistert zur Arbeit gerannt war, weil er daran glaubte, daß für irgend jemand wichtig sein könnte, was er schrieb.

Er dachte wieder an den jungen Absolventen der Journalistikschule, dessen Credo es gewesen war, den Bedrängten beizustehen und ihre Peiniger zu bedrängen. Von den Kursen war wenig hängengeblieben, aber das Diplom hatte ihm einen Job bei der *Sun* in Binghampton im Staat New York verschafft. Er schrieb für die Lokalredaktion und ärgerte sich von Anfang an darüber, daß die Zeitung sich verpflichtet fühlte, die Vorurteile ihrer konservativen Leserschaft anzuheizen, und freudig nutzte er die erste sich bietende Gelegenheit, in die Sportredaktion zu wechseln. Eine seiner ersten Aufgaben waren Berichte über die Spiele der Triplets, eines Baseballteams der Liga Ost. Und obwohl er das Tempo des Baseballs langweilig fand, war er doch auch froh über die Intervalle zwischen den Spielen, denn dabei hatte er Gelegenheit zum Nachdenken und Beobachten.

Während er durch Tribünen und Sitzreihen wanderte, fand Stan schnell heraus, daß die Fans interessanter waren als seine Kollegen und übrigens auch als die meisten Spieler, die hauptsächlich daran dachten, bezahlt zu werden, Frauen aufzureißen und ihre Namen in der Zeitung zu lesen.

An einem Abend während eines ansonsten bedeutungslosen Spiels traf Stan Marti. Das war kein Zufall. Er hatte sie schon früher gesehen, in derselben Loge an der dritten Feldlinie, neben demselben alten Mann, wahrscheinlich ihrem Vater. Und wie sie ihr langes, rotblondes Haar durch die Luft wedelte, war ein Anblick, dem er nicht widerstehen konnte.

Es war heiß und stickig. Selbst die vertraute leichte Brise, die sonst den rechtshändigen Schlägern beim Zielen half, hatte sich gelegt. Stan beobachtete die Menge und vermutete, daß noch nie so viele Programme verkauft worden waren wie an jenem Tag: Jeder brauchte eines, um sich damit Luft zuzufächeln. Obwohl das Stadion nicht sonderlich gut besucht war, würden die Verkäufer nach dem dritten Spieldurchgang kein Bier und nach dem fünften kein Soda mehr haben.

Als ihr Begleiter sie verließ, stolperte Stan fast, als er zu ihrer Loge eilte. »Hey«, sagte er. »Ich bin von der *Sun*.«

Sie sah ihn mit einer Mischung aus Neugier und Belustigung an, und er stellte fest, daß ihre Augen grün waren. Ihr Mund war breiter, als er gedacht hatte, und ihre Oberlippe war verführerisch voll. Sie kräuselte sie leicht, als sie sagte: »Sie wollen doch nicht etwa über mich berichten? Das da unten ist die Show.«

»Ich ... ja, das heißt, nein«, stotterte Stan. »Sie haben mich aus dem Konzept gebracht.«

»Tatsächlich?« fragte sie. »Mich kann hier so leicht nichts überraschen. Nichts und niemand.« Ihre Ironie entmutigte ihn nicht. Ihre Stimme klang sanft. Sie sprach ohne erkennbaren Akzent, nur daß sie nicht aus dieser Gegend stammte, schien ihm sicher.

Stan setzte sein gewinnendstes Lächeln auf und sagte: »Sie sind auch nicht aus Binghampton? Und ich dachte schon, ich bin hier der einzige Sträfling.«

»Na he«, sagte sie belustigt, »Sie haben doch nicht etwa an unserem reizenden Binghampton etwas auszusetzen? Der Dreifachstadt in Gottes eigenem Land? Wissen Sie denn nicht, wie wundervoll es hier ist? Wie überaus glücklich Sie dran sind, Ihre Strafe hier abzusitzen? Stellen Sie sich nur vor, daß man Sie deportieren würde«, sie machte eine Pause und imitierte den breiten ländlichen Binghamptoner Akzent, »nach Paris, Frankreich, oder

London, England, oder gar«, Abscheu in der Stimme, »New York, New York.«

»Oh, bitte«, sagte Stan und streckte flehend die Hände aus, »bitte deportieren Sie mich!«

Jetzt sah er unruhig auf die Uhr an der Wand seines Büros in der *Post*. Was ihm über Toote eingefallen war – herzlich wenig, das war ihm bewußt –, hatte er längst geschrieben. Erst nach dessen Pressekonferenz würde er mehr wissen. Aber seine Kolumne mußte er sofort schreiben. Uninspiriert durchkramte er sein Gedächtnis nach heiteren Baseballanekdoten. Glücklicherweise konnte er, wenn es sein mußte, auch ohne Einfall drei Kolumnen pro Woche füllen. Zumindest sein Vorrat an lustigen Begebenheiten war noch nicht erschöpft.

Dann schweiften seine Gedanken doch wieder ab, zurück zu dem Abend, als er Marti kennengelernt hatte. Er erinnerte sich, daß sie gerade lachte, ermutigend lachte, wie er es deutete, als über Lautsprecher, wie vor jedem Baseballspiel, die Nationalhymne angekündigt wurde. Alle erhoben sich, und er registrierte zufrieden, daß er ein paar Zentimeter größer war als sie und daß sie keinen Ring trug.

Die Musik endete mit den Hochrufen der Menge und dem Lärm, den ein paar tausend Zuschauer allein durch ihre Anzahl produzieren, wenn sie ihre Plätze einnehmen. Der Rasen glänzte frisch und grün im Scheinwerferlicht. Die Sandwege auf dem Spielfeld waren noch unbetreten, die Begrenzungsmarkierungen schimmerten weiß. Es war immer dasselbe: Die Erwartung wuchs, durch die Unvorhersehbarkeiten des Spiels und überraschende Möglichkeiten, einmal mehr begeistert zu werden. Eine leere Leinwand, die auf den Pinsel des Malers wartet. Stan ging nicht zurück zur Presseloge, sondern setzte sich neben Marti, aber um sich vor sich selbst zu rechtfertigen, zog er wenigstens seinen Schreibblock heraus und klappte ihn auf. Erstaunt blickte sie ihn an und fragte: »Sie sind wohl wirklich einer von den Bossen bei der *Sun*?«

»Na ja, um genau zu sein, noch nicht. Ich muß sie erst an den

Gedanken gewöhnen, daß ich es eines Tages sein werde. Im Augenblick bin ich noch dabei, erst mal Land und Leute kennenzulernen. Wie, zum Beispiel, Sie. Können Sie mir etwas über sich erzählen? Also Name, Adresse, Telefonnummer – Pardon, den Beruf meinte ich natürlich. Wie oft kommen Sie hierher, warum und so weiter.«

»Wissen Sie genau, daß Sie meine Antworten in Ihrem Blatt veröffentlichen wollen?«

»Ganz, wie Sie wünschen«, sagte Stan. »Ich könnte sie auch für mich behalten.«

»Sind Sie sicher«, fragte sie übertrieben ernsthaft, »daß Sie wirklich von der Zeitung sind? Vater sagt, daß wir dieser Tage sehr vorsichtig sein müssen – wegen Korea und wegen der Russen und der Chinesen und was sonst noch so los ist. Er sagt, man darf niemandem trauen und es ist ganz prima, daß Senator McCarthy endlich den Kommunisten und den Roten in der Regierung und der Armee und Gott weiß wo sonst noch auf die Spur gekommen ist.«

»Ach was. Ihr Vater mag McCarthy?«

»Mögen ist gar kein Ausdruck. Er ist verrückt nach ihm wie alle seine Freunde. Und wohl auch meine Mutter, aber das ist ungewiß, weil man mit ihr über gar nichts sprechen kann als über das nächste Abendessen. Sie denken, es ist an der Zeit, daß endlich jemand den Schneid hat, diesen Verrätern die amerikanische Faust zu zeigen.«

»Und Sie?« fragte Stan verunsichert. »Was denken Sie über McCarthy?«

Sie grinste. »Ich denke, er ist eine Katastrophe. Sie etwa nicht?«

»O ja«, sagte Stan erleichtert. »Äh, da Sie inzwischen genug über mich wissen, um mich deportieren zu können, meinen Sie nicht, daß ich wenigstens Ihren Namen erfahren sollte?«

»Marti«, sagte sie. »Mit einem *i*, weil es die Kurzform von Martine ist.«

»Gut, daß Sie es erklärt haben, sonst hätte ich glatt angenommen, daß es Martini bedeutet.«

»Beißen Sie sich auf die Zunge«, sagte sie. »Wenn mein Vater das gehört hätte, dann würden Sie auf der Stelle deportiert werden.«

»Schön wär's. Aber warum sollte er?«

»Er arbeitet bei IBM. Für die und besonders für ihn ist Trinken fast so ein Sakrileg wie das Hantieren mit einem Rechenschieber. Das sollte selbst ein Sportjournalist wissen.«

Stan erinnerte sich an seine erste Woche bei der *Sun*, als er einen alten Reporter bei dessen Recherchentour begleitet hatte. In Endicott, wo IBM eine Fabrik hatte, besuchten sie die örtliche Polizeistation. Während der Reporter Informationen über einen Mann aufschrieb, der wegen Trunkenheit am Steuer festgenommen worden war, rief eine Stimme aus einer der Zellen: »Bitte, bitte schreiben Sie meinen Namen nicht in die Zeitung. Die schmeißen mich raus. Ich habe Familie. Geben Sie mir eine Chance. Bitte!«

Fragend sah Stan seinen Mentor an. »Er arbeitet bei IBM«, erklärte der alte Reporter. »Der Mann hat recht. Wenn sie herausfinden, daß er wegen Alkohol am Steuer erwischt wurde, entlassen sie ihn fristlos.«

»Und was werden Sie tun?«

»Ich? Die Story schreiben, was sonst. Für diese Gegend hier ist das eine Nachricht. Und wenn der Bursche bei IBM arbeitet, ist es sogar eine heiße Nachricht, weil jeder Leser weiß, daß es ihn seinen Job kostet.«

»Aber«, sagte Stan, »was ist, wenn er freigesprochen wird? Vielleicht ist er unschuldig.«

»Das geht allein ihn und seine Firma etwas an. Verdammt, mein Job ist es nicht, mich aufzuregen, was mit den Leuten passiert, sondern darüber zu schreiben. Wenn ich sehe, daß es eine Nachricht ist, schreibe ich sie auf. Und wenn ich sie aufschreibe, wird sie gedruckt. Das ist mein Beruf. Das ist unser Beruf. Wenn du dir Sorgen darüber machst, was passieren könnte, nachdem du es aufgeschrieben hast, brauchst du mit dem Schreiben erst gar nicht anzufangen. Was nach der Veröffentlichung geschieht, geht uns nichts an, es sei denn, es ist Material für den nächsten Artikel. Wichtig ist nur, daß die Nachrichten stimmen.«

Der Vorfall hatte Stan beunruhigt, weil er mit seinem noblen Credo kollidierte. Der IBM-Angestellte war kein Peiniger, den zu bedrängen er für seine Pflicht gehalten hätte. Auf einmal besaß er, gegen seinen Willen, die Macht, jemanden, der sowieso schon hilflos war, endgültig fertigzumachen. Das war eine Konsequenz seines Berufes, auf die sein Studium ihn nicht vorbereitet hatte. Damals, im Stadion, hatte Marti ihn erwartungsvoll angesehen, weil er so lange schwieg. Stan hatte genickt. »O ja, das ist in der Sportredaktion bekannt.«

Wie aufs Stichwort unterbrach ihn eine männliche Stimme. »Guten Abend wünsche ich. Malcolm Wyatt. Ich bin Martis Vater«, stellte er sich vor und streckte seine Hand aus, die Stan heftig schüttelte. »Ich bin Stan Mann«, erwiderte er. Und fügte, nach einem Blick in ihre Richtung, hinzu: »Ein Freund von Marti.«

Die Hitze machte insbesondere dem Werfer zu schaffen. Im sechsten Durchgang sorgte ein Neuling namens Schwartzenberger für den Höhepunkt des Spiels. Mit einem unhaltbaren Schlag weit über die Umgrenzung des Feldes hinaus verschaffte er seiner Mannschaft einen grandiosen Homerun. Unter dem Jubel der Triplet-Fans und zum Ärger der Gäste unterbrach Schwartzenberger seinen Lauf um den Platz an jedem Wendepunkt für ein halbes Dutzend Freudensprünge – nach seinem Schlag hatte er alle Zeit der Welt dafür. Als er zum nächsten Schlag antrat, strafte der Werfer den kräftig gebauten Neuling für seine Arroganz. Er mußte Deckung nehmen, um zu vermeiden, daß der Ball ihn traf. Gereizt sprintete er mit erhobenem Schläger auf den Werferhügel zu. Die beiden konnten gerade noch getrennt werden, ehe jemand verletzt wurde. Die Strafe in Höhe von fünfundzwanzig Dollar bezahlten die Triplets freudig, hatten sie doch nun endlich eine echte Attraktion, und von da an versäumten sie auch nicht, Schwartzenberger für jedes Spiel aufzustellen.

»Warum haben Sie den Werfer nicht niedergeschlagen?« fragte ihn Stan nach dem Spiel. Schwartzenberger zwinkerte dem Reporter zu und grinste vielsagend. In der nächsten Ausgabe der *Sun* beschrieb Stan begeistert Binghamptons neuen Helden, den verbissen kämpfenden kleinen Kerl, der wußte, wie man Leben in Baseballspiele und in Zeitungsinterviews brachte. Bis zum August war der Feldspieler in so viele Auseinandersetzungen verwickelt, daß er das von Stan Mann am häufigsten verwendete Adjektiv »scrappy« – raufustig – zu seinem Vornamen erklärte. Und wo er schon einmal dabei war, sich umzubenennen, verkürzte er durch offiziellen Eintrag bei den Behörden gleich noch seinen Familiennamen um sämtliche Vokale zu Schwrtznbrgr, weil er in voller Länge nicht auf die Anzeigetafeln paßte. Stan brachte die Geschichte bei *Associated Press* unter.

Abgesehen von der Attacke auf den Werfer war das Spiel so langweilig, daß Martis Vater die ganze Zeit über Politik schwadronierte. »Als Mitglied der Vierten Gewalt«, sagte er Stan, »sind Sie sich gewiß der Gefahr des internationalen Kommunismus bewußt, und Sie werden die Anstrengungen der Patrioten würdigen können, diese Gefahr offenzulegen und ihr entgegenzutreten. Und Sie werden auch bemerkt haben, daß viele den Patrioten noch gleichgültig gegenüberstehen und einige sogar regelrecht feindselig.«

Stans Magen verkrampfte sich. Ein politischer Streit mit dem Vater des Mädchens, in das er sich gerade verliebt hatte, war das letzte, was er brauchen konnte. »Nun, Sir«, sagte er leichthin, »in der Sportredaktion haben wir es mit so kritischen Ereignissen zu tun wie der Grundfrage, ob die Triplets gewinnen oder verlieren.«

Aber Mister Wyatt ließ sich nicht ablenken. »Mir sind die Grenzen des Umfelds, in dem Sie sich derzeit bewegen, durchaus bewußt. Aber Sie werden doch trotzdem erkennen, wogegen unser Land sich wehren muß! Und wie wir es schützen müssen.«

»Ja, klar, ich weiß ziemlich genau, wogegen wir angetreten sind«, stimmte Stan zu. »Und ich weiß auch, wie ich uns gern schützen würde.«

Zufrieden nickte Mister Wyatt. »Ich weiß, die *Sun* gibt ihr Bestes, aber ihre Möglichkeiten, die Entscheidungsschlacht zu beeinflussen, sind doch recht gering. Und die meisten anderen Zeitungen erscheinen zwar mit schwarzen Lettern, aber das ist Tarnung. Wären sie ehrlich, würden sie ihre Ergüsse, vorsichtig gesagt, rosa drucken müssen. Wir brauchen mehr von solchen kraftvollen Schreibern wie Westbrook Pegler und mehr mutige Zeitungen wie das New Yorker *Journal-American*.«

Stan hoffte, daß sein Zusammenzucken unbemerkt blieb. Westbrook Pegler, früher einmal Sportjournalist, inzwischen unermüdlicher Kämpfer für die Oberen Zehntausend, ein kraftvoller Autor? Dessen politischer Geschwätzgroßhandel war die genaue Antithese zu Stans Konzept von journalistischer Integrität.

»Haben Sie je daran gedacht, für das *Journal* zu arbeiten?« fragte Wyatt.

»Ich habe oft daran gedacht, wie es sein würde«, erwiderte Stan unverbindlich.

»Du warst großartig«, sagte Marti später, als ihr Vater auf die Toilette gegangen war.

»Na ja, ich würde mich wohler fühlen, wenn ich nicht so herumgeeiert hätte«, sagte Stan. »Wenn ich ehrlich gesagt hätte, was ich von dem ganzen politischen Mist halte.«

»Nein, nein, du warst wirklich prima. Es ist leicht, ihn für einen faschistischen Plattkopf zu halten, aber wenn man ihm das zu verstehen gibt, schreibt er einen ab.« Marti nahm seine Hand. »Ich glaube, du hast ihn genau richtig behandelt.«

◇

Stan zählte die Worte seiner Anekdoten-Kolumne und stellte überrascht fest, daß der Text bereits lang genug war und sich auch flüssig las, obwohl er ihn in völliger Geistesabwesenheit getippt hatte. Er sicherte den Text und schickte ihn durch das Computernetz in den Speicher der Sportredaktion. Dann tauchte er sofort wieder in seine Erinnerungen ein und schüttelte den Kopf über seinen jugendlichen Idealismus. »Es ist schon blöd, wenn man nicht sagen kann, was man will«, hatte er damals zu Marti gesagt. »Ich meine, nicht nur deinem Vater gegenüber. Der ist ja nicht anders als diese ganze Gegend hier. Die Beschränktheit, der Konformismus. Ich hatte gedacht, wenn ich über Sport schreibe, entkomme ich der reaktionären Politik. Aber das funktioniert nicht. Ich will dir keine Vorträge halten, Marti, aber wir können nicht einfach daneben stehen und zusehen, wie das Land aus dem Gleis kommt. Wir müssen handeln. Wir müssen aufstehen und schreien. Und ich bin verdammt sicher, daß ich das bei der *Sun* nicht kann.«

Marti hatte ihn bewundernd angesehen. »Du hast recht«, sagte sie. »Aber was willst du machen? Wohin möchtest du gehen?«

»Die einzige Zeitung hier, die wirklich gegen McCarthy Stellung bezieht, ist die *Post* in New York«, hatte Stan erwidert. »Sie haben die Möglichkeiten, und sie haben den Mut. Dort gehöre ich hin.«

»Dann geh doch«, hatte Marti gesagt.

Und genau das tat er.

5

»So, wie du aussiehst, verkneife ich mir lieber die Frage, wie du dich fühlst«, sagte Ruby.

»Um keinen Preis der Welt bläst er die beschissene Pressekonferenz ab«, antwortete Scrappy. »Scheint derzeit das absolut größte Ding in seinem Leben zu sein. Wie eine fromme Erleuchtung oder so was. Ich weiß nicht, was manchmal in diese Leute fährt.«

»Was in sie fährt, das sind sie selber«, alberte Ruby.

»Du wirst entschuldigen, daß ich nicht darüber lachen kann«, schnaubte Scrappy. »Ich sterbe, und du machst blöde Witze. Ich hab Toote einfach nicht verkaufen können. Und nächste Woche werde ich auf dem ganzen Team sitzenbleiben. Es ist unglaublich, daß ein so guter Spieler eine Schwuchtel ist. Jesus!«

Scrappy nahm die Wodkaflasche aus dem Kühlschrank und goß sein Glas voll. Ruby lehnte ab, obwohl ihm Scrappy gar nichts angeboten hatte.

»Na ja«, sagte Ruby, »es ist ja wenigstens nicht das erste Mal, daß so was im Sport passiert. Bill Tilden war so schwul wie nur irgend möglich, und Billy Jean und diese Tennis-Lesben ...«

»Tennis!« sagte Scrappy angewidert. »Was hat Tennis mit Baseball zu tun?«

»Gut, dann eben Baseball«, setzte Ruby seinen Gedanken fort. »Dieser Schiedsrichter, du wirst dich an ihn erinnern, Dave Pallone. Der hat sogar ein Buch darüber geschrieben.«

»Ruby, hier geht es um Sportler, und du bietest mir einen blöden Schiedsrichter an! Von denen erwartet doch keiner was!«

»Okay, okay. Vor ein paar Jahren gab es im Profi-Football auch so einen Fall«, fuhr Ruby fort. »Der hat auch ein Buch geschrieben. Wenn ich mich richtig erinnere, behauptet er darin, daß noch ein paar andere so sind wie er.«

»Ach, das behaupten sie alle. Sogar Toote. Er wollte mir einreden, daß Kerle wie Dave Ripp und Romanski schwul sind. Das ist doch der Gipfel! Es soll sich nur nicht so anhören, als ob sie die einzigen sind.«

»Ripp und Romanski?« wiederholte Ruby. »Da hat er aber ein paar illustre Namen genannt.«

»Habe ich ihm auch gesagt. Seine Aufzählung klang wie die Bestenliste für das All-Star-Team.«

»Er hat gesagt, das sind Schwuchteln?« Ruby begann zu kichern.

»Ja. Und Mickey Mayo und Gonzalez und Tony Mike. Und auch der: Gigolo Johnson, der beste Mann der Oberliga nach Toote.

Nun lachte Ruby laut. »Was für ein Spaß. Die Topleute in der Liga sind warme Brüder? Schwulsein scheint zu nutzen. Kein Wunder, Scrappy, daß du es nie bis ganz oben geschafft hast.«

Vorausboten des Wodka erreichten Scrappys Gehirnzellen. Er füllte sein Glas nach, fischte ein staubiges Glas aus seinem Schreibtisch und füllte es für Ruby.

»Da würde ein verfickt gutes Team rauskommen«, sagte Scrappy.

»Verfickt?« wiederholte Ruby das von Scrappy gedankenlos benutzte Kraftwort. »Na, wenigstens die Frauen würden sie verschonen.« Die beiden lachten.

»Kannst du dir das vorstellen«, Scrappy lachte noch immer, »eine Tuntenmannschaft?«

»Klar.« Ruby stieg sofort auf Scrappys Schnapsidee ein. »Sie würden im rosa Dreß auf den Platz tänzeln.«

»Nicht rosa. Lavendel. Weißt du nicht, was in ist?«

»Es reicht zu wissen, wer drin ist. Mehr brauchen wir nicht zu wissen.«

»Statt eines Trainers«, spann Scrappy weiter, »müssen wir einen Friseur einstellen.«

»Ja, und wir kaufen Spikes mit hohen Absätzen und im Großhandel Nagellack für die Zehen.«

Ihr Gelächter erstarb, als sie merkten, daß ihre hektische Fröhlichkeit nicht echt war. Scrappy schenkte Wodka nach. Schweigend tranken sie, starrten ins Leere, allein mit sich und den eigenen Gedanken.

»Scrappy!« sagte Ruby plötzlich. »Was wäre, wenn – guck nicht so, laß mich erst mal ausreden –, was wäre, wenn Toote die Wahrheit gesagt hat? Wenn diese Jungs wirklich schwul sind?«

»Hä?«

»Die wären eine verflucht gute Mannschaft. Ich meine, die sind hervorragend.«

»Hä?«

»Nimm einfach mal an, jemand steckt sie zusammen. Zum Spielen natürlich! Die könnten glatt unschlagbar sein!«

»Ja«, stimmte Scrappy zu. »Die wären sensationell. Aber wer würde ihnen zusehen? Wer würde Eintritt für eine Bande von Schwulen bezahlen? Und selbst wenn sich genügend Zuschauer finden – wer würde sich die leisten können? Die gehören zu den bestbezahlten Baseballspielern. Du sprichst über Millionen. Soviel Geld hat niemand. Nicht mal Donald. Es ist fast so, als würden wir das ganze All-Star-Team kaufen.«

»Ist mir durchaus klar«, sagte Ruby lächelnd. »Aber wie hoch ist der Verkaufspreis für einen schwulen Star?«

Scrappys Augen wurden schmaler. »Du ausgekochtes Schlitzohr!« rief er, als ihm endlich dämmerte, worauf Ruby hinauswollte. Er sprang aus seinem Stuhl und drosch auf die Schulter seines Pressemanagers ein. »Was für eine Idee! Was für eine irre Idee! Du bist ein Genie! Ein verfluchtes Genie!«

Ruby grinste. »Okay, okay, die Idee ist gut. Aber es wird etliche

Probleme geben. Eines davon ist dir eben schon eingefallen: Wer würde bezahlen, um Schwuchteln zu sehen?«

Scrappy überlegte einen Moment. »Ruby«, sagte er, »wer hat bezahlt, um Liberace zu sehen? Millionen! Und was ist mit Michael Jackson? Ob er ein Kinderschänder ist oder nicht, Millionen und aber Millionen wollen ihn hören. Die sind sogar bereit, für jemanden zu zahlen, den sie hassen. Nimm Mohammed Ali. Sie haben ihn gehaßt, weil er ein arroganter Nigger war, aber sie haben ihn zum Multimillionär gemacht. Was Amerikaner haben wollen, sind Gewinner. Und ein Gewinner kann alles sein. Sogar schwul.«

Scrappy spürte, wie seine gute Laune zurückkehrte. »Du bist unglaublich, Ruby. Ich habe schon immer gewußt, daß du wert bist, was ich dir zahle.«

Ruby nutzte die Gelegenheit und goß sich selber einen Wodka ein. »Du meinst, was du nicht zahlst. Ozzie Smith hat 1988 über zwei Millionen bekommen und ich nicht mal die Hälfte! Und das ging die ganzen dreißig Jahre so! Aber nun laß uns mal wieder auf die Erde zurückkehren und die Sache im Detail ausarbeiten. Zuerst müssen wir klären, ob diese Jungs wirklich schwul sind. Wenn sie es nicht sind, bekommen wir gar nichts. Was hat Toote über sie gesagt? Und wie hat er es gesagt?«

»Er war gereizt«, erinnerte sich Scrappy. »So habe ich ihn noch nie gesehen. Ich hatte ihn auf die Palme gebracht, und es ist ihm einfach so rausgesprudelt. Ich dachte, er sagt das nur, um sich zu rechtfertigen. Aber jetzt frage ich mich, warum hat er ausgerechnet diese Namen genannt? Er hat dann gleich einen Rückzieher gemacht, als ob es nicht stimmen würde. Er sagte so was wie: Vergiß das, Scrappy, ich hätt's nicht sagen sollen. Aber je länger ich drüber nachdenke, desto wahrscheinlicher kommt es mir vor. Es ist wahr, Ruby. Das sagt mir mein Gefühl.«

»Okay«, meinte Ruby, »vielleicht hast du recht. »Ein Saubermann wie Toote sagt so was nicht einfach so dahin. Aber es gibt noch ein paar andere Probleme. Niemand weiß, daß diese Kerle schwul sind.«

»Das soll ein Problem sein?« Scrappy grinste verschlagen. »Wenn ich nur Probleme in dieser Preisklasse hätte, wäre ich aus dem Schneider.«

»Jetzt kann ich dir nicht folgen.«

»Was für ein PR-Mann bist du?« fragte Scrappy. »Es gibt Dutzende, ja Hunderte von Reportern da draußen, die darum beten, so eine Story in ihre Finger zu bekommen. Ein Anruf, und die Sache läuft von allein.«

»Gott, Scrappy, ich weiß nicht. Das kann vor Gericht enden. Üble Nachrede, Verleumdung. Man darf nicht einfach rumlaufen und solche Geschichten ausposaunen.«

»Ausposaunen?« Scrappy spielte den Unschuldigen. »Wer posaunt denn etwas aus? Doch wohl Toote! Ich komme nur zufällig vorbei und höre zu. Weißt du, Toote ist so heiß drauf, der Welt von sich zu erzählen. Vielleicht sind diese Jungs genauso heiß darauf, und wir tun ihnen einen Gefallen damit.«

Ruby schüttelte den Kopf. »Wenn du das für einen Gefallen hältst, dann tu mir bitte keinen, okay?«

»Du wirst schon sehen. Es geht seinen Gang, und die werden alle zusammen Baseball spielen. Die werden so glücklich sein wie Schweine im Koben.« Scrappy schlürfte den nächsten Wodka und erwärmte sich an seinen Vorstellungen. »Verdammt, das wird ein feines Klubhaus!«

»Ganz zu schweigen von den Duschen.«

Scrappy lachte dröhnend. »Das wird wie ein Zoo. Wie ein Zirkus.«

»Die werden nie rauswollen aufs Feld.«

»Jetzt hast du's!« sagte Scrappy. »Das wird das Problem sein!«

Scrappy goß beiden noch einen Drink ein. Es war lange her, daß er sich so aufgekratzt gefühlt hatte. Viele Jahre. Wodka durchströmte ihn, oder war es gar Begeisterung? Noch war es nur der Keim einer Idee, aber sie barg Möglichkeiten in sich, und genau darum, dachte Scrappy, dreht sich das ganze Leben. Möglichkeiten, Hoffnungen, Träume, wie immer man es nennen will. Das hält einen am Laufen. Das hielt mich am Laufen, korrigierte er sich. Etwas anderes hat es nie gegeben. Keine treusorgenden Eltern, keine älteren Geschwister, keine interessierten Lehrer, niemand, der sich darum gekümmert hatte, ihn auf die richtige Bahn zu bringen, ihn zu unterstützen, seine Ideale zu formen. Nur sein Onkel Manny, und das war später, Jahre später, nachdem er sich bereits selbst einen Namen gemacht hatte. Also hielt ihn nur die Hoffnung am Leben, dachte Scrappy. Die ist sogar noch besser als Wodka. Wie Ruby gesagt hatte, gab es eine Menge Probleme. Aber die ließen sich lösen. Sie brauchten nichts weiter als einen perfekten Plan.

»Das Wichtigste, Ruby, ist absolutes Stillschweigen. Bis jetzt wissen nur wir davon, und so soll das auch bleiben. Wir werden die Sache sehr vorsichtig angehen, nur wir beide. Also, wo fangen wir an?«

»Es muß bekannt werden, daß diese Jungs schwul sind. Ist das passiert, werden ihre Klubs sie sofort fallenlassen. Niemand wird sie mehr anfassen wollen«, kicherte Ruby über seinen unbeabsichtigten Witz, »wenn du verstehst, was ich meine.«

Scrappy lachte mit, dann brach er plötzlich ab.

»Was ist los?« fragte Ruby. »Du siehst krank aus.«

»Krank. Ja, krank«, wiederholte Scrappy gedehnt. »Das ist das böse Wort. Krank. Vielleicht hat Toote AIDS. Vielleicht gibt er darum eine Pressekonferenz.«

»Um Gottes willen, Scrappy, hoffentlich hast du nicht recht!«

Scrappy verzog das Gesicht. Jede Medaille hatte eine Kehrseite. Stets geschah etwas, das seine Pläne scheitern ließ und die Zukunft gefährdete. Bis jetzt war es jedenfalls immer so gewesen. »Es könnte noch schlimmer sein, Ruby. Jeder von ihnen könnte es haben oder bekommen. Wenn man Glück hat, gibt es zehn gute Jahre für einen Baseballspieler. Und diese Jungs? Wer weiß! Das ist ein verdammtes Risiko. Wir haben bereits jetzt genug Scheiße am Hals, über die wir uns aufregen können. Ich weiß nicht, Ruby. Müssen wir uns den Mist auch noch aufhalsen?«

Ruby schüttelte betreten den Kopf. Nicht einmal der lebenslange Kontakt mit Scrappy hatte ihn gegen dessen rücksichtslosen

Zynismus abgehärtet. Der regt sich doch nur auf, dachte Ruby, weil er Geld verlieren könnte, wenn eines von diesen armen Schweinen vor der Vertragserfüllung an AIDS stirbt. Warum nur war Scrappy so egoistisch? Bei einem früheren Besäufnis hatte Scrappy ihm anvertraut, wie einsam er sich als Kind fühlte, da seine Eltern damit ausgelastet waren, den Unterhalt in ihrem kleinen Lebensmittelladen zusammenzuverdienen, und sich daheim selten blicken ließen. Wie eine Waise sei er aufgewachsen, hatte Scrappy geklagt, allein gelassen, ohne Anleitung, ohne Unterstützung, ohne Zuspruch. Damals hatte Ruby ihn bedauert, aber nun fragte er sich, und nicht zum ersten Mal, ob es wirklich richtig war, Scrappys Schmierigkeit vorbehaltlos zu akzeptieren.

Der nächste Schluck Wodka spülte den Anfall von Selbsthaß herunter, der es sich in Rubys Bewußtsein bequem machen wollte, und befähigte ihn, sich Scrappys neuester Herausforderung zu stellen. »Scrappy, es kann gar nicht alles schlecht sein. Wenn herauskommt, daß ein paar von den Jungs AIDS haben, dann würden dich ihre Klubs dafür bezahlen, daß du die beschädigte Ware nimmst. Aber du mußt sie gar nicht nehmen. Das ist das Beste an unserer Rolle. Wir prüfen sie, bevor wir sie kaufen. Schreib in die Verträge, daß der Gegenstand des Kaufs erst mal zum Arzt muß. Zur Untersuchung gehört ein AIDS-Test. Sind sie positiv, kannst du sie ficken.« Ruby grinste. »Aber das wird dann keiner mehr wollen.«

Scrappy warf beide Arme um Ruby und drückte ihn an sich. »Du bist ein Ganove, Ruby. Das ist es! Wir sind wieder drin im Geschäft.«

6

Tootes Verhalten verwirrte Stan Mann. Er konnte einfach nicht herausfinden, was der Star der Gents vorhatte. In seiner dreißigjährigen Karriere als Sportjournalist hatte Stan niemals gehört, daß ein Profisportler, schon gar nicht das Mitglied einer Mannschaft, seine eigene Pressekonferenz ansetzt. Aber er mochte das Ungewöhnliche. Von Anfang an hatte ihn interessiert, was Sportler jenseits des Spielfeldes dachten – mindestens in gleichem Maße wie ihre Aktionen im Stadion. Als seine speziellen Schützlinge betrachtete er jene Handvoll Sportler, die sich mit Kunst oder einem Handwerk oder anderem befaßten, was anspruchsvoller war als Jagen, Saufen und Frauen aufs Kreuz zu legen. Er war heute noch stolz auf seine Artikel über den zweiten Baseman der Dodgers, Eddie Basinski, der in einem New Yorker Orchester Geige spielte, über das argentinische Tennisas Guillermo Vilas, der Gedichte schrieb, und über Phil Jackson, Basketballstar der Knicks, später Trainer der Chicago Bulls, der die Zen-Philosophie studierte.

Als das Taxi durch den Mittagsverkehr nach Manhattan fuhr, spürte Stan ein Kribbeln im Magen. Er hatte keine Ahnung, was Toote plante, doch seine Instinkte sagten ihm, daß es eine größere Story sein würde, als jemand sich derzeit vorstellen konnte. Und, Toote, sei nicht böse, eine große Story brauche ich jetzt endlich mal wieder, dachte Stan.

Anstatt daß er wie früher das Schrittmaß für seine Kollegen vorgab, verstrickte er sich neuerdings in Rückzugsgefechte. Er verteidigte und rechtfertigte seine Kolumne – vor sich selbst und vor seinen Chefs. Als immer mehr Leute seiner Generation sich zur Ruhe setzten oder aus anderen Gründen die *Post* verließen, begann er sich isoliert zu fühlen, eingekreist von talentierten und ambitionierten jungen Leuten, die härter als er arbeiten konnten, die vertrauter waren mit den modernen Trends und Geschmacksrichtungen, die eine unverbrauchtere Phantasie hatten und mehr wagten. Stan dürstete nach Bestätigung wie ein Anfänger und mußte sich eingestehen, daß er sich zum ersten Mal in seinem Beruf nicht mehr sicher fühlte. Alles änderte sich: Die Zeitung hatte die alten Prinzipien durch Sensationsjournalismus ersetzt; die Reporter waren zwar besser ausgebildet, aber auch anpassungswilliger; es wurde mehr Tempo gefordert, und die neuen Technologien verwirrten ihn. Alles hatte sich verändert, nur er selber nicht.

Er war müde geworden. Das Büro betrat er später und verließ es früher. Angst nagte an der Qualität seiner Arbeit und produzierte neue Ängste. Er hatte das bei Baseballspielern oft genug beobachtet, und nun geschah es ihm selber. Er fragte sich, ob sein Problem das Alter oder das Ausgebranntsein oder beides war.

Aber heute schien es anders zu sein. Vielleicht wendeten sich die Dinge noch einmal, dachte er, als das Taxi vor Gallagher's Steakhouse stoppte. Als er ausstieg, kribbelte sein Magen noch immer. War etwa die alte Vitalität wieder erwacht? Er öffnete die mit Steaks geschmückte Glastür und trat ein. Gallagher's war sein Spielfeld, der Schauplatz zahlreicher Pressekonferenzen und Interviews. Er ging sofort treppauf zu dem Raum, der für Konferenzen und andere geschlossene Veranstaltungen bereitstand. Wie im Restaurant waren auch hier die dunklen Wände mit Sportfotos bedeckt. Der lange, schmale Raum war auf einer Seite mit überladenen Büfetts dekoriert, auf der anderen Seite standen die Tische für die Journalisten. Die meisten saßen allerdings nicht, sondern hingen an der Bar herum. Stan fühlte sich wie daheim, als er bekannte Gesichter aus der New Yorker Sportszene entdeckte: die beiden so einfühlsamen wie bärtigen Kolumnisten George Vecsey von der *Times* und Steve Jacobson von *Newsday*; den stets bestens informierten Peter Gammons von *Sports Illustrated*; die Mannschaft der Fernsehkommentatoren und Kameraleute und etliche Rundfunksportreporter. Auch ein paar Offizielle aus dem Baseballgeschäft waren erschienen, natürlich Scrappy und Ruby, auch Al Green, Mädchen für alles beim Yankee-Besitzer Donald Biggs, genauer: sein in die Jahre gekommener Balljunge, und sogar ein Mitarbeiter der Baseballkommission. Na, hallo, sagte sich Stan. Offensichtlich war er nicht der einzige, der eine Story gewittert hatte.

Am Ende des Raums, hinter der Bar, wo die Journalisten auf Tootes Kosten tranken, sah Stan ein von einem Spot angestrahltes Rednerpult mit einem Dutzend oder mehr Mikrofonen, die wie Nadeln aus einem Steckkissen spießten.

Genau um zwei Uhr erschien Toote und schritt energisch auf das Podium zu. Sein Gesicht war rot vor Erregung oder vor Erwartung.

»Ich danke Ihnen sehr für Ihr Erscheinen«, begann Toote mit fester Stimme. »Es geht um etwas, das sagen zu können ich lange erwartet habe. Warum, werden Sie, so glaube ich, gleich verstehen. Ich habe eine kurze, eine sehr kurze Mitteilung zu machen, und dann werde ich versuchen, ihre Fragen zu beantworten. Ich bitte Sie nur um eines: Hören Sie zu, was ich zu sagen habe. Okay. Meine Mitteilung besteht nur aus vier Worten: Ich bin ein Gay.«

»Was?«

»Was?«

»Was hat er gesagt?«

»Hast du das gehört?«

»Wiederhole es!«

»Das glaube ich nicht!«

»Was soll das?«

»He, Toote, erzähl keinen Scheiß.«

»Hast du gehört, was der Mann gesagt hat? Das ist ja unglaublich!«

»Hört sich an wie *Gay.* Als ob er gesagt hätte: Ich bin ein *Gay.*«

»Bist du verrückt? Toote ist doch nicht schwul!«

Toote beugte sich wieder zu den Mikrofonen vor und wiederholte seine Mitteilung: »Jungs, ihr habt richtig verstanden. Ich bin ein Gay.«

Der Reporter eines Nachrichtendienstes rief die erste Frage: »Willst du uns sagen, daß du ein eingeschworener Homosexueller bist?«

Toote schüttelte seinen Kopf und lächelte. »Nein. Wir brauchen nicht zu schwören. Wir machen nur, was die Natur uns eingibt.«

»Verdammt, warum ... Ich meine, was hat dich dazu bewogen, schwul zu werden?«

»Da war nichts zu entscheiden. Ich habe mir nicht ausgesucht, ein Gay zu sein. Man könnte vielleicht sagen, es hat mich gewählt.«

»Wie lange geht das schon, Dick?«

»Ehrlich, das weiß ich nicht. Auf jeden Fall so lange, wie ich zurückdenken kann. Vielleicht seit meiner Geburt.«

»Und warum machst du das jetzt? Warum gibst du es öffentlich bekannt?«

»Eine gute Frage. Weil ich krank und müde davon geworden bin, dauernd etwas vorzuspielen. Weil ich nicht glaube, daß es etwas ist, dessen ich mich schämen müßte. Weil es wahr ist und weil es an der Zeit ist.«

»Weiß deine Mannschaftsleitung davon?«

»Ja, was ist mit Scrappy? Hast du es ihm erzählt?«

»Und was ist mit den Gents? Hast du deinen Mannschaftskameraden schon von, äh, deiner Veranlagung erzählt?«

Toote beschwichtigte die Meute mit erhobenen Händen. »Bitte bleibt ruhig. Nicht alle auf einmal. Was Scrappy angeht, er steht dort drüben an der Bar. Fragt ihn selber.«

Die Köpfe fuhren herum. Scrappy setzte sein Wodkaglas ab. »Das hier ist Dicks Show«, sagte er. »Wenn wir euch etwas mitzuteilen haben, werden wir euch das rechtzeitig wissen lassen, wie immer.«

»Was ist mit dem Rest der Mannschaft, Dick? Hast du es denen erzählt?«

»Nein«, sagte Toote und schüttelte langsam den Kopf. »Sie werden es jetzt erfahren, wenn sie zusehen, oder morgen, wenn sie es in der Zeitung lesen.« Er blickte genau in eine der Fernsehkameras. »Ich möchte ihnen gern etwas sagen. Okay. Ich weiß, Jungs, daß es euch durcheinanderbringt. Vielleicht glaubt ihr mir nicht, oder ihr denkt, ich bin verrückt geworden. Aber ihr sollt wissen, daß ich dies tun mußte. Ich hoffe, daß ihr es versteht. Ich bin noch immer derselbe, der ich in der letzten Saison war, sogar derselbe wie gestern. Nichts in mir und um mich hat sich geändert. Ich freue mich darauf, daß die Saison bald beginnt und ich endlich wieder Baseball spielen kann. Beim Frühlingstraining werde ich das Schlagen üben wie in jedem Jahr. Und ich hoffe, auch ihr seid alle dabei.«

»Dick, denkst du, daß sie kommen werden? Ich meine, was ist mit AIDS?«

»Ja, was ist mit AIDS?« wiederholte Toote. Das war die Frage, die er am meisten erwartet hatte. »Ihr solltet inzwischen eigentlich wissen, daß nicht jeder Gay den HIV-Virus hat. Und inzwischen sollte sich auch herumgesprochen haben, wie AIDS übertragen wird. Und wie nicht. Ich liebe Baseball. Aber das bedeutet nicht, daß ich Baseballspieler liebe oder mit ihnen Liebe mache. Sie brauchen keine Angst vor mir zu haben. Nebenbei gesagt, ich bin HIV-negativ.«

Toote griff in seine Tasche und holte ein Präservativ heraus.

»Gott!« stöhnte ein Fernsehreporter. »Was denn noch alles!« Er stupste seinen Kameramann an und machte ihm durch Zeichen verständlich, ein langer Schwenk über die Zuschauer sei im Augenblick empfehlenswerter als eine Großaufnahme des Baseballstars.

Toote sprach weiter. »Wißt ihr, was das ist? Das ist ein Lebensretter. Ein Lebensretter in einem Meer von unsicherem Sex. Habt keine Angst, es auf dem Bildschirm zu zeigen. Fürchtet euch nicht, mich damit zu fotografieren oder darüber zu schreiben. Übrigens ist das durchaus nicht nur etwas für Gays.«

»Was ist mit den Fans, Toote? Glaubst du, daß die nach all dem hier noch kommen werden?«

»Na, das will ich doch hoffen«, sagte Toote. »Sie werden kommen. Baseballfans sind anständige Leute mit einem klaren Kopf, die was für Außenseiter übrig haben. Ja, sie werden kommen. Und ich denke, sie werden mich genauso anfeuern wie bisher.«

»Dein Blick für Realitäten scheint sich getrübt zu haben, Toote. Glaubst du, die Baseballkommission wird dich aufs Feld rauslassen, damit du ein Beispiel für Amerikas Jugend bist? Wie Jackie Robinson, Willie Mays, Roberto Clemente? Welche Art Vorbild willst du denn sein?«

Toote zuckte zusammen, aber er gewann schnell seine Fassung zurück. Er überlegte einige Sekunden, dann antwortete er: »Genau das ist der Punkt. Ich bin, was ich bin, und das ist dasselbe, was ich war. Ich bin kein Verbrecher, kein Spieler, kein Junkie, kein Alkoholiker.« Er lächelte fein. »Ich rauche nicht mal. Wenn ich gestern gut genug war, ein Vorbild zu sein, dann bin ich es heute auch. Ich habe nichts Schlimmes getan. Ein Gay zu sein ist kein Verbrechen, und Gays sollten nicht wie Kriminelle oder wie Penner behandelt werden. Beurteilt mich danach, wie ich spiele, oder meinetwegen auch danach, wie ich mich in der Öffentlichkeit aufführe. Aber alles andere geht nur mich etwas an.«

»Klar, Dick. Aber wir leben nicht in Utopia, sondern in Amerika. Was ist mit der Baseballkommission? Was mit den anderen Klubs? Mit ihren Besitzern? Was läßt dich annehmen, daß sie dich überhaupt in ihr Stadion einlassen?«

Toote verzog das Gesicht. Das war der Punkt, der ihn am meisten beunruhigte. Die Situation, hatte ihm ein befreundeter Rechtsanwalt erklärt, war durch Politik belastet. Es reichte nicht aus, das Gesetz auf seiner Seite zu haben und zu hoffen, es solle kein Exempel statuiert werden, seine »moralische Verworfenheit« anzuprangern. Für das Baseball-Establishment waren Abweichungen dasselbe wie Verrat an der Front für Militärs. Daß Baseball der offizielle Sport der Nation war, verlieh seinen selbsternannten Wächtern eine fast religiöse Bedeutsamkeit. Toote erinnerte sich, daß die Boxsporthierarchen Mohammed Ali den Weltmeistertitel im Schwergewicht aberkannten, weil er sich geweigert hatte, in den Vietnamkrieg zu ziehen. Und die Baseballmogule waren mächtig genug, seinen Fall vor Gericht zu bringen und die Verhandlungen so lange zu verschleppen, bis Toote zu alt zum Baseballspielen war.

»Ich habe Vertrauen, daß die Baseballkommission das Gesetz wahren wird«, sagte er mit mehr Hoffnung als Überzeugung und beendete damit die Konferenz.

Die Journalisten rannten aus dem Raum, um ihre Stories loszuwerden. Absolut untypisch war, daß sie ihre Gläser mit Scotch, Bourbon oder Wodka stehenließen, ohne sie bis zum letzten Tropfen geleert zu haben.

7

Nach Tootes Pressekonferenz genossen die Schlagzeilenverfasser der drei größten Zeitungen der Stadt einen jener seltenen goldenen Glücksmomente, der sie für die Anonymität ihrer täglichen Arbeit entschädigte. Da die Angelegenheit in die Zuständigkeit der Sportredaktionen fiel, weckte sie den Geist einer journalistischen Olympiade. Die Ergebnisse, kaum historisch zu nennen, brachten eine bestimmte Haltung mit Klarheit und Kürze zum Ausdruck.

»TOOTIE FRUTTI« schrieb die *Post*. »DER (UN)NATÜRLICHE« faßte die *Daily News* das Ergebnis der Konferenz unter einem ganzseitigen Foto des ersten Basemans der Gents zusammen. Der Aufmacher von *Newsday* lautete schlicht »FRÄULEIN TOOTE«.

Die Artikel paßten zu den Schlagzeilen. Sie zitierten fast ausschließlich negative Reaktionen, die, da sie von keinerlei Kenntnissen belastet waren, so prinzipiell wie unsensibel klangen. Die meisten von Tootes Mannschaftskameraden lehnten einen Kommentar ab – entweder aus Solidarität oder weil sie sich mit Dingen jenseits von Siegen und Verlieren, von Schlagen und Werfen nicht befassen mochten. Aber die Sportjournalisten fanden in Donald Bigg, dem Besitzer der Yankees, einen bereitwilligen Gesprächspartner. Er hielt seine Meinung nie zurück, nicht mal dann, wenn er überhaupt nicht wußte, worum es ging. Donald nutzte die Gelegenheit mit einer Mischung aus Freude, Ärger und Rachsucht. Seine Freude hatte zwei Ursachen: Scrappy hatte einen vernichtenden Schlag versetzt bekommen, und da Donald seine Entscheidung über Toote bis nach der Pressekonferenz verschoben hatte, war er diesem Schicksal entgangen. Sein Ärger entsprang der Überzeugung, daß Scrappy bereits wußte, was Toote zu enthüllen gedachte, als er versucht hatte, ihm den Spieler anzudrehen. Und seine Rachsucht gab ihm ein, einen gnadenlosen Feldzug zur Vernichtung Scrappys zu führen und Toote aus dem Baseball zu verbannen.

»Ob ich was zu sagen habe?« explodierte Donald, als ihn der erste Reporter anrief, um seine Meinung zu erfragen. »Scheißen Bären in den Wald? Spielen Schwuchteln unter der Dusche Versteck mit ihrer Salami? Sie können Ihren Arsch darauf verwetten, daß ich dazu was zu sagen habe. Ich sage: Schmeißt diesen verdammten Arschficker aus dem Baseball raus! Und ich sage: Laßt ihn seinen schleimigen, hinterhältigen Manager mitnehmen! Das ist es, was ich zu sagen habe. Sie können mich ruhig zitieren, oder was denken Sie, warum ich mit Ihnen rede?«

Die etwas bereinigte Version davon, die am nächsten Tag in der *Times* erschien, legte Donald in den Mund, er fordere »die Verbannung von Toote und Schwrtznbrgr aus dem Baseball, da sie ihrer Rolle als Vorbild für die Jugend der Nation nicht mehr gerecht werden«. Die Auffassung des Geldgebers der Yankees wurde, wenn auch nicht so lärmend, von den anderen Teambesitzern geteilt, ausgenommen natürlich Scrappy. Das Baseballkomitee gab eine feige, nichtssagende Erklärung heraus: »Wir werden die Angelegenheit unverzüglich und sehr genau prüfen, um den potentiellen Effekt der Erklärung von Toote auf die Möglichkeiten der Baseballfans zu ermitteln, ihren Sport ohne Furcht vor Bestechung oder subversiven Einflüssen zu genießen.« Als Antwort darauf hatte ein Sprecher der Vereinigung der Oberligaspieler sich ähnlich konkret geäußert: »Diese Organisation wird sicherstellen, daß die legitimen Rechte aller Spieler geschützt werden.«

Scrappy und Ruby tüftelten eine Erklärung aus, in der sie das Management der Gents, also sich selbst, als vorsichtig humanistisch porträtierten. »Dick Toote war ein großer Aktivposten für sein Team und für den Baseball. Von seiner sexuellen Orientierung hatten wir kein Wissen, aber wir werden alles tun und keine Schwierigkeiten scheuen, ihm zu ermöglichen, seine reichen Fähigkeiten zu nutzen, um seinen Lebensunterhalt zu verdienen, was das Recht eines jeden Amerikaners ist.«

Der nächste Schritt war schwieriger. Ruby wollte Stan Mann einen anonymen Brief zuspielen, in dem die Namen der schwulen Baseballspieler standen, die Toote im Gespräch mit Scrappy entschlüpft waren. »Nicht gut«, befand Scrappy. »Das ist eine verteufelt gute Story, und ich will, daß er weiß, wem er sie zu verdanken hat. Ich hab's nötig, wieder ein paar Punkte bei ihm zu sammeln. Er wird unseren Job für uns erledigen und uns dafür auch noch etwas schulden.«

Sie stimmten überein, daß es unkompliziert sein würde, Mann die Information zu geben. »Er liegt mir schon seit Wochen Tootes wegen in den Ohren«, sagte Scrappy. »Er wird wieder anrufen.«

Scrappys Intuition war, wie immer, richtig. Der Sportjournalist, der die Bedeutung, wenn auch nicht den Gegenstand der Pressekonferenz korrekt vorhergesehen hatte, wollte im Fall Toote unbedingt die Meute anführen. Persönlich hatte er nichts gegen ihn und würde ihn lieber unterstützen. Er bewunderte den Mut des Spielers und konnte sich in dessen Nöte einfühlen. Beruflich allerdings war er sich der Absicht der *Post* bewußt, Tootes Geschichte mit allen nur denkbaren journalistischen Mitteln auszuschlachten. Früher hätte er die öffentliche Meinung ignoriert und Tootes Outing nicht nur einfach hingenommen, sondern sogar verteidigt. Jetzt war er nicht mehr so standfest. Das Risiko schien ihm zu groß. Wieder fühlte Stan die Last von Alter und Unsicherheit.

Und selbstverständlich gab es keine Möglichkeit, einfach über etwas anderes als über Toote und seine Situation zu schreiben. Das war *die* Story: in den Zeitungen, im Fernsehen, im Radio. In der ersten Kolumne nach der Ankündigung versuchte er, beiden Seiten gerecht zu werden – sich selbst und der Öffentlichkeit. Einerseits schützte er Verzweiflung über die Wirkung vor, die Tootes Erklärung auf die Jugend haben mochte, deren Idol er war, andererseits lobte er ihn für seine Wahrhaftigkeit. Aber das war nur geborgte Zeit. Die Story schrie danach, ausgeschlachtet zu werden, und sie konnte ihm endlich wieder etwas von jener Anerkennung zurückbringen, die er bitter notwendig brauchte. Sein schrumpfendes Gewissen rang mit dem getretenen Ego.

»Hast du einen neuen Aufhänger für die Toote-Affäre?« fragte ihn der Leiter der Sportredaktion. »Der Boß will die Story gründlich ausquetschen.«

Mann zuckte zusammen. »Ich arbeite dran, ich arbeite dran«, antwortete er. »Die ganze verdammte Welt berichtet darüber.«

Der Redakteur schüttelte den Kopf. »Der Boß will keine Entschuldigungen, er will, daß wir mehr haben als die Konkurrenz. Laß dir endlich was Besonderes einfallen.« Der Redakteur legte ihm die Hand auf die Schulter. »Das könnte auch für dich wichtig sein«, sagte er bedeutungsschwer.

Stan fühlte wieder die Angst in sich nagen. Sie kam jetzt öfter und blieb immer länger. Täglich ärgerte er sich und lächelte zugleich über die Begeisterung der jüngeren Kollegen, mit der sie dem Chef in den Arsch krochen und ihre dabei nur störende Seele im nächststehenden Mülleimer entsorgten. Die jungen Leute waren eine Bedrohung für seine Kolumne und seinen Prominentenstatus. Marti hatte seine Sorgen bemerkt, doch lehnte er es ab, darüber zu sprechen. Die Leichtigkeit ihres Umgangs, ihre Neckereien, all das, was ihre Beziehung ausgemacht hatte, war jetzt so selten geworden wie der Beischlaf. Alles, was ihnen einst etwas bedeutet hatte, verflüchtigte sich.

Stan durchstöberte sein Gedächtnis nach etwa dort gespeicherten Hinweisen auf die Ursache für ihre Probleme. Er erinnerte sich an ihren Streit über Martis Entscheidung, freiwillig und unentgeltlich für die Nationale Frauenorganisation zu arbeiten. Nicht daß er viel gegen die Ziele und Ansichten der Feministinnen einzuwenden gehabt hätte, doch mochte er Marti auch nicht ermutigen. Sie war enttäuscht, daß er ihre Begeisterung für die Frauenbewegung nicht teilte. »Was ist dein Problem?« hatte sie ihn schließlich gefragt. »Fühlst du dich bedroht, wenn Frauen endlich etwas unternehmen?« Daraufhin hatte sie ihm einen längeren Vortrag über die Rechte der Frauen gehalten und echauffierte sich dabei wie in den alten Zeiten, als sie sich gemeinsam für die Bürgerrechte eingesetzt hatten. Abschließend hatte sie ihn des Verrats an den liberalen Prinzipien angeklagt, die einst ihr gemeinsamer Leitstern gewesen waren.

Stan kehrte zu seiner aktuellen Aufgabe zurück. »Mach, was getan werden muß«, redete er sich zu und wählte Scrappys Nummer. Das Krächzen am anderen Ende der Leitung zeigte ihm, daß er den Besitzer der Gents erreicht hatte. »Scrappy«, sagte er, »hier ist Mann.«

Scrappy gab sich gelassen. Nein, beharrte er, die Absicht einzulenken sei ihm fremd. Er würde kämpfen, wo immer das nötig sei, um seinen Star in der Mannschaft und auf dem Feld zu behalten. Sicher, es würde Probleme schaffen, stimmte Scrappy zu, aber ein verantwortungsbewußter Manager übernahm die Verantwortung und setzte sich für seine Spieler ein. Nein, sagte Scrappy, er wisse nicht, ob das den Besucherstrom beeinflussen werde, daran habe er bis jetzt überhaupt noch nicht gedacht. Ja, Scrappy könne sich vorstellen, daß ein paar andere Spieler nicht so froh über die Erklärung sein könnten, aber er vertraue darauf, daß Tootes Charakter und sein Talent jede Feindschaft zum Schmelzen bringen würden. Und da sie gerade von anderen Spielern sprächen, habe Mann von irgendeinem von denen gehört? »Von denen, du weißt schon, die so sind wie Toote?«

Mann war elektrisiert. »Die so sind wie Toote? In welcher Hinsicht wie Toote? Meinst du etwa, es gibt noch andere schwule Spieler?«

Scrappys Stimme war ruhig, fast schulmeisterlich belehrend. »Ich bitte dich, Stan, er ist doch nicht der einzige! Laut Statistik sind ungefähr zehn Prozent aller Männer schwul. Einer von zehn. Denkst du, die sind alle Friseure geworden oder zum Ballett gegangen? In der Oberliga gibt es sechs- oder siebenhundert Spieler. Dreißig, vierzig, fünfzig von *denen* sind jeden Tag im Stadion.«

Stan konnte nicht glauben, was er hörte, aber Scrappys wissender Ton beeindruckte ihn, und seine Logik war zwingend. Trotzdem forderte er ihn heraus. »Du erzählst mir einen Quatsch, Scrappy. Du weißt doch nicht wirklich was. Das ist nur blauer Dunst.«

»He, Stan«, entgegnete Scrappy, »ich habe keinen Grund, dir Scheiße zu erzählen. Denk doch mal drüber nach. Es macht Sinn, oder? Ich meine, daß es nicht nur einen einzigen Schwulen in der Oberliga gibt?«

»Weißt du irgendwas, Scrappy? Hast du irgendwelche Namen?«

Scrappy ließ Manns Frage in der Luft hängen. In den letzten zwanzig Jahren hatte er nicht sonderlich gern mit Sportjournalisten gesprochen, und schon gar nicht mit Stan. Er wußte, wie er ihn drankriegen konnte. Der glaubte, er sei das personifizierte Gewissen des Baseball. Ich laß ihn ein bißchen zappeln, dachte Scrappy. Das tut mir gut.

Scrappy genoß das Schweigen noch eine Weile, ehe er sagte: »Wie wär's mit Romanski?«

»Du spinnst, Scrappy. Rhino soll schwul sein?«

»He, Mann, du hast gefragt, ich habe geantwortet. Notariell beglaubigt ist die Sache nicht.«

»Klar, aber das ist eine gefährliche Sache, die du hier raushaust. Hast du irgendeinen Beweis?«

»Du meinst so was wie ein Foto, wo Romanski mir einen bläst? Ich habe nur die Information. Deine Arbeit nehme ich dir nicht ab. Wenn du denkst, du kannst es überprüfen, dann mach's. Wenn nicht, dann weiß ich auch nicht weiter. Hast du etwa Beweise für alles, was du in deinem Krawallblatt veröffentlichst? Daran zweifle ich, Mann. Ich denke, ihr Burschen bringt das, was euer Mut euch für okay halten läßt. Und wenn ich sage, ihr

Burschen, dann meine ich so an die hundert Sportjournalisten, die *das* hier lieber hören würden als du.« Scrappy genoß diese Unterhaltung.

»Okay, Scrappy, dann mag Romanski also schwul sein. Möglich. Aber du hast von dreißig, vierzig, fünfzig Spielern gesprochen. Wer sind sie?«

Scrappy und Ruby hatten entschieden, alle Namen auf einmal zu nennen, wenn sich die Gelegenheit dazu ergab. Was konnten sie gewinnen, wenn sie die Sache hinauszögerten? Außerdem wollten sie nicht, daß jemand allzugenau überprüfte, woher die Informationen stammten. Schnell und einfach sollte es gehen.

»Hast du was zu schreiben?« fragte Scrappy rhetorisch. »Versuch's am Anfang mal mit Ripp und Jackson und Santiago und Zeeman und Gonzalez und Mike und Johnson und Mayo.«

»Du bist völlig übergeschnappt, sagte Stan, obwohl er im Geist schon die ersten Sätze seiner Kolumne formulierte: *In seiner Mannschaft ist Dick Toote stets der erste Schlagmann. Ist er als Gay im Baseball der einzige oder auch etwa nur als erster am Schlag?*

8

»Wie konntest du nur«, sagte Marti, und ihre Stimme überschlug sich dabei. Sie war so wütend, daß sie Stan die zusammengeknüllte Seite mit der »Mann-zu-Mann«-Kolumne an den Kopf warf. »Ich kann nicht glauben, daß du so tief gesunken bist.«

Stan war erschüttert. Das war kein simpler Streit mehr, sondern unverhohlene Abscheu. Er wußte, daß Martis Wut sich nicht nur gegen den Inhalt seiner Kolumne richtete. Sie war sauer, weil er sie nicht nach ihrer Meinung gefragt, ja, daß er ihr gegenüber nicht mal erwähnt hatte, worüber er schrieb. In jenen längst vergangenen Tagen, als zwischen ihnen noch Einverständnis herrschte, hatte er sich auf ihre Meinung verlassen, hatte seine Einfälle getestet und sie oft darum gebeten, seine Texte zu lesen, ehe er sie im Computernetzwerk der Redaktion speicherte. Aber dann hatten sie sich auseinandergelebt. Als Marti den Sinn ihres Daseins außerhalb ihrer Beziehung in der Unterstützung der Frauenbewegung entdeckte, interessierte sie sich immer weniger für Stans Arbeit, und ihre Ratschläge, die stets hilfreich und zumindest in seinen Augen auch oft weise gewesen waren, wurden seltener. Ihm war durchaus klar, warum er diesmal nicht mal versucht hatte, ihr etwas zu sagen: Sie hätte es strikt mißbilligt, daß er vom Pfad journalistischer Tugend in die Niederungen der Boulevardschreibereien abgewichen war. Aber sie konnte sich die moralische Entrüstung leisten, sagte er sich. Es ging nicht um ihren Job, nicht um ihren Status, nicht um ihr Leben.

Was war überhaupt so schrecklich daran? Er erledigte seinen Job so, wie er getan werden mußte: für seine Leser auf der Suche nach der Wahrheit. Der Leiter der Sportredaktion dachte jedenfalls so. »Ein Bombentreffer!« las Stan auf dem Monitor in seinem Büro: Der Redakteur signalisierte ihm, daß er die Kolumne gelesen hatte.

»Ein guter Artikel!« lobte der Hockeyberichterstatter, als Stan im Foyer an ihm vorüberging. »Saubere Arbeit«, sagte die Sekretärin, und sie war stets der genaue Spiegel der Meinung des Chefs. Die Reaktionen hatten ihn mit Stolz erfüllt. Zum ersten Mal seit Monaten fühlte er sich sicher und voller Selbstvertrauen. Als er seine Wohnung betreten hatte, war er immer noch high gewesen.

»Worüber regst du dich so auf?« entgegnete Stan. »Du hast stets von mir verlangt, alles so aufzuschreiben, wie es ist. Und genau das habe ich getan. Nur das, was von mir erwartet wurde. Es ist an der Zeit, daß du endlich deine romantischen Ansichten über das Mediengeschäft in den Müll wirfst. Nicht wir sind dazu berufen, diese Gesellschaft zu ändern. Das ist die Arbeit der Politiker, die wir wählen. Unser Job ist es herauszufinden, was vorgeht, und es zu drucken. Wie die Gesellschaft damit umgeht, ist ein Problem der Gesellschaft.«

Martis Augen verengten sich. Er bemerkte die Krähenfüße in ihren Augenwinkel und war traurig über den Zoll, den die Jahre ihr abverlangt hatten. Was war aus der Sanftheit geworden, die das Wesen ihrer Schönheit ausgemacht hatte?

»Das ist Geschwätz, und du weißt es!« rief sie ärgerlich. »Du bringst die Namen dieser Jungs in die Zeitung und stempelst sie zu Homos. Welches Recht hast du, über ihr Privatleben zu spekulieren? Was tust du ihnen damit an? Ihrer Karriere, ihren Familien? Und du hast auch noch die Stirn, das zu rechtfertigen?«

Sie schien sich nicht mehr beherrschen zu können. In all den Jahren ihrer Ehe hatte Stan sie niemals so erlebt.

»Was ist mit dir passiert? Wie kannst du so rücksichtslos und unsensibel sein? Wo ist der Mann geblieben, der angetreten war,

McCarthy zu bekämpfen? Der Mann, der ihn bekämpft hat? Du bist McCarthy geworden!«

Marti war sich ihrer Überreaktion bewußt. Aber daß ihr einst perfekter liberaler Ritter auf das Niveau von Supermarkt-Boulevardblättern abgesunken war, schmerzte sie. Stans Kolumne unterstellte, daß etliche Oberligaspieler homosexuell waren. Für Marti ein Artikel ohne Substanz, weil er denen, die angeschwärzt wurden, keine Möglichkeit vorheriger Kenntnisnahme gewährt hatte. Der Text war so unmoralisch wie das Übel, das sie einst gemeinsam bekämpft hatten. Sein Abstieg zum Sensationsjournalisten nährte ihre Furcht, daß es ein Irrtum gewesen war, Stan zu heiraten, ein entscheidender Irrtum.

Die Wut von Martis Angriff veranlaßte Stan zu einer neuen Taktik. »Was mit *mir* passiert ist?« fragte er sarkastisch. »Was ist denn mit *uns* passiert? Wir sprechen nicht mehr miteinander. Du bist unnahbar.« Er fügte hinzu: »In jeder Beziehung!« Daß Marti von der inzwischen gewohnten Gleichgültigkeit zu offener Feindschaft übergegangen war, ließ ihn frösteln.

Marti wandte sich ab und zog sich ins Schlafzimmer zurück. Sie war überzeugt, im Recht zu sein. Ihre Beziehung hatte sich seit Monaten verschlechtert, genaugenommen seit Jahren, doch hatte keiner von beiden es je angesprochen. Weder rief er sie tagsüber an, noch versuchte er die wachsende Entfernung durch nächtliche Nähe zu kompensieren. Wenn er bei seiner Arbeit Probleme hatte, warum sagte er ihr nichts davon? Sie vermißte die Intimität. Sie fühlte sich ausgeschlossen, unerwünscht. Und jetzt noch das! Ein Akt, der den Bruch mit allem bedeutete, was Marti für die intellektuelle Basis ihrer Ehe hielt: dem gemeinsamen Kanon fortschrittlicher Werte.

Seine Enthüllungen, obwohl sie nur auf Scrappys unbelegten Erklärungen basierten, beunruhigten Stan nicht. So unglaublich auch einige der Anschuldigungen scheinen mochten: Der Eigentümer der Gents, sagte sich Stan, hatte keinen Grund, die Spieler in ein falsches Licht zu rücken. Der Rechtsanwalt der Zeitung hatte den Redakteuren versichert, daß die Worte des Artikels vage genug waren, um einer Verleumdungsklage, dieser allgegenwärtigen Bedrohung im Sensationsjournalismus, gelassen entgegensehen zu können. Im übrigen sei es für etwaige Kläger ohnehin recht kompliziert, vor Gericht jemandes sexuelle Orientierung beweisen zu können. Und selbst wenn das wider Erwarten und entgegen den Unterstellungen im Text gelingen würde, so glaubte Stan doch, daß der sympathisierende Ton seiner Kolumne jeden Schaden abwenden würde: Einzig das Talent, so hatte er geschrieben, solle über den Einsatz der Spieler entscheiden.

◇

Für einige, wenn nicht gar die meisten Leser stellte sich die Botschaft »Von Mann zu Mann« allerdings anders dar: Die Oberliga war von Homosexuellen infiltriert worden; in jedem Klub gab es mindestens ein Pärchen, und unter denen waren einige der Topspieler; die ganze Idee vom Baseball als einem Spiel für Männer war unterminiert worden, und das war das Schlimmste, was diesem Sport seit dem berüchtigten Black-Sox-Skandal von 1919 widerfahren war: Die White Sox aus Chicago hatten sich bestechen lassen, die Meisterschaft zu verlieren, und wurden danach jahrzehntelang von der Presse nur noch Black Sox, Schwarze Socken, genannt.

Unter denen, die solche Schlüsse zogen, waren alle Mitglieder des Baseball-Establishments. Ihre Fähigkeit, mit Tootes Erklärung und Manns unmittelbar darauf folgenden Enthüllungen angemessen umzugehen, wurde heftig auf die Probe gestellt. Die Neuigkeiten sandten Schockwellen durch die Reihen der Klubbesitzer und Manager, der Sponsoren und der Werbeindustrieagenten, der Lieferanten und Verkäufer und sogar der Moderatoren und Reporter. Jeder auf seine Weise hatte großes Interesse daran, den Mythos aufrechtzuerhalten, die Tradition zu wahren, die Legenden und Bräuche zu erhalten, die im Laufe der Zeit ein Spiel in einen Sport verwandelt hatten, einen Sport in eine Institution, eine Institution in eine Industrie. Das Konzept, dem

Baseball die magische Qualität zuzusprechen, allein dadurch Werte zu schaffen, daß er Sportsgeist lehrt, wird Tag für Tag auf den Spielfeldern der Nation in Frage gestellt: Dort gelten Täuschung, Feindschaft und böser Wille als effektive Strategien, um Siege zu erreichen, die letztlich alles bedeuten. Das Credo, der Sport bilde den Charakter, war schon so oft vergewaltigt worden, daß es dazu umgeschrieben worden war, der Sport lege den Charakter bloß, und zwar gemeinhin negativ.

Der Verdacht, Baseball könne nicht länger mit Männlichkeit gleichgesetzt werden – bisher wichtiger Aspekt der traditionellen Anziehungskraft dieses Sports –, war nicht gut für das Geschäft. Die Möglichkeit, daß Schwule den Baseball durch ihre Anwesenheit infiziert hatten, war den Aktien der wichtigsten nationalen Freizeitbeschäftigung nicht gerade förderlich. Es schien logisch, daß etwas unternommen werden mußte, die Homos loszuwerden.

In den Oberligastädten des Mittelwestens, in Cincinnati, St. Louis, Houston, Cleveland, Kansas City und Dallas-Fort Worth, war als Reaktion auf die Nachrichten absehbar, daß eine Anzahl von Topspielern beschuldigt werden würde, schwul zu sein. Ein erfinderischer Sportjournalist forderte gar die demonstrative Verbrennung der Puppe eines Schwulen unter dem Banner der Normalen. Aber es gab Ausnahmen. In San Francisco fomierte sich eine Parade durch den Castro-Distrikt, ein Schweigemarsch zum Gedenken an Harvey Milk, den ermordeten Lokalpolitiker, der den Aktivismus der Gays respektabel und sogar politisch wirksam gemacht hatte. Auch in Los Angeles gingen Demonstranten auf die Straße. Die meisten kamen aus West Hollywood, der großen Enklave der Gays. Sie veranstalteten ein Happening mit Scheinwerfer-Lichtspielen, Fackelzug und Rockmusik.

In New York hatte Yankee-Besitzer Donald Bigg noch nicht mal begonnen, sich eine Strategie zu überlegen, als Scrappy bereits mit sämtlichen Eigentümern der geouteten Spieler telefonierte. Die waren erstaunt über Scrappys Interesse an ihren Parias und überwältigt von seinem Angebot, sie Mann gegen

Mann einzutauschen. Zwar waren Scrappys Spieler Luschen, aber doch wenigstens heterosexuell veranlagt. Die Gespräche waren kurz. Die Besitzer waren zu erfreut, als daß sie Verdacht geschöpft hätten. Binnen Stunden schrieb Scrappy die Baseballgeschichte um. Er stellte eine völlig neue Mannschaft zusammen, und das war das erste Baseballteam, in dem alle Spieler schwul waren. »Jedenfalls soweit wir wissen«, sagte Ruby.

Der Zorn des Baseball-Establishments, der Sportfans, der Medien und der Politiker, ja fast der gesamten Nation richtete sich weiter gegen Scrappy und die Gents. Donald führte die Attacke an. »Raus! Schmeißt sie raus! Raus aus der Liga! Raus aus dem Baseball! Raus aus dem Land!« bellte er auf jedem Kanal in den Sechs- und den Elf-Uhr-Nachrichten. »Diese warmen Brüder werden sonst noch unsere Fahne in Brand setzen«, fügte er so wortwitzig wie bedeutungslos hinzu.

Die Presse raste. Die Story füllte die Titelseite jeder New Yorker Zeitung, sogar die des *Wall Street Journal*. Der *Los Angeles Herald Examiner* veröffentlichte Porträts der neun Neuerwerbungen und Tootes unter der Schlagzeile: »DIE NEW YORK GENTS?« In Boston dichtete der freche *Herald* die Baseballhymne »ROOT, ROOT, ROOT FOR THE HOME TEAM«* über der gleichen Fotogalerie um zu »FROOT, FROOT, FROOT FOR THE HOMO TEAM.«** Selbst die *New York Times* raste. Ein kurzer Leitartikel meditierte finster darüber, ob »dieses jüngste Kunststück das nationale Freizeitvergnügen zur Boulevardkomödie degradiert« habe.

Das New Yorker Sportradio mußte mehrere Telefonistinnen einstellen, um der Anrufe von irritierten Fans Herr werden zu können. Ein homosexueller Anrufer schaffte es irgendwie, bis

---

* Hoch, hoch, hoch für die heimische Mannschaft.

** Froot ist eine unübersetzbare Beschimpfung, in der der Baseball-Hochruf *Root* phonetisch gekreuzt wird mit *Fruit* bzw. *Frutti*, einer gegen Homosexuelle üblichen abwertenden Bezeichnung (Tutti Frutti).

ins Studio durchzukommen und zu sagen, was er sagen wollte, ehe der Moderator ihn aus der Leitung warf: Er halte Scrappys Engagement schwuler Spieler für »die beste Nachricht seit dem Outing von Rock Hudson«. Als Reaktion darauf drohte ein Mann, der sich als Gründer einer Gesellschaft für gesunde, bibelgerechte Lebensweise bezeichnete, den Sender in die Luft zu sprengen.

Einige gesetzgebende Körperschaften der Nation traten in Aktion, verabschiedeten Resolutionen, in denen sie die Gents verdammten und ihren Ausschluß forderten. In Washington beeilten sich Senatoren und Kongreßabgeordnete, Gesetzesvorlagen einzubringen, um den Baseball unbefleckt zu halten. Sie mußten dabei alle ihnen zu Gebote stehenden Formulierungskünste einsetzen, damit bei dieser Gelegenheit die Baseball-Liga nicht in Gefahr geriet, durch die amerikanischen Anti-Trust-Gesetze zerschlagen zu werden.

Als der Tornado um sie herumwirbelte, saßen Scrappy und Ruby ruhig und wachsam in dessen Zentrum. Ihr unmittelbares Ziel war es, ihre Investitionen zu schützen. Scrappy hatte noch nicht mal mit seinen neuen Spielern gesprochen, die, wie er annahm, verwirrt, ängstlich und feindlich sein dürften. Obwohl bis zum Frühjahrstraining noch ein paar Wochen Zeit war, meinte Scrappy, es sei eine kluge Politik, das Team so bald wie möglich zusammenzubringen. Also überwand er seinen Geiz, schickte den Spielern Flugtickets nach New York und Hotelreservierungen sowie sehr höflich formulierte Gestellungsbefehle.

9

Erst als das Flugzeug über dem La Guardia Airport kreiste, bemerkte Rhino Romanski, daß er angestarrt wurde. Das Gesicht des Mannes kam ihm bekannt vor, aber er konnte es nicht einordnen, bis ihm der gigantische, in den Sitz gezwängte Körper auffiel. Mickey Mayo war mit seinen zwei Metern der größte Oberligaspieler, der je als Shortstop eingesetzt worden war. Trotz seiner Überlänge war Mayo unglaublich wendig und graziös.

Wie eine Giraffe trappelte der langbeinige Mayo zwischen dem zweiten und dritten Base hin und her. Sein Oberkörper, leicht nach vorn geneigt, war stets im Gleichgewicht, immer bereit, sich jeder unerwarteten Bewegung anzupassen. Seine langen, dünnen Arme gaben ihm eine große Reichweite und ermöglichten es seinen riesigen Händen, Bälle zu greifen, denen andere kaum zuwinken konnten. Mayos ungewöhnlichstes Talent war seine Fähigkeit, Bälle entlang der Aus-Linie abzupassen. Früher hatte er Basketball für die Georgia Bulldogs gespielt, wo er dank seiner muskulösen Oberschenkel zu Sprüngen fähig war, denen selbst noch größere Spieler nichts entgegenzusetzen hatten. Jetzt jagte Mayo über die Baseballfelder, und da er sehr zielgenau springen konnte, fing er in jeder Saison Dutzende von Bällen, die die gegnerische Mannschaft für so unhaltbar hielt, daß in Erwartung sicherer Punkte nicht nur der Schläger, sondern auch mindestens ein anderer Spieler von Base zu Base rannte, die dann beide aus waren, wenn Mayo den Ball abfing. Fünfmal hatte er sogar schon drei Läufer abgefangen. Damit hielt er den Oberligarekord. Kein anderer Spieler hatte das jemals in zwei aufeinanderfolgenden Spielzeiten geschafft. Kleine, bewegliche, spanisch sprechende Shortstops aus San Pedro de Macoris in der Dominikanischen Republik waren zur Zeit die Regel. Mayo schien einer anderen Zeit zu entstammen. Sportreporter, die alt genug waren, um Marty Marion gesehen zu haben, verglichen Mayo durchaus positiv mit dem großen, schlanken, allseits geschätzten Feldspieler der Cardinals in den vierziger Jahren. Rhino nickte dem Riesen respektvoll zu.

Mickey beantwortete Rhinos Nicken mit einem Zublinzeln, und beim Aussteigen nach der Landung stand er hinter ihm im Gang. »Is 'n Ding, was?« sagte Mayo in seinem weichen Südstaatenakzent, während sie durch den Tunnel ins Flughafengebäude gingen.

»Ich denk, ich spinne«, erwiderte Rhino. »Als ob jemand die Knöpfe drückt!«

Mayo legte eine riesige Hand auf Rhinos Schulter. »Trinken wir einen zusammen«, schlug er vor.

Der dicke, specknackige Rhino sah aus wie Sancho Panza neben Don Quichote, als die beiden Ballspieler forsch durch die Menge zu einem Fahrstuhl gingen, der sie in ein Restaurant mit Blick auf die Start- und Landebahnen transportierte. Rhino bemerkte, wie die Leute Mayo anstarrten, und es gefiel ihm, daß Mickey das nicht beachtete. Dies war nicht die Zeit, die Reaktionen der Fans auf die irritierenden Nachrichten zu testen.

»Ich scheine ziemlich beschränkt zu sein«, sagte Mayo, »aber ich habe nicht gewußt, daß wir alle etwas gemeinsam hatten, abgesehen davon, daß wir immer auf die Bestenliste kamen.«

Rhino grinste. »Man kann nie wissen, oder?« Er schüttelte seinen struppigen Kopf.

Sie bestellten Bier bei einer mürrischen Kellnerin.

»Sieht böse, was?« setzte Rhino den Dialog fort.

»Sieht so aus, als ob ich meine Sachen packen muß, um nach New York zu ziehen«, sagte Mayo. »Und meine Frau packt auch, aber für immer.«

»Sie hat nichts gewußt?« fragte Rhino, ohne überrascht zu sein.

»Das sagt sie jedenfalls. Ach, ich weiß nicht. Wahrscheinlich hat sie was vermutet. Ich bin abends öfter mal ziemlich lange weg gewesen und hab's nicht richtig erklären können. Aber sicher hat sie gedacht, ich hätte 'ne Freundin. Die Leute glauben immer, was sie glauben wollen.« Geheiratet, so erzählte Mayo, hatten sie gleich nach der High-School, noch ehe er genau wußte, daß er homosexuell war. Erst ein paar Jahre später, im College, als er sich von seinen Sportkameraden angezogen fühlte, hatte er begriffen, daß er ein Gay war. Aber dann hatte er nicht mehr den Mut, es seiner Frau zu sagen. Außerdem, gestand er Rhino, hatte er trotz der Ehe nie Schwierigkeiten, männliche Partner zu finden.

Mayo bestellte noch eine Runde Bier und sprach dann weiter. »Wir haben nie richtig darüber gesprochen. Und meist klappte es ja auch einigermaßen.« Mayo schüttelte den Kopf und grinste schief. »Ich mußte mir einfach nur vorstellen, daß sie der Junge ist, mit dem ich davor zusammen war.«

Rhino, der allein lebte, hatte keine Probleme damit, die Tatsache zu akzeptieren, daß Homosexuelle – Männer wie Frauen – verheiratet sein konnten. Er hatte genug davon getroffen. In manchen Schwulenbars, vor allem in den bessergestellten Vororten, waren die Verheirateten sogar in der Mehrheit. Er hatte mit manchem Kerl gesprochen, der neben ihm stand und mit ihm flirtete, aber die Auskunft über seine Telefonnummer verweigerte: »Unmöglich. Zu Hause kannst du mich sowieso nicht anrufen.« Und als er die Bar verließ, hatte er seinen Ehering wieder übergestreift.

Er hatte über dieses Phänomen gelesen. Manche Gays glaubten tatsächlich, daß sie heterosexuell waren oder es werden würden, wenn sie heirateten. Manche benutzten die Ehe als Tarnung. In einigen Fällen wußten sie wirklich nicht, was sie waren, und fügten sich willig dem Druck ihres Umfeldes. Rhino war der Meinung, daß alle Menschen, insbesondere natürlich die Homosexuellen, sich so verhalten sollten, wie sie es für richtig hielten.

»Wie dem auch sei«, sagte Mayo und trank sein Bier, »es braucht nicht viel Vorstellungskraft, um zu wissen, wie es ihr ging, als sie mein Bild auf der Titelseite des *Cincinnati Enquirer* sah. Die hatten daraus das größte Ding seit der illegalen Wette von Pete Rose gemacht. Meine Frau hielt die Zeitung hoch und fragte: ›Ist das wahr?‹ Ich konnte nicht mal antworten. Und dann sagte sie: ›Du Schwanz!‹ und fing an zu packen. Das Lustige daran ist, daß sie immer in New York leben wollte. Jetzt könnte sie!«

»Vielleicht überlegt sie es sich und kommt zurück«, sagte Rhino.

»Ich weiß nicht recht«, sagte Mayo. Er zuckte die Schultern. »Ich weiß nicht, ob ich sie noch will. Ob es überhaupt gehen würde. Die haben uns vor laufenden Kameras im Nationalen Fernsehen die Kleider runtergerissen. Was wird als nächstes passieren? Weißt du etwas?«

Sie bestellten die nächste Runde. »Ich?« fragte Rhino. »Absolut nichts. Ich weiß nur: Als Toote sich geoutet hat, wurde mir sofort mulmig. Man kennt ja diese Nachrichtenleute. Hundert Jahre lang kann etwas genau vor ihrer Nase passieren, und sie bekommen es nicht mit. Dann, auf einmal, entdeckt es einer von ihnen, und alle sind plötzlich so gierig auf die Story wie Haie auf Blut. Sie haben nicht geahnt, daß Spieler koksen, bis Hernandez und Gooden erwischt wurden, und dann ging die Jagd los. Jedenfalls hatte ich das Gefühl, es dauert nicht mehr lange, bis die Schreiberlinge überall herumschnüffeln, um herauszufinden, wer sonst noch schwul ist. Das Nächste, was ich weiß, ist, daß ich einen Anruf von Phineas Foxx bekomme, das ist der Kerl, der in der Zeitung über uns berichtet. Er fragt mich, ob ich wünsche, daß er meine Entgegnung druckt. ›Entgegnung worauf?‹ frag ich zurück. ›Na darauf, daß du ein Schwuli bist‹, sagt er. ›Wer behauptet, daß ich das bin?‹ frag ich. Und Foxx sagt: ›Ein Sportschreiber in New York. Ein Kerl namens Mann. War mal groß in der Branche.‹ Sag ich: ›Ich weiß, wer Stan Mann ist.‹ Sagt Foxx:

›Und was ist nun dran?‹ Und ich sag: ›Foxy, wenn du bisher noch nie Geschlechtsverkehr mit dir selber gehabt hast, ich glaube, das würde der rechte Moment sein, es mal zu versuchen.‹«

Rhino nahm einen tiefen Zug aus dem Bierglas, während Mayo lachte. »Ich ließ das Telefon einen oder zwei Tage lang klingeln, und dann habe ich den Stecker herausgezogen. Das Nächste, was ich weiß, ist, daß ich ein Telegramm von der Mannschaftsleitung bekomme: Ich bin an die Gents getauscht, und viel Glück auch! Da rufe ich also New York an und habe Ruby am Apparat, den ich seit Jahren kenne, und frag ihn, ob das wahr ist, und er sagt, na klar doch und daß ich in Kürze von Scrappy hören werde. Dann finde ich im Briefkasten ein Flugticket und eine Reservierung im Hotel Pennsylvania. Und das ist alles, was ich weiß.«

Sie schwiegen, als die nächste Runde gebracht wurde. »Was glaubst du, wie sie uns entdeckt haben?« fragte Mayo.

»Verdammt«, sagte Rhino, »darüber habe ich noch gar nicht nachgedacht, weil mir irgendwie klar war, daß es eines Tages rauskommt. Aber, Mick, das ist eine gute Frage. Wer hat es überhaupt gewußt?«

»Ja«, ergänzte Mayo, »und wer könnte es weitererzählt haben?«

»Genau«, sagte Rhino ärgerlich. »Woher hat Mann seine Informationen?«

»Das wird in den nächsten Tagen schon irgendwie rauskommen. Es kommt immer raus.«

Eine neue Kellnerin erschien. Offenbar hatten sie über den Schichtwechsel hinaus getrunken. »Wollt ihr noch was, Jungs?« fragte sie.

»Ja«, antwortete Mayo. »Bring gleich zwei für jeden, dann sparst du das Treppensteigen.« Sie lächelte und ging. Sie warteten und dachten nach.

»Tja«, sagte Mayo schließlich, »sieht ganz so aus, als ob wir ein verdammt gutes Team werden.«

»Du meinst«, sagte Rhino und hob sein Glas zu einem Toast, »ein verdammt schwules Team.«

10

Das Pennsylvania, eines der älteren Hotels von New York, hatte schon Generationen von Sportlern beherbergt, ungezählte Touristen, Kongreßteilnehmer, vom Schnee festgehaltene Pendler und andere Gäste, die durch die günstige Lage gegenüber dem Madison Square Garden und dem Pennsylvania-Bahnhof angelockt wurden. Seine glanzvollsten Tage oder, genauer, Nächte erlebte es in den vierziger Jahren, als das Café »Rouge« die beste Adresse für Bigbands und Swing war und als die Telefonnummer des Hotels – Pennsylvania sechs-fünf-null-null-null – sogar zum Titel eines Schlagers wurde.

Heutzutage dient es profaneren Funktionen. Nicht allerdings an diesem Morgen, als Scrappy, begleitet von Ruby, dem Kern seines neuen Teams in einer großen Suite gegenübertrat, die er für diese Begegnung gemietet hatte.

Scrappy betrachtete sie genau, die Gruppe hervorragend trainierter junger Sportler. Es gab, jedenfalls von seinem Platz aus, keinen sichtbaren Hinweis darauf, daß hier etwas Ungewöhnliches stattfand, daß er – vermutlich – dem ersten schwulen Team in der Geschichte der Baseball-Oberliga gegenüberstand.

In den paar Tagen, die vergangen waren, seit Scrappy seine neuen Spieler erworben hatte, hatte sich quer durch die Nation das Verlangen aufgebaut, etwas zu unternehmen, um dem drohenden Trauma der amerikanischen Psyche zu entgehen. Das

Baseball-Establishment, an der Spitze Donald Bigg, führte den Angriff an, obwohl es selbst in der Hierarchie einige gab, die bekannten – außerhalb des offiziellen Protokolls, versteht sich –, sie zweifelten daran, daß etwas getan werden konnte. Sie meinten, daß selbst das Oberste Gericht, immer noch durch Richter dominiert, die Reagan und Bush eingesetzt hatten, sich kaum dafür hergeben würde, eine nicht kriminelle Gruppe von Bürgern ihrer verfassungsmäßigen Rechte zu berauben.

Offiziell jedoch gab es wenig Unterstützung für die Gents. Stimmen für das Team waren kaum zu vernehmen, und diese Unterstützung wurde sofort herabgewürdigt. Die Presse machte selbst die Erklärung der Bürgerrechtler nieder. Die American Civil Liberties Union hielt daran fest, daß das Recht, Baseball zu spielen, durch den ersten Zusatz zur Verfassung – die Freiheit der Rede und die Versammlungsfreiheit – garantiert war. Ein Sprecher der ACLU betonte das unantastbare Recht der Sportler, sich mit Schiedsrichtern zu streiten und sich beim Spielerwechsel auf dem Werferhügel zu versammeln. Obwohl, wie zu erwarten, die Aktivisten der homosexuellen Bewegung dies als augenscheinlichen Beweis für den Durchbruch in der Anerkennung ihrer Lebensweise werteten und die trotz alledem andauernden homophoben Reaktionen betrauerten, taten die Medien kaum mehr als diese Statements zur Kenntnis zu nehmen und sie mit den immer wieder gern veröffentlichten Fotos von der Parade zum Tag des schwulen Stolzes zu illustrieren: marschierende Männer, die sich bei den Händen hielten. Die Gay & Lesbian Task Force bekam mehr Aufmerksamkeit, als sie forderte, während der gesamten Saison im Stadion der Gents bei der Verteilung der besten Logenplätze bevorzugt zu werden. Der Presse zufolge war diese Forderung unnötig, denn, wie nicht näher bezeichnete, aber gut informierte Beobachter ganz genau wußten: »Das Stadion wird sowieso leer sein. Sie werden ohne Vorbestellung jeden Platz besetzen können, den sie haben wollen.«

Während die Mitglieder des umstrittenen Teams in der Suite des Hotels miteinander sprachen, alte Bekanntschaften auffrischten oder neue schlossen, war Toote sichtlich aufgeregt. Seine Kaumuskeln arbeiteten wie Ventile einer Trompete. Er hatte Scrappy kurz angesprochen, als der den Raum betreten hatte, untypischerweise mit einer Beschimpfung: »Du bist ein Schwein!« Aber er schreckte zurück, als Scrappy ihn schnarrend anfuhr: »Du weißt genau, woher das alles kommt!«

Jetzt forderte Scrappy durch Klopfen mit einem Löffel an sein Glas Aufmerksamkeit. »Okay, Jungs«, sagte er im Kommandoton, »und das wollen wir von Anfang an klarstellen, genau das seid ihr für mich: Jungs, es gibt ein paar Dinge zu sagen, darum habe ich euch hergeholt. Erstens, ich denke, wir haben ein höllisch gutes Team. Meisterschaftsverdächtig. Aber es wird nicht leicht werden. Wir sind, das heißt, ihr seid das erste Tuntenteam, das es je gab.«

Scrappy machte eine Pause, während seine Worte in der Luft hingen. Toote, das Gesicht vor Ärger verzogen, wollte etwas erwidern, aber Scrappy schnitt ihm das Wort ab. »Ich weiß, daß ihr das nicht gern hört. Aber ihr werdet es hören. Das und Schlimmeres. Ihr werdet es von den Bänken hören und aus den Reihen der anderen Mannschaften. Ihr werdet es hören, wenn der Werfer den Ball fliegen läßt und wenn ein Läufer einen Punkt gegen euch macht. Ihr werdet es selbst von den Schiedsrichtern hören. Und von den Journalisten und den Trainern und sogar von den Balljungen. Und da wir gerade von Jungs sprechen: Hände weg. Kommt ihnen nicht zu nah. Ihr seid schon lange im Geschäft. Ihr wißt, daß es da draußen eine Menge Arschlöcher gibt, das war jetzt keine Anspielung, eine Menge bösartiger Bastarde, die sich einen Dreck darum scheren, ob sie eure Gefühle verletzen. Keiner von euch ist vorher mit so etwas konfrontiert worden. Als die Schwarzen unter euch zum Baseball kamen, war das nichts Besonderes mehr. Nicht so wie damals, als Robinson und Campy und Newk und die anderen anfingen. Fragt sie mal, wie das gewesen ist. Nicht angenehm, aber so was wie ein Picknick im Stadion, wenn man weiß, was euch bevorsteht. Von Gesetzes wegen durfte niemand mehr die Schwarzen verfolgen, und Nigger wurden sie nur noch genannt, wenn sie nicht dabei waren. Aber Homos? Schwule sind immer noch Freiwild. Na, das wißt ihr besser als ich.«

Die Spieler sahen sich unbehaglich an. Einige rutschten auf den Sofas und Sesseln umher. Scrappy sprach aus, was sie dachten.

»Okay, okay. Was ich sagen will, ist: Erwartet nicht, daß jemand euch Rückendeckung gibt oder euch unterstützt. Ihr seid ganz auf euch selbst gestellt, und das solltet ihr von Anfang an wissen.«

Von seinem ersten Satz an überzeugte Scrappy die Spieler, das war offenkundig. Er selbst meinte, daß er für den Augenblick genug Mitgefühl verströmt hatte.

»Jetzt ist es an der Zeit, vom Geschäft zu reden. Ihr Jungs seid hier, weil ihr mir verkauft worden seid. Und ihr seid verkauft worden, weil ihr schwul seid. Es hat nichts damit zu tun, wie ihr Ball gespielt habt. Eure alten Klubs wollten euch nicht mehr. Sie hatten Angst vor den Fans. Früher war es genauso mit den Nigg..., ich meine, mit den Schwarzen. Die Klubs sagten, daß sie an sich nichts dagegen hätten, daß sie bei ihnen spielen, aber es geht nicht, weil die weißen Fans nicht neben ihnen sitzen wollten. Mir ist es scheißegal, wer in den Zuschauerrängen sitzt, solange überhaupt jemand da sitzt. Und wenn ihr Ball spielt und wenn ihr gut spielt, dann werden sie waggonweise kommen. Alle werden kommen, egal, wo sie ihre Schwänze gerne reinstecken. Das wird gut für euch sein. Das wird gut für mich sein.« Scrappy machte eine Pause und kratzte sich bedeutungsschwer am Kopf. »Und ich glaube, es wird sogar für den Baseball gut sein.«

Scrappy schaute sich um und suchte den Blickkontakt mit jedem Spieler. »Ein paar Dinge haben wir noch zu klären. Das erste ist, daß der Handel über euch auf der Basis abgeschlossen wurde, daß ihr gesund seid. Ich kann auch Klartext reden. Dabei geht es nicht um verstauchte Knie oder blaue Flecken oder Blasen an den Zehen. Dabei geht es um AIDS. Wenn einer von euch das hat, ist er draußen. Und wir werden es herausfinden, weil jeder einen Test macht. Wenn rauskommt, ihr habt AIDS, war's das. Und tschüs.«

Toote sprang auf. »Scrappy, das kannst du vergessen. Niemand kann jemanden dazu zwingen, so einen Test zu machen. Niemand muß das machen, und wenn ich was dazu zu sagen habe, niemand wird das machen.«

Scrappy starrte Toote an und ging mit kampflustig geschwellter Brust auf ihn zu. In dieser Haltung näherte er sich immer den Schiedsrichtern, wenn er sie herausfordern wollte. »Laß uns jetzt mal etwas klarstellen«, schnauzte er. »Ihr Jungs arbeitet für mich. Vielleicht. Wenn ihr den Deal nicht mögt, auf Wiedersehen. Aber woanders werdet ihr nicht unterkommen. Ich bin das Beste, was euch passieren konnte, das solltet ihr schnell einsehen. Vergeßt die Vorschriften. Für das, was wir hier abziehen, gibt es keine Vorschriften. Noch nicht. Im Vertrag steht: gesund. Gesund heißt: keine Krankheiten. Keine Krankheiten heißt: kein AIDS. Entweder ihr macht den Test oder eine Mücke.«

Rhino Romanski, der neben Mickey Mayo auf einer Sofalehne saß, deutete mit seinem vom Spielen verkrüppelten Zeigefinger auf Scrappy. »He, Mister, mag sein, daß Sie unsere Verträge haben, aber Sie besitzen uns nicht. Weder jetzt noch irgendwann. Ich weiß noch immer nicht, wie das alles zustande gekommen ist, aber wir sind jedenfalls nicht durch einen blöden Zufall hier. Sie haben uns herbestellt, also wollen Sie uns haben. Vielleicht brauchen Sie uns sogar. Es gibt etwas, das Sie von Anfang an wissen sollten. Was passiert ist, war ein großer Umschwung für uns. Unser Leben wurde umgekrempelt, und das ist noch lange nicht vorbei. Mister, Sie haben keinen blassen Schimmer, wie wir uns fühlen. Also machen Sie mal halblang. Klar, Sie haben Rechte. Aber wir haben auch Rechte. Und wenn wir die Saison zusammen verbringen sollen, dann benehmen Sie sich ein bißchen klüger und behandeln uns so, wie es uns zukommt. Wenn Sie etwas von uns wollen, bitten Sie uns darum. Genauso, wie Sie sich bei jedem Geschäft mit wem auch immer verhalten müssen.«

Zustimmendes Gemurmel. Mayo klopfte Romanski auf den Rücken: »Gib's ihm, Mann!« Toote nickte heftig.

Scrappy signalisierte Ruby mit den Augen, der solle ihm endlich zu Hilfe kommen. Der kleine PR-Manager nickte Romanski zu. »Sie haben recht, Rhino. Sie haben ganz sicher recht. Scrappy ist ein bißchen aufgeregt, aber das hat nichts zu bedeuten. Das ist so seine Art.« Er wagte einen Blick auf Scrappy, um zu sehen, wie der reagierte. Zufrieden damit, daß er seine Grenzen offenbar nicht überschritten hatte, fuhr er fort: »Genau das macht ihn zu einem so einzigartigen Manager. Jeder ist jetzt ein bißchen nervös. Das ist ganz natürlich, wenn man bedenkt, was geschehen ist. Wir alle müssen uns abkühlen, uns selber beobachten. Also, Scrappy, der wollte euch doch nur mitteilen, was im Vertrag steht. Paßt auf, wenn ihr euch dann besser fühlt, werde ich mich auch testen lassen.«

Rhino lächelte. »Nichts für ungut, Ruby.« Er deutete mit seinem krummen Finger auf Scrappy. »Er soll den AIDS-Test machen.« Die Spieler murmelten Zustimmung. Scrappy sah Ruby fragend an, und der antwortete mit einem schnellen Nicken.

»Okay, Romanski«, sagte Scrappy. »Kannst du haben.«

»Na also«, rief Mayo. »Nun kommen wir weiter.«

Scrappy sah auf den Zettel, auf dem er notiert hatte, was er zur Sprache bringen wollte. Angenehm überrascht, daß sich das Haupthindernis so leicht hatte beiseite räumen lassen, begann er zu hoffen, daß alle AIDS-Tests negativ sein würden. »Das haben wir also geschafft«, sagte er erleichtert. »Ruby wird euch wissen lassen, wann sie euch das Blut abzapfen. Dann müssen wir ein paar Wochen auf das Ergebnis warten. Und ich bin ziemlich sicher, daß es ein gutes Ergebnis sein wird. Okay? Als nächstes müssen wir besprechen, was außerhalb des Spielfeldes abgeht.«

Die Spieler starrten sich an. Toote seufzte und schüttelte seinen Kopf, Mayo verdrehte seine Augen, Romanski grunzte.

»Also ich gebe einen Scheiß drauf, was ihr Jungs miteinander oder mit sonstwem macht«, begann Scrappy. »Ich persönlich, versteht ihr, was ich meine? Aber wir sind ein Team. Und unser Team kann eben doch keinen Scheiß darauf geben. Die ganze Welt wird uns in dieser Saison beobachten. Beobachten und warten.

Darauf warten, euch spielen zu sehen, klar. Aber noch mehr darauf warten, daß ihr Mist baut. Besonders, wenn es das ist, wovon alle denken, daß ihr immer nur daran denkt. Ich glaube, ich brauche das nicht auszumalen, ihr versteht mich schon.«

Die Spieler rückten unruhig auf ihren Sitzen hin und her. Gigolo Johnson stand auf, trat an das Fenster und sah auf die Stadt hinunter.

»Ihr solltet«, fuhr Scrappy fort, »langsam mal mitbekommen, was die Leute so denken. Die halten das, was ihr tut, nämlich nicht für etwas Wunderbares, falls ihr mir folgen könnt. Nicht mal das, was eure Jungs in Washington machen. Zum Beispiel die schwulen Kongreßabgeordneten. Ich meine, wenn jemand den Schneid hat, offen zuzugeben, was er ist, dann sollte man davor Respekt haben. Respekt! Ha! Sie sind hinter denen her wie Katzen hinter Baldrian! Obwohl inzwischen die Präsidenten wie die Hasen herumrammeln und ihre Bräute sogar ins Weiße Haus mitbringen!«

Johnson wandte sich zu Scrappy um, wiegte langsam den Kopf, als zweifle er die Seriosität seines neuen Chefs an, und ging zu seinem Platz zurück.

Scrappy setzte seine Ansprache fort. »Ich will auf folgendes hinaus. Ihr solltet einfach annehmen, daß ihr auf Bewährung draußen seid. Jede eurer Bewegungen, jede Aktivität wird argwöhnisch beobachtet. Alles, was ihr macht, steht am nächsten Tag auf den Titelseiten. Mit Fotos. Weil alle drauf aus sind, uns ans Kreuz zu nageln. Ja, uns! Ich bin genauso dran wie ihr. Vielleicht sogar mehr, weil ich mich gar nicht mehr weiter entblößen kann. Ich bin schon nackt, seit ich euch angeheuert habe. Ich wäre absolut nicht überrascht, wenn dieser Bastard Donald Bigg Privatdetektive auf euch ansetzt. Sie haben euch auf dem Kieker. Sie wollen uns aus der Liga schmeißen. Als Jackie Robinson in die Oberliga kam, ich weiß, das war vor eurer Zeit, nahm Rickey ihn hauptsächlich deshalb, weil Robbie das Kreuz hatte, sich anständig aufzuführen, was immer auch passierte. Es braucht schon eine besondere Begabung, um den Kopf zu behalten, wenn alle anderen ihn euch abschlagen wollen. Wißt ihr, er spielte härter als Stahl, aber er lieferte niemals jemandem einen Grund, ihn fallenzulassen. Und glaubt mir, jeder wollte ihn ans Kreuz nageln. Ich sage euch das, damit ihr wißt, was Sache ist. Ihr dürft niemandem einen Vorwand liefern. Okay. Das bedeutet praktisch: keine dummen Dinger. Zum Beispiel in den Duschen. Und kein Rumbumsen mit Kindern.«

Toote sprang auf. Sein Gesicht war wutrot. »Du weißt doch nicht, wovon du redest! Du hörst dich an wie ein Idiot. Du kannst dir nicht mal vorstellen, zu wem du sprichst. Du sprichst zu Leuten, die den größten Teil ihres Lebens damit zugebracht haben, sich zu verstecken. Nicht, weil wir was Schlechtes getan hätten. Einfach nur deshalb, weil wir so sind, wie wir sind, oder wenigstens versuchen, es zu sein. Wir brauchen deine Belehrungen darüber nicht, wie wir uns verhalten sollen. Wir wissen, was da draußen los ist. Wenn jemand Unterweisungen braucht, dann du.«

Bevor Scrappy antworten konnte, schritt Ruby ein. »Du hast recht, Dick. Wir wissen das. Scrappy ist, du kennst ihn, er ist eben Scrappy. Was zum Teufel könnte er mit sich selbst anfangen, wenn er nicht einfach losschnauzen darf?«

Die neuen Gents lächelten.

»Laßt uns versuchen, wie menschliche Wesen miteinander umzugehen«, sagte Toote und fügte hinzu, Scrappy imitierend: »Okay?«

Klar, klar«, stimmte Ruby schnell zu. »Klar, Scrappy?«

Scrappy sah Ruby gereizt an. »Klar, klar«, äffte er Ruby nach. »Was immer Toote sagt. Er ist hier die Autorität.«

»Der Punkt ist«, beharrte Toote, »wir sind keine Mißgeburten. Wir unterscheiden uns nicht so sehr von allen anderen, dich einbegriffen. Wir denken nicht vierundzwanzig Stunden pro Tag an Sex oder an Knaben, verdammt noch mal. Also nimm dich zusammen und tritt ein bißchen abgeklärter auf mit all deiner Altersweisheit und deiner Lebensphilosophie.«

Scrappy schluckte. Am liebsten hätte er Toote geohrfeigt. Wie gut würde er sich fühlen, wenn er Toote sämtliche Aggressionen ins Gesicht dreschen könnte, die sich seit dem ersten Gespräch in der Schwulenkneipe in ihm aufgestaut hatten. Aber das wäre taktisch unklug, rief er sich selbst zur Ordnung. Nicht jetzt!

»Tja«, sagte Scrappy, »ich will nur, daß ihr wißt, daß wir es es mit einem Haufen Scheiße zu tun haben, in den freiwillig keiner reintreten würde. Und Ruby und ich haben ein paar Ideen, wie wir damit umgehen. Es wird ein paar Dollar kosten. Ich meine nicht wirklich nur ein paar Dollar. Ruby kennt ein paar Leute, die Donald und die anderen Bastarde davon abhalten, uns vom Feld zu fegen, und die euch zur heißesten Adresse in New York machen können. Überlaßt das nur mir und Ruby. Das war es schon. Wenn ihr noch Fragen habt, dann spuckt sie aus.

Mayo sprang so schnell auf die Füße, daß er Romanski vom Sofa stieß. Scrappy zuckte ungewollt vor dem riesigen Shortstop zurück.

»Was ich wissen möchte«, forderte Mayo, »ist: Wie hat dieser Stan Mann das über uns herausgefunden?«

»Jesus, Mickey«, antwortete Scrappy mit engelhafter Unschuld, »das würden wir alle gern wissen.«

11

Im großen Spiegel seiner Schranktür bewunderte Rick Volpino sein neues ockerfarbenes Hemd. Wie fast alles in seinem Büro war die Tür aus Walnußholz gebaut und sah so reich und warm aus, wie er war oder zumindest zu sein glaubte. Er fühlte sich nicht nur wichtig, er wußte, er war es. Gerade hatte er das Telefon nach einem Anruf aus dem Weißen Haus aufgelegt. Zwar war es diesmal nicht der Präsident selber gewesen, aber immerhin ein Name, der dem Oval Office nahe genug stand, um hinreichend Aufmerksamkeit zu erregen, wenn ihn Rick später am Tage völlig beiläufig fallenlassen würde.

Rick Volpino vermarktete Politiker, Stars und Königliche Hoheiten. Das Fallenlassen von Namen gehörte zu seinem Spiel. Doch mußte es mit Takt, Fingerspitzen und Können gemacht werden. War es zu offensichtlich, würde es seinem Zweck schaden. Und der war, seinen bedeutenden Status erahnen zu lassen, ohne daß jemand mitbekam, daß er sich selbst geschickt vermarktete. Das Fallenlassen von Namen wirkte am unaufdringlichsten, hatte Rick mit den Jahren gelernt, wenn es ihm gelang, eine Frage zu provozieren. Am günstigsten die Frage: »*Wer* hat dir das erzählt?«

Rick atmete nicht mal, ohne vorher die Konsequenzen zu bedenken. Er war stolz darauf, so berechnend zu sein, und geradezu entzückt darüber, in jeder Beziehung ein Selfmademan zu sein. Die, mit denen er zu tun hatte, fühlten sich geschmeichelt über die scheinbare Neutralität, mit der er ihre Reaktionen aufnahm, ohne mitzubekommen, daß er diese Pose sorgfältig kultiviert hatte. Zum Beispiel wußte er, daß das ockerfarbene Hemd – zwei Dutzend davon hatte er sich maßschneidern lassen – sich mit allem biß, was er dazu tragen konnte. Genau darum ging es Rick, denn die bizarre Farbe einer faulenden Apfelsine war, so hatte er ausgeklügelt, hervorragend geeignet, die Aufmerksamkeit auf sich zu lenken.

Er fuhr damit fort, eine Augenbraue schneeweiß zu bleichen, wie er es seit dreißig Jahren tat – so lange, wie er sich als Förderer, als Werbeagent, als Vermarkter und Lobbyist durchschwindelte. Dieses Merkmal, verbunden mit seiner dunklen Erscheinung, dem pechschwarzen Haar, dem dicken, schwarzen Schnurrbart und dem sorgfältig gestutzten Kinnbart, machte es schwer, ihn zu übersehen. (Den Bart, so hatte ein Rivale gehetzt, läßt Rick sich nur deshalb wachsen, damit er sich nicht allmorgendlich selbst ins Gesicht schauen muß.) Daß seine Kunden seinen Geschmack in Frage stellen könnten, ließ ihn kalt. Für ihn waren Geschmacklosigkeit und Vulgarität Qualitäten, die wie alle anderen ausgenutzt werden konnten, um Ruhm und Vermögen zu erwerben.

Natürlich hatte er recht. Er und seine mit Preisen überhäufte Firma *Mea Culpa* wurden zum nationalen Wunder, als er erst das Titelblatt der *Business Week*, dann auch von *Time* und *Newsweek* gestaltete. Seine Abschlüsse brachten ihm ungeheure Geldbeträge ein, selbst für das teure Milieu, in dem er sich bewegte. Seine Kundenliste war ein Spiegel der führenden Figuren und Institutionen der freien westlichen Welt und darüber hinaus. Präsidenten, sowohl von Konzernen als auch von Staaten, waren unter den Kunden von *Mea Culpa*, aber auch Diktatoren, aktive und gestürzte, und mehr als eine königliche Familie. Die Vorsitzenden von Aufsichtsräten, Kommissionen und Parteien suchten seinen Rat ebenso wie Entertainer, Dozenten, Autoren und Sportler. In einem Jahrhundert, da das Bild zur Realität geworden war, war Rick unersetzbar.

Volpinos wache Intelligenz, unbelastet durch Skrupel, rüstete ihn für seine Unternehmungen perfekt aus. Bereits während seiner Zeit auf dem College war ihm der brillante Einfall gekommen, der seiner Karriere in der magischen Sphäre der Public Relations, der Promotion und des Marketing zugrunde lag. Der Trick, der sich bei der Wiederwahl eines unpopulären Gouverneurs bewährte, wurde zu seinem Markenzeichen. »Ich habe einen Fehler gemacht«, wählte er in der vereinfachenden lateinischen Formel »mea culpa« als Namen für seine Firma. Die Idee war die Einfachheit selbst: Verwandle Niederlagen in Gewinne, indem du sie nicht nur zugibst, sondern sogar noch damit prahlst.

Anfangs wurde die Idee belächelt. Die Politiker, erfahren in der Täuschung der Wähler, lehnten Ricks Wahlwerbespots ab. Er hatte den Gouverneur dazu veranlaßt, vor laufender Kamera seine Fehler einzugestehen und die Aufmerksamkeit auf seine Irrtümer und Unterlassungen zu lenken. Hinter sich auf einem Monitor die beeindruckende Szene vom Stau auf der Stadtautobahn, den ein Schneesturm verursacht hatte, bekannte der Gouverneur, es sei sein Fehler gewesen, nicht rechtzeitig die Schneepflüge in Marsch gesetzt zu haben. Als nächstes deutete er mit dem Finger auf das Fotos eines seiner Mitarbeiter, der in Handschellen ins Gefängnis transportiert wurde. Dabei bekannte der Gouverneur, daß er bei der Ernennung dieses Mannes ungenügende Menschenkenntnis bewiesen habe. Es hatte wie eine Bombe eingeschlagen. Die Art und Weise war so erfrischend, der Gouverneur schien so glaubwürdig zu sein, daß weder die Medien noch die Wähler sich jemals klar darüber wurden, daß sie das politische Äquivalent von Lausbubenstreichen für Aufrichtigkeit hielten und die Kapitalverbrechen des Gouverneurs schlichtweg vergaßen. Anfangs schien seine Wiederwahl aussichtslos, nach Ricks Kampagne gewann er mühelos, und in Auswertung des Sieges wurde Rick zum politischen Genie erklärt.

Er erkannte schnell, daß die Idee von falscher Ehrlichkeit universell anwendbar war. Die Politik war ja nur ein Aspekt des modernen Lebens, der tief in Täuschungen verstrickt war. Innerhalb von Wochen hatte er sein Unternehmen gegründet und begann zu raten und abzuraten. Seine ersten Kunden kamen aus den Reihen der Kleinunternehmer – Gebrauchtwarenhändler und Güterbahnhofsdispatcher –, aber sein schlagender Einfall zog bald angesehenere Persönlichkeiten an: Finanz- und Bankbeamte, Fernsehevangelisten, Wallstreet-Manager. *Mea Culpa* hatte überlebt und war aufgeblüht.

Jüngst hatte er sich den Dank eines noch jungen Fernsehmoderators verdient. Dessen Haare fielen mit unglaublicher Geschwindigkeit aus, so daß er um seine Arbeit fürchten mußte, da ein ambitionierter, neidischer und skrupelloser Kollege ihm während der Sendung sein Toupet mit einem Ventilator vom Kopf gepustet hatte. Der Moderator bat um Ricks Unterstützung, und der Medienzauberer startete eine Kampagne zur Verherrlichung der Kahlköpfigkeit. »Bald is beautiful«, war die Eröffnungssalve. Es folgte: »Kahl sein bedeutet, daß man niemals einen Kamm braucht!« Abschließend wurde der Moderator auf ganzseitigen Anzeigen mit geschorenem Kopf abgebildet. In den nächsten beiden Wochen sahen, einem Meinungsforschungsinstitut zufolge, nur wenige New Yorker Zuschauer andere Nachrichtensendungen als die mit dem geschorenen Sprecher. In der dritten Woche schoren sich sieben weitere Moderatoren die Köpfe kahl, darunter drei Frauen.

In bester Laune wegen des disharmonischen Effekts, den er mit seinem Orangenhemd erzeugte, überprüfte Rick seinen Terminkalender und stellte zufrieden fest, daß Scrappy Schwrtznbrgr und Irwin Rubinstein in den nächsten Minuten erscheinen würden. Rick liebte den Sport und besonders natürlich die berühmten Sportler. Er sammelte berühmte Leute, so, wie andere Briefmarken oder Münzen sammeln. Wenn er wohlbekannte Namen fallenließ, waren das zu einem nicht unbeträchtlichen Teil die von Sportlern. Als Rubinstein am Telefon eine vorsichtige, aber für Rick unnötige Andeutung über »das Problem der Gents« gemacht hatte, wußte er bereits, worum es sich handelte, und er freute sich auf die Herausforderung.

Zur vereinbarten Zeit erschienen Scrappy und Ruby. Rick hatte seine Empfangsdame angewiesen, sie eine Weile im Vorzimmer schmoren zu lassen. Er vermied den Anschein, jederzeit und für jeden verfügbar zu sein. Nach der obligatorischen zehnminütigen Verzögerung betätigte Rick einen Summer, und die Empfangsdame verkündete, die beiden dürften eintreten. Ruby konnte sich nur schwer von der Masse handsignierter *Time*- und *Newsweek*-Titelblätter lösen, die an den Wänden hingen, und Scrappy noch schwerer von der eingehenden Prüfung des Dekolletés der Sekretärin.

»Ich denke, Sie wissen, was gerade den Bach runtergeht«, sagte Srappy, nachdem sie sich begrüßt und einander vorgestellt hatten.

»Klar doch!« Rick grinste wie ein Kobold. »Ihr ganzes Team, habe ich gehört.«

»Was wir wollen, Volpino«, fuhr Scrappy fort, als habe er den Zynismus nicht bemerkt, »was wir wollen, ist a: in der Liga zu bleiben, und b: die Sitze zu füllen. Ruby sagt, Sie wissen, was Sie tun, und kennen Ihr Geschäft, also denke ich, daß wir es Ihnen einfach überlassen können, falls Sie verstehen, was ich meine. Aber, Volpino, wir sind keine Millionäre wie Donald Bigg, also müssen wir uns über Geld unterhalten.«

»Ich will Ihnen keinen Mist erzählen, Scrappy«, sagte Rick. »Das Projekt interessiert mich. Ich liebe Probleme, und Sie haben ein ziemlich großes. Ich habe über Ihre Situation nachgedacht, und mir sind ein paar Ideen gekommen. Gute Ideen. Wenn ich das annehme, dann nicht wegen des Geldes, sondern weil es mir Spaß macht. Aber ich brauche die Kontrolle. Ich muß das Sagen haben. Ich mache es, wenn Sie mich nach meinem Ermessen handeln lassen. Keine Rücksprachen mit Ihnen oder Ruby oder sonstwem. Ich zeige Ihnen die Werbefilme nicht, ehe sie gesendet werden, die Anzeigen nicht, ehe sie gedruckt sind, und die neuen Trikots nicht, ehe sie fertig sind. Wenn Sie das akzeptieren, können Sie mich umsonst haben. Sie müssen nur meine Unkosten bezahlen. Die Scheine, die ich sonst verdiene, können Sie steckenlassen.

Ich werde Sie nicht mal für die Rechte an Werbespots und Anzeigen zur Kasse bitten.«

Scrappy hielt es nicht auf seinem Sitz, er streckte seine Hand aus. »Volpino«, sagte er überschwenglich, »Sie haben den Job. Übrigens: Das ist ein echt tolles Hemd!«

12

Scrappy und Ruby waren kaum zur Tür hinaus, da hing Rick schon am Telefon und rief Dore Dupus an, seinen Meinungsforscher. Dupus war ein mathematisches Genie an der Technischen Hochschule von Massachusetts gewesen, bevor er entdeckt hatte, daß die Art Zahlen, die ihm am besten gefielen, von einem Dollarzeichen begleitet wurden. Wenn es so etwas gibt wie Freundschaft auf den ersten Blick, dann war das zwischen Dupus und Volpino geschehen, als sie sich in Washington auf einer Cocktailparty getroffen hatten. Sie verbrachten den Abend bei der angeregten Unterhaltung über die Möglichkeiten, mit Umfragen die öffentliche Meinung nicht nur zu erkunden, sondern sie zu schaffen.

Dore hatte erzählt, wie er einem seiner Klienten, der unbekannt war und kein Geld hatte, dabei geholfen hatte, einen ebenso begüterten wie einflußreichen Kongreßabgeordneten in die Pfanne zu hauen. »Wir haben eine Umfrage in einem kleinen Wahlbezirk gemacht«, hatte er Rick erzählt. »Mein Kerl war natürlich absolut unbekannt, also bekam er knapp zwanzig Prozent der Stimmen und der andere über achtzig. In den nächsten paar Wochen kratzten wir jeden Dollar zusammen, den wir finden konnten, und gaben ihn in diesem Distrikt aus – für Poster, Broschüren, Flugblätter, Anstecknadeln, Handzettel, Telefonanrufe, halt das Übliche. Aber eben nur in diesem winzigen Bezirk.

Dann machten wir dort die nächste Umfrage. Diesmal schnitt unser Bursche natürlich besser ab – er bekam vierzig Prozent. Mit diesen beiden Umfrageergebnissen gingen wir auf die Jagd nach Sponsoren für unsere Kampagne. Wir sagten zu den reichen Leuten: ›Guckt mal, was der Bursche in gerade mal zwei Wochen geschafft hat: Er hat die Zahl seiner Anhänger verdoppelt! Stellt euch vor, wenn er das Geld hätte weiterzumachen!‹ Sie waren beeindruckt. Wer wäre das nicht! Natürlich haben wir ihnen nicht erzählt, daß wir nur ein paar hundert Leute befragt hatten. Also kam der Zaster, und wir haben gewonnen.«

»Prima«, hatte Rick gesagt. »Und wie ging es weiter?«

»Für eine Wahlperiode hat er mich bezahlt. Als ich ihm zur Wiederwahl verholfen hatte, ließ er mich fallen«, hatte Dore fortgesetzt. »Na, ich habe einen neuen Klienten gefunden. Ich kann es gar nicht erwarten, den anderen Hundesohn abzuservieren.«

Rick war von Dores Anekdoten so eingenommen, daß er fast vergessen hatte, daß er mit ihm zusammengekommen war, weil er nach potentiellen Kunden suchte. Sie waren sich so ähnlich wie die sagenhaften Zwillinge, die einander die Sätze vervollständigen. Sie teilten ihre Gedanken, noch ehe sie ausgesprochen waren.

»Dore«, sagte Rick jetzt erregt am Telefon, »ich habe einen Job für dich.«

Sofort begab sich Dupus in das Büro von *Mea Culpa*. Er mußte nur zum Fahrstuhl gehen und in den dreiundzwanzigsten Stock des glitzernden Wolkenkratzers fahren. Ricks Andeutungen hatten sein Gehirn sofort rotieren lassen. Er liebte anspruchsvolle Projekte, bei denen er die Chance bekam, die Öffentlichkeit zu verwirren und seine Konkurrenten über den Löffel zu balbieren. Er haßte das übliche Denken und konventionelle Haltungen, die Moral eingeschlossen.

Als er mit Rick plauderte, erkannte Dore deutlich, daß die Aufgabe, das schwule Team auf die Beine zu bringen, ohne Hexerei unlösbar sein würde. Er brauchte einen Zauberstab, um die Gents salonfähig, marktfähig und, soweit überhaupt möglich, auch respektabel zu machen, obwohl das letztere von ihm nicht unbedingt erwartet wurde. Aber für diese Aufgabe war er hervorragend qualifiziert. Dupus war eine Autorität von Weltklasse, wenn es darum ging, Meinungen durch Verdrehen der Daten zu manipulieren.

Wenn Dupus betrunken genug war, um ehrlich zu sein, sagte er seinen Zuhörern oft, daß die Meinungsforscher ihre Existenz allein den Medien verdanken. »Fragt den Mann auf der Straße, was er von Umfragen hält, und wenn er nicht gerade bescheuert ist, wird er sagen, daß alles Unfug ist. Aber die Presse lebt davon. Die Leser fragen sich, wie tausendfünfhundert Leute zweihundertvierzig Millionen repräsentieren können. Sie haben recht mit ihrem Zweifel, aber aus dem falschen Grund. Eine repräsentative Auswahl *kann* die Meinung der gesamten Bevölkerung spiegeln. Trotzdem sind Umfragen Unfug. Die Ergebnisse beruhen nämlich vor allem darauf, wie die Fragen gestellt werden. Ein Beispiel: Das Meinungsforschungsinstitut Roper machte 1992 für das Amerikanische Jüdische Komitee eine Umfrage, bei der herauskam, daß einer von fünf Amerikanern daran zweifelt, daß der Holocaust je stattgefunden hat. Die Leute, besonders die Juden, waren total schockiert. Aber ein Jahr später fanden sie heraus, daß die Frage so blöd formuliert war, daß manche das Gegenteil von dem ankreuzten, was sie dachten. Da änderten sie den Wortlaut der Frage, und was passierte? Nur noch ein Prozent sagte, der Holocaust hat nie stattgefunden. Inzwischen sind Presse und Fernsehen regelrecht verliebt in Umfragen. Sie starten sogar schon selber welche. Sie mögen es, weil es sie entlastet. Anstatt sich selbst in die Schußlinie zu stellen, wenn sie zum Beispiel vor Wahlen den Verlierer für den Sieger halten, starten sie eine Umfrage. Und um sich noch weiter abzusichern, warnen sie davor, so wie der Gesundheitsminister vor dem Rauchen und Saufen, indem sie den Lesern sagen, daß die tatsächlichen Ergebnisse ein paar Prozent nach oben oder unten abweichen können. Als ob das wichtig wäre! Als ob die Fehlergrenze alles wäre, worüber man sich Sorgen machen muß!«

Hatte sich Dupos auf diese Art erst einmal warm geredet, konnte er nicht mehr gestoppt werden. »Verdammt, laßt *mich* die Fragen formulieren, und ich verschaffe euch jedes Ergebnis, das ihr haben wollt. Auf jedem Fragebogen sollte die Warnung stehen: Der Glaube an Umfragen gefährdet die Gesundheit!«

Sofern seine Zuhörer mehr wissen wollten, aber auch, wenn sie es nicht taten, erklärte Dupus die Technik der Formulierung von Fragen. Davon verstand er soviel, daß er damit ein sechsstelliges Einkommen verdiente. Seine Künste hatte er sehr dramatisch bewiesen, als er zur Frage der Todesstrafe gleichzeitig auf beiden Seite der Barrikade gearbeitet hatte und tatsächlich auch beide Seiten innerhalb von zwei Wochen zufriedenstellen konnte. Das hatte er geschafft, indem er zuerst eine Umfrage startete, deren wichtigste Frage lautete: »Glauben Sie, daß es fair oder unfair ist, einen überführten Mörder so zu behandeln, wie er sein Opfer behandelt hat?« Für die Zwecke der Gegenpartei formulierte er die Frage um: »Glauben Sie, daß es richtig oder nicht richtig ist, wenn die Regierung ihre Bürger tötet?«

Rick und Dore waren sich schnell einig, daß sich das Problem der Gents nur lösen ließ, wenn sie eine sofortige und direkte Konfrontation mit Donald Bigg und seinen Gesinnungsfreunden aus dem Baseballgeschäft und der Politik vermieden. Zuviel Macht und Tradition waren da im Spiel. Statt dessen würden sie den Weg wählen, der sich vielfach bei Regierungschefs bewährt hatte, die sich mit einer widerspenstigen parlamentarischen Gesetzgebung konfrontiert sahen: Sie mußten sich direkt an das Volk wenden. Wenn sie eine Grundströmung aufbauen konnten, die die Gents unterstützte, wenn sie eine wachsende öffentliche Nachfrage inszenieren konnten, dann wäre es möglich, alle Versuche von Donald und dem Baseball-Establishment, von politischen Reaktionären und religiösen Fundamentalisten zu vereiteln, das schwule Team vom Spielfeld fernzuhalten. Der erste Schritt, darin stimmten sie überein, mußte die Veranstaltung einer Umfrage sein, in deren Ergebnis sich eine überwältigende Mehrheit für das Recht der Gents aussprechen würde, in der Oberliga zu bleiben.

Die Resultate würden eine Woche hindurch scheibchenweise verschiedenen Zeitungen zugespielt werden, um die gewünschte Durchschlagskraft zu erreichen. Darauf gestützt, mußte dann eine Pressekonferenz veranstaltet werden, in der Donald nicht nur einfach als unamerikanisch gebrandmarkt werden konnte, weil er versuchte, Baseballspieler daran zu hindern, ihren Lebensunterhalt zu verdienen, sondern gleich auch noch als Feigling, der ein überlegenes Team durch Manipulationen hinter den Kulissen besiegen wollte, weil er fürchtete, daß er es auf dem Spielfeld nicht schaffte.

Dore brauchte nur eine kleine Pause, um über seinen Auftrag nachzudenken, das gewünschte Ergebnis auf scheinbar korrekte Weise zu erreichen. Dann bestellte er einen Schwung Nachschlagewerke aus seinem Büro, und während er noch darauf wartete, entwarf er bereits die ersten Fragen und trug sie in sein gelbes Notizbuch ein.

Die Erfahrung mit den Medien hatten Dupus gelehrt, daß die meisten Reporter gar nicht mehr über den Prozeß der Befragung wissen wollten, als sie unbedingt wissen mußten, und diese Ignoranz war in den Chefetagen sogar noch verbreiteter. Das machte es ihm und seinen Mitarbeitern natürlich noch leichter, die Öffentlichkeit zu täuschen. Sie mußten lediglich die Standardsorgen der Journalisten zerstreuen, die Anzahl der Befragten könne zu klein und nach Alter, Geschlecht, Erziehung, Einkommen, Religion und politischer Überzeugung nicht repräsentativ genug sein, um die Akzeptanz der Resultate zu garantieren. Da er dies wußte, hielt er es für leicht, die Sache mit den Gents in Schwung zu bringen. Die Fragen berührten die Bürgerrechte von Homosexuellen, also mußte er seine Fragen den Homosexuellen stellen. Da die Umfrage per Telefon durchgeführt wurde, brauchten sich die Befrager nur auf Gegenden zu konzentrieren, in denen vor allem Schwule wohnten, und sich so eine Mehrheit zustimmender Antworten sichern.

Innerhalb einer Woche konnte Dores Mitarbeiterstab mit den gewünschten Ergebnissen aufwarten. Fast einstimmig wurde der

Verbleib der Gents in der Oberliga gefordert; zumindest hatten die meisten Befragten nichts dagegen einzuwenden.

»Das ist ein bißchen zu gut«, sagte Rick.

Dupus radierte die Acht bei den neunundachtzig Prozent Zustimmung zur Kernfrage aus und trug statt dessen eine Sieben ein.

»Neunundsiebzig klingt besser. Glaubwürdigkeit ist sehr wichtig«, sagte der Meinungsforscher.

Volpino, zufrieden mit den Ergebnissen, entschloß sich, sie zuerst zu den *Daily News* durchsickern zu lassen. »Die machen das groß auf, und sie haben 'ne Menge Leser«, erklärte er Dupus. »Die anderen werden es sich dort rauspicken. Wenn wir es zuerst der *Post* zuspielen, würde es wahrscheinlich keiner glauben. Obwohl dieser Stan Mann noch immer ziemlich angesehen ist. Ich werde es ihm als nächstem geben, dann *Newsday* und zum Schluß der *Times*.«

»Ich dachte, die *Times* hat den meisten Einfluß«, sagte Dupus.

»Kennst du jemanden, der die *Times* wegen ihres Sportteils liest?«

Am folgenden Tag traf sich Rick, gerüstet mit einem Blatt voller Daten, zum Lunch mit einem altgedienten Sportreporter der *News*, den er seit Jahren kannte.

»Das ist doch nicht dein Ernst!« sagte der Journalist, als er die Zahlen sah.

»Ich war selbst überrascht«, sagte Volpino, »aber ich glaube, die Leute lehnen einfach die Art ab, wie Donald versucht, diese Jungs herumzustoßen.«

Sie diskutierten, ob die Kampagne des Besitzers der Yankees gegen die Gents durch Eigeninteressen oder seine Sorge um die Reinheit des Sports veranlaßt sei, und beiden fielen etliche Beispiele aus der jüngeren Vergangenheit ein, in denen Donald weniger durch Klugheit als durch seine maßlose Heftigkeit aufgefallen war.

Die Ausgabe der *News* am nächsten Morgen erschien mit einem Balken, der die Story als »Exklusivbericht« klassifizierte.

Die Schlagzeile über dem Bericht mit den Umfrageergebnissen lautete:

DONALD AUSGESTOCHEN
FANS DURCHSCHAUEN SEINE TRICKS

Beim Mittagessen fragte Volpino Stan Mann, was er trinken möchte. »Ein bißchen von der Milch der frommen Denkungsart«, sagte der *Post*-Kolumnist, »die du gestern den *News* serviert hast.«

»*Moi*?« fragte Rick mit dem Ausdruck verletzter Unschuld. »Glaubst du etwa, ich habe es nötig, der Presse etwas zuzuspielen?«

»Natürlich nicht«, sagte Mann. »Es war einfach nur ein weiteres Beispiel für den phantasievollen, sorgfältigen, investigativen Journalismus, der unsere großen Massenblätter auszeichnet. Ach übrigens, was willst du heute verkaufen?«

»Komisch, daß du fragst«, antwortete Rick. »Ich bin da auf ein tolles Stück Information für dich gestoßen, mein Freund. Genug, um eine ganze Kolumne darauf aufzubauen. Es hat mit schwulen Sportlern zu tun. Und diesmal bekommst du es.«

»Mach dir nichts aus meinem Sarkasmus, Volpino«, sagte Mann. »Schließlich berichten die Zeitungen die Wahrheit auch nur dann und wann.«

»Genug«, sagte Rick und bildete mit zwei Fingern ein T, das im Football übliche Zeichen für ein Timeout, die Spielunterbrechung. »Wir sollten 'ne Stunde spazierengehen, das würde uns beiden guttun.« Er langte in seinen ledernen Diplomatenkoffer und holte zwei kleine Stapel weißer Blätter hervor, die Zahlenkolonnen enthielten. Einen davon gab er Stan. »Das sind Umfrageergebnisse, wie die Fans über das Recht von Gays denken, Baseball zu spielen – verglichen mit ihrem Recht, zu unterrichten, als Ärzte tätig zu sein, öffentliche Ämter zu bekleiden und – o ja – Kolumnen über Sport zu schreiben. Eindrucksvoll, was?«

Am Ende dieser Woche gab es kaum einen lebenden New Yorker, der nicht mitbekommen hätte, welch umwerfender

Unterstützung seiner Mitbürger sich das Team der Gents erfreute, wohingegen die New Yorker, wie es aussah, sehr feindselig auf jedermann – insbesondere auf Donald – reagierten, der die Mannschaft am Spielen hindern wollte. Ergänzend zu den Geschichten der *News*, der *Post*, von *Newsday* und *Times* gab es Interviews in den Morgen- und den Nachmittagsshows der Fernsehsender und Filmbeiträge in den Sechs- und Elf-Uhr-Nachrichten. Dupus war mehrere Male aufgetreten, um seine Ergebnisse zu erläutern. Toote war bereit gewesen, in der soliden *Nightline*-Show aufzutreten, und dort hatte er gefordert: »Beschneidet nicht die Freiheit des Baseball!« Sogar Scrappy wurde eingeladen – zu einem Rundtischgespräch mit mehreren Sportreportern zum Thema: Wovor fürchtet sich Donald wirklich?

Die Anstrengungen brachte das gewünschte Resultat. Scrappy setzte eine Pressekonferenz an, auf der er die durch Ricks gezielte Indiskretionen inzwischen schon fast vollständig bekannten Ergebnisse der Umfrage offiziell bekanntgab und die anstachelnde Herausforderung formulierte: »Wir sollten die Meinungsverschiedenheiten über den Baseball auf dem Spielfeld austragen, im Angesicht seiner Fans, nicht hinter den Kulissen.« Danach entschieden Donald und seine Verbündeten, das Feuer einzustellen, bis die Gents sich selbst zerstörten. »Die werden eingehen«, versicherte Donald einem politischen Freund. »Scrappy war schon immer ein Verlierer.«

13

»Hast du schon was gehört?« erkundigte sich Rhino Romanski bei Mickey Mayo in einem Ferngespräch. Die Gents hatten sich nach ihrem Treffen in New York City wieder über das Land verstreut.

»Ich scheine den Test bestanden zu haben«, rief der lange Shortstop. »Heute morgen kam mein Vertrag mit der Post.«

»Na, herzlichen Glückwunsch«, sagte Romanski mit leiser Ironie. »Ich ja dann wohl auch. Was ist mit den anderen?«

»Bin ich überfragt. Ruf doch mal Ruby an, und dann sagst du es mir.«

Rhino hängte ein und sah in sein Adreßbuch. Es ist eine beschissene Aufgabe, dachte er, herauszufinden, ob die Mannschaftskameraden AIDS haben. Er schüttelte sich. Wie andere Gays und eine wachsende Anzahl von Heteros hatte Rhino Freunde, die an der Krankheit gestorben waren. Er überwand sich und wählte.

Ruby lachte, als Rhino nach den Ergebnissen der Blutuntersuchung fragte. »Ein Test war positiv«, sagte der PR-Mann der Gents.

»Und was ist daran komisch?« fragte Romanski wütend.

Ruby kicherte weiter. »Kannst du dich noch daran erinnern, daß du Scrappy gezwungen hast, den Test zu machen?«

»Darauf kannst du wetten, daß ich mich daran erinnere.«

»Tja«, lachte Ruby, »und er ist positiv.«

»Quatsch«, sagte Rhino.

»Nein«, versetzte Ruby. »Ich schwör's! Warte, bis ich dir's erzählt habe. Du weißt, wie Scrappy ist. Er sagt: ›Keine zehn Pferde bringen mich dazu, in eine Klinik zu gehen, in der es von Tunten wimmelt. Ich gehe zu meinem Hausarzt.‹ Das hat er dann auch getan. Dabei kam heraus, daß er der erste war, an dem sein Hausarzt je diesen Test gemacht hat. Und der war positiv. AIDS, um Gottes willen! Er ist fast verrückt geworden. Ich war der einzige, mit dem er darüber sprechen konnte, und er ging seine sämtlichen Bekanntschaften durch, um herauszufinden, wann und wie das passiert sein konnte. Ich sagte: ›He, Scrappy, laß uns zu deinem Arzt zurückgehen und es noch mal genauer überprüfen.‹ Das haben wir auch getan, und diesmal hat der Doc die Blutprobe an ein Labor geschickt. Na ja, Rhino, du weißt, daß man eine Woche auf die Ergebnisse warten muß, und da drehte Scrappy durch. Zuerst begann er zu saufen, nicht wie sonst, sondern im Oberligastil. Genaugenommen lag er ein paar Tage im Koma. Als ich ihn das nächste Mal sah, steckte er bis zur Hüfte zwischen Bücherstapeln. Medizinische Bücher, ganz normale Bücher, alle Sorten Bücher, und alle über AIDS. Er brabbelte die ganze Zeit vor sich hin: ›Wo habe ich es bloß her? Welche von den Huren hat es mir angehängt?‹ Dann begann er über Schwule zu reden. Nicht so ätzend wie sonst, eher verständnisvoll. Er sagte sogar zu mir: ›Jesus, Ruby, jetzt weiß ich, wie sich diese armen Ficker fühlen.‹ Jedenfalls, das zweite Resultat war negativ. Der Doc sagte, was er beim ersten Mal gebaut habe, nennt man einen ›falschen Positiv‹. Und das soll öfter vorkommen, als die meisten denken.«

»Gefällt mir«, sagte Rhino. »Das gönne ich dem Schwanz.«

»Ja«, sagte Ruby. »Ach, da ich dich gerade am Apparat habe, da ist noch was, worüber wir sprechen müssen. Ich weiß nicht, ob schon jemand hinter dir her war, aber die Reporter haben mich wegen Stories angehauen und wollen Interviews mit euch machen. Äh, anstatt daß jeder von euch durch den ganzen Dreck waten muß, mit dem sie euch beschmeißen, sollten wir einen auswählen, vielleicht Toote, der dann der Sprecher ist. Wenn ihr einverstanden seid und er auch, dann machen wir 'ne Pressekonferenz und lassen ihn die Fragen beantworten. Wie klingt das, Rhino?«

»Für mich klingt es großartig, Ruby. Je weniger ich mit Reportern zu tun habe, desto besser«, sagte Romanski. »Wenn du willst, daß ich die anderen frage, dann tu ich's.«

Rhino erzählte die Scrappy-Anekdote Mickey Mayo und auch jedem anderen Spieler. Alle erklärten ihr Einverständnis, daß Toote für sie sprechen sollte. Ihnen war klar, daß alle Tests negativ waren, sonst hätten sie die Verträge nicht bekommen. Aber drei von ihnen, die einzigen neuen Gents, die nicht durch Mehrjahresverträge mit den alten Mannschaften abgesichert waren, sagten, daß Scrappy ihnen fünfundzwanzig Prozent weniger geboten hatte, als sie in der vergangenen Saison verdient hatten. Sie wollten sich mit ihren Agenten treffen, um Verhandlungsstrategien zu diskutieren.

Als Rhino sich wieder bei Ruby meldete, war der sonst eher maulfaule und mürrische Sportler ziemlich wütend. »Das ist 'ne feine Art, wie dieser Schwanz sich um uns sorgt. Jetzt versucht er auch noch, unsere Gelder zu kürzen. In der ganzen Oberliga machen die Arschlöcher, die einen Ball nicht mal treffen, wenn man ihn unter ihre Nase hält, die dicken Millionen, und Scrappy, die Zecke, will auch nur unsere Jungs aussaugen. Und weil sie schwul sind, glaubt er, daß er damit durchkommt.«

»Mach mal halblang, Rhino«, beschwichtigte Ruby, »so ist Scrappy nun mal. Das ist nichts als die übliche Verhandlungstaktik am Anfang. Das hat echt nichts weiter zu bedeuten.«

»Ach was. Du kannst ihm ausrichten, daß es für uns eine Menge bedeutet«, schimpfte Rhino. »Wäre besser, wenn er aufhört, uns über den Tisch zu ziehen, sonst muß er sich nach 'nem neuen Klub umsehen. Den Mist schlucken wir nicht! Wir haben unsere Schnauzen schon zu lange halten müssen. Damit ist jetzt Schluß. Jetzt ist alles offen. Wir haben nichts mehr zu verbergen.«

»Du hast ja recht, Rhino«, sagte Ruby, »du hast ja recht. Das hätte er nicht tun sollen. Aber so ist Scrappy eben. Paß auf, ich werde ihm ausrichten, wie ihr Jungs euch fühlt. Nun sag mir was über Toote. Seid ihr einverstanden, daß er euer Pressesprecher wird?«

Rhino, immer noch wütend, antwortete mit Schweigen. »Was ist«, drängte Ruby, »was denkt ihr über Toote?«

»Ja«, spuckte Rhino aus, »das ist okay. Aber bring erst mal deinen Boß zur Vernunft!«

Als sie das Video von der Pressekonferenz, die Berichte in den Nachrichten und das Pressecho gesehen hatten, waren die Spieler sehr angetan von der Art und Weise, wie Toote sie vertreten hatte. Auch Stan Mann gefiel es. Es gab nicht sonderlich viele Sportler, die mit der Sprache so gut umgehen konnten wie mit dem Ball und mit der Presse so gut wie mit der Sprache. Toote war die personifizierte Antwort auf die Gebete der Journalisten. Das ist mal einer, der sich wirklich zum Vorbild eignet, dachte Stan. Insbesondere war er angetan von einer seiner Antworten, die auf allen Kanälen mehrfach gesendet wurde: »Wäre vielleicht gar nicht so dumm, wenn ihr euch weniger für unsere Brautkränze und mehr für unsere Siegerkränze interessiert!«

Eine Woche später, beim Lunch, fragte Mann den überraschten Toote: »Wie denkst du über das Frühlingstraining in Key West?«

Natürlich kannte Dick Toote Key West, die letzte der Koralleninseln, die wie Regentropfen von der Halbinsel Florida abperlen. Wie Greenwich Village in Manhattan, der Castro District in San Francisco und Provincetown auf Cape Code ist Key West ein Hafen der Gays inmitten der feindlichen Welt. Obwohl natürlich die Mehrheit der fünfundzwanzigtausend Bürger, die das ganze Jahr über dort wohnten, typische heterosexuelle Kaufleute, Handelsagenten, Fischer sowie kubanische Flüchtlinge waren, blühte dort eine lebhafte Kolonie von Homosexuellen. Duval Street, die Hauptstraße, lockt die Touristen mit Unmengen von Souvenir- und T-Shirt-Läden, mit Muschelständen, Fast-food-Buden und Bars. Die wirkliche Gay-Szene sucht man dort vergebens. Sie lebt in den Gästehäusern und Hotels und besonders in der »Copa«, einer ständig überfüllten Disko mit fünf Bars.

Nicht ohne Wehmut erinnerte sich Toote daran, daß er in einer dieser Bars Bart kennengelernt hatte, einen blonden, wettergebräunten Fischer, mit dem er eine idyllische Woche verlebt hatte, ehe er wieder in seine Wohnung im winterkalten Norden zurückkehren mußte. Sie hatten getanzt und geredet, sie waren durch die subtropisch schwüle Brise zum Mallory Dock spaziert, wo sie Jongleure, Musiker und Leute mit dressierten Katzen beobachtet hatten, bis die Sonne im Meer versank. Abends zogen sie sich in die Dunkelheit von Barts Zimmer zurück und gaben ihrem heftigen Begehren nach.

Aber Stan Manns Frage nach Key West traf Toote unerwartet. Offenbar hatte Ruby den Journalisten informiert, ohne daß jemand im Team Bescheid wußte. Die Idee hatte Rick Volpino ausgeheckt. Das Marketing-Konzept der neuen Gents, so hatte der Ruby erklärt, würde nur funktionieren, wenn man über die sexuelle Orientierung der Spieler völlig offen war. Die Wahl von Key West für das Frühlingstraining war der Startschuß zur Ausbeutung des Themas »schwule Identität« für den Klub. Als Volpino den Plan dargelegt hatte, war Ruby zusammengezuckt. Jedoch hatte Scrappy dem Promotor freie Hand gegeben, also konnte er nichts dagegen unternehmen. Scrappy hatte lediglich zu wissen begehrt, wieviel die Trainingsoffensive kosten würde, und er war begeistert wie selten, als ihm Volpino versicherte, sie könnten das Stadion im Sportkomplex der High-School von Key West unentgeltlich nutzen. Und die Unterkunft im Island House konnten sie zum Discount-Preis mieten.

Als Antwort auf Manns Frage improvisierte Toote, daß er mit dem Training in Key West durchaus einverstanden sei.

»Wirst du dich dort nicht unbehaglich fühlen?« fragte Mann.

»Das«, so erwiderte Toote, »hängt von Leuten wie dir ab.«

Toote gefiel die Art, wie sich die Dinge entwickelten. Das Team wuchs zusammen. Sie teilten das Gefühl der Einmaligkeit und ihre wachsende Abneigung gegen Scrappy. Im Sport wie im Leben, dachte er, kann der Haß eine so starke Kraft sein wie die Liebe.

14

Der Countdown zur Saisoneröffnung – dem Tag des sportlichen Coming-out, wie Stan Mann ihn nannte – wurde bereits nach Stunden, nicht mehr nach Wochen gezählt, und Scrappy bekam ein immer besseres Gefühl für die Aussichten seiner Gents. Er war schon zu lange im Geschäft, um von Wettkämpfen allzuviel zu erwarten, doch in diesem Jahr, sagte ihm seine innere Stimme, würden die Gents siegen, und das würde etwas bedeuten. Das war kein blauäugiger Zweckoptimismus, redete er sich ein, sondern eine Erkenntnis, die auf solider Beobachtung basierte. Am Talent der Spieler hatte er nie gezweifelt; das besaßen die neuen Gents in ausreichendem Maße. Doch hegte Scrappy einige Zweifel am Stehvermögen und Zusammenhalt einer Mannschaft, deren Mitglieder zwar auf den Bestenlisten genannt wurden, die jedoch nie zuvor zusammen gespielt hatten. Außerdem waren sie auch noch Gays, was für Scrappy hieß, daß sie unbeständig, unzuverlässig und leicht nervös zu machen waren.

Hätte Scrappy nichts von ihrer Homosexualität gewußt, wäre es ihm nie eingefallen, die Bewegungen und Gesten der Spieler genau zu beobachten. Aber da er es nun einmal wußte, konnte er nicht widerstehen, nach Anzeichen für die Verweiblichung zu suchen, die er mit ihrer sexuellen Orientierung gleichsetzte. Die Tatsache, daß ihm absolut nichts auffiel, löste das Problem nicht.

»Sie bewegen sich ziemlich gut, in Anbetracht ...«, brubbelte Scrappy beim ersten Mannschaftstraining vor sich hin.

»Du meinst, in Anbetracht der Tatsache, daß sie die besten Spieler in der Liga sind?« frotzelte Ruby.

Tatsächlich bedeutete die Homosexualität der Mannschaft etwas. Es war unvermeidbar, daß die Spieler ihre persönlichen Beziehungen mit aufs Feld brachten. Scrappy war anfangs perplex über die verzögerten Würfe von Mickey Mayo zum zweiten Base, wenn es um ein Doppelspiel ging, das heißt, wenn das schnelle Fangen des Balls wichtig war, um gleich zwei Gegner am Punktemachen zu hindern. Nicht daß die Würfe sie teuer zu stehen kamen: Mayo hatte immer noch genug Schwung, und Speedy Gonzalez, der zweite Baseman, gab den Ball zuverlässig an Toote weiter – wahrscheinlich noch rechtzeitig, um im Ernstfall den gegnerischen Schlagmann auszuschalten. Aber während Mayos Ball langsam durch die Luft zum zweiten Base trudelte, jagte der Feldläufer vom ersten Base heran und hätte Gonzales über den Haufen gerannt, wenn der sich nicht wie ein Hase vor der anstürmenden Masse und den Spikes in Sicherheit gebracht hätte. Was da gespielt wurde, verstand Scrappy erst, als er erfuhr, daß Mayo und Gonzalez auf den rechten Feldspieler Chico Santiago scharf waren, daß Mayo also Gonzalez aus Eifersucht in Schwierigkeiten brachte.

Scrappy war baff. Er hatte im Lauf der Jahre mit Hunderten von Reibereien und Betrügereien und häuslichen Streits zu tun gehabt. Es war durchaus nicht unüblich, daß Mannschaftskameraden auch privat miteinander zu tun bekamen, zuweilen sogar mit den Frauen der anderen. Doch war es, wie Scrappy zu formulieren beliebte, unüblich, daß alle, die betroffen waren, sich zur gleichen Zeit auf dem Spielfeld befanden.

Ruby empfahl Geduld. »So was dauert nicht lange, Scrappy«, sagte er. »Diese Sorte Kerle ist ziemlich wetterwendisch.«

Rubys Ansehen bei Scrappy wuchs beträchtlich, als er ein paar Tage später beobachtete, daß Santiago in einem Mercedes zum Stadion gebracht und auch wieder abgeholt wurde – von einem schlanken, gutgekleideten Mann, der weder Mayo noch Gonzalez war. Danach, so registrierte Scrappy zufrieden, warf Mayo Gonzalez die Bälle bedeutend schneller zu.

Scrappy hielt sich an seine Vereinbarung mit Volpino und mischte sich nicht in dessen Vermarktungspläne für das Team ein. Daher hatte er auch keine Ahnung, welche Aktion als nächste auf der Tagesordnung stand oder warum Olivia Jacob vor dem Spiegel eines schwer zu beschreibenden Büros in Melville, Long Island, Selbstgespräche führte.

»Hallllo, ihr Fans, ich bin Ollie Jay und berichte für euch aus dem Stadion der Gents an einem wuuundervollen Frühlingstag... Nee, nicht gut. – Hey, ihr Jungs. Und natürlich auch ihr Mädels. Wir werden doch am Eröffnungstag im Gents-Stadion nicht die Damen vergessen! Nein, Sir! Ich meine, nein, Sir, und nein, Madam. Olivia Jacob ist hier, um euch zu sagen, daß ihr Zeugen eines historischen Ereignisses seid... Oh, Scheißdreck. – Okay, Baseballanhänger und Fans, haha. Ihre Fernsehsprecherin Lady Jay ist für Sie an der heißesten Adresse von New York vor Ort, um über die Feierlichkeiten zum Eröffnungstag der Spielzeit aus dem Gents-Stadion zu berichten... Geht auch nicht.–Sehen Sie das Gras? Sehen Sie das Spielfeld? Sehen Sie die Bankreihen? Und wissen Sie, was das bedeutet? Das bedeutet, daß eine neue Spielzeit begonnen hat. Und in diesem Jahr werden, zum ersten Mal überhaupt, die Spiele der New York Gents von *FNG Cable Networks* zu Ihnen ins Haus übertragen. *FNG* steht für Fun'n' Games, für Spaß und Spiele, und was mich betrifft, ich bin O.J. Cobb...«

Die Bürotür schlug auf. »Olivia, deine Mutter ist am Telefon. Sie will wissen, wie es dir geht. Bitte sag es ihr selber.«

»Klar, Pa, klar. Sofort. Pa, ich glaube, ich hab's hingekriegt. Ich habe mein Image gefunden, die Person, die ich darstellen will. Einfach meinen Namen. O.J. Cobb. O.J., verstehst du? Wie Simpson. Ich weiß, daß er ein paar Schwierigkeiten hatte, aber das war nur wegen Mord, nicht wegen des Sports. Und Cobb wie Ty Cobb, der berühmte Baseballspieler. Also durch und durch Sport. Und doch auch mein wirklicher Name. Olivia Jacob. Verstehst du? Das O ist für Olivia, und das J und das Cobb kommen von Jacob. Das sitzt! Das sitzt ganz genau. Diesmal wird es klappen, das fühle ich.«

»Ja, Liebling, das klingt prima. Ganz prima, ja wirklich. Sprichst du jetzt bitte mit deiner Mutter? Sie wartet am Telefon.«

»Hallo, Ma, hier ist O.J. Cobb. Das wird mein Berufsname sein. Mein Fernsehname. Wie gefällt er dir?... Ich weiß, daß er nicht besonders jüdisch klingt. Soll er auch nicht. Wenn du die Spiele der Yankees gesehen hast, dann war stets Melvin Allan Israel der Reporter, aber du hast bis eben gedacht, daß du Mel Allen zuhörst, stimmt's?... Kann schon sein, daß es ehrlicher wäre, wenn jeder wüßte, daß er Jude ist, aber dann hätte er den Job im besten Stadion der Stadt nie bekommen... Ja, ich weiß, Jude sein bedeutet, daß wir härter als andere sein müssen, und darum sind wir auch wirklich besser. Das hat Pa mir schon gesagt, als er mir den Job als Chefsportreporter bei *FNG* gab... Ich weiß, ich habe es endlich verdient nach den vielen Fehlstarts. Die sind schon längst Geschichte. Jetzt liegt wirklich eine Karriere vor mir. Du wirst stolz auf mich sein, Ma. Und Pa auch... Ich weiß schon, daß er es nicht immer zeigt, aber er sorgt sich wirklich um mich... Natürlich, um dich auch... Ich liebe dich auch, Ma. Und, Leute, Ende der Vorstellung von O.J. Cobb.«

Olivia ging zurück zum Spiegel und begutachtete, was sie sah. Sie übte das Lächeln und das erstaunte Anheben der Augenbrauen, sie setzte ein festes Gesicht auf und probte das verbitterte Schütteln des Kopfes. Sie liebte es, wie ihr langes, glattes, dunkles Haar bei der Bewegung schimmerte, und sie war zufrieden, daß sie dem Impuls nicht nachgegeben hatte, es zu färben und die »rote Jacob« zu werden. Das war eine dumme Teenageridee gewesen. Sie war ihr im zweiten Jahr in Syracuse gekommen, wo sie studierte, um das Kommunikationsgeschäft zu lernen – an einer Hochschule, die mit derselben Regelmäßigkeit Sportreporter produzierte wie der Sportunterricht hervorragende Basketball-, Football- und Lacrosse-Spieler.

An diesem sehr wettbewerbsorientierten College wurden Olivias Fähigkeiten als Reporterin gemeinhin anerkannt – außer von den Zimmerkameradinnen im Haus ihrer Studentenverbindung, die ihre nervenden Beschreibungen fiktiver Ereignisse kritisierten, indem sie sie baten, die Schnauze zu halten. Ähnliche, wenn auch weniger drastisch formulierte Einschätzungen von Olivias Talenten gab es auch nach dem Studium. Sie folgte den allgemeinen Ratschlägen, draußen im Leben Erfahrungen zu sammeln, und bewarb sich bei den Radiostationen in Enid, Oklahoma, in Monroe, Louisiana und in Biloxy, Mississippi – ohne Erfolg. Ihr Vater, wohlhabender Hersteller von Sportbekleidung, zog unter dem Druck seiner abgöttisch in Olivia vernarrten Frau alle Fäden, um seiner Tochter ein Volontariat bei der *CBS* zu verschaffen. Aber dort flog sie schnell wieder hinaus, als sie den Auftrag vermasselte, über die US-Open-Tennismeisterschaften zu berichten. Sie fuhr zum West-Side-Tennisklub in Forrest Hill, da ihr irgendwie entgangen war, daß die Meisterschaften bereits seit zehn Jahren im National Tennis Center in Flushing ausgetragen wurden.

Weil seine Gattin ihn täglich bekniete, endlich etwas für seine Tochter zu tun, und weil er das Textilgeschäft satt hatte, verkaufte Morris Jacob seine Firma an einen zahlungskräftigen Japaner, erwarb statt dessen ein pleite gegangenes Warenhaus neunzig Kilometer von Long Island entfernt und richtete dort seinen Kabelsender *FNG* ein – für Sport- und Freizeitprogramme. Olivia war eine Verehrerin von George Plimpton, dem amerikanischen Wallraff, der sich in verschiedenen Rollen und Masken hinter die Kulissen des Profisports geschlichen und über seine dabei gewonnenen Einsichten berichtet hatte. Sie überredete ihren Vater, eine Serie zu produzieren, in der sie Ähnliches versuchte. In milder Nachgiebigkeit tat Morris so, als sei er fest davon überzeugt, die Zuschauer warteten nur darauf, seiner Tochter bei ihren inszenierten Abenteuern zuzuschauen. Er finanzierte eine Fuchsjagd, eine Karawane, eine Segel-Kreuzfahrt und eine Safari und rüstete ein Kamerateam aus, das seine Tochter beim Sammeln ungewöhnlicher Erfahrungen filmen sollte.

Geld spielte keine Rolle, die dicken Schecks des Kabelsenders wurden unter Fremdenführern, Ausstattern und Agenten in Virginia, Kairo, Pepeete und Nairobi verteilt. Und während Olivia um die Welt tourte, blieben die ängstlichen Eltern in Long Island zurück und wurden durch immer wildere Nachrichten über die Abenteuer ihrer Tochter aufgeschreckt. Bei der Fuchsjagd in Middleburg wurde sie mehrfach vom Pferd abgeworfen. In den Dünen der Sahara verirrte sie sich und wurde nur durch einen Zufall rechtzeitig wiedergefunden. Bei der Kreuzfahrt im Südpazifik wurde sie seekrank. In Kenia setzte die Ruhr sie außer Gefecht. Die Jacobs waren jedesmal erleichtert, daß ihre Tochter lebend nach Hause kam, also fragten sie nie danach, ob je eines ihrer Abenteuer gefilmt worden war. Auch Olivia war erleichtert, da ihr das Geständnis erspart blieb, verwertbare Aufnahmen seien nie zustande gekommen.

Natürlich wußte der alte Jacob das auch ohne ihr Geständnis. Er mußte für Olivia eine Aufgabe finden, die weniger gefährlich und leichter zu erfüllen war. Als sein langjähriger Freund Ruby Rubinstein beiläufig erwähnte, daß sich bisher kein Fernsehsender dafür interessiert habe, die Spiele der Gents zu übertragen, nicht mal unentgeltlich, nutzte er die günstige Gelegenheit. Wenn er an die Unsummen dachte, die er bisher für seine Tochter hinausgeworfen hatte, konnte er bei diesem Geschäft nur gewinnen, selbst wenn wieder alles schiefging. Vor allem wäre seine Frau endlich ruhig. Also rief Morris sofort Rick Volpino an und verabrede sich mit ihm zum Essen, um einen Vertrag über die Fernsehrechte an den Spielen abzuschließen.

15

Selbst wenn es nicht der Eröffnungstag der Saison gewesen wäre, hätte der 5. April eine ehrende Erwähnung in der Zeitung verdient: New Yorks stahlgrauer Winterhimmel war endgültig verjagt worden. Nun leuchtete es frühlingsblau über der Stadt, und flauschige weiße Wölkchen trieben durch das Luftmeer. Die Stadt badete in durchdringendem Sonnenschein. Im Stadion der Gents erschien die Frühlingswärme wie die sichere Verheißung, nun werde es endlich aus seinem Winterschlaf erwachen.

Vor dem Stadion führte Olivia Jacob in ihrer O.J.-Cobb-Rolle ihr dürftiges Kamerateam vom Parkplatz zum Presseeingang, den sie nach kurzer Auseinandersetzung mit dem ungläubigen Wächter passieren durfte. Olivia war die Zweifel an ihrer Glaubwürdigkeit inzwischen gewohnt. Arrivierte Journalisten erweckten durch ihre Erscheinung Vertrauen und strahlten Legitimität aus. Olivia provozierte die Zweifel nicht nur, weil sie eine – zudem noch sehr junge – Frau war, sondern vor allem deshalb, weil sie genauso aussah, wie sich Wächter Betrüger vorstellen, die mit einem Trick das Geld für Tickets sparen wollen. Doch gelang es ihr meist, an den kleinen Machthabern vorbeizukommen. Sie bezirzte sie mit ihrer Freundlichkeit und ihrer Fähigkeit, sich und andere für ihre jeweilige Aufgabe zu begeistern.

Olivias Auftreten und Verhalten waren entschieden bizarr. Sie war groß und schlank, vielleicht zu groß und zu schlank, denn es gelang ihr nur schwer, ihre Gliedmaßen zu koordinieren. Die einfachsten und selbstverständlichsten Bewegungen wirkten oft abrupt und abgehackt, als würde ein unfähiger Puppenspieler an unsichtbaren Fäden ziehen. So, wie ein neugeborenes Fohlen durch den bloßen Anblick seiner Hilflosigkeit nach Unterstützung zu schreien scheint, erweckte ihre Körpersprache, interpunktiert durch das ständige Wedeln mit ihrem langen, schwarzen Haar, Mitleid und Zuneigung. Das ahnte sie freilich nicht, also ignorierte sie ihre Ausstrahlung von Unschuld und bemühte sich um dreistes Auftreten. Durch die Zweifel des Wächters ließ sie sich ihre Hochstimmung nicht vermiesen. »Merken Sie sich dieses Gesicht«, sagte sie leichthin und deutete auf ihre wenig einprägsamen Züge, »in der nächsten Zeit werden Sie eine Menge davon zu sehen bekommen.«

Die Zweifel des Wächters waren durchaus verständlich. Das *FNG*-Team, wie Olivia es großzügig nannte, bestand aus einem einzigen Kameramann und einem einsamen Tontechniker, der gleichzeitig auch noch die Funktionen des Produktionsleiters und des Regisseurs zu erfüllen hatte. Die Sicherheitsleute waren auf substantiellere Unternehmungen eingestellt. Zum Beispiel würden die Konkurrenten von *FNG* bei den Yankees und in anderen großen Stadien mindestens fünf Kameras für die Übertragung einsetzen. Es würde einen Sprecher geben, der das Spiel kommentierte, einen zweiten, der die Atmosphäre in blumigen Wendungen schilderte, und zumeist noch einen dritten Moderator, damit die Reportage so lebendig wirkte wie das Spiel. Es würde wimmeln von Regisseuren und Technischen Direktoren, von Chefbeleuchtern, Produzenten, Produktionsassistenten, Gerüstbauern, Ton- und Lichttechnikern, Kameraleuten, Schnitt- und Videotechnikern. Statistiker warteten darauf, unverzüglich den neuesten Punktestand einblenden zu können. Mechaniker hielten sich bereit, notwendige Reparaturen vor Ort auszuführen. Und eine Handvoll junger Burschen trabte durchs Stadion, um Speisen und Getränke für das Fernsehteam herbeizuschaffen.

Mit diesem Aufwand an Menschen und Ausrüstungen vermittelten die großen Stationen und auch die wichtigsten Kabelsender ihren Zuschauern die unterschiedlichsten Ansichten –

entsprechend den Vorstellungen des Regisseurs und den Launen des Spiels. Die Zuschauer von *FNG* mußten sich mit einem bescheideneren Bild begnügen. Olivia, der Kameramann Phil Pluckey und der Tontechniker Ears Edison würden vor dem Spiel mit einer kleinen Kamera Stadion, Besucher und etwaige Ereignisse aufzeichnen, dann schnell zur traditionellen Position hinter dem Fänger rennen, wo ihre einsame Live-Kamera bereitstand, den Eröffnungsschlag und das darauffolgende Spiel zu filmen. Olivia war sich des Mangels bewußt. Aber das entmutigte sie nicht. Sie berichtete von der Eröffnung der Spielsaison, und diese Aufgabe gab ihr das Gefühl, nun habe sie endlich über ihr Geschlecht und über sämtliche Mißgeschicke der Vergangenheit triumphiert. »Auch ich bin in der Oberliga!« jubelte sie sich zu.

Da sie durch den Presseeingang gekommen waren, entgingen Olivia und ihren Begleitern die ungewöhnlichen Vorbereitungen zur Begrüßung der zahlenden Fans. Während sie durch das Labyrinth der Gänge irrten, bemerkten sie nichts von den hektischen Aktivitäten an den Toren. Sie wußten nichts von dem großen Plan, den Rick Volpino und sein Beraterstab entworfen hatten, um die neuen Gents verkaufswirksam vorzustellen. Sie wußten nicht, daß Verkäufer gerade dabei waren, Pappkartons aufzureißen, in denen Portemonnaies in den Farben Lila und Lavendel lagen. Rick Volpino hatte sie ohne dessen Wissen von Scrappys Geld gekauft, um sie den ersten fünftausend Zuschauerinnen und Zuschauern als Souvenir überreichen zu lassen.

Die sprechenden Farben waren nicht auf die Souvenirs beschränkt. Sie kehrten wieder an der Fassade des Stadions, auf den Sitzgruppen, sogar auf den Trikots der Spieler. Das Motiv, das *Mea Culpa* nach gründlicher Beratung mit Experten zur generellen Ausstattung der Gents gewählt hatte, trug, wie Volpino wußte, ziemlich dick auf. Andere meinten, es sei grob, grell und schamlos. Es bediente alle Stereotypen, die im allgemeinen Verständnis mit Homosexuellen verbunden waren. Die Trikots für Heimspiele waren rosa mit lavendelfarbenen Borten, das Dreß für Auswärtsspiele sah ebenso aus, nur daß diesmal die Borten rosa und die Trikots lavendel gefärb waren. Die Kostümierung wurde durch lederne Baseballkappen, Ohrringe und hellblaue Fanghandschuhe komplettiert. Die Farbe der Handschuhe korrespondierte mit der Tönung der Mützen und der Spikes.

Genau in dem Augenblick, als O.J. und ihre Crew sich dem Team der Gents näherten, entdeckten die Baseballspieler ihre neue Ausstattung. Ihre Reaktion schallte aus dem Klubhaus durch die Tunnel und Gänge, daß die Zuschauertribünen vibrierten. Es hörte sich wie ein Aufstand an. Olivia und ihre Begleiter hasteten der Quelle des Geschreis entgegen.

»Niemals!«

»Haut den Mist weg!«

»Niemals! Niemals!«

»Das kannst du voll vergessen, Scrappy!«

»Eh, Scrappy, hat man dir ins Hirn geschissen?«

»Niemals! Niemals! Niemals!«

»Wir sind doch keine Clowns!«

»Ich pisse auf die Gents!«

Chaos im Klubhaus. Die Trikots lagen im Raum verstreut. Die hellblauen Handschuhe, Spikes und Kappen flogen hinaus in den Flur. Speedy Gonzalez hämmerte gegen die Blechtür seines Spinds. Rhino Romanski verpaßte einem Abfallkorb mit seinen Spikes eine Tätowierung. Als Olivia eintrat, rutschte sie auf ein paar Ohrringen aus.

Dick Toote sprang auf eine Bank. »Ruhe!« brüllte er. »Ruhe!« Der Lärm schwoll ab.

»Habt ihr die Schnauze voll?« rief er im Stil eines routinierten Agitators auf einer Demonstration.

»Das kannste annehmen!« riefen die Spieler zurück.

»Habt ihr genug davon?« röhrte Toote.

»Klar!« röhrten sie zurück.

»Seid ihr bereit, alles hinzuschmeißen?« fragte er.

»Das haben wir schon!« antwortete Rhino und deutete auf den Müllhaufen der neuen Trikots.

»Wir gehen!« stimmte Mickey Mayo zu.

»Wir gehen! Wir gehen! Wir gehen!« nahm der Chor der Spieler den Rhythmus auf.

Da erschien Scrappy in der Tür seines Büros. Er führte eine Polizeitrillerpfeife an seine Lippen und blies ohrenbetäubend hinein. Die Köpfe der Spieler fuhren zu ihm herum. »Was geht hier vor?« bellte er.

»Na, was glaubst du wohl?« bellte Toote zurück. Er griff sich Rhinos lichtblaue Spikes und die Ledermütze von Dave Ripp und streckte sie weit von sich weg, als wären es stinkende Müllbeutel. »Bildest du dir etwa ein, daß wir dieses Dreckszeug anziehen? Und dann auch noch diese verdammten Ohrringe? Glaubst du, wir sind eine Freakshow?«

Scrappy schaute ihn erstaunt an. »Was ist das? Woher habt ihr das?«

Romanski höhnte: »Ach Gottchen, er weiß von nichts!«

Ripp rülpste laut. Mayo rollte mit den Augen.

»Hör auf, Scrappy«, antwortete Toote. »Was willst du uns weismachen! Spiel hier nicht den Überraschten. Die Nummer kannst du vergessen.«

»Nein, ich schwöre«, beharrte Scrappy, »daß ich dieses Zeugs nie zuvor gesehen habe. Ich weiß nichts davon!«

»Aber klar«, sagte Toote, »du kannst ja gar nicht wissen, was hier los ist. Du bist ja bloß der Manager und der Besitzer!«

»Bin ich auch, aber ich schwöre, daß ich das nie gesehen habe.« Scrappy machte eine Pause und dachte nach. »Moment, ich glaub, ich hab's. Ich kann mir vorstellen, woher das kommt. Es muß was sein, was dieser Volpino angeschleppt hat.«

»Ach was«, sagte Toote. »Ist jetzt ein anderer Kerl der Besitzer?«

»Das gerade nicht, hört doch mal zu! Dieser Volpino ist ein Marketingexperte. Ich habe ihn damit beauftragt, uns in der Liga zu halten und ein paar Tickets zu verkaufen. Er wollte sich ganz allein um die Promotion kümmern. Ich dachte, ich habe sowieso genug zu tun, und da habe ich ihn machen lassen. Volpino ist der Beste in seiner Branche, also dachte ich, daß er weiß, was er tut.

Er brauchte sich nicht mal mit mir abzusprechen. Ich schwöre es, Dick, bis eben habe ich davon nichts gewußt.«

Angewidert schüttelte Toote den Kopf. »Klingt ziemlich bescheuert. Kann es sein, daß du einfach nichts auf uns gibst? Na ja, ich kann dir sagen, du hast echt keine Ahnung. Nicht die Spur einer Ahnung, wie du diesen Klub leiten sollst. Weißt du, was du dir damit eingehandelt hast? Einen Streik! Eröffnungstag oder nicht, wir gehen nicht aufs Feld, wenn wir uns wie dressierte Affen verkleiden müssen.«

»Okay, okay, du hast ja recht, Dick«, gab Scrappy zu. »Ich verstehe dich. Aber so leicht ist das nicht zu lösen. Ich meine, andere Trikots als die werden wir hier nicht so schnell auftreiben können. Die Ohrringe sind wirklich blöd, auch wenn die halbe Oberliga inzwischen mit so was rumrennt. Laßt sie einfach liegen. Die Handschuhe auch, ihr habt doch bestimmt eure eigenen hier. Aber die Uniformen, Dick – ich sehe nicht, was wir dagegen machen können. In ein paar Stunden beginnt das Spiel!«

»Dann denk einfach etwas schneller über eine Lösung nach«, sagte Toote.

»Mensch, Dick, zeig doch ein bißchen Einsicht. Ihr werdet heute spielen, natürlich ohne die Ohrringe, und ich verspreche euch, daß ich das ausbügle, so schnell ich kann.«

Toote sah seine Mannschaftskameraden an. Sonderlich überzeugt wirkten sie nicht. »Laß uns ’ne Weile allein, wir müssen uns beraten.«

Scrappy nickte und verließ das Klubhaus. In der folgenden Stille war das leise Surren einer Kamera zu hören. Die Spieler bemerkten erst in diesem Augenblick das *FNG*-Team. Phil Pluckey, der Kameramann, setzte sofort die Kamera ab.

»Wie lange seid ihr schon hier?« fragte Romanski.

»Nur ’ne Minute. Nicht mal!« log Pluckey. »Ich hab bloß die Kamera getestet. Licht und Schärfe und so.«

Olivia und Ears Edison, der Tontechniker, kamen ihm sofort zu Hilfe. »Was ist los?« fragte Olivia unschuldig und drängte sich zwischen Pluckey und Rhino. »Habt ihr ein Problem?«

Romanski entschloß sich, dem Team zu glauben. »Nichts für ungut«, sagte er. »Aber ihr müßt jetzt gehen. Wir haben eine Mannschaftsbesprechung.«

»Natürlich«, stimmte Olivia zu. Sie fühlte sich noch nicht sicher genug im neuen Job, als daß sie es gewagt hätte, gegen den Rauswurf zu protestieren. Sie gab Pluckey und Edison ein Zeichen, ihr nach draußen zu folgen.

Als die Tür hinter ihnen zuschlug und sie außer Hörweite waren, umarmte Olivia aufgeregt ihren Kameramann. »Hast du's? Hast du alles im Kasten?«

Pluckey grinste. »Ich bin nicht umsonst der Topkameramann von *FNG*.«

»*Molto bene*!« rief Olivia. »Und du, Ears?«

»Jedes Wort«, sagte der Tontechniker. »Sogar die, die wir nicht senden dürfen.«

»Großartig«, sagte Olivia. »Das ist sensationelles Material. Nicht bloß Sport, sondern viel mehr. Das sind heiße Nachrichten. Die anderen Sender werden das auch haben wollen. Und *FNG* wird endlich berühmt. Im ganzen Land werden sie uns als Quelle nennen!« Sie dachte nach. Vor kurzem hatte sie einen Spielfilm über Journalisten gesehen, die über einen Bürgerkrieg in Lateinamerika berichteten. »Gebt mir die Bänder«, sagte sie. »Ich lasse sie in meiner Aktentasche verschwinden. Für den Fall, daß jemand sie konfiszieren will.«

Pluckey und Edison tauschten einen belustigten Blick aus, zuckten die Schultern und gaben die Bänder der Tochter des Mannes, der sie bezahlte.

»Gut«, sagte Olivia. »Wir werden hier abwarten, was als nächstes passiert.«

Hinter den verschlossenen Klubhaustüren ernannten die Spieler einstimmig Toote zu ihrem Sprecher, der sie bei den Verhandlungen mit Scrappy vertreten sollte. Nachdem die anfängliche Welle von Erniedrigung und unguten Gefühlen verebbt war, diskutierten sie die Vor- und Nachteile eines Spielerstreiks am Eröffnungstag. Toote machte seine Position deutlich.

»Minderheiten können nicht auf den guten Willen der anderen zählen. Nicht auf ihre Fairneß, nicht auf ihre Moral«, sagte er. »Das einzige, was funktioniert, ist Druck. Wir müssen Furcht erzeugen. Wir müssen ihnen klarmachen, daß sie etwas zu verlieren haben.«

Aber als die anderen Spieler sprachen, wurde klar, daß die einzige Furcht, von der die Rede sein konnte, ihre eigene war. Mickey Mayo formulierte, was alle dachten. »Wie ich es sehe, sind wir zuallererst Baseballspieler. Baseballspieler streiken nicht am Eröffnungstag. Wir haben auch ohne Streik schon genug Probleme, und die Journalisten würden uns endgültig fertigmachen. Wie Geier werden sie über uns herfallen. Völlig gleichgültig, wer recht hat, könnt ihr wetten, daß wir ins Unrecht gesetzt werden.«

Als abgestimmt wurde, hob nur Toote die Hand für den Streik. Resigniert schüttelte er den Kopf. »Wird wohl noch 'ne Weile dauern, bis sie es begreifen«, murmelte er vor sich hin. Er war überzeugt davon, daß jeder Kompromiß als Schwäche ausgelegt werden würde. Doch für den Augenblick hatte er verloren und mußte darüber nachdenken, wie er aus der Kapitulation wenigstens einen kleinen Vorteil herausschlagen konnte.

Ein paar Minuten später übermittelte Toote dem Manager eine bereinigte Version der Mannschaftsversammlung. Er sagte, eine scharfe Diskussion habe miteinander unvereinbare Auffassungen deutlich gemacht. Bei der Abstimmung sei mit knapper Mehrheit beschlossen worden, den Streik zu verschieben und ganz darauf zu verzichten, wenn Scrappy sein Versprechen einlöse, traditionellere Trikots und traditionellere Ausrüstungsgegenstände zu beschaffen. Er betonte, daß Scrappys Glaubwürdigkeit auf dem Spiel stand, und fügte sarkastisch hinzu: »Sofern du überhaupt noch Reste davon besitzt!«

Da der Streik abgesagt war, fühlte sich Scrappy wieder obenauf. »He, Dick, ich brauche deine Belehrungen nicht. Ich habe gesagt, daß ich es in Ordnung bringe, und das werde ich auch. Kein Grund, mich anzupinkeln, wir sitzen alle in einem Boot. Natürlich ist Volpino zu weit gegangen. Aber er weiß, wir sind im Showbusineß, und das solltet ihr auch nicht vergessen. Sport ist Unterhaltung, deshalb sind Sportler ja so beliebt. Tu nicht so, als ob du das nicht weißt.«

Scrappy machte eine Pause, um seine Sätze wirken zu lassen. »Und richte deinen Freunden aus, sie verdanken es nur mir, daß sie überhaupt noch eine Mannschaftsuniform tragen dürfen. Sonst würden sie diesen Sommer Volleyball in Feuerland spielen. Jetzt mal was anderes. Ruby sagt mir, daß ein Fernsehteam vor der Tür lauert. Ich denke, wir geben das Interview gemeinsam. Ich hole Ruby.«

Scrappy war etwas unbehaglich zumute, weil er Toote so sarkastisch abgebürstet hatte. Ihm war durchaus bewußt, daß er meist zu weit ging; insbesondere Ruby hatte ihm das oft genug klargemacht. Aber das hatte er schon als Kind gelernt: Schrei am lautesten, bluffe am überzeugendsten, und wenn sich Prügeleien nicht vermeiden lassen, dann schlag als erster zu. Alte Gewohnheiten sind zäh, dachte er.

Von einem Sender namens *FNG* hatte Toote noch nie gehört, auch nicht von einer Moderatorin namens Olivia Jacob. So war er verständlicherweise skeptisch, als er das dreiköpfige Team zum ersten Mal bewußt wahrnahm. Aber Olivia zeigte ihren Presseausweis so zuversichtlich, lächelte ihn so gewinnend an, daß Toote zurücklächelte, obwohl ihm nicht danach zumute war.

»In dieser Saison werden wir über die Gents berichten«, erklärte Olivia, »und wir möchten euch versichern, daß wir unsere Arbeit wie Profis erledigen werden – unparteiisch und gründlich. Ich bin O.J. Cobb. Das sind unser Topkameramann Phil Pluckey und unser Tontechnikas Ears Edison. Fangen wir an. Vor einer Weile hörten wir Geschrei. Worum ging es da?«

»Das geht euch gar nichts...«, begann Scrappy.

Schnell schnitt Ruby ihm das Wort ab. »Nichts als Begeisterung«, formulierte der Pressemanager. »Sie wissen schon, eine neue Mannschaft, eine neue Saison, viel Begeisterung, hochfliegende Pläne. Sie haben Glück gehabt, O.J., daß Sie ausgerechnet über unseren Klub berichten. Sie sprechen mit den zukünftigen Weltmeistern.«

»Das hoffe ich«, stimmte Olivia zu, »und ich bin gespannt auf eure Siege. Jetzt würde ich gern ein paar Worte von euch hören, wie das Team aussieht, was für Probleme ihr erwartet, wie ihr die anderen Mannschaften und deren Aussichten beurteilt. Sozusagen eine Vorschau auf die Saison am Eröffnungstag, ihr wißt schon.«

»Du meinst den üblichen Scheiß«, sagte Scrappy grinsend.

Olivia nickte begeistert. Sie dachte daran, wie stolz ihre Eltern sein würden. Scrappys rauhbeinige Art war Legende, und jetzt erwies er ihr die Ehre, auch sie mit Kraftworten zu belegen, die beim Senden mit einem Piepton zensiert werden mußten. Vielleicht konnte sie so hart und abgebrüht werden wie der Mann, den sie interviewte – so cool wie ein echter Profi.

16

Das Routineinterview mit den Chefs der Gents verlief genauso wie Dutzende anderer Gespräche, die am Eröffnungstag von jedem Fernsehteam in jedem Stadion geführt wurden. Danach gingen Olivia, Phil Pluckey und Ears Edison auf das Spielfeld hinaus. Als Olivia den frühlingsgrünen Rasen erblickte, stiegen bittersüße Erinnerungen in ihr auf.

Sie war fünf oder sechs Jahre alt, als ihr Vater sie zum ersten Mal zu einem Spiel der Oberliga mitgenommen hatte. Es war eine oft und gern erzählte Familienlegende, daß Morris Jacobs einziges Kind im fünften Durchgang eingeschlafen war. Von ihrem Schlaf wußte sie nur durch die Erzählung des Vaters. Hingegen erinnerte sie sich noch genau an ihre damaligen Gefühle. Sie hatte an Vaters Hand Schutz vor der Menge gesucht. Er hatte sie über das Drehkreuz gehoben, und dann hatte er sie die Betonrampe emporgeführt, und sie war überwältigt von dem, was sie sah und hörte.

Zuerst hatte sie die Stände mit den jungen Männern in weißen Jacken bemerkt, die Programme und Tabellen zum Mitschreiben des Spielstands und die dazugehörigen Bleistifte verkauften, dann die mit Baseballkappen und T-Shirts und Spielzeugschlägern und bunten Wimpeln zugehängten Souvenirstände. Dort gab es auch, was sie damals besonders interessiert hatte, Bildchen und

Karikaturen und Figürchen zu kaufen. Tiger, Füchse, Pirole, Kardinalvögel, Blauhäher, außerdem Piraten, Priester und Unmengen von Indianern. Zwar wußte sie nicht, was das mit Baseball zu tun hatte, doch diese Frage hatte sie sich damals nicht gestellt. Ihr Vater führte sie an Schlangen ungeduldiger Fans vorbei, die nach Hot dogs und Bier, nach Soda und Erdnüssen anstanden. Als sie endlich ins Freie traten, wurde sie von der Sonne geblendet, und das Stadion erschien ihr so groß wie der Ozean. Es war das grünste Feld, das sie je gesehen hatte, und noch grüner als grün schien es dort zu sein, wo es an den braunen Sand des Innenfelds grenzte. Das Feld sah so symmetrisch aus wie eine Vorlage in einem ihrer Malbücher. Ihre Augen folgten der Foullinie hinter dem ersten Base ins Außenfeld bis zur Mauer am Rand des rechten Spielfeldes, und dann blickte sie über die Mauer hinweg auf das linke Feld, bis eine Tribüne ihr die Sicht versperrte.

Auf der Außenfeldmauer fielen ihr die großen weißen Zahlen auf, die sie zwar schon lesen konnte, von denen sie jedoch noch nicht gewußt hatte, daß sie die Entfernung zum Standort des Schlägers anzeigten. Darüber war die große schwarze Anzeigetafel, voll mit Informationen, die sie nicht entziffern konnte. Darunter wurde in bunten Riesenlettern für alle möglichen Produkte geworben. Diese Welt erschien ihr seltsamer und wundervoller als alles, was sie bisher gesehen hatte: besser als der Zoo, der Zirkus und sogar besser als Disneyland. Und damals hatte sie sehnsüchtig gewünscht, eines Tages dazuzugehören.

Jetzt, zwanzig Jahre später, starrte sie wieder in das Stadion der Gents. Diesmal allerdings aus anderen Gründen. Höchst erstaunt blickte das Fernsehteam auf die Veränderungen, die Volpinos Experten veranlaßt hatten. Die Außenfeldmauer war nicht mehr dunkelgrün, sondern lavendelfarben gestrichen. Von gleicher Farbe waren die Logen am Feldrand, während die nächste Etage rosa gestrichen war, die nächste lavendel, die nächste rosa ... Werbung für Zeitungen und Videotechnik und Zigaretten und Bier fehlte völlig. Es gab nur ein großes Schild: die Telefonnummer der AIDS-Hilfe.

Während Olivia das Panorama betrachtete, begann der große Videoschirm neben der Anzeigetafel zu flimmern, und dann war ein Transvestitenchor zu sehen und zu hören, der ein Lied aus *Ein Käfig voller Narren* anstimmte, der bekannten französischen Schwulenkomödie. Während der Vorführer das Programm probte, das *Mea Culpa* ausgearbeitet hatte, dröhnten über die Lautsprecher die dank ungezählter Travestieshows populär gebliebenen Hits von Judy Garland. Olivia war gebannt. Keine nationale Institution hatte Ähnliches gewagt, dachte sie, seit die Demonstranten gegen den Vietnamkrieg auf den Stufen des Capitols amerikanische Fahnen abfackelten. »Heilige Scheiße«, sagte sie. »Das ist historisch.«

Während Olivia über die großen Momente der Geschichte nachdachte und ihr Team die Kamerapositionen diskutierte, betrat eine sonderbare Figur durch den Mannschaftsgraben im rechten Feld die Szenerie. Olivia riß ein Fernglas aus ihrem Nylonbeutel und richtete es auf die Erscheinung. Da ihr zum ersten Mal in ihrem Leben die Worte fehlten, machte sie ihr Team durch Pfeifen auf sich aufmerksam. »Das ... seht euch ... Das müßt ihr aufnehmen!«

Sie gab das Fernglas Phil Pluckey, der es erst einmal scharf stellte. »Das glaube ich nicht!« sagte er und reichte das Glas dem Tontechniker weiter.

»Wir müssen das kriegen«, sagte Edison. »Das wird im ganzen Land gesendet!«

Pluckey zoomte mit der kleinen Kamera die Figur heran, die auf hohen Hacken über das Innenfeld lief. Er schätzte den Mann auf fast zwei Meter Größe und sein Gewicht auf einhundertachtzig Kilogramm. Er trug ein lavendelfarbenes Hemd und eine lila Weste mit dem Emblem der Gents, der bekannten Silhouette eines Patriziers mit Zylinderhut, der einen Baseballschläger schwingt. Eine knallrote Perücke, darüber eine winzige Gents-Kappe, komplettierte das bizarre Bild. Das Gesicht, unzweifelhaft männlich, war heftig geschminkt. Die Augenbrauen waren dick nachgezogen, die Wangen und die schwarzen Schatten des

Backenbartes waren mit Rouge bedeckt, die Wimpern geschwärzt und verlängert, die Lippen tiefrot und zur Grimasse eines Clowns geformt. Als er bemerkte, daß er gefilmt wurde, winkte er ihnen keck zu, wiegte sich in der Hüfte und schrie schrill: »Huhu, Leute! Ich bin Gentian Violet, euer Maskottchen!«

»Heilige Johanna«, sagte Olivia. »Nehmt das auf!«

Während Phil und Ears ihre Ausrüstung auf Gentian Violet hielten, hatte Olivia schon wieder etwas Neues entdeckt. Aus dem Mannschaftsgraben kam eine Reihe von jungen Männern, die seriös in weiße Hemden und dunkle Hosen gekleidet waren. Die Männer marschierten lässig und doch in perfektem Gleichschritt auf das Feld, und als sie stehenblieben, bildeten sie die Diamantenform des Spielfeldes nach. Olivia sah ihnen fasziniert zu. Dann ging sie zum Platz des Schlägers, wo sie den Anführer der Gruppe vermutete.

»Hey«, grüßte Olivia und streckte ihre Hand aus. »Ich bin Cobb von *FNG*.«

Der Mann schüttelte ihre Hand. »Ron Fisher vom New Yorker Gay Chor.«

»Wow«, sagte Olivia. »Warum seid ihr denn hier?«

»Wegen der plötzlich ausgebrochenen Schwulenfreundlichkeit, vermute ich. Man hat uns engagiert, die Nationalhymne zu singen.«

»Stark«, sagte Olivia. »Und was kommt danach?«

»Sehen Sie sich das an«, sagte Fisher und deutete auf eine Bewegung am Rande des Spielfelds. Es war das Kohlrübenprofil des Bürgermeisters, der seine Helfer wie kleine Enten im Kielwasser nach sich zog. Olivia, erregt über die Aussicht auf ein Exklusivinterview, eilte auf den Bürgermeister zu, dem sie zuvor noch nie begegnet war.

»Schön, daß wir uns mal wiedersehen, Herr Bürgermeister«, sagte sie mit ihrer respekteinflößendsten Berufsstimme. »Was führt Sie heute hierher?«

»Es ist mir immer ein Vergnügen«, antwortete der Bürgermeister, der keine Ahnung hatte, wer das Mädchen war und was sie auf dem Spielfeld zu suchen hatte. »Die neue Saison geht los, stimmt's? Und es ist meine Stadt, stimmt's? Also wer sonst sollte den ersten Ball werfen?« flötete er. Weder die Interviewerin noch ihr Gesprächspartner waren sich darüber im klaren, wie viele Leute Rick Volpino am Telefon hatte beschwatzen müssen, bevor diese Selbstverständlichkeit arrangiert worden war. Volpino hatte sogar schon auf seine Liste von abgewrackten Entertainern und längst vergessenen Sportlern zurückgreifen wollen, als in letzter Sekunde die Zustimmung seiner ersten Wahl, des Bürgermeisters, doch noch bei ihm eintraf.

Für den Bürgermeister war die Entscheidung nicht einfach gewesen. Teile der Öffentlichkeit zweifelten ohnehin an seiner sexuellen Orientierung. Obwohl schon in mittleren Jahren, war er noch immer unverheiratet. Diese Tatsache hatten seine Gegner während der drei Wahlkampagnen ausgenutzt, böse Vermutungen und Gerüchte in Umlauf zu setzen, um ihn bei den Wählern zu diskreditieren. Jetzt, da er das vierte Mal für das Amt kandidieren wollte, drängten ihn seine Berater, sich mit jungen, attraktiven Frauen zu umgeben und die Gents wie die Pest oder noch besser wie AIDS zu meiden. Aber der Bürgermeister war dickköpfig. Und einer Gelegenheit zum öffentlichen Auftreten konnte er ohnehin nicht widerstehen.

Aber, so hatte er seinen politischen Ratgebern nachdrücklich versichert, er war kein prinzipienloser Gesinnungslump. Und hatte triumphierend einen großen Anstecker enthüllt, der fast seine gesamte Brust bedeckte: ICH BIN HETEROSEXUELL! Diesen Anstecker kramte einer seiner Assistenten jetzt aus einem Attachékoffer hervor. »Schaff deinen Kameramann her, Süße«, sagte der Bürgermeister munter, als er den überdimensionierten Button an das Revers seines Anzugs steckte.

Fünfzehn Minuten dauerte das Interview bereits, als Pluckey heimlich die Kamera abstellte. Er wollte ausreichend Videoband übriglassen, wenn etwas vorging, das tatsächlich des Aufzeichnens wert war. Der Bürgermeister hatte offenkundig nicht die Absicht, in absehbarer Zeit mit der Antwort auf Olivias erste

Frage fertig zu werden, ob das, was im Stadion der Gents zu erwarten war, sich auf den Tourismus förderlich auswirken könne. Der Bürgermeister war so vertieft in seinen eigenen Monolog, daß er trotz seiner Fernseherfahrung nicht mitbekam, daß die rote Lampe an der Kamera längst erloschen war. Auch Olivia bemerkte es nicht und ließ ihn weiterschwatzen. Die unaufgezeichnete Erklärung dauerte noch zehn Minuten, bis der Pressesprecher des Bürgermeisters seinen Chef endlich dezent darauf aufmerksam machte, daß er sich nur noch für ein junges Mädchen und nicht mehr für die Öffentlichkeit echauffierte: »Der Film ist alle!« Auch gut, dachte Olivia.

Der New Yorker Gay Chor hatte seine Formation nach der Probe der Nationalhymne aufgelöst. Einige lehnten an den Boxen an der dritten Baselinie und plauderten mit Gentian Violet. Nun ließen sich endlich auch die Gents blicken. Sie trabten auf das Feld und begannen mit dem Training.

Sie trugen die pinkfarbenen Uniformen, die blauen Spikes und die blauen Baseballkappen, die *Mea Culpa* für sie entworfen hatte. Nur die Fanghandschuhe waren ihre eigenen. Die Ohrringe hatten sie natürlich ebenfalls verschmäht. Das Aufwärmen schien ganz normal zu verlaufen. Aber während sich Olivia und ihr Team umsahen, einige Spieler interviewten und erste Bewegungsstudien filmten, wurde ihnen klar, daß dies alles andere als Routine war. Die Spieler waren so nervös wie Katzen auf einer Hundeausstellung.

»Wir sind doch menschliche Wesen!« verkündete Rhino Romanski. »So was wie das hat es noch nie gegeben.«

Selbst Dick Toote hatte seine gewöhnliche Ruhe verloren. »Wer weiß denn, wie die Fans darauf reagieren werden?« formulierte er seine Unsicherheit in O.J.s Mikrofon.

Tootes Besorgnis war angebracht. Fans von überall in der Stadt hatten sich auf den Trip zum Stadion der Gents vorbereitet. Es würde ein Ereignis von großer Dimension werden, das eine Menschenmenge anzog, die differenzierter zusammengesetzt war als das Publikum im Kongreß bei einem Hearing über das

Recht auf Abtreibung. Während Toote interviewt wurde, wartete das Long-Island-Fähnlein der Bewegung *Junge Amerikaner für die Freiheit* darauf, daß die Farbe auf einem riesigen Spruchband trocknete und sie es endlich zum Spielfeld tragen und vor den laufenden Kameras der, wie sie glaubten, reichlich versammelten nationalen Fernsehstationen entfalten konnten.

»Wie sieht es aus?« fragte Patrick Henry Turncrank, der Schöpfer der Losung, und erheischte Zustimmung, die er auch bekam. »Sie werden die Botschaft schon verstehen«, antwortete Fähnleinführer Joseph Raymond McCardy grinsend.

Zur selben Zeit bereiteten sich die Mitglieder des *New York City Gay- und Lesben-Projekts gegen Gewalt* durch intensives Training auf die zu erwartende Konfrontation vor.

»Schwuli!« schrie Hank Minuet seinem Freund Mike Galliard ins Gesicht.

»Homo!« schrie Galliard zurück.

»Schwuchtel!« steigerte Minuet.

»Tunte!« setzte Galliard drauf.

»Schwanzlutscher!« bellte Minuet.

Chuck Mazurka trat zwischen sie. »Okay, okay, Jungs, das ist cool. Und wenn sie gewalttätig werden, dann tretet ihnen die Eier ein!«

17

In der Redaktion der *Post* beendete Stan Mann seine Vorbereitungen zum Bericht über das Spiel. Das war, so empfand er es, sein Spiel. Schließlich hatte »Mann zu Mann« bewirkt, daß die neuen Gents geboren wurden, auch wenn die Spieler das nicht zu würdigen wußten. Verdammt undankbar sind sie, dachte er. Stan hatte keine einzige Information aus ihnen herausbekommen können. Sie drehten ihm die Rücken zu oder gingen weg, wenn er ihnen zu nahe kam. Der stämmige Rhino Romanski hatte einige bedrohliche gutturale Laute ausgestoßen, die Stan sicher nicht zu Unrecht als Absage an jegliche Kommunikation deutete.

Andererseits sprachen seine Bosse bei der Zeitung immer noch ungewöhnlich freundlich mit ihm, während solcherart Kommunikation mit seiner Frau Marti längst unmöglich geworden war. Ihre eheliche Beziehung hatte einen neuen Tiefstand erreicht. In diesen Tagen ging Stan morgens so früh wie möglich zur Arbeit, und abends kehrte er erst heim, nachdem er unterwegs etliche Drinks heruntergekippt hatte. Wenn er allein an der Bar stand, grübelte er über seine Ehe nach und versuchte, die Gründe für ihr Fehlschlagen zu begreifen. Er fragte sich sogar, ob es ein Fehler gewesen war, keine Kinder haben zu wollen. Der endlose heimische Streß drückte ihn nieder, die Unterhaltung war auf das Notwendigste beschränkt und ohne jede Substanz. Seit er in seiner

Kolumne die homosexuellen Spieler beim Namen genannt hatte, lehnte Marti ihn ab, egal, was er tat oder sagte. Nach ein paar Versuchen, sich zu rechtfertigen, hatte er aufgegeben. Sofern sie etwas anderes zu ihm sagte als »Schieb mir die Butter rüber«, waren es Bekundungen ihrer andauernden Wut und Enttäuschung. »Ich dachte, McCarthy sei tot. Bis ich herausfand, daß ich mit ihm verheiratet bin.«

Sehr originell, hätte Stan gern geantwortet und demonstrativ gegähnt, doch das verkniff er sich, obwohl er damit kaum etwas hätte verschlimmern können. Sie dachte ohnehin nicht daran, ihm zu vergeben, daß er seine journalistische Chance genutzt hatte.

Er hatte keine Ahnung, wie der Konflikt gelöst werden konnte. Martis Ablehnung seiner Versuche zur Versöhnung machten ihn traurig. Vielleicht würde sich ihre Einstellung ändern, wenn er sich durch demonstrative Reue loskaufte, aber er wußte nicht genau, was sie erwartete. Vermutlich war alles vergebens, und er konnte sie niemals zurückgewinnen.

Da die Zukunft ihrer Beziehung ohnehin in Martis Händen lag, widmete sich Stan dem, was er beeinflussen konnte: seiner Arbeit. Er konzentrierte sich auf das außergewöhnliche Ereignis, das im Stadion der Gents stattfinden würde. Und obwohl er sowohl persönlich als auch beruflich überlastet war, fühlte sich Stan so ideenreich und motiviert wie bei jedem Start in eine neue Spielzeit. Schon als Kind hatte er den Frühling mit dem Hochgefühl eines Gärtners begrüßt, voller Vorfreude auf den Eröffnungstag, der unerwartete Ereignisse garantierte, der neue Gesichter und neue Talente zu entdecken ermöglichte. Drei Jahrzehnte als Sportreporter hatten diese Gefühle nicht eingeschläfert, die beim Anblick des Spielfeldes und des Lärms der Menge immer wieder erwachten. Er war bereit.

Während er das Handbuch der Oberliga und die Presseerklärungen der Gents in seiner Aktentasche verstaute, hörte Stan das laute Gebrüll einiger Sportreporter, die vor einem Fernsehschirm standen.

»Das is 'n Ding!« schrie einer, und die anderen brüllten ähnlich unkonkrete Satzfetzen.

»Was ist los?« fragte Stan.

»Guck dir an, was du ausgelöst hast!« antwortete einer und rückte so weit beiseite, daß Stan den Bildschirm sehen konnte. Zwei gebräunte, muskulöse junge Männer saßen bei Sonnenuntergang an einem südlichen Meeresstrand. Sie sprachen über die Gents und beschlossen, Karten für die gesamte Saison zu kaufen. Sie lächelten sich sehr vertraut an, und dann erschien ein bekanntes Symbol: das Profil eines Kriegers aus vergangenen Zeiten, umgeben von der Aufschrift »Spartans«, Werbung für Kondome, ohne Zweifel, und dann sagte auch noch eine sehr tiefe Männerstimme eindringlich: »Um zu Hause sicher zu sein – bei ihm oder bei dir.«

Es folgte das Logo des *FNG*-Kabelfernsehens mit dem Hinweis, daß in wenigen Stunden das Eröffnungsspiel der Gents gegen die Pittsburgh Pirates live übertragen werden würde.

»Ein interessanter Sponsor für ein Sportereignis«, schnarrte Stan.

»Ja«, stimmte ihm eine Sekretärin zu. »Nicht immer die blöden alten Brauereien. Endlich mal etwas, das dir nicht schadet.«

Als Stan im Stadion ankam, hatten sich vor den noch geschlossenen Kassen bereits lange Schlangen gebildet. Verglichen mit den Eröffnungsspielen in den letzten drei Spielzeiten war dies ein unübersehbarer Fortschritt – oder die Rückkehr in die fast schon vergessenen Zeiten, als die Gents noch am oberen Ende der Tabelle aufzufinden gewesen waren. Die Geldbörsen, die Volpino zum Anlocken der Besucher an die ersten fünftausend als Souvenir verteilen lassen wollte, erwiesen sich als unnötige Geldausgabe. Ebenso klar war, daß Scrappys Herz trotz der überflüssigen Ausgabe höher schlagen würde, denn seine Kassen würden sich endlich wieder füllen.

Im Stadion trainierten die Pirates ihre Schlagfertigkeiten und die Verkäufer ihre Stimmbänder. Die Leute von *Mea Culpa* hatten entschieden, den Fans Schlagsahne und Weißwein anzubieten –

neben den üblichen Hot dogs und dem Bier. Die Sahne- und Weinverkäufer mußten ihre Waren im Falsett anpreisen, und das probten sie jetzt in voller Lautstärke.

Kurz vor Beginn des Spiels waren bereits alle Sitze ausverkauft, und dennoch warteten noch immer große Schlangen vor den Kassen. Als die Schalter schlossen, reagierten die abgewiesenen Zuschauer ungehalten. Da sie drohten, das Stadion zu stürmen, ließ der Sicherheitschef Ruby Rubinstein rufen. Nachdem der gesehen hatte, wie viele Leute vor den Toren standen und wie erregt sie waren, entschied er, ihnen für fünf Dollar je Karte Stehplätze anzubieten.

Genau zehn Minuten vor eins marschierte der Gay-Chor ein, um die Nationalhymne zu singen. Aber bevor sie eine einzige Note herausgebracht hatten, brach hinter den Logen an der ersten Baselinie ein heftiger Kampf aus. Mitglieder des schwulen Anti-Gewalt-Projektes schlugen auf Henry Turncrank und Joseph Raymond McCardy ein, die ihr Fähnlein und vor allem das Transparent schützen wollten, auf das sie so stolz waren:

GAYS SIND LAHMÄRSCHE

Stan beobachtete die Szene mit einem mulmigen Gefühl, doch überspielte er es, als er zu Steve Jacobson von *Newsday* hinüberfrotzelte: »Vielleicht sollten die Spieler von nun an den Fans zuschauen. Soviel Action werden sie uns auf dem Rasen wohl nicht bieten können.«

18

Für Scrappy war der Sieg über die hochfavorisierten Pirates am Eröffnungstag ein Verjüngungsmittel. »Mensch, Ruby«, sagte er seinem Pressemanager, »endlich ist es wieder wie vor zehn Jahren.« Tatsächlich, so lange war es schon her, daß die Gents ein Eröffnungsspiel gewonnen hatten, und noch länger, daß sie so beeindruckend gesiegt hatten. Es war nicht nur das 10:1-Ergebnis oder daß der Werfer Tony Mike das komplette Spiel über nicht ausgewechselt werden mußte oder daß es drei Homeruns gab. »Ich habe diesen Geist schon ewig nicht mehr erlebt. Es ist, als ob sie wirklich gerne spielen, ich meine, zusammen spielen.«

»Das ist unzweifelhaft wahr«, stimmte Ruby ihm begeistert zu. »Sie sind wie eines von den ganz großen Teams, wie die Mets von neunundsechzig oder die Giants von einundfünfzig. Ein richtig gutes Team! Alles paßt zusammen. Und keine Fehler! Nicht ein einziger, und das, wo sie allen Grund hatten, nervös zu sein.«

»Ja«, nickte Scrappy. »Bei all dem Mist auf dem Spielfeld und außerhalb. Jesus, dieser Volpino ist entweder ein Genie oder der größte Arsch weit und breit. Dieser Unfug mit Gentian Violet und dem Homochor, der die Nationalhymne singt. Wir können froh sein, wenn wir nicht wegen Landesverrat eingesperrt werden.

Das ist kein Baseball mehr, das ist nur noch eine einzige große Unverschämtheit.«

Ängstlich blickte Scrappy zur Tür seines Büros, ob ein Einsatztrupp des FBI hereinstürmte. Aber im Klubhaus war es still. Die Spieler hatten geduscht und waren gegangen, die Reporter hatten ihre Interviews beendet und waren davongehetzt, um ihre Berichte zu schreiben, und O.J. Cobb und ihr winziges Team waren zum Studio gefahren, um ihre Bänder zu sichten und den großen Sendern die besten Szenen zum Kauf anbieten zu können. Scrappy und Ruby waren allein.

»Es war schrecklich, schrecklich«, stimmte Ruby zu. In Wahrheit, so dachte er, war es die beste Interpretation der Nationalhymne gewesen, die er je gehört hatte. Doch wenn es nicht unbedingt sein mußte, widersprach er Scrappy nicht. Er beruhigte ihn lieber. »Eines muß man Volpino lassen: Er hat es gepackt, das Stadion zu füllen. Ich habe sogar Stehplätze verkauft.«

»Ja«, Scrappy grinste. »Was wird wohl Donald dazu sagen? Ich würde zu gern sein Gesicht sehen, wenn er hört, wie viele Zuschauer wir hatten.«

»Und das Ergebnis erst mal!« ergänzte Ruby glucksend.

An dem Anblick hätten sie sich tatsächlich geweidet. Sogar der ebenfalls sehr klare Sieg seiner Yankees konnte Donald Biggs Ärger nicht mindern, als er die Sechs-Uhr-Nachrichten sah. »Es ist eine nationale Schande!« schrie er wütend, als Gentian Violet auf dem Rand des Spielergrabens tanzte und der Gay-Chor die Nationalhymne sang. Er deutete auf den Bildschirm und schrie seine Frau an: »Das ist entartet! Widerlich! Zum Kotzen!«

»Ruhig, Donald, ganz ruhig«, sagte seine Frau. »Es ist doch nur ein Spiel!«

»Von wegen!« brüllte er. »Das ist ein Angriff auf die Grundwerte der Vereinigten Staaten von Amerika! So wahr mir Gott helfe, ich werde die schwulen Gents zur Strecke bringen!«

Auf ihren heimischen Bildschirmen sahen die Gents sich selbst. Auch sie waren wütend. Auf *FNG* waren außer den Festlichkeiten und den Höhepunkten des Spiels auch Ausschnitte aus ihrer kleinen Revolte im Klubhaus zu sehen, die Phil Pluckey heimlich gefilmt hatte: ihren Aufstand gegen Scrappy, um Volpinos Vermarktung ihrer Homosexualität zu stoppen. Sie fühlten sich bloßgestellt. Wieder einmal wurde ihnen Gewalt angetan, wieder einmal waren sie Opfer, waren sie nur wegen ihrer sexuellen Orientierung interessant, wurden sie primär als Homosexuelle, nicht als Ballspieler oder gar als Menschen angesehen. Und das von einem zweitklassigen Fernsehteam, mit dem sie durch Verträge für die gesamte Spielzeit zusammengekettet waren.

»He, Mickey«, sagte Rhino Romanski, der in Mickey Mayos Apartment im »Waldorf Astoria« vor dem Fernseher saß, »wir müssen uns diese Schweine vom Fernsehen mal vorknöpfen.«

»Ich weiß auch schon, wie wir das machen«, antwortete der Shortstop.

»Ach was. Und wie machen wir das?«

»Das wirst du schon merken«, sagte Mickey geheimnisvoll.

»Und diese verdammten Pirates«, fuhr Rhino fort. »Ich meine, Krach auf der Spielerbank ist eine Sache. So ist es eben im Baseball. Aber ich kapiere nicht, warum sie nicht damit aufhören. Dieses Umarmen und Küssen. Diese schwule Scheiße, über die sie sich lustig machen.«

»Daran werden wir uns gewöhnen müssen«, sagte Mayo. »Das werden wir noch lange zu hören bekommen. Und wir werden es überall in der Liga hören. Es ist so wie das, was die Farbigen vor fünfzig Jahren durchmachen mußten.«

»Kann sein«, sagte Rhino, »aber ich spiele da nicht mit.« Er schwang seine große Faust durch die Luft und ließ sie klatschend in der Fläche der anderen Hand landen. »Besonders wenn sie so tun, als wenn wir Tunten sind. Und wenn sie sich ihre Schläger an die Ärsche stoßen. Ich werde nicht stillsitzen, und ich glaube, der Rest vom Team sollte das auch nicht.«

»Stimmt schon, aber was zur Hölle können wir dagegen tun?« fragte Mayo.

Rhino zog seine Augen zu Schlitzen zusammen. »Ich werde mir was überlegen«, warnte er. »Vor allem müssen wir unserer selbst sicher sein. Nicht nur einfach Baseballspiele gewinnen, das auch, und das werden wir. Aber wir müssen diesen Typen zeigen, daß sie uns nicht rumstoßen können. Wir brauchen Respekt. Wir müssen ihnen klarmachen, daß wir es nicht hinnehmen. Weißt du, Mick, es ist, wie wenn sie dich auf die Platte zurücktreiben. Dein Werfer muß dich dann verteidigen, er muß dich schützen. Und genau das brauchen wir hier auch.«

◇

Im Büro von *FNG* streichelte Morris Jacob die Wange seiner Chefreporterin. »Honey«, sagte er strahlend, »du hast heute eine gute Arbeit getan. Du hast es geschafft, daß *FNG* in allen Stationen des Landes erwähnt werden muß. Das Ding im Klubhaus war sensationell!«

»Vielen Dank, Pa. Aber ich denke, Pluckey hätte etwas mehr herausholen können. Bessere Einstellungen, indirekte Beleuchtung und so.«

»Sag ihm einfach, was du darüber denkst, Honey. Du hast da draußen das Sagen. Und deine Truppe in Schuß zu haben ist wirklich wichtig. Kritisch muß man sein, wenn man nach oben will. Also sag ihm, was du für richtig hältst, und ich stehe hundertprozentig hinter dir. Apropos, ehe ich's vergesse: Ruf deine Mutter an.«

»Wen?« fragte Olivia total verblüfft. Jacob riß seine Augen so weit auf und starrte sie so verwirrt an, daß sie ihn schnell beruhigte. »Das war nur ein Spaß, Pa.«

◇

In seinem Büro bei der *Post* las Stan seine Notizen, ehe er mit dem Schreiben seiner Kolumne begann. Es war ein ungewöhnlicher Tag gewesen – historisch, obwohl er noch nicht mal vorüber war. Stan wollte formulieren, daß Baseball an einem Scheideweg angelangt war, an einer Kreuzung zwischen Tradition und Fortschritt.

Er wollte unterstreichen, daß Sport, wie alle Institutionen, Verantwortung gegenüber der Gesellschaft trug und sich der Veränderung entgegenstemmen oder sie anführen konnte.

Stan biß sich auf die Lippen. Er wünschte sich verzweifelt, noch einmal an der vordersten Front seines Berufes zu stehen, den anderen den Weg zu zeigen. Vor der Front zu sein hieß aber auch, allein zu stehen, allen Mut und das Selbstvertrauen zusammenzunehmen, um die Position zu behaupten. In der Vergangenheit hatte er das oft genug getan. Aber jetzt konnte er nicht mehr die richtigen Worte finden. »Ich habe Angst zu schreiben, was ich glaube. Ich fürchte mich vor den Lesern, den Redakteuren und vor dem Baseball-Establishment«, resignierte er. Und so machte er lächerlich, was er im Stadion gesehen hatte.

◇

Wie üblich, arbeitete Rick Volpino lange. Das mochte, ja, das brauchte er. Wie üblich, war er dabei allein. Dann störte ihn niemand beim Denken, und er war am effektivsten. Natürlich war er im Stadion gewesen. Seine Arbeiten pflegte er stets persönlich zu überprüfen. Er war schon nach dem zweiten Durchgang gegangen, bevor eine Mannschaft einen Punkt gewonnen hatte. Ihn interessierte die Wirkung seiner Arbeit, nicht das Spiel. Und die Wirkung war gut gewesen.

Trotzdem war er unzufrieden. Er hatte den *FNG*-Bericht über den Streit im Klubhaus gesehen, also die wütenden Reaktionen der Spieler auf die Ideen von *Mea Culpa*. Rick Volpino liebte es nicht, gescholten zu werden. »Die haben Nerven«, sagte er zu der kostbaren Walnuß-Täfelung. »Aber was kann man von Schwuchteln schon erwarten!« Selbst der Fakt, daß Stehplätze verkauft worden waren – und an diesem Tag nur im Stadion der Gents, nirgendwo anders –, minderte seinen Ärger nicht.

◇

In seinem Amtssitz fragte der Bürgermeister der größten Stadt der Welt die fünf Mitglieder seines Stabes, die gemeinsam mit ihm vor dem Fernseher saßen, was sie über die Eröffnung der Saison und insbesondere über seinen eigenen Auftritt bei dieser Gelegenheit dachten. Alle äußerten sofort die von ihnen erwartete Zustimmung, wobei sich jeder ein anderes positives Wort einfallen ließ: »Prima!« – »Sensationell!« – »Großartig!« – »Spitze!« – »Ein Hauptgewinn!«

Der Bürgermeister nickte langsam, schaute hinab auf den Sticker mit der Aufschrift »Ich bin heterosexuell!«, den er immer noch trug, und hob langsam eine Augenbraue. »Vielleicht hätte der Anstecker ein bißchen größer sein können!«

19

Noch immer badete sich Olivia im Lob ihres Vaters und der allgemeinen Anerkennung ihrer Arbeit. In den Sportsendungen und Nachrichten aller Kanäle, zwischen denen sie am Abend nach dem Spiel hin- und hergezappt hatte, tauchte mindestens einmal – und zumeist ziemlich lange – das Zeichen ihres Senders *FNG* in einer Ecke des Bildschirms auf: die wichtigste Quelle an diesem Tag! Und so war sie erschrocken über den eisigen Empfang, als sie zum zweiten Spiel der Gents gegen die Pirates wieder in das Stadion ging. Obwohl die Wächter am Presseeingang diesmal nicht ihre Legitimation bezweifelten, ließen sie sie spüren, daß sie nicht willkommen war. Als sie das Klubhaus erreichte, wo sie mit den Spielern plaudern oder wenigstens am Vergnügen ihres Triumphes vom Vortag teilhaben wollte, knallte Mickey Mayo die Tür vor ihrer Nase zu.

»Was soll denn das?« fragte sie ihre Crew.

»Die sind vielleicht sauer, weil wir keine Einzelgespräche und Großaufnahmen gemacht haben«, vermutete Pluckey.

»Na«, zweifelte Olivia, »ob da nicht mehr dahintersteckt?«

»Du kennst doch diese Jungs«, sagte Edison, der Tontechniker. »Eine Bande von Primadonnas. Die haben uns doch gestern schon aus dem Klubhaus geworfen. So sind sie eben.«

»Natürlich!« fiel Olivia endlich ein. »Die Aufnahmen von ihrem Meeting.«

»Nee.« Edison schüttelte den Kopf. »Unwahrscheinlich bei all der guten Publicity, die wir ihnen damit verschafft haben.«

»Denke ich auch«, meinte Pluckey. »Die werden schon wieder angeschissen kommen. Die wissen, wer wen braucht.«

»Vergiß es, Olivia«, sagte Edison. »Wir bauen auf.«

»Versucht's doch mal und nennt mich O.J., okay?« sagte Olivia streng; sie erinnerte sich an Vaters Rat bezüglich der notwendigen Autorität.

Pluckey sah Edison an und grinste. »Okay, O.J.«, antworteten sie im Chor.

Als das Trio auf das Feld kam, um die einzige Kamera zu installieren, begannen die Gents gerade mit dem Schlagtraining. Olivia beobachtete Pluckey bei seiner Arbeit. Ein Ball prallte auf die niedrige Barriere neben ihnen.

»Das war knapp«, murmelte sie.

Augenblicke später krachte ein anderer Ball gegen ein paar Sitze in der Nähe. Olivia sah, daß Mickey Mayo ihn geschlagen hatte. »Ganz schön gefährlich«, sagte sie zu Pluckey. »Jemand könnte getroffen werden.«

Als noch ein Ball von Mayos Schläger abprallte und sie nur knapp verfehlte, rief Pluckey: »Du hast verdammt recht! Das ist, weil sie den Drahtkäfig entfernt haben.«

Tatsächlich, der Drahtkäfig, der normalerweise Schläger und Fänger während des Trainings umgab, war ein paar Meter zur Seite gezogen worden. Die Foul-Bälle flogen am Netz vorbei. Olivia versuchte, die Aufmerksamkeit der Gents zu erregen, die am Käfig lehnten und den Schlägern zusahen, aber niemand schien sie zu bemerken.

Pluckey fummelte noch am Stativ herum, als ein Sperrfeuer von Bällen auf sie einprasselte. Er raffte seine Ausrüstung zusammen und rannte in Richtung des rechten Feldes davon. »Weg hier, Olivia!« brüllte er.

Olivia, die mit ihrem Team kaum Schritt halten konnte, blickte den Kameramann böse an. »Ich hab dir doch gesagt, du sollst mich O.J. nennen!« schimpfte sie im Trommelfeuer der Bälle.

Als sie endlich außer Reichweite waren, dachte die *FNG*-Crew eine Weile über die Situation nach, ehe sie sich entschieden, wo sie statt dessen die Kamera installieren würden.

»Hier jedenfalls können sie uns nicht mehr treffen!« sagte Olivia und holte ihr Fernglas hervor, weil sie die Spieler aus dieser hintersten Ecke der Sitzreihen vor dem rechten Feld nicht mehr voneinander unterscheiden konnte.

»Sie sehen wie Zwerge aus«, sagte Pluckey, der durch den Sucher seiner Kamera blickte.

»Du meinst Elfen«, sagte Edison. »Diese reizenden, zarten Mädchen im kurzen Röckchen.«

»Sehr komisch!« sagte Olivia. »Aber wir sollten mit den Witzen über Schwule aufhören, schließlich verdienen wir unsere Brötchen damit, daß wir über sie berichten.«

»Schwule?« fragte Pluckey, als habe er das Wort noch nie gehört. »Ach«, ihm fiel die Übersetzung ein, »du meinst Gays. Geht klar, O.J.«

Als das Fernsehteam außer Reichweite war, begannen die Gents ernsthaft mit dem Training. Rhino Romanski war ungewöhnlich angespannt, als er auf den Stufen des Spielergrabens stand. Mickey Mayo, der ein Grinsen zur Schau trug, das mindestens so groß war wie seine riesigen Turnschuhe, trabte heran.

»He, Rhino, hat es dir gefallen, wie ich uns die Ärsche vom Fernsehen vom Hals geschafft habe?«

Rhino schien ihn nicht zu hören.

»Pennst du?«

»Hä? Oh, Mick, tut mir leid. Ich war in Gedanken«, sagte Romanski, ohne seinen Freund anzublicken.

»Ich fragte«, wiederholte Mayo langsam, »ob es dir gefallen hat, wie ich diesen Ärschen eingeheizt habe?«

»Das war ganz prima.«

»Du könntest ein bißchen mehr Überzeugungskraft in deine Worte legen.«

»Mick, ich hab's satt. Ich hab die Schnauze voll von diesen Schwänzen, gegen die wir antreten. Keine Ahnung, wie ihr darüber denkt, aber ich will diese Kerle fertigmachen. Ich weiß nur noch nicht, wie.«

»Paß auf, daß du nicht unnötig in Schweiß gerätst beim Denken. Wenn die Zeit heran ist, wird es dir von ganz allein einfallen.«

Plötzlich sprang Rhino so unerwartet nach vorn, daß Mick dachte, ein Schuß habe ihn getroffen. »Mensch, Mick, ich hab's!« brüllte er.

»Was denn, Rhino?«

»Ich weiß, wie wir uns Respekt verschaffen. Beobachte mich heute genau«, sagte der riesige Spieler. Er pfiff stillvergnügt vor sich hin, als er den Schläger aufnahm und aufs Feld schlenderte.

Lange mußte Mayo nicht warten. Als Rhino das erste Mal am Schlag war, demonstrierten die Pirates noch immer ihre schwulenfeindlichen Parodien. Sie setzten sich rittlings auf die Bänke, und dann intensivierten sie ihren Trip in die unergründlichen Untiefen des volkstümlichen Humors und bestiegen einander.

Romanski, als Fänger der Aufstellung zufolge erst als fünfter am Schlag, eröffnete den zweiten Durchgang des noch punktlosen Spiels. Als linkshändiger Spieler schaute er direkt auf den Mannschaftsgraben der Gäste, während er sich auf den Platz des Schlägers begab. Was er sah, ließ ihn vor Wut schäumen. Ein halbes Dutzend Pirates saß da, jeder den Schläger in der linken Hand, und massierte den Griff mit der rechten – so gleichmäßig wie ein Ballett. Alle Hände bewegten sich im gleichen Takt, auch wenn das Tempo gesteigert wurde. Als Rhino sie anstarrte, rollten die Pirates mit den Augen und ließen ihre Zungen aus den Mundwinkeln hängen: der Orgasmus nach der Onanie. Dann winkten sie Rhino mit den linken Händen anzüglich zu und ergriffen, immer noch im Gleichtakt, mit den rechten Händen die Schläger der neben ihnen sitzenden Spieler. Die Botschaft war unmißverständlich.

Rhino verlor keine Zeit. Der erste Wurf war ein schneller Ball, niedrig und nach innen gerichtet. Mit einer Bewegung, die er im Geiste hundertmal geprobt hatte, zog er den Ball in geschwungener Linie nach unten, daß er langsam an der ersten Baselinie entlangflog. Er grunzte zufrieden und lief auf das erste Base zu. Er lehnte sich vorwärts, senkte seinen Kopf, schwang seine Arme und Beine, um Tempo zu gewinnen. Er starrte auf die Foullinie, kaum einen Meter voraus, er schob die Schultern vorwärts, richtete seinen kurzen, dicken Nacken parallel zum Erdboden und schob seinen eisenharten Schlägerhelm nach vorn wie einen Rammbock. Sein Timing war perfekt. Er rammte den Werfer der Pirates genau in dem Augenblick, als der sich bückte, um den Ball aufzuheben und zum ersten Base zu werfen.

Der Krach des Zusammenstoßes erreichte das *FNG*-Team weit hinten im rechten Feld und über deren Apparate auch die Zuschauer des Kabelsenders. Die Gewalt des Zusammenstoßes ließ den Werfer durch die Luft fliegen. Sein schlaffer Körper prallte gegen den Bauch des ersten Basemannes, und beide rollten über die Foullinie und blieben ausgestreckt liegen. Ohne seine Geschwindigkeit zu mindern oder auch nur den Kopf zu heben, sprintete Rhino über das Base und steuerte das zweite Base an. Der zweite Baseman, starr ob des Anblicks seiner niedergemachten Kameraden, nahm erst wahr, daß die Gefahr in Gestalt des bulligen Fängers sich jetzt ihm näherte, als es für Flucht bereits zu spät war. Direkt an der Baselinie traf ihn Rhinos Helm in den Unterleib, und auch er flog davon. Und immer noch rannte Romanski drauflos. Als der rechte Feldspieler seine Verwunderung überwunden hatte und dem verirrten Ball hinterherrannte, steuerte Rhino bereits das dritte Base an. Der dritte Basemann, alarmiert durch den Schaden, den der Einmann-Abwrackdienst angerichtet hatte, floh zum Spielergraben der Pirates, während der Fänger der Pirates sich um seinen ersten Basemann kümmerte und seinen Platz ungeschützt ließ. Rhino stampfte weiter, ohne durch einen Wurf gestoppt zu werden. Er hatte einen Homerun mit einem nur pro forma geschlagenen Kullerball geschafft und dabei drei Gegner außer Gefecht gesetzt. Nun wandte er sich dem Spielergraben der Pirates zu, und unter donnernden Hochrufen von den Tribünen lächelte er ihnen zu und machte einen Knicks.

Auf der Tribüne über dem rechten Feld umarmten sich Olivia und ihre Mitarbeiter, weil sic wußten, daß auch dieser Film von *FNG* in den Nachrichten und Sportberichten aller Sender gezeigt werden würde. An zwei aufeinanderfolgenden Abenden sorgten sie für die High-lights.

20

Mit dem 12:0-Sieg deklassierten die Gents die nach Rhinos Attacke völlig demoralisierten Pirates. Romanski, der an diesem Tag über sich hinausgewachsen war, schaffte noch einen Doppelpunkt und wenig später sogar noch einmal einen Homerun. Zwei Pirates vertrieb er durch seine bloße Erscheinung von ihren Plätzen. Der als Ersatz für den niedergestreckten Werfer auf das Feld gekommene Spieler ergriff aus Vorsicht die Flucht. Das erschien ihm trotz des damit verbundenen Punktverlusts klüger, als einfach als Ziel für ein rasendes Nashorn stehenzubleiben.

Wie erwartet, dominierten die *FNG*-Berichte die Sportnachrichten des Abends. Kein Redakteur konnte der Szene mit Romanski widerstehen. Die Sportreporter tauften sie den »Rhinozeros-Angriff« und wiederholten sie mehrfach in Zeitlupe.

Olivias Freude war grenzenlos, als sie am nächsten Tag die Kolumne »TV-Sport« von Stan Isaacs im *Newsday* las.

»Nach Jahrzehnten der Routine-Kameraarbeit durch die Etablierten weht endlich ein frischer Wind der Erneuerung durch das Baseballfernsehen. Sein Name ist O.J. Cobb. Ein neuer, kühner Geist, der es wagt, anders zu sein – und damit Erfolg hat. Die Rede ist, versteht sich, von der Berichterstattung über die Gents, jenes Team, das die Bosse der großen Sender wegen der sexuellen Orientierung der Spieler ablehnen und ignorieren. Nun, wenn Sie Baseball sehen wollen, wie er gespielt werden sollte, dann müssen Sie *FNG* einschalten. Dort erleben Sie einige der besten Spieler, die es derzeit gibt. Und Sie werden sie im Wortsinn aus einer völlig neuen Perspektive beobachten können: von der rechten Feldseite her. Warum, werden Sie sich fragen, ist bisher noch niemand darauf gekommen? Die Antwort ist, daß O.J. Cobb – das Beste, was der Sportberichterstattung seit den glorreichen Zeiten eines Tim McCarver zugewachsen ist – erst seit zwei Spielen zur Szene gehört. Und was noch besser ist: O.J. ist eine *Sie*! Ein Vorschlag sei mir erlaubt, O.J.: Mit dem Monopol auf ein Team wie die Gents hast du die großartige Gelegenheit, Pionierarbeit zu leisten – nicht nur auf dem Gebiet der Bildästhetik, sondern vor allem auf dem Gebiet der Soziologie. Die Welt des Sportes dürfte reif dafür sein, vernünftig mit homosexuellen Sportlern umzugehen, und taktvolle, Einsichten befördernde Interviews mit den Spielern könnten den Weg dazu ebnen. Und dir würde es auch nicht schaden.«

Olivia konnte es kaum abwarten, ihrem Vater die Kolumne zu zeigen. »Guck mal, Pa, guck! Ich mache Schlagzeilen in *Newsday*. Stan Isaacs hat es geschrieben – der ist nicht irgendeiner!«

Morris Jacob studierte den Text, indem er den Zeigefinger zeilenweise über die Seite rutschen ließ. Zum Schluß tippte er auf das Foto des Kolumnisten. »Sieht nett aus, der Bursche.« Er nickte langsam. »Und du siehst auch sehr gut aus, Honey. Paß nur auf, daß niemand rausbekommt, warum du wirklich draußen im rechten Feld sitzt.«

Hastig nickte Olivia. »Klar doch, Pa. Und weißt du, ich glaube, er hat gar nicht mal so unrecht mit seinem Vorschlag. Ich könnte nach dem Spiel eine Sendung mit den Jungs machen. Und sie nicht nur über das Spiel ausfragen. Auch über ihr Leben und so. Ich meine, wie es ist, wenn man schwul ist – und so einfach alles. Was hältst du davon?«

Morris spitzte seinen Mund und schaukelte langsam in seinem Schreibtischstuhl hin und her. Dann strahlte er seine Tochter an. »Honey, ich denke, du hast da was gefunden. Darin stecken Möglichkeiten. Wenn man Möglichkeiten hat, kann man vorher nie genau sagen, was daraus entstehen wird. Wer weiß, vielleicht wirst du ein Showstar wie Oprah! Aber jetzt tu mir die Liebe und ruf deine Mutter an.«

Eine Stunde später hatte Olivia ihr Team bei einem Arbeitsessen im Sweet Hollow Diner um sich versammelt. »Habt ihr heute Isaacs gelesen?« fragte sie und konnte ihre Erregung kaum verbergen.

»Nein, Olivia – ich meine, O.J.«, antwortete Pluckey. »Ich hab heute noch nicht mal die Lottozahlen gesehen.«

»Wen interessiert das?« fragte Edison sarkastisch. »Diese Kerle schreiben über das, was andere Kerle über Dinge sagen, die ich im Fernsehen gesehen habe. Wenn ich es selber sehen kann, brauche ich mir doch nicht anzuhören und ganz bestimmt nicht zu lesen, was die darüber verzapfen.«

Ärgerlich schüttelte Olivia den Kopf. »Schlimm. Schlimm, daß ihr beide keine Ahnung habt. Ihr wißt nicht, was heiß ist und was nicht. Kein Wunder.«

»Kein Wunder was?« fragte Pluckey, während eine gelangweilte Kellnerin sich zu ihnen an den Tisch bemühte.

»Vergiß es«, sagte Olivia, die Streit vermeiden wollte. »Also: Das Essen bezahle ich. Was wollt ihr haben?«

»Na, hallo!« rief Pluckey. »Hast du im Lotto gewonnen?« Er gab es auf, die vergilbte, fleckige Speisekarte zu studieren. »Wie ist das Essen heute, gute Frau? Genießbar oder das Übliche?«

Die Kellnerin starrte ihn an. »Es ist wie unsere Gäste: billig und fett.«

»Wow«, sagte Pluckey. »Der war gut. Schreiben Sie fürs Kabarett?«

Die Kellnerin, deren Interesse oder deren Repertoire erschöpft war, wandte sich an Ears. »Bitte?« fragte sie und setzte den Stift an, um seine Bestellung zu notieren.

»Ich nehme den Extra Super Special Burger nach Art des Hauses. Medium.«

»Mit Sauce?«

»Ja. Und Kaffee. Schwarz.«

»Zweimal«, sagte Olivia.

»Dreimal«, sagte Pluckey. »Dann müssen Sie Ihre Intelligenz nicht übermäßig strapazieren.«

Olivia zog Kopien der Kolumne von Isaacs aus ihrer Tasche und gab sie Edison und Pluckey. »Werft einen Blick drauf, Leute. Wir stehen im Licht der Öffentlichkeit.«

»So ein Idiot!« sagte Pluckey, der sich darüber ärgerte, daß Isaacs zwar die Kameraarbeit rühmte, den Namen des Kameramannes jedoch nicht erwähnte. »Der glaubt, wir sind mit voller Absicht ins rechte Feld gegangen.«

»Na ja, irgendwie sind wir das doch auch«, wehrte Olivia ab. »Aber darum geht es gar nicht. Der Punkt ist erstens: Wir werden erwähnt! Zweitens ...«

»Du wirst erwähnt«, unterbrach Pluckey.

»Zweitens«, fuhr Olivia fort, »hat er einen fabelhaften Vorschlag gemacht: Die Interviews. Ich sehe es so, daß wir nach dem Spiel noch eine Sendung dranhängen. Ab sofort. Wir brauchen nichts als einen Namen dafür und einen Ort für die Interviews. Und dann lassen wir die Spieler antanzen, einen nach dem anderen.«

»Für mich hört sich das nach Überstunden an«, sagte Pluckey.

»Für mich auch«, erklärte Ears.

Olivia versuchte, wie ihr Vater zu denken. Sie spitzte den Mund und begann langsam auf ihrer Bank zu schaukeln.

»Geht's dir gut?« fragte Pluckey.

Olivia schaukelte weiter.

»He, O.J.«, fragte Ears, »fehlt dir was?«

Nach drei weiteren Schaukelbewegungen setzte sich Olivia auf und nahm eine Pose ein, in der sie, wie sie meinte, Autorität ausstrahlte. Sie lächelte breit. »Mein Anfall ist vorbei«, sagte sie. »Und eurer?«

Pluckey und Ears lächelten auch.

»Gut«, sagte Olivia. »Was wir brauchen, ist ein Name.«

»Wie wäre es mit ›Homruns und Homos‹?« bot Pluckey an.

Ears gluckste. »Oder ›Die bunte Stunde der Gays‹«, schlug er vor.

»Sehr komisch«, sagte Olivia. »Isaacs hat geschrieben: *taktvoll*, erinnert ihr euch? Nebenbei, unser Name muß darin vorkommen. Damit die Show unverwechselbar wird.«

»Was ist unser Name?« höhnte Pluckey. »Cobb?«

»Genau«, sagte Olivia ernsthaft, »irgendwas mit Cobb. So wie zum Beispiel ›Kiners Korner‹.« Sie versäumte nie die populäre Interviewsendung des ehemaligen Stars der Pirates, Ralph Kiner, die den Spielen der Mets folgte. Kiners Korner, Kiners Ecke, Cobbs Ecke, Cobbs ...

»Ich hab's«, sagte Pluckey. »Cobbs Closet.«

Olivia entging nicht, daß Pluckey sich über sie lustig machte. Aber seine Idee gefiel ihr. Closet ist nicht nur der Name für einen Wandschrank, sondern auch die zentrale Metapher im Leben der Gays. Solange sie sich nicht zu ihrer Veranlagung bekennen, halten sie sich im Closet versteckt. Bis zu dem Tag, an dem sie aus ihrem Versteck herauskommen: coming out of the closet. Mit einem Wort ist alles gesagt, dachte Olivia. Wir haben eine taktvolle Anspielung auf das Anderssein, und ein Schränkchen ist so etwas Ähnliches wie Kiners Ecke. Sogar noch etwas Besseres. Da gibt es Fächer und Schubladen. Wir können sämtliche Register ziehen. Und der Stabreim sitzt! Daß böswillige Zuschauer eher an eine Toilette als an das gleichnamige Schränkchen denken würden, fiel ihr nicht ein. Begeistert klopfte sie ihrem Kameramann auf die Schulter. »Du bist ein Genie, Pluckey. Wir nennen uns *Cobbs Closet*.«

21

Nach ihrem zehnten Sieg in Serie entspannten die Gents im Klubhaus – in Höchststimmung; jede andere Bezeichnung wäre unangemessen. Da sie in den Heimspielen ihre gefährlichsten und auch die weniger gefährlichen Gegner besiegt hatten, führten sie die Tabelle mit drei Spielen Vorsprung an. Alle machten ihre Sache so gut, daß die Liste der besten Spieler der Liga sich las wie die Mannschaftsaufstellung der Gents. Werfer Tony Mike hatte gerade das dritte Spiel überstanden, ohne ausgewechselt zu werden. Dick Toote, der mit sechs Homeruns die Oberliga anführte, war dem bis dato für unschlagbar gehaltenen legendären Rekord von Roger Maris schon bedrohlich nahe gekommen. Rhino Romanski flirtete mit dem unglaublichen 0,6-Rekord, das heißt, er hatte sechzig Prozent aller Bälle getroffen. Mickey Mayo hatte mehr Bälle gefangen und rechtzeitig aufs Base geworfen als jeder andere Shortstop. Speedy Gonzalez hatte stets den Weg zum nächsten Base geschafft, während der Ball noch in der Luft war.

Das Team fühlte sich leicht und frei, war motiviert und schnell, und sie brauchten nicht ihre Psychiater zu fragen, warum das so war. Zum ersten Mal in ihrem Leben frei von der Angst, daß ihre sexuelle Veranlagung bekanntwerden könnte, waren die Gays endlich in der Lage, sich auf Baseball zu konzentrieren.

Während sie sich umzogen, sagte Romanski, daß »dieses Fernsehmädel, wie heißt sie gleich, A.J.?«, ihn gefragt habe, ob er nach dem Spiel in einer neuen Sendung auftreten wolle.

»Die haben jetzt eine Show nach dem Spiel?« fragte Gigolo Johnson, der linke Feldspieler. »Wann läuft die denn?«

»Vermutlich nach dem Spiel«, sagte Mayo trocken.

»Meinst du wirklich?« frotzelte Johnson zurück.

Mayo winkte ab und ging aus dem Raum.

»Was für ein Problem hat er?« fragte Johnson.

»Er ist ein Intellektueller«, erklärte Dave Ripp, der dritte Basemann. »Also, Rhino, was ist mit der Show?«

»Weiß ich auch nicht so genau, Dave. Ich hab nicht richtig hingehört.«

Ripp sah, daß Rubinstein Scrappys Büro verließ. »He, Ruby, ich hab 'ne Frage!« rief er ihm nach.

Ruby kehrte um. »Frag.«

»Stimmt es, daß es eine TV-Show über den Klub geben soll?«

Der Public-Relations-Mann nickte. »Dieses kleine Mädchen, O.J. Cobb, plant eine Postgameshow. Ihr wißt schon, Interviews mit den Jungs nach dem Spiel und so. Wenn ihr mitmachen wollt, arrangiere ich das.«

»Was springt dabei raus?« fragte Gigolo Johnson.

»Du machst Witze«, sagte Ripp. »So, wie du aussiehst, kannst du froh sein, wenn sie dich nehmen, ohne daß du dafür bezahlen mußt.«

»Dann braucht ihr nicht auf mich zu zählen«, sagte Johnson. »Kein Geld, kein Gigolo.«

Dick Toote mischte sich ungewöhnlich energisch in die Unterhaltung. »Stopp mal, Gigolo. Wir sollten erst mal drüber reden.«

»Was gibt es da zu reden? Wenn sie mich im Fernsehen haben wollen, müssen sie mich bezahlen. Sie arbeiten schließlich auch nicht umsonst, oder?«

»Klar«, stimmte Toote zu, »und die Zeitungsredakteure arbeiten auch für Geld. Berechnest du denen eigentlich was für Interviews?«

»He, da ist dir was eingefallen!« rief Ripp begeistert. »Wenn die Presse mit uns sprechen will, lassen wir sie dafür auch bezahlen!«

»Klingt gut«, sagte Romanski. »Wenn sie wissen wollen, warum wir dauernd gewinnen, müssen sie erst mal ein paar Hunderter über den Tisch schieben.«

»Ja«, Ripp grinste, »und wenn sie wissen wollen, wie ich mich fühle, wenn ich hintereinander drei Punkte vermasselt habe, dann müssen sie einen Tausender hinlegen. Mindestens.«

Romanski würgte die Phantastereien ab. »Meinste, die würden sich dafür interessieren, wenn sie blechen müßten? Wir wissen doch, was für Quatsch die zusammenschmieren, wenn sie nichts Besseres zu drucken finden. Glaubst du, die müssen dich fragen, wie es ist, wenn du total deprimiert und am Boden zerstört bist? Die Antwort kennt jeder!« Er spuckte in den Spucknapf.

»Ja«, sagte Ripp, »aber sie tun es trotzdem. Habe ich schon oft gelesen, daß sie einen Vater fragen, dessen Kind gerade ermordet wurde, wie er sich fühlt. Dann wünsche ich mir immer, daß der Kerl antwortet: Selten so gut wie jetzt. Es ist ganz wunderbar, sein einziges Kind zu verlieren. Eine Erfahrung, die ich allen Lesern nur empfehlen kann. – Was würde die Zeitung mit so einer Antwort anfangen?«

Romanski verdrehte die Augen, als er sagte: »Dafür haben sie Regeln. Ein Sportreporter hat sie mir mal erklärt. Die stellen einiges an, um sicher zu sein. Was sie drucken, soll keiner angreifen können. Auch wenn den Quatsch sowieso niemand glaubt. Also zum Beispiel, wenn ein Kerl mitten auf dem Times Square vor zwanzig Bullen und tausend Zeugen jemand abknallt. Was steht am nächsten Tag in der Zeitung? Der ›mutmaßliche Mörder‹. Mutmaßlich, weil er es vielleicht nicht getan hat. Kann ja sein, daß jeder, der es genau gesehen hat, erstens blind war und zweitens eine Vollmeise hat. Oder noch schlimmer – dieser Kerl, der Lee Harvey Oswald in der Polizeistation erschossen hat, nachdem Oswald Kennedy erschossen hat. Das war im nationalen, sogar im internationalen Fernsehen. Millionen, Milliarden von Leuten haben gesehen, was passiert ist. Aber in den Zeitungen stand: der mutmaßliche Mörder. Die Journalisten riskieren ihre Ärsche nicht.«

Romanski machte eine Pause. Er bemerkte, daß sich etliche Spieler vor den Schränken versammelt hatten und seinem Vortrag an Ripp lauschte. Aber er dämpfte seine Stimme nicht, im Gegenteil, er genoß die Aufmerksamkeit, also sprach er weiter: »Noch 'ne Regel hat mir der Reporter verraten. Willste schreiben, was du denkst und was du weißt, willste deine eigene Meinung schreiben, dann geht das nicht. Außer wenn du ein Kolumnist bist. Ansonsten darfst du nicht, weil: Sieht dann so aus, als ob die Zeitung nicht unparteiisch ist. Wenn du ein Reporter bist, mußt du es jemand anderem anhängen. Du mußt jemanden zitieren. Also was macht ein Reporter, wenn ihm was eingefallen ist, was er unbedingt schreiben will? Er rennt rum, bis er einen gefunden hat, der so ähnlich denkt wie er. Dann kann er ihm seine eigenen Ideen in den Mund legen.«

»Und wenn er keinen findet?« fragte Gigolo Johnson.

»Dann machen sie es anders«, erklärte Romanski. »Sie schreiben so was wie ›aus gutinformierten Quellen‹ oder ›unter Zusicherung der Anonymität‹ oder ähnlichen Scheiß.«

»Warum machen die 'n das nicht gleich von Anfang an?« hakte Johnson nach.

»Weil's ihre Regeln gibt, habe ich dir doch gesagt. Erst müssen sie es auf die richtige Weise probieren.«

»Hört sich immer noch wie Bullshit an«, meinte Johnson.

»Klar«, fuhr Romanski fort, »aber so was gibt's doch überall. Wie oft rennt der erste Basemann, selbst unser Toote hier, 'ne Sekunde zu früh los? Ihr wißt, daß er manchmal zu schnell startet. Die Schiedsrichter wissen es auch. Aber die sagen nie was. Höchstens einer von tausend. Und auf den sind alle sauer. Aber, Mensch, was hat der Schiedsrichter denn getan? Seinen Job. Nur seinen Job. Und deshalb sind alle auf ihn stinkig. Ist doch Scheiße, oder? Auf beiden Seiten Scheiße.«

»Wo wir gerade von Scheiße reden«, sagte Ripp, »was ist eigentlich mit den Politikern? Und mit den Filmleuten? Die stellen extra Leute dafür ein, Lügen zu erfinden. Das nennen sie Public Relations.«

»Na he!« bellte Ruby.

»Oh, tut mir leid«, entschuldigte sich Ripp. »Hab gar nicht bemerkt, daß du noch da bist, Ruby. Äh, von dir denke ich nicht so. Du weißt, du bist anders. Du bist, äh, Klasse.«

»Okay, okay«, unterbrach Toote, »das reicht. Der Punkt ist doch, daß wir was anderes zu sagen haben als den ewig gleichen alten Mist. Dieser Klub ist anders. Wir sind anders. Genau darum geht's doch die ganze Zeit. Oder genauer: Jeder denkt, daß wir anders sind. Ja, ich glaube, darum geht es wirklich. Jahrelang haben sich die Leute, wenn sie an Gays dachten, hüftschwingende Transvestiten vorgestellt. Und wenn die Talent hatten oder sich durchsetzen konnten, dann war das okay für die Leute. Aber Gays im Sport? Ich meine solche Sportarten wie Baseball, Football, Basketball. Das halten sie für einen Witz. So was können Gays doch nicht machen. Jetzt haben wir die Chance, ihnen zu zeigen, daß das Unsinn ist. Wir haben die Chance, den Leuten zu zeigen, wer wir sind und was wir sind.«

Johnson lästerte: »Na klar, Dick Toote, wie er leibt und lebt.«

Toote ignorierte ihn. »Und ich denke, wir wären ganz schön blöd, wenn wir unseren Vorteil sausen lassen. Ich sage, wir gehen in jedes Programm, das dieses Kind Olivia machen will. Umsonst, wenn's denn sein muß. Und wann immer wir dürfen, sagen wir, was wir denken.«

Ruby stieß mit seiner Hand eine Schranktür zu. Es klang wie eine Explosion. Alle Köpfe fuhren zu ihm herum. »Du hast da eine Wahrheit ausgesprochen, Dick. Es ist eine wunderbare Gelegenheit für die Gents, eine Gelegenheit für euch. Ein seltener Glücksumstand. Wir haben ein sensationelles Team, das weiß inzwischen jeder. Aber sie wissen nicht, wie ihr wirklich seid, was ihr denkt, wenn ihr nicht auf dem Spielfeld seid, was ihr in eurer Freizeit macht. Mißversteht mich nicht. Ich sage nicht, daß ihr verquer seid oder so. Ich sage vielmehr, daß die Öffentlichkeit neugierig ist. Das sollte sie auch. So was wie euch Jungs hat es in der Geschichte des Spiels noch nie gegeben. Nun wollen sie wissen, wofür ihr euch interessiert, und ihr habt die Chance, es ihnen zu erzählen und, wie Toote eben gesagt hat, es ihnen zu zeigen. Das ist ganz natürlich, sage ich euch. Nehmt es als Rat von Ruby. Der wird sich eines Tages schon auszahlen.«

Toote nickte sehr heftig, Rhino nickte nachdenklich.

»Warum nicht?« sagte Dave Ripp. Er drehte sich zu Johnson um. »Was ist mit dir?«

Johnson blieb cool. »Mal sehen, was draus wird«, antwortete er. »Mich hat das Fernsehmädchen bisher noch nicht gefragt. Nur euch.«

Ruby faßte das Gespräch so zusammen, wie er es für richtig hielt. »Da ich sehe, daß niemand ernstlich was dagegen hat, werde ich es mit ihr klären und euch Bescheid geben, was Sache ist.« Er war sehr erfreut darüber, wie sich die Dinge entwickelten. Es war schon zu lange her, daß er die Lieblingsrolle eines jeden Pressemanagers gespielt hatte: ein heißes Gespräch auszuhandeln.

22

»Hallo, Leute, Sie haben die Gelegenheit, einen der Stars der Gents kennenzulernen, den linken Feldspieler Gigolo Johnson. Hey, Jig.«

»Wie nennst du mich? Willst du mich verscheißern, Schwester?«

»Jig. Jig. Das ist kurz für Gigolo.«

»Das ist auch kurz für Jigaboo. Paß auf, Mädchen, du kannst dir diesen ganzen rassistischen Scheiß in die Tasche stecken und damit abhauen. Das wird mir keine Frau überhelfen. Nicht auf dem Feld, nicht auf der Straße. Nirgends. Kapiert?«

»Was ist denn los? Was habe ich gesagt?« Olivia schaute den Spieler gequält und erschrocken an. »Was bedeutet Jigaboo?«

»Meinste das ernst? Haste nie Jigaboo gehört? Haste Spade gehört? Haste Jungle Bunny gehört? Haste Nigger gehört? Na, Schwester, wenn du es nicht hast, ich habe für uns beide genug davon zu hören gekriegt.«

»Klar, Jig, ich meine, Gig.« Olivia spürte, daß ihr T-Shirt mit der Aufschrift »Cobbs Closet« feucht vom Schweiß wurde. »Wie wär's denn, wenn ich dich Gig nenne?«

»Hört sich blöd an.«

»Findest du?«

»Ja, Mann.«

»Da bin ich nicht ganz sicher. Aber, he, ich hab 'ne großartige Idee. Überlassen wir es unseren Zuschauern. Wir können die

Leute bitten, uns anzurufen und zu sagen, was sie denken. Wie klingt das, äh, Mister Johnson?«

»Es ist Ihre Show, Lady.«

Erleichtert atmete Olivia auf. Die erste Hürde war endlich genommen. Irgendwie lief das Interview nicht so, wie sie es sich vorgestellt hatte. Der Kerl schaffte sie.

»Tja, Leute, Sie hören uns hier in *Cobbs Closet*. Eine Exklusivsendung auf *FNG*. Also greifen Sie zum Telefon und rufen Sie uns an. Die Nummer ist 718 367-82 68. Das ist genau hier im Stadion der Gents. 718 367-82 68. Zeig die Nummer auf dem Bildschirm, Phil.«

»Jesus«, sagte Phil Pluckey und fummelte nach der Grafik.

»Während wir darauf warten, daß die Fans uns anrufen, können wir das Video einlegen und uns ansehen, wie Jig, äh, Gig, äh, Mister Johnson heute abend gegen die St. Louis Cardinals gespielt hat. Laß es abfahren, Phil.«

»Ja, ja, du blöde Kuh«, murmelte Pluckey und startete das Band. Olivia vermerkte in ihrem Geiste, daß sie das Niveau ihrer Autorität um einen Zacken erhöhen mußte.

Gigolo Johnson rutschte auf dem unbequemen Stuhl umher und fragte sich, warum er zugestimmt hatte, in der Fernsehsendung aufzutreten. Und zwar für nichts. Gigolo mochte es gar nicht, etwas umsonst zu tun. Und dieses Mädchen war nicht mal schwarz. Wahrscheinlich tat er es um dessentwillen, was Toote gesagt hatte. Über die Spieler, die sich so zeigen sollten, wie sie waren. Wie sie wirklich waren. Das würde nicht leicht für ihn sein. Nicht nach alldem, was er durchgemacht hatte. Nicht so leicht wie für Toote. Es hatte Gigolo zu Boden geworfen, als er einen Filmbericht über Tootes Coming-out-Pressekonferenz gesehen hatte. Wie konnte jemand die Eier haben, so etwas zu tun? Vielleicht war es anders, wenn man weiß war. Aber tiefer konnte ein Mann kaum sinken, wenn er schwul und auch noch schwarz war. Und beides konnte er weder ändern noch sonstwie wettmachen. Seine Kehle fühlte sich trocken an, als er in den nächsten Minuten nachdachte.

Er, Gigolo Johnson, linker Feldspieler mit dem Goldenen Handschuh, hatte seine Homosexualität lange verborgen und damit Erfolg gehabt, bis sein Name in Stan Manns Kolumne stand. Sein Spitzname bewies, wie erfolgreich er gewesen war. Er mußte lachen, wie die Welt auf ihn hereingefallen war. Auf seine Pose, auf den ganzen Quatsch. Als er sich seiner Homosexualität gewiß war, hatte eine zufällige Bekanntschaft ihn zu seinem Grundtrick für das Überleben inspiriert: gut Freund mit allen Frauen zu sein. Durch anzügliches Gerede und durch lärmende Auftritte in Begleitung unzähliger scharfer Mädchen hatte er wenig Probleme, die Jungs aus seiner Mannschaft und die Journalisten davon zu überzeugen, daß sein Ruf als Zuchthengst berechtigt war.

Trotz seiner Erfolge hatte er sich niemals sicher gefühlt, statt dessen schuldig wegen der Täuschung und in Angst vor Entdeckung. Daß er schwarz und schwul war, hatte seine Probleme mehr als verdoppelt. In leichteren Momenten dachte er gern an eine Anekdote, die der bekannte Entertainer Sammy Davis junior in einer Fernsehshow erzählt hatte. Als er Golf zu spielen begann, wurde er nach seinem Handicap gefragt. »Ich bin ein dünner, einäugiger, schwarzer Jude«, hatte er damals angeblich geantwortet. Es war eines der wenigen Male, daß Sammy Gigolo gefallen hatte. Mann, aber wie er Sinatra in den Arsch gekrochen war. Und wie er sich an diesen blaßhäutigen Hundesohn Nixon rangeschmissen hatte! Doch verstand er natürlich, daß Davis unter dem Zwang gehandelt hatte, nach ganz oben zu kommen. Ob er es mochte oder nicht, die Welt der Weißen war die Welt. Und wenn man schon einmal in sie hineingeboren war, sah sie von oben jedenfalls besser aus als von unten.

Klar, auf den Straßen war black beautiful. Aber selbst dort war es nur eine Behauptung. Im Südosten von Washington, D.C., aufzuwachsen, war so schön wie ein Eimer voll Scheiße. Es bedeutete, mit zwei Brüdern, drei Schwestern und einer Mutter in einer heruntergekommenen Dreiraumwohnung zu hausen. Ohne Vater. Aber viele Vorbilder: Zuhälter in ihren weißen Cadillacs,

Dealer mit ihren Goldkettchen, Betrunkene, Bekiffte, Glücksspieler, Nutten. Und Banden. Und Waffen. Washington war die Hauptstadt des Landes und eine von Amerikas schwärzesten Großstädten. Für Gigolo, der damals noch bei seinem Taufnamen Kevvon gerufen wurde, gab es keinen Unterschied zwischen Washington und der Hölle, wenn man arm und schwarz war. Aufgewachsen in dem harten, schmutzigen Ghetto unter Druck. Unter dem Druck der Brüder. Der schwarzen Brüder. Es wurde erwartet, daß er sich anpaßte, daß er bösartig und schnell wurde und die Weißen im Nordwesten und ihre gesamte Kultur naserümpfend ablehnte. Für Basketball und Weiber hatte er sich zu interessieren, das stand außer Frage. Und mit beiden mußte er gut zurechtkommen. Gay zu sein wurde nicht einfach nur verlacht. Es war verboten. Das war eine Sache für die Weißen.

Gigolo wußte nicht oder gab nichts darauf, daß Soziologen und Psychiater, Historiker und Psychologen erklärten, daß Sklaverei und Rassismus den Machismo schwarzer Männer befördert hatte und sie dazu trieb, ihre Männlichkeit durch körperliche und sexuelle Dominanz auszutoben. Gigolo wußte nur, daß er sich stets als Außenseiter gefühlt hatte. Er gehörte nicht dazu. Er hatte keine Freude an den geilen Stories seiner Klassenkameraden und seines älteren Bruders.

Als er vierzehn war, im Sommer, bevor er zur High-School kam, erwischte ihn sein Bruder. Malcolm, ein neunzehnjähriger aufsteigender Drogendealer, kam unerwartet nach Hause und sah, daß Kevvon im *Honcho* blätterte, einem schwulen Sexmagazin, das er in einem Papierladen gekauft hatte.

»Was für 'n Scheiß is 'n das?« fragte Malcolm und riß ihm das Magazin aus den Händen.

»Ach, nichts. Habe ich gerade auf der Straße gefunden.«

»Quatsch«, sagte Malcolm und blätterte langsam die glänzenden Seiten mit den Fotos nackter Männer um. »Bist du etwa eine dreckige Schwuchtel?«

Das Wort hing in der Luft, und obwohl die Wohnung mit Möbeln und Krempel total vollgestopft war, schien es von den

Wänden widerzuhallen. Kevvon zuckte zurück. »Nein!« schrie er. »Nenn mich nicht so!«

»Bistu das nich, kleiner Bruder?« fragte Malcolm höhnisch. »Mein eigner Bruder 'ne verfickte kleine Tunte.« Er schüttelte den Kopf vor Abscheu. »Is nich gut, kleiner Bruder, ganz und ganich. Nich gut für dich. Nich gut für mich.« Malcolm war wütend. Er machte eine Faust und schlug sie in die Fläche der anderen Hand. »Ganz sicher nich gut für mich«, sagte Malcolm und dachte an sein eigenes Ansehen.

Kevvon hatte Angst. Er hatte Malcolm immer gefürchtet, war ihm nie wirklich nah gewesen. Sein ungehobeltes Betragen und die häufigen Ausbrüche von Gewalt erschreckten die ganze Familie. Aber jetzt fühlte sich Kevvon wirklich bedroht. Er sah zur Tür des Schlafzimmers, aber Malcolm bemerkte, was er vorhatte. »Nee, kleiner Bruder, gibt kein Platz nich zum Verstecken.«

Kevvon dachte nur noch an Flucht.

»Nichts da, Schmutzfink«, sagte Malcolm. »In unserm Haus woll'n wir keine Schwulen haben. Da müssen wir was gegen machen, kleine Tunte. Wir müssen dich geradebiegen.«

Malcolm packte ihn am Hemd und warf ihn auf den Boden. »O ja, wir müssen den kleinen Schwanzlutscher kurieren.«

Kevvon schüttelte sich vor Angst. Malcolm sah wild und unberechenbar aus.

»Es gibt 'n Weg, auf dich aufzupassen, kleine Schwester.« Ehe Kevvon sich schützen konnte, war Malcolm über ihm, setzte sich rittlings auf seine Brust und drückte ihn nieder. Gewicht und Kraft des Bruders machten Kevvon hilflos; er konnte nur stöhnen.

»Ich werde dich heilen, Sissy, Sissy, Sissy«, sagte Malcolm und öffnete den Reißverschluß seiner Hose.

Niemals sprachen die beiden über den Vorfall. Kevvon ging Malcolm danach aus dem Weg, so gut das möglich war, und ein paar Monate später wurde es sehr leicht möglich, denn sein Bruder landete im Knast, weil er ausgerechnet einen dienstfreien Polizisten überfallen und beraubt hatte. Aber die Erfahrung lastete auf ihm wie ein Alp. Was ihn am meisten verstörte, war das nicht zu leugnende Vergnügen, das er empfand, als Malcolms Schwanz in seinem Mund steckte. Wie konnte ein richtiger Mann Spaß an dem haben, was Malcolm ihm antat, fragte er sich. War er wirklich schwul, wie sein Bruder gesagt hatte? Würde er je Spaß daran haben, es mit einer Frau zu treiben? Konnte er das überhaupt?

Seiner Natur unsicher und voller Angst, von den Jungs aus der Nachbarschaft entdeckt zu werden, hatte er sich in das Reich des Sports gerettet. Mit eiserner Entschlossenheit machte er sich seine körperlichen Vorzüge zunutze: Größe, Kraft, Ausdauer, Koordinierungsvermögen, schnelle Reflexe. Ohne den Grund dafür zu kennen, wählte er zunächst die männlichste aller Sportarten: das Ringen. Er war in der Mannschaft seiner Klasse und fiel dem Trainer schnell als vielversprechendes Talent auf. Im Frühjahr, obwohl er nie in der Kinderliga gespielt hatte, wechselte Kevvon zum Baseball, der in Amerika am höchsten angesehenen Sportart. Die Mannschaft nahm ihn, auch wenn er zunächst nur beim Training mitmachen durfte. In der Mitte der Saison schieden etliche Spieler durch Verletzungen aus. Der Trainer setzte ihn im rechten Feld ein. Als er unerwartet einen schwierigen Ball fing und damit das Spiel rettete, stellte der Trainer ihn für die nächsten Spiele auf. Er bewährte sich und erfreute sich am Ruhm, den der Erfolg mit sich bringt. Solcherart ermutigt, arbeitete er in den nächsten Jahren hart, um nicht wegen gar zu schlechter Zensuren von der Schule und damit aus dem Team zu fliegen, und tatsächlich war er nach ein paar Jahren so bekannt, daß eine Profimannschaft es mit ihm versuchte.

Als er die Leiter der Unterliga emporkletterte, zeichnete sich Kevvon auf jeder Sprosse durch Tempo und Kraft aus. Während er sich auf dem Spielfeld stets gut fühlte, haßte er das Klubhaus. Wenn er nackte männliche Körper sah, war er gleichermaßen erregt wie frustriert.

Zur selben Zeit fand er heraus, daß er fast jedes der Groupies haben konnte, die ständig um die Spieler herumschwärmten. Es war leicht, sie ins Bett zu kriegen, aber ihre Hingabe bedeutete ihm nichts. Namenlose Weiber zu bumsen machte ihm etwa soviel Spaß wie die tägliche Morgengymnastik. Eines Abends geriet er zufällig in eine Schwulenbar gleich um die Ecke beim Capitol Hill. Was ihn am meisten verblüffte, war nicht, daß alle Gäste schwarz waren, sondern daß es so viele schwarze Gays in seiner Heimatstadt gab. Er hatte sich bis dahin für eine Art Mißgeburt gehalten, für einen Verlorenen, für eine absolute Ausnahme.

Vorsichtig trat er in die Welt der schwarzen Gays von Washington ein, immer noch voller Angst vor dem extremen Schwulenhaß der heterosexuellen Schwarzen. Freunde aus der Moslemorganisation ›Nation of Islam‹ sagten ihm, sie hielten Homosexualität für Verrat an der Rasse. Wenn er mit Heteros zusammen war, brachte ihn die Furcht dazu, ihre dummen Sprüche nachzuplappern, obwohl ihn seine so offenkundige Männlichkeit auch ohne solche selbstverleugnenden Gesten hinreichend schützte. »Einer von diesen Bruderfickern soll mir bloß nahe kommen, dann schneid ich ihm die Eier ab«, schwätzte ein schwarzer Mannschaftskamerad während einer endlosen Busfahrt.

»Kannste deinen Arsch drauf wetten«, hatte Kevvon markig zugestimmt und sich gehaßt, während er es sagte.

Anfangs hatte sich Kevvon in den Schwulenbars allein an einen Tisch oder die Bar gesetzt, Bier getrunken und das Verhalten der Männer beobachtet: wie sie flirteten, wie sie sich amouröse Anträge machten, wie sie zu zweit abschoben. Er war fasziniert von der Leichtigkeit, mit der sie ihre Homosexualität akzeptierten, und fürchtete sich davor, daß er das vielleicht nie schaffen würde. Obwohl ihn Schwulenkneipen und deren Gäste anzogen, war seine einzige sexuelle Erfahrung in dieser Richtung bisher die Vergewaltigung durch Malcolm, die ihn erschreckt und angeregt hatte. Seine Verwirrung hinderte ihn daran, anderen Männern Avancen zu machen. Wenn Kevvon für sich blieb und Blickkontakte vermied, wurde das gemeinhin respektiert. Einmal, als die Bar schloß, lief ein schlanker, drahtiger Kerl, den er schon öfter dort gesehen hatte, neben ihm durch die Tür.

»Gehst du in meine Richtung?« fragte der junge Mann mit provozierendem Lächeln.

Kevvon dachte einen Moment über die Einladung nach, dann schüttelte er den Kopf. »Heut nacht nicht.«

Der Mann zuckte die Achseln. »Morgen, morgen, nur nicht heute«, sagte er, als er davonging.

Ein paar Nächte später, in derselben Bar, ertappte sich Kevvon dabei, wie er nach dem Gesicht mit dem Spitzbart Ausschau hielt. Nach einer enttäuschenden Stunde sah er den Mann hereinkommen. Als ihre Blicke sich trafen, kam er direkt auf ihn zu.

»Hallo«, sagte der Mann, nahm den Barhocker neben ihm und drückte ihm die Hand. »Ich bin Spike.«

Kevvon nickte. »Johnson. Kevvon Johnson.«

Spike schüttelte den Kopf. »Wir brauchen hier keine Nachnamen, Kevvon«, sagte er, und lächelnd fügte er hinzu: »Das ist sicherer, weißt du?«

Spike erzählte, daß er in einer Maklerfirma arbeitete. Kein schlechter Job, wenn auch nicht mehr, als zu erwarten war nach dem Abschluß einer von Quäkern betriebenen High-School und des Haverford-Colleges für Schwarze. Bewußt hatte er niemals die Vorteile eines der politischen Programme zur Unterstützung von Minderheiten ausgenutzt. Er war, erläuterte Spike sachlich, in die Mittelklasse hineingeboren worden und hatte den Status gewahrt. Sein Vater war Doktor, seine Mutter Direktorin einer Schule. Er war in Cleveland Park aufgewachsen, wo seine Eltern ein Stadthaus besaßen. Spike und Kevvon plauderten in die Nacht hinein. Die sozialen Milieus, aus denen sie stammten, hätten nicht verschiedener sein können. Doch für Kevvon war dies die erste Möglichkeit, offen über seine Ängste und Phantasien zu sprechen. Es schuf eine Beziehung, die er vorher nicht gekannt hatte. Und so war es eher diese Nähe als das Bier, die ihn dazu brachte, Spike in dessen Apartment zu begleiten, ihn unbeholfen zu umarmen und dort zögernd, dann immer wilder mit ihm zu schlafen.

Ihre Beziehung dauerte ein halbes Jahr. Sie war erregend, solange sie dauerte, aber die Unvereinbarkeit ihrer Interessen zerstörte sie schließlich. Kevvon war erleichtert, daß er sich endlich wieder auf seinen Sport konzentrieren konnte und daß er sich Filme über Kampfsport ansehen durfte, ohne sich dafür entschuldigen zu müssen. Spike hatte ihn zu sich emporziehen wollen, indem er ihn durch Museen zerrte und ihn in künstlerisch wertvolle Filme schleppte, über die er ihm einreden wollte, daß er sie nicht nur verstand, sondern daß er sie sogar gern sah. Die Erziehung war fehlgeschlagen; sie erschien Kevvon so überflüssig wie falsch, so unnötig wie unecht.

Und doch gab ihm die Episode Kraft, denn nun wußte er, daß er tatsächlich homosexuell war. Mit dieser Gewißheit ging Kevvon die Partnersuche offensiver und aggressiver an. Er suchte sich Partner in den Schwulenkneipen von Washington, experimentierte mit Techniken und Rollen. Einmal überschritt er gar die einst unverletzliche Rassengrenze. Auf einer Fahrt des Teams ließ er sich mit einem weißen Mannschaftskameraden ein, nachdem beide zu viel getrunken hatten. Aber daß er sexuelle Erfahrungen sammelte, minderte seine Angst vor der Entdeckung und der zwangsläufig darauf folgenden Katastrophe nicht.

Die Zeit verstrich, und sein Ansehen wuchs. Als endgültig klar war, daß er ein herausragender Spieler war, begannen sich die Medien für ihn zu interessieren. Sein Wechsel zur Oberliga stand bereits so gut wie fest, und Panik ergriff ihn, als ihn ein Sportjournalist über sein persönliches Leben ausquetschen wollte und er sich nur mit Mühe an verfänglichen Themen vorbeilavieren konnte.

Zufällig traf er Spike in einer Bar und war hocherfreut über die Gelegenheit, sich mit ihm über seine Probleme auszutauschen. Fast war es wie in der guten alten Zeit. Alle Frustrationen luden sie aufeinander ab, hörten sich gegenseitig zu und heckten Pläne aus. Sie schwatzten, bis die Bar schloß, und als sie im Morgengrauen nach Hause gingen, hatten sie die Gigolo-Strategie erfunden.

Die schrille Stimme von O.J. Cobb riß ihn aus seinen Erinnerungen: »Nun, Mister Johnson, wir haben genau einen Anruf bekommen.«

»Besser als nichts«, sagte Gigolo.

»Na ja, er war etwas seltsam. Hat gesagt, ich soll Sie weder Gig noch Jig nennen. Sagen Sie einfach Sissy zu ihm. Und hat erklärt, Sie werden schon wissen, wer er ist.«

23

Ruby beschirmte seine Augen vor der Maisonne und nickte anerkennend in Richtung der Mittelfeldtribüne. »Wenn wir das Ding jedesmal so voll kriegen, haben wir ausgesorgt.«

»Da kann ich nicht widersprechen«, sagte Scrappy weich. Er fühlte sich so gut, daß er sogar vergaß, seine übliche sauertöpfische Miene aufzusetzen. Wahrscheinlich hatte er sogar vergessen, daß die aggressive, grimmige, ewig vergnatzte Persönlichkeit seine eigene Erfindung gewesen war. Als Kind hatte er sich dadurch auf den Straßen von Brooklyn geschützt, auf die ihn seine Eltern verstoßen hatten, weil sie als Sklaven ihres schäbigen Gemischtwarenladens niemals Zeit für ihn fanden.

Der Ursprung seiner gegenwärtigen Euphorie war klar. Noch immer stürmten die Gents in Richtung Titel voran. Sie hatten mit neunzehn Gewinnen in ununterbrochener Folge einen neuen Oberligarekord aufgestellt, ehe sie ein Spiel an die Dodgers verloren, dann hatten sie wieder zehn Spiele gewonnen, bevor sie gegen die Mets unterlagen. Sie waren so deutlich die Besten in ihrer Klasse, daß die Sportjournalisten, denen – völlig untypisch für ihr Metier – die Superlative ausgingen, die Geschichte nach würdigen Gegnern durchforsteten. Am beliebtesten waren die Yankees von 1927. Die Gents belegten in allen vergleichbaren Kategorien die vordersten Plätze, also beim Schlagen, beim Fangen und, hätte sich nur jemand die Mühe gemacht, dies wertend zu beobachten, auch beim Feldspiel. Darüber hinaus – und dies war für Scrappy und Ruby natürlich besonders wichtig – füllten sie jedes Stadion, in dem sie spielten.

Viele Baseballfans kamen immer noch, um die Kuriosität zu sehen, manchmal durchaus auch voller Ablehnung. Mehr als nur ein paar kamen, um ihre Schwulenfeindlichkeit öffentlich vorzuführen, besonders in solchen eher konservativen Städten wie Houston und Denver. In Cincinnati war in den Nachrichtensendungen auf allen Kanälen ein Anhänger der Reds zu sehen, der das Poster schwenkte:

ALTE NUTTEN HABEN MEHR WÜRDE ALS JUNGE TUNTEN!

Aber es gab keinen Zweifel, daß die Gents auch deshalb die Zuschauermassen anzogen, weil sie saugut waren. Und das brachte allen Klubs, gegen die sie spielten, Geld. Bis jetzt schien noch niemand das gesamte Ausmaß dessen zu erkennen, was vor sich ging und was noch kommen würde.

»Kann mich nicht erinnern, wann wir früher das letzte Mal ausverkauft waren«, fuhr Ruby fort. Muß mal in meinen Unterlagen nachsehen. Jesus, Scrappy, das ist wirklich toll. Reporter baggern mich dauernd an. Leute, die mich die letzten paar Jahre übersehen haben, sprechen mich auf der Straße an und strahlen, als ob ich ihr bester Kumpel bin. Wir halten Trümpfe in der Hand, und inzwischen ist es völlig egal, daß wir uns das Blatt zusammengemogelt haben.«

»Völlig egal«, stimmte Scrappy zu. »Lies nur, was die über uns schreiben. Über uns! Es ist wie in der guten alten Zeit, nur daß wir nie eine alte Zeit hatten, die gut war.«

Ihre Euphorie wurde unterbrochen durch einen eifrig aussehenden jungen Mann, der aus dem Graben der Gents kam und Scrappy am Arm berührte: »Ein Anruf für Sie, Mister Schwrtznbrgr«, sagte er in respektvollem Ton.

»Was? Wer?« stammelte Scrappy, der seinen eigenen Namen nicht verstand und auch den Sprecher nicht kannte. Der junge Mann war Sherman, der Sohn von Rubys Schwester Goldie.

»Gib ihm 'ne Chance«, hatte Goldie gesagt. Ruby tat es und hatte ihn gestern engagiert, damit er half, den unerwarteten Ansturm auf das Büro zu bewältigen.

In den Minuten vor Beginn des Spiels betrachtete Ruby wieder und wieder die gefüllten Tribünen und lächelte befriedigt, als er sich auf den langen Weg ins Klubhaus unter dem Stadion machte. Bereits als er den Spielergraben passierte, hörte er Scrappys Stimme durch den Tunnel dröhnen. »Ja, klar, *jetzt* sind Sie interessiert. Wo waren Sie denn zu Beginn der Saison?« röhrte der Boß. »Oder, wenn ich genauer drüber nachdenke, Sie Pflaume, wo sind Sie in den letzten paar Jahren gewesen?«

Der Anrufer, folgerte Ruby, war von *Fox*, dem Fernsehsender, der früher die Spiele der Gents übertragen hatte und sie dann fallenließ wie eine heiße Kartoffel. Die Verweigerung der TV-Station – seit der Erfindung des Fernsehens einmalig in der Geschichte des Oberliga-Baseballs – hatte dazu geführt, daß in den letzten Jahren kein Heimspiel der Gents übertragen wurde. Das Ereignis, in der Presse voller Häme gefeiert, war eine bittere Pille für Scrappy gewesen. Daß inzwischen Zeit vergangen war, hatte den schalen Nachgeschmack und seine Wut darüber nicht gemindert. Ruby entging nicht, daß Scrappy die Rache an dem unglückseligen Fernsehmitarbeiter voll auskostete, der, wie es schien, dazu verdonnert worden war, beim Boß der Gents eine zweite Chance zu erbetteln.

»Wenn Sie selber Action erleben wollen, müssen Sie sich 'ne Hure leisten«, schrie Scrappy heiter, unbekümmert darum, daß sein Verhalten taktisch unklug war, wenn er sich jemals mit den großen Stationen wieder versöhnen wollte. Infolgedessen war er weder überrascht noch bekümmert, als die Leitung plötzlich tot war.

»Diese Ärsche haben ein kurzes Gedächtnis«, teilte Srappy seinem Pressemanager mit, der endlich das Büro erreicht hatte. »*Die!* Aber *ich* nicht!«

»Glaubst du nicht, du hast ihm ein bißchen zu hart zugesetzt?« fragte Ruby vorsichtig.

»Nein!« bellte Scrappy. »Diese Schleimscheißer winden sich wie Spulwürmer im Hundearsch. Sie kennen keine Loyalität. Nur zum Geld, das sie grapschen können. Meinst du, die machen sich einen Kopf um die Mannschaften und die Fans und sonstwas? O nein! Die sind genauso wie J.P. Morgan, der gesagt hat, lang ist's her: ›Scheiß auf die Massen‹, oder so ähnlich.«

»Ich glaube, du meinst Vanderbilt, Commodore Vanderbilt«, sagte Ruby.

»Ist mir scheißegal. Sind beides Ganoven gewesen. Und außerdem«, fuhr Scrappy fort, »weiß man sowieso nicht, was jemand wirklich gesagt hat, so wird alles verdreht. Mir hat mal ein Journalist erzählt, daß dieser General im Zweiten Weltkrieg, der von den Nazis eingekesselt wurde, du weißt schon, dieser irische McSowieso... Also jedenfalls hat mir der Journalist erzählt, daß der General überhaupt nie ›Nüsse‹ gesagt hat. ›Die Nazis geh'n mir auf die Nüsse.‹ Von wegen! In Wahrheit hat er immer ›Eier‹ gesagt. Aber du kannst in jedes beliebige Geschichtsbuch gucken – es steht falsch drin.«

Von draußen waren die Klänge der Nationalhymne zu hören, die zu Beginn eines jeden Baseballspiels intoniert wird. Diesmal handelte es sich um die Aufzeichnung einer besonders uninspirierten Version, gesungen von einem weiteren Mitglied aus Rubys umfangreicher Verwandtschaft. Scrappy und sein Mitarbeiter, durch die heroischen Klänge in die Realität zurückgerufen, gingen zum Mannschaftsgraben. Die heutigen Gegner waren die Phillies. Philadelphia ist nicht sonderlich weit von New York entfernt. Den ungeschriebenen Baseballgesetzen zufolge galten die Phillies allein wegen der geographischen Nähe als die schärfsten Rivalen der Gents. Obwohl New York nicht gerade aus den Nähten platzte wegen eines Ansturms von Fans der Phillies, hatte die Mannschaft doch eine Menge Schlachtenbummler mitgebracht, die nun im Verein mit den Fans und Gegnern der Gents das Stadion bis fast zum letzten Platz füllten.

Obwohl die Phillies, wie erwartet, den Gents einen harten Kampf lieferten, konnte Scrappy das Spiel nicht besonders aufmerksam verfolgen. Denn kaum hatte es begonnen, als ihn Sherman, der neue Assistent, ins Büro rief – zum ersten von einer Reihe dringender Telefonate, die Scrappy während des Spiels erreichten. Und alle im Büro, da er die Anschaffung moderner Technik, wie es aus seiner Sicht ein Funktelefon war, strikt ablehnte. Selbst der klare 6:2-Sieg der Gents über die Phillies war nichts, verglichen mit dem Erfolg, der sich außerhalb des Stadions anbahnte.

Zwei der Anrufer vertraten große amerikanische Firmen – eine Autofabrik und eine Getreidemühle –, die ein Treffen anregten, auf dem besprochen werden sollte, zu welchen Bedingungen die Gents in ihren Werbespots auftreten würden. Der nächste Anruf kam von einer Fernseh-Talkshow, die Scrappy und einige seiner Spieler noch vor dem Wochenende bei sich auftreten lassen wollte. Dann meldete sich ein Verwaltungsmitarbeiters eines Senators aus dem Staat New York, der erklärte, sein Boß sei daran interessiert, Unterstützung für einen Gesetzesentwurf über die Rechte von Homosexuellen zu bekommen, den er in der nächsten Versammlung der Legislative einbringen wollte. Drei Literaturagenten wollten Exklusivverträge für Taschenbücher aushandeln, in denen entweder die Mannschaft die Hauptrolle spielte oder ein Ich-Erzähler seine Erlebnisse während der Spielsaison schilderte.

Ein Redakteur der *Newsweek*, der Wert darauf legte, daß er nicht in der Sportredaktion arbeitete, bat um ein Interview mit Scrappy, um mit ihm über seine bedeutende Rolle als Vorkämpfer der Steigerung des Ansehens von Homosexuellen zu sprechen. Und eine Werbeagentur teilte gewichtig mit, eine Anzahl ihrer Kunden sei willens, die noch leeren Werbeflächen im Stadion der Gents zu kaufen.

Scrappy behandelte alle Anrufer mit spöttischer Freundlichkeit. »Ich habe an ihren Ketten gezogen«, sagte er dem ängstlichen Ruby, »damit ich mich besser fühle.« Dann grinste er. »Jetzt sind sie erst recht heiß auf uns.«

»Auf uns?« wiederholte Ruby.

»Jawohl, auf uns«, behauptete Scrappy. »Wir sind ein Team! Klar, es ist nicht ganz so, als wenn wir normale, hähä, ich meine, heterosexuelle Jungs unter Vertrag hätten, aber sie sind auch nicht so, wie ich befürchtet hatte. Nimm mal Toote, zum Beispiel. Wir haben immer gedacht, er ist ein großer Spieler und ein wunderbarer Kerl. Ist er auch. Er ist immer noch derselbe. Er ist nicht anders, jetzt, wo ich weiß, daß er eine Schwuch ..., daß er ein Gay ist. Und guck dir die anderen an. Rhino. Den schafft keiner!« Scrappy schnaufte. »Bei 'ner Schlägerei auf dem Feld, meine ich. Eine Kampfmaschine! Wie der die Pirates mit dem Homerun fertiggemacht hat, so was hat überhaupt noch niemand geschafft. Sensationell. Und Gigolo. Er spielt besser, als er je in seinem Leben gespielt hat. Und der hat ein beschissenes Leben geführt, dagegen war meins erste Sahne, kann ich dir sagen.« Scrappy nickte energisch. »Glaub mir, Ruby, wir haben uns das richtige Team zusammengesucht. Und es wäre ganz gut, wenn du nicht vergißt, daß wir dazugehören!«

24

Phil Donahue jagte den Studiogang entlang, das Mikrofon in der Hand, und sein schlohweißes Haar flatterte telegen hinter ihm. »Ja, bitte«, sagte er und lehnte sich über drei Männer mittleren Alters in seidenen Basballjacken, um das Mikrofon dem vierten in der Reihe unter die Nase zu halten.

»Ja, also«, sagte der bullige Mann und stemmte sich schwerfällig vom Stuhl auf. »Diese Frage geht an Scrappy.« Mit seiner dicken Hand deutete er auf die Gents, die auf der Bühne in einer Reihe neben ihrem Manager und Besitzer saßen. »Sie sind ein gestandener Mann, nicht mehr der jüngste«, sagte er. »Wie können Sie mit diesen Burschen klarkommen?

Unwilliges Murmeln der Zuhörerschaft von *Donahues Show*.

»Was haben Sie dazu zu sagen, Scrappy?« fragte der Showmaster, ohne eine Miene zu verziehen. »Haben Sie keine Angst, was passiert, wenn Sie den Spielern den Rücken zudrehen?«

Einige Männer im mehrheitlich weiblichen Publikum kicherten.

»Nun, ich sage Ihnen ehrlich, wie es ist«, antwortete Scrappy. »Am Anfang habe ich mich schon ein bißchen mulmig gefühlt, klar. Aber als ich diese Jungs richtig kennengelernt habe – ich nenne sie Jungs vom ersten Augenblick an –, also seit ich sie kenne, sehe ich nichts, aber auch gar nichts, was anders ist als bei jedem anderen Team, das ich hatte.«

»Tatsächlich?« fragte Phil ironisch. »Sind Sie da wirklich sicher? Nichts ist anders?«

»Na ja, doch«, erklärte Scrappy grinsend. »Sie sind ein ganzes Stück besser.«

Das Publikum applaudierte heftig.

»Und«, setzte Scrappy hinzu, »ich glaube, es kleben auch nicht mehr so viele Pin-up-Girls im Umkleideraum wie früher.«

Die nächste Runde Applaus.

Phil lief den Gang entlang zu einer Frau um die Vierzig, die schüchtern ihre Hand gehoben hatte. »Ja, gnädige Frau?« sagte er.

»Meine Frage geht an den Großen da, am Ende.«

»Das ist Rhino Romanski«, stellte Phil den stämmigen Catcher vor. »Er ist Erster in der Oberliga beim Schlagen. Er hat vierhundertfünfundfünfzig von tausend Bällen getroffen. Stimmt's, Rhino?«

»Nah dran, Phil, ganz nah dran«, sagte Rhino heiser. »Das letzte Mal, als ich auf die Liste gesehen habe, waren es vierhundertfünfundachtzig.«

»Entschuldigung«, sagte Phil. »Das letzte Mal, als du nachgesehen hast? Ich weiß. Das muß gewesen sein, als du in der Zeitung geblättert hast, eine Sekunde, bevor wir auf Sendung gingen.«

Rhino lachte. »Du hast mich erwischt, Phil.« In Wahrheit hatte er in der Zeitung das Foto eines männlichen Models in der Anzeige für Unterwäsche vom Warenhaus Bloomingdale betrachtet.

Phil wandte sich wieder der Fragestellerin zu. »Also, meine liebe Dame, Sie wollten Rhino etwas fragen.«

»Ja. Ich würde gern wissen, was seine Mutter über all das denkt.«

Rhino räusperte sich. »Ist komisch, daß Sie die Frage gerade jetzt stellen, Madam. Hätten Sie mich 'ne Woche eher gefragt, hätte ich gesagt, keine Ahnung. Ich wußte es echt nicht. Seit dem Winter, als die Story in den Zeitungen stand, habe ich nicht mehr mit ihr gesprochen. Ich hab angerufen, aber sie hat immer gleich wieder aufgelegt. Ich hab weiter angerufen, und sie hat weiter aufgelegt. Ich brauch Ihnen nicht zu sagen, wie ich mich dabei gefühlt hab. Aber vor ein paar Tagen hat das Telefon geklingelt. Ich hab den Hörer genommen, und da war es die Stimme meiner Mutter. Ich konnt's kaum glauben. Sie hat mich angerufen! Sie hat gesagt, daß sie über alles nachgedacht und mit ihrem Priester geredet hat. Mein Vater ist schon ein paar Jahre tot, also wenn sie ein Problem hat, dann spricht sie mit dem Pfarrer drüber. Und nun denkt sie, daß ich ja nur so sein kann, wie Gott mich gemacht hat. Also sie versteht jetzt, was mit mir los ist und so, und alles soll wieder sein wie früher.«

Das Publikum klatschte begeistert, und eine Kamera zoomte auf eine grauhaarige Dame, die sich eine Träne abwischte. Dick Toote rang währenddessen mit sich, ob er etwas über die Reaktion seiner Mutter, über ihre steinharte Ablehnung seiner Existenz sagen sollte.

»Das ist gut, Rhino«, sagte Toote, als der Applaus verklungen war, »aber ich glaube nicht, daß es immer so glatt abgeht.«

Phil hakte ein. »Wie meinen Sie das, Dick Toote?« fragte er. »Dieser Herr ist, wie wir bei der Vorstellung angedeutet haben, einer der vielseitigsten Stars, die es je im Baseball gab. Er war auch der erste Baseballspieler, der sich öffentlich als Gay geoutet hat.«

Toote überdachte noch einmal die Konsequenzen – für sich, für seinen Vater, für seine Mutter. »Ich glaube nicht, daß alle Eltern so bereitwillig zustimmen. Es ist ja auch nicht leicht. Eltern setzen Erwartungen in ihre Kinder. Sie erwarten Erfolge, und zwar im Beruf und auch im Privatleben. Sie träumen den amerikanischen Traum: eine solide Arbeit, eine reizende Ehefrau oder ein guter Ehemann, nette Kinder und niedliche Enkel. Gays passen nicht in diesen Traum, also haben Eltern damit Probleme. Ich schiebe ihnen keine Schuld zu, ich sage nur, wie es ist.«

»Das ist sehr interessant, Dick«, sagte Phil und lächelte fromm, als er die nächste Frage abschoß: »Sprechen Sie über persönliche Erfahrungen?«

Toote schmetterte die Frage ab. »Wir alle haben Probleme, weil wir in einer Gesellschaft aufgewachsen sind, für die wir

Außenseiter sind. Darum sind ja so viele von uns immer noch in ihrem Wandschrank versteckt. Ich spreche über die Diskriminierung. Und die gibt es bei der Arbeit, beim Wohnen, in der Politik sowieso und im gesellschaftlichen Leben ... Eigentlich überall, wohin man auch guckt.«

Phil machte eine Kunstpause, richtete seinen Kopf auf, und dann stieß er mit der nächsten Frage zu. »Einige Leute werden sagen, daß ihr euch das selbst zuzuschreiben habt. Daß ihr eure Probleme erzeugt durch die Art, wie ihr euch verhaltet. Daß ihr mit eurer Sexualität angebt, um Aufmerksamkeit zu erregen, und daß ihr damit eine Menge Leute abstoßt, die eigentlich mit euch sympathisieren. Was würden Sie denen sagen, Dick?«

Toote wurde rot. Das Studio, wesentlich kleiner, als es auf dem Bildschirm aussah, schrumpfte noch mehr zusammen, und er saß riesengroß in der Mitte, von allen angestarrt, ganz allein mit der gemeinen Frage. Er hatte nicht angenommen, daß er hier vorgeführt werden sollte. Schon gar nicht von einem selbsternannten Liberalen.

»Ich würde *Ihnen* sagen, äh, ich würde *denen* sagen ...«, begann Toote. Ein paar Leute kicherten über den gekonnt servierten Versprecher, und selbst Phil konnte lächeln; schließlich war er ein Profi. »Ich würde sagen, daß ich nur für mich selbst sprechen kann, aber daß ich nicht glaube, daß Gays oder Lesben so unbedingt darauf aus sind, Aufmerksamkeit zu erregen. Wir wollen nur Gerechtigkeit und Fairneß. Und was dieses Angeben und Rumprotzen betrifft, von dem Sie gesprochen haben, das betrifft doch nun wirklich nur eine winzige Minderheit. Das ist bei den Heteros nicht anders. Wie geht's Ihnen denn, wenn Sie mit einem schrillen Typ wie Geraldo in einen Topf geworfen werden?«

Phil zuckte zurück, dann entschied er sich für einen Lacher. »Na ja, ich würde nichts dagegen haben, wenn es bedeutet, daß ich was von seinen Einschaltquoten abbekomme.«

Ein junger Mann erregte durch heftiges Winken Phils Aufmerksamkeit. Er rannte hinüber und schwenkte das Mikrofon. »Ja, bitte«, sagte er.

»Ich wundere mich«, erklärte der junge Mann, »daß die Spieler den Ton der Fragen so einfach wegstecken.« Er deutete auf sie. »Stört es euch eigentlich, daß niemand etwas über Baseball fragt?«

Phil starrte den Fragesteller in gespieltem Erstaunen an – minutenlang, wie es dem Jungen sicher vorkam. Nachdem sich ihm die Zuhörer erwartungsvoll zuwandten, fragte Phil: »Wieviel hast du bezahlt, um hier reinzukommen?«

»Ich? Äh, nichts«, stotterte der junge Mann aufgeregt.

»Überhaupt nichts? Na, dann solltest du dich aber ein bißchen besser benehmen«, sagte Phil und ließ es wie einen Witz klingen. Dann, ohne die Frage weiter zu beachten, stürmte der Talkmaster die Stufen hinunter auf einen anderen jungen Mann zu. »Ja, bitte?«

»Wir würden gern die Antwort auf die vorige Frage hören«, sagte der junge Mann.

»Na, Scrappy«, sagte Phil, »es sieht ganz so aus, als ob deine Jungs ein paar Fans hier haben.«

Scrappy grinste und nickte. »Nicht nur hier, 'ne Menge davon haben wir auch im Stadion. Bei jedem Spiel. Und wie es uns damit geht, nicht nach Baseball gefragt zu werden – ich glaube, die Mannschaft denkt, daß wir alles, was wir dazu zu sagen haben, auf dem Feld sagen. Aber ich verstehe genau, was die beiden jungen Männer aus dem Publikum meinen. Ein bißchen komisch ist es schon, daß ausgerechnet Baseball das letzte ist, wonach eine erfolgreiche Baseballmannschaft gefragt wird. Ich sage Ihnen, Phil, inzwischen sind wir so daran gewöhnt, nur immer nach dem anderen Zeug gelöchert zu werden, daß wir Fragen nach dem Sport gar nicht mehr vermissen. Sie verstehen doch, was ich damit sagen will?«

Phil nickte langsam, als würde er ernsthafte Gedanken wälzen. »Was Sie uns sagen wollen«, antwortete er unnötigerweise, »ist, daß sich der Schock abgenutzt hat. Ihr Team ist bereit und in der Lage, über sich selbst zu reden, über seine Homosexualität. Hab ich Sie richtig verstanden, Scrappy?«

Der Manager sah sich nach Toote, Romanski und Gigolo Johnson um. Sollte doch einer von denen antworten.

Gigolo fühlte sich aufgefordert, weil er bisher geschwiegen hatte. Er hob eine Hand und sprach. »Na ja, Mann, wir haben es schon ziemlich dicke, dauernd über den ganzen Schwulenmist zu reden. Sieht ja so aus, als wenn ihr denkt, daß wir nichts anderes im Kopf haben. Aber unter uns sprechen wir genau über dieselben Sachen wir ihr. Wir sind nämlich Menschen und dann erst Gays. Klar?«

Phil setzte eine ernste Miene auf und nickte wichtig. Für heute hatte er hinreichend nach Sensationen gehascht; jetzt galt es, den sozialen Wert seiner Sendung anzuheben. »Natürlich können Dinge überwertig werden. Doch wenn wir einige von diesen Dingen an die Öffentlichkeit bringen, sozusagen aus dem Schrank holen, dann wird sich jeder besser fühlen und etwas mehr Verständnis haben.«

Phil schaute sich um und sah, daß der Mann in der seidenen Baseballjacke sich wieder zu Wort meldete. Er jagte hinüber und streckte das Mikrofon aus. »Ja, mein Herr, bitte. Zum zweiten Mal am Schlag.«

»Also ehrlich gesagt, ich verstehe immer noch nicht, wie ein seriöser alter Herr wie Scrappy Schwrtznbrgr mit diesen Tun ..., äh, mit dieser Sorte Leute seine Zeit verbringen kann.«

Phil konnte ein Grinsen nicht unterdrücken. Verärgerte schüttelte Toote den Kopf. Aber das Murren im Studio richtete ihn wieder auf. Die Show mußte weitergehen.

25

Eine Schwadron blau uniformierter Polizisten wurde benötigt, um die Gents durch die Massen von Presse-, Funk- und Fernsehreportern zu eskortieren, die den Eingang zum Saal verstopften, in dem die Anhörung stattfinden sollte. Die Aktivität paßte nicht zu den üblicherweise stillen Korridoren, und gleich gegenüber in den neugotischen Gemächern des altertümlichen, unbehaglichen Parlamentsgebäudes des Staates New York in Albany hätte die Aufregung als ungehörig und völlig deplaciert gegolten. Eben deshalb war das Hearing nicht dort, sondern im allerdings nur unwesentlich weniger feierlich und bedrückend wirkenden Nebengebäude der Legislative anberaumt.

»So was habe ich seit der Debatte um die Todesstrafe nicht gesehen«, murrte ein Wachmann.

»Oder seit die abtreibungswütigen Hexen aus New York hier waren«, antwortete sein Kollege.

Der andere stimmte ihm zu. »Die Bräute waren wirklich harte Brocken.«

Als sie endlich im Saal waren, wurden den Gents die Plätze neben den anderen vorgesehenen Zeugen zugewiesen. Sie waren gekommen, um einen Gesetzesvorschlag über die Rechte von Homosexuellen durch ihre Aussage zu unterstützen. Toote bemerkte Doktor Goodkind. Der Arzt war einst sein Therapeut und jetzt, da er seine Praxis von der Westküste nach New York verlegt hatte, sein Freund. Er nickte einigen der Aktivisten der schwulen Bewegung zu, die er noch nicht lange kannte, da er sich früher nie zu Kundgebungen gewagt hatte. Einer war ein bekannter Fernsehmoderator, der sich vor ein paar Wochen unter großer Beachtung durch sämtliche Medien geoutet hatte.

Die Dinge bewegten sich, fühlte Toote. Zwar viel zu langsam, aber doch wenigstens in die richtige Richtung. Und obwohl die eigenen Kontakte mit der Politik seit seinem eigenen Coming-out nicht sonderlich intensiv oder eng gewesen waren, wußte er doch, daß dies ein kritischer Augenblick war. In Jahrhunderten verstaubte Traditionen konnten buchstäblich über Nacht auf den Müll geworfen werden, wenn man es richtig anstellte. Doch wenn das politische Pendel in die andere Richtung ausschlug, würden die Gerechtigkeit und ihre Verfechter jahrzehntelang in den Warteräumen der Gesetzgeber herumsitzen und auf ihren Aufruf warten müssen.

In diesem Fall ging es um ein unschuldiges Gesetz. Die Diskriminierung aus Gründen der Rasse, der Religion, des Geschlechts, des Alters und des körperlichen Zustands war bereits verboten. Die Liste der Sachverhalte sollte um »sexuelle Orientierung« ergänzt werden.

Doch als sich Toote im Saal umblickte, der sich mit Zeugen und ihren Anhängern füllte, sah er auch die sattsam bekannten Gegner, und ihm wurde klar, daß sich ein harter Konflikt anbahnte. Da saßen Leute, die in den vergangenen Jahren durch erfolgreiche Lobby-Arbeit dafür gesorgt hatte, daß ähnliche Initiativen die Hinterzimmer der beratenden Ausschüsse nie verließen, und sofern das doch einmal mißlang, hatten sie mit Hilfe ihrer Abgeordneten die Vorlagen in der Vollversammlung gekippt. In ihren Priesterröcken und Kaftanen waren sie unschwer zu erkennen. Andere klammerten sich an Bibeln. In den letzten Jahren hatten Wiedergeborene Christen und andere eifernde Mitglieder der religiösen Rechten die Reihen der Katholiken und orthodoxen Juden gestärkt. Zwar waren sie vom Habitus her weniger leicht kenntlich als ihre priesterlichen und rabbinischen Verbündeten, dafür aber wesentlich demonstrativer. Sie standen Spalier an den Zugängen zum Saal der Gesetzgebenden Versammlung, riefen »Schande!« und fielen sehr bekümmert vor den Kameras auf die Knie.

Toote, Romanski und Johnson, die Abgesandten der Gents, waren vom Spielfeld her Anfeindungen gewöhnt, also fiel es ihnen nicht schwer, ruhig zu bleiben.

»Fromme Irre«, sagte Rhino und winkte ab.

Toote, der an seine Eltern dachte, entgegnete: »Ja. Aber vielleicht sind ihre Kinder anders.«

Wie Politiker wissen, bewirken Anhörungen der Gesetzgebenden Versammlung höchst selten Änderungen im Abstimmungsverhalten, doch dienen sie dem zutiefst demokratischen Anliegen, daß alle Gruppen und Gruppierungen ihren Frust öffentlich ablassen können, manchmal sogar vor den Kameras der großen Fernsehsender. Daß einige Gents anwesend sein würden – die Ankündigung hatte natürlich Rick Volpino lanciert –, garantierte ein volles Haus. Nicht nur ungewöhnlich viele Zuschauer waren gekommen, sondern auch die Liste der Zeugen war aufgebläht wie selten.

Um den Anschein von Fairneß zu wahren, hatte der Parlamentsausschuß festgelegt, daß Gegner und Befürworter sich bei ihren Aussagen abwechseln sollten. Als erster sollte ein Befürworter reden. Volpino dosierte zwar seine unentgeltlichen Leistungen für die Gents auf Sparflamme, doch wenn eine große Öffentlichkeit zu erwarten war, drehte er voll auf. Also inszenierte er die Präsentation der Homosexuellen bis ins letzte Detail. Seine Strategie sah vor, die Geistlichen der Gegenseite von Anfang an kaltzustellen, indem er ihnen jemand aus deren eigenem Stall vor die Nase setzte. Er hatte einen presbyterianischen Geistlichen engagiert, der für seine liberalen Auffassungen bekannt war und um den sich ein stattliches Häuflein gläubiger Gays und Lesben geschart hatte. Wie bei vielen unverheirateten Männern mittleren Alters wurde auch über die sexuelle Orientierung von Reverend Angus MacWatt gern und ausgiebig spekuliert.

Der Geistliche hatte eine herzliche, bodenständige Art, die man bei seiner dürren Gestalt und dem asketischen Gesicht gar nicht erwartete. Fremde hielten ihn so lange für wortkarg und verschlossen, bis er den Mund öffnete und zu reden begann. Daß er aussah wie ein Märtyrer, hatte es ihm erleichtert, Dogmen zu bekämpfen und die Kirchenoberen herauszufordern, und ihre oft unmutigen Reaktionen hatte er mit freundlicher Beredsamkeit pariert.

Während viele Kirchen und Sekten die Homosexualität immer noch für eine Sünde, für eine heilbare Krankheit oder gar für satanische Bosheit hielten, trat die Presbyterianische Kirche für Verständnis und Akzeptanz ein und verurteilte die Abweichler nicht leichtfertig. In dieser Politik konnte sich Angus MacWatt mit seinen Interessen und Bestrebungen wiederfinden.

Als er als erster Zeuge aufgerufen wurde, ging MacWatt aufrechten Schritts zum Podium. Er strahlte Zuversicht aus, die aus seiner Erfahrung herrührte. Kein Anzeichen von Nervosität oder Befangenheit, als er in den überfüllten Raum, in jedes Gesicht, in alle Augen blickte. Da er bereits seit Jahren als Zeuge in dieser Angelegenheit aussagte, hatte er allen Grund zu glauben, Gott habe ihn eigens für diese Auftritte geschaffen.

Volpinos Agentur *Mea Culpa* hatte eine umfassende Strategie ausgearbeitet, um klarzumachen, daß es unglücklicherweise immer noch nötig war, Gays und Lesben den Schutz zu geben, den sie selbst für nötig hielten. Wie gewöhnlich hatte er bei Dore Dupus eine Meinungsumfrage bestellt. Und Dupus hatte wie üblich einen Fragebogen entworfen und die Menge der Befragten ausgewählt, die das gewünschte Resultat garantierte. Die Daten, eingebunden in einen teuer aussehenden Einband, waren unter den Materialien, die der Reverend dramatisch auf das Pult warf.

»Liebe Mitbürger, liebe Mitmenschen«, begann er und umarmte alle mit seiner klangvollen Stimme. Dann machte er eine Kunstpause und schüttelte hilflos den Kopf, bevor er ergänzte: »Und wer sonst noch alles da ist. So sehen wir uns also wieder.« Viele nickten, doch nur wenige freuten sich darüber, daß sie in

Albany festsaßen, anstatt in schöneren Gegenden die Freuden des Sommers genießen zu können – zum wiederholten Male damit befaßt, die ewig gleiche Nuß zu knacken.

Der Geistliche verknüpfte Moralgesetze und Statistiken kunstvoll miteinander. Er füllte die ihm gewährte Redezeit und die Ohren seiner Zuhörer mit einer schlüssigen Argumentation dafür, daß Menschen mit anderer sexueller Orientierung die gleichen Bürgerrechte zustehen wie jedem Menschen. Da er die bekannten Argumente der Gegenseite voraussah, betonte er, die Gesetzesergänzung werde weder spezielle Privilegien schaffen noch Heteros in die Homosexualität treiben.

Insbesondere schlachtete er die Daten aus, mit denen die Häufung von Anzeigen wegen Gewalt gegen Gays belegt wurden, seit die AIDS-Epidemie ausgebrochen war. Die Zahlen, so hoch sie auch schienen, waren immer noch kaum mehr als die Spitze eines Eisbergs. Denn viele, wenn nicht die meisten Opfer fürchteten Diskriminierungen durch ihre Chefs, ihre Vermieter, ihre Kollegen oder Nachbarn, also hielten sie lieber die Klappe. Würden sie Anzeige erstatten, käme das einem Outing gleich. Wenn die Gesetzesvorlage angenommen wird, beschwor der Reverend seine Hörer, dann könnte der Staat solche Opfer davor schützen, auch noch ihre Arbeit oder Wohnungen zu verlieren, und das würde sie ermutigen, die Täter anzuzeigen. Daraufhin müßte die Polizei einschreiten, und die Furcht vor Strafe würde dann hoffentlich die Zahl der Gewaltakte reduzieren.

Die Gents nickten. Natürlich war keiner von ihnen bisher selbst ein Opfer gewesen, da bis zum Outing niemand die bekannten Sportler für Homosexuelle gehalten hatte und da es vermutlich selbst für eine größere Rotte ziemlich unklug gewesen wäre, sich ausgerechnet mit Athleten wie Toote oder Romanski anzulegen. Aber jeder war in den Szenebars mehrfach vor Angriffen insbesondere auf Parkplätzen gewarnt worden.

MacWatt beendete seinen Beitrag, indem er die Augen schloß und seinen Kopf senkte, als ob er ein stilles Gebet murmelte. Sofort brach eine von Volpino engagierte Claque in lauten und anhaltenden Applaus aus, bis der Vorsitzende sie zur Ordnung rief. Noch ehe der Geistliche seinen Sitz erreichte, wurde er im Gang von einem riesigen Mann angerempelt, der seinen schnellen Lauf zum Podium unterbrach, um sich mit einer Geste zu entschuldigen.

Die Sportfans erkannten in dem Zweimetermann mit dem dichten, blonden Haar sofort Donald Bigg, den Besitzer der Yankees. Bekannt war er wegen der Leistungen seines Teams und seiner verbalen Kraftmeierei aus nichtigem Anlaß. Seitdem Steinbrenner in Pension gegangen war, produzierte er sich gelegentlich auch als Sprecher für rechtsradikale Ansichten und Kandidaten. Er bezog den herzlichen Applaus auf sich, und als er, um das Klatschen zu beenden, den Daumen senkte, bekam er tatsächlich Beifall, wenn auch aus dem anderen Lager, ohne daß die Ovationen für MacWatt nachließen.

Die Anwesenheit des populären Sportfunktionärs überraschte niemanden. Bei Kundgebungen gegen Abtreibung oder für die Todesstrafe konnte man stets mit ihm rechnen. Wenn ihn das Sportgeschäft einmal langweilen sollte, würde er sich gewiß um ein politisches Amt bemühen. Aber die heutige Präsentation sollte sich von seinen üblichen Auftritten unterscheiden.

Als dank der Mahnungen des Vorsitzenden der Beifall ohnehin abebbte, formte er mit den Fingern ein T, das bekannte Zeichen für eine Unterbrechung beim Football. Mit breitem Grinsen nickte er anerkennend in die Runde. »Leute«, begann er, »ich bin kein Sprücheklopfer. Und klar, ich danke euch um so mehr für das herzliche Willkommen, weil ich nichts Besonderes bin. Ich bin bloß das, was ihr einen glücklichen Menschen nennen könntet, aber das ist ja heutzutage schon ganz schön viel.« Zustimmung ob seiner Bescheidenheit im Publikum.

»Nun könntet ihr denken, ich spreche über mein Glück im Baseball oder im Geschäft, wo mich der liebe Gott mit einigem Erfolg gesegnet hat. Aber, Leute, das habe ich hier nicht im Sinn. Nicht deshalb spreche ich zu euch. Jetzt würde ich euch dankbar sein, wenn ihr Nachsicht mit mir habt und genau zuhört, denn was ich jetzt sagen werde, habe ich nie zuvor gesagt, schon gar nicht in der Öffentlichkeit.«

Die Reporter sahen sich erwartungsvoll an. Stan Mann rieb sich den Magen, in dem Geschwüre wucherten, weil er sich Sorgen um seine Zukunft bei der Zeitung und um die Ehe mit Marti machte. Die Reise nach Albany hatte er in der Hoffnung angetreten, die Teilnahme der Gents werde ihm Stoff für die nächste Kolumne liefern. Er überprüfte seinen Kassettenrecorder und notierte »Donald« auf seinem Notizblock. Etwas Ungewöhnliches bahnte sich an.

Biggs deutete auf die Befürworter der Vorlage, darunter die Gents. »Also diese Leute werden euch erzählen, daß sie nichts damit zu tun haben, wie sie nun mal sind. Sie werden euch zu überzeugen versuchen, daß nur der liebe Gott dran Schuld, äh, dafür verantwortlich ist.«

Er grinste die Gents an.

»Sie legen es so dar, daß sie genau wie der Rest von uns sind, abgesehen von der Kleinigkeit, daß sie ihre eigene Art anschmachten. Sie lassen uns glauben, daß sie dagegen ohnmächtig sind, arme, hilflose Wesen, daß sie sich überhaupt nicht anders verhalten können, als sie es nun mal tun. Also wenn ihr ihnen das abkauft, das haben sie inzwischen rausbekommen, dann schluckt ihr auch den Rest von ihrer Argumentation. Und da ist jetzt an der Reihe: Weil sie sich selbst nicht helfen können, brauchen sie Hilfe, besondere Hilfe, eure Hilfe, um sie uns anderen gleichzustellen. Ihre ganze Argumentation basiert auf dem einen Punkt, die Intellektuellen würden ihn Prämisse nennen. Wenn ihr die Prämisse akzeptiert, folgt zwangsläufig der ganze Rest.«

Donald machte eine Pause, um seine Bemerkungen sacken zu lassen. »Aber nun nehmen wir mal an, Leute, daß ihre Prämisse falsch ist. Angenommen, es war gar nicht der liebe Gott, der sie schwul gemacht hat. Angenommen, statt dessen haben sie es selbst so gewollt. Angenommen, es sind ihre eigenen abartigen Gelüste. Dann, ja dann, so fürchte ich, bricht ihre ganze Argumentation zusammen. Denn wenn sie wie der Rest von uns sind, dann brauchen sie keine besondere Hilfe, keinen besonderen Schutz. Denkt mal einen Augenblick darüber nach.«

Toote fragte sich, worauf Donald hinauswollte. Bisher hatte er nur die sattsam bekannten Vorurteile wiedergekäut: Homosexuelle wählen ihre sexuelle Orientierung und waren daher für ihr Handeln und dessen Konsequenzen selbst verantwortlich. Darüber hatte Toote oft mit heterosexuellen Freunden diskutiert. Er sagte ihnen, daß selbst eine so allgemein anerkannte und scheinbar neutrale Formulierung wie »sexuelle Orientierung« voraussetzt, das Schwulsein hängt von einer bewußten Entscheidung ab.

Lange ließ Donald ihn nicht herumrätseln. Nachdem sein Publikum ausreichend über seine Worte hatte nachdenken können, preßte der Big Boß im Baseballgeschäft seine Lippen zusammen und wiegte den Kopf, um sein Unbehagen sichtbar zu machen. »Leute«, sagte er gequält, »ich weiß, was mit ihnen los ist, weil ich selbst einer von *denen* war.«

Eine Sekunde lang war Ruhe wie zwischen Blitz und Donner. Dann brach das Getöse im Saal los. Jeder, selbst Donalds Anhänger, lärmte und schrie. Mitglieder des Komitees, Zeugen, Reporter und Zuschauer brüllten ihren Unglauben hinaus. Toote, obwohl er die gleiche Reaktion bei seiner unvergeßlichen Pressekonferenz ausgelöst hatte, konnte es ebenfalls nicht glauben. Und er sah Doktor Goodkind, normalerweise die personifizierte Vornehmheit und Zurückhaltung, aufspringen und »Unmöglich!« brüllen.

Als sich der Lärm endlich legte, machte Donald wieder sein T-Zeichen. Sichtlich angetan von der Wirkung, die er erzielt hatte, sprach er weiter. »Tja, Leute, das ist die Wahrheit. Es geschah auf der Staatlichen Universität von Pennsylvania. Ich hatte ein Stipendium als Sportler. Im Sommer war ich in einem Football-Trainingslager. Und ich kann euch versichern, daß ich ziemlich jung und sehr unschuldig war.«

Da jeder auf das nächste Wort wartete, war es so still im Saal, daß man sogar das leise Surren der Kameras hören konnte. Bigg wollte, wie es schien, eine lange, detailreiche Geschichte aus seinem Leben erzählen.

»Ich wohnte mit einem großen, einem sehr großen Kerl auf einem Zimmer, einem Riesen, um genau zu sein. Wie gesagt, ich war jung und unerfahren, frisch von der High-School, ich wußte wenig von Mädchen und noch weniger über das, was der Riese mir beibringen wollte. Also, der Kerl wartete nicht lange, bis er mir klarmachte, was in seinem Kopf vorging. Er war einfach zärtlich zu mir. Ehe ich überhaupt wußte, was los war, patschte er mit seinen riesigen Pfoten überall auf mir herum. Ich meine, wirklich überall. Und am Ende des Sommers war ich genauso warm wie eine Drei-Dollar-Note, wenn man sie ins Lagerfeuer wirft.«

Erstaunen und Betroffenheit im Saal. Donalds Anhänger reagierten mit Sympathie, Zorn und Ärger auf den Mißbrauch seiner kindlichen Gefühle, während seine Gegner sich in ihrem Unglauben nicht bekehren ließen. Doktor Goodkind schüttelte energisch den Kopf und machte sich in irrsinnigem Tempo Notizen.

»Ihr habt recht«, sagte Donald zu den Gegnern des Gesetzentwurfs. »Es war schrecklich, einfach so ausgenutzt zu werden. Ich weiß nicht, wo ich gelandet wäre ohne die Liebe einer guten Frau«, sagte er und schaute seine Gattin an, die mit großen Augen zu ihm aufblickte. Die Gegner der Vorlage sprangen wie ein Mann auf und applaudierten frenetisch.

Diesmal ließ Donald den Beifall ohne T-Zeichen zu Ende gehen. »Meine Freunde«, sagte er langsam und beschwörend, »Tatsache ist, daß diese Burschen tun, was sie tun, weil sie es so wollen. Und sie könnten genauso wie ich damit aufhören, wenn sie es wollten. Sie brauchen keine Gesetze, sie brauchen Rückgrat. Sie brauchen keinen Schutz, sie brauchen Mut. Und wir sollten ihnen nicht nach dem Munde reden, sondern für sie beten.« Er imitierte Reverend MacWatt und senkte seine Augen.

Innerhalb weniger Sekunden war die Pressetribüne verwaist, weil alle Reporter aus dem Saal zu den Telefonen rannten. Der

Vorsitzende des Komitees, dem nicht entging, daß ihm der wichtigste Teil der Öffentlichkeit abhanden gekommen war, klopfte mit dem Holzhammer auf den Tisch und ordnete eine Pause bis nach dem Mittagessen an.

Toote sprang von seinem Sitz auf und rannte zu Doktor Goodkind. »Ist da irgendwas daran? fragte er den Psychiater.

»Kompletter Blödsinn«, sagte Goodkind hastig. »Komm mit.«

Toote folgte ihm aus dem Saal in den Presseraum, wo die Reporter gleichzeitig in Telefone schrien. Nachdem sie ihre Redakteure informiert hatten, bildeten sie einen Halbkreis vor Toote und Goodkind und bellten Fragen heraus.

»Was fällt Ihnen zu Bigg ein, Toote?«

»Warum haben Sie nie versucht, sich zu ändern?«

»Sieht es trübe aus für den Gesetzentwurf?«

»Ein Kommentar zu Donald!«

Toote parodierte Donalds T-Zeichen. »Macht mal Pause, Jungs«, sagte er. »Der bekannte Psychiater Doktor Goodkind will ein paar Dinge sagen. Genau zum Thema natürlich.«

»Das will ich in der Tat«, sagte Goodkind. »Was Donald da drin erzählt hat, entbehrt jeder Basis in der medizinischen Wissenschaft. Zwar wird noch immer darüber gestritten, was Homosexualität überhaupt ist und welche möglichen Faktoren die sexuelle Orientierung bestimmen, aber es steht fest, daß sie nicht dem freien Willen unterworfen ist. Die Menschen können ihre Sexualität nicht so wechseln wie die Kleidung. Wenn die Umstände die sexuellen Aktivitäten einschränken, wie das in Gefängnissen, Klöstern und ähnlichen von der normalen Gesellschaft abgeschiedenen Örtlichkeiten der Fall ist, dann kann es durchaus passieren, daß sich heterosexuelle Männer und Frauen auf homosexuelle Kontakte einlassen. Aber nur, weil andere sexuelle Kontakte unerreichbar sind. Unbestreitbare Tatsache ist, daß sie, wenn sich die Umstände ändern – wenn sie zum Beispiel aus dem Gefängnis entlassen werden –, sich sofort wieder wie Heterosexuelle verhalten.«

Die Journalisten lauschten sichtlich skeptisch, also wurde der

Arzt konkret, um sie doch noch zum Mitschreiben zu animieren.

»Wie Sie ohne Zweifel bemerkt haben, hat Donald nicht darüber geredet. Er sprach von Menschen, die in alltäglichen Situationen Zugang zu beiden Geschlechtern haben. Aber Sie brauchen sich nicht allein auf mein Wort zu verlassen. Sie können jeden fragen, der Bescheid weiß über sexuelle Beziehungen. Donald ist mit Sicherheit kein kompetenter Experte. Nur ein geschickter Redner. Seine Motive sind leicht zu durchschauen. Und, erlaube ich mir hinzuzufügen, seine Wunschvorstellungen auch!«

26

Im Juni war außerhalb des Spielfeldes viel los bei den Gents. Zeitungen und Magazine standen Schlange, darunter auch ausländische, insbesondere die Japaner. Es gab zahlreiche Auftritte in Talkshows – sowohl im Radio als auch im Fernsehen. Sogar ein Dokumentarfilm wurde gedreht. Den Regisseur kannte Olivia aus ihrem Kommunikations-Studium an der Universität von Syracuse. Die Gents spielten noch immer guten Baseball. Selbst die Veteranen unter den Sportreportern konnten sich nicht erinnern, daß jemals ein besseres Team in den Uniformen der Gents gesteckt hatte. Sie füllten ihre Kolumnen oder die tote Sendezeit mit dem endlosen, farbigen, wieder und wieder gesponnenen Garn der Mythen, die den Baseball zur angesehensten und am meisten ernstgenommenen Freizeitbeschäftigung der Nation gemacht hatten. Wenn Mythen gebraucht werden, sind die dazu passenden Heroen schnell gefunden. Nach und nach ließen die meisten Reporter es so aussehen, als seien die Gents die Helden das Jahres. In der Mitte der Saison führten sie die Ostküstenabteilung mit sechzehn Spielen an und waren der absolute Spitzenreiter in beiden Ligen. Sie waren nicht nur gut, sie hatten auch Glück. Bis jetzt war das Team ohne Verletzungen davongekommen, was man über ihre Gegner nicht behaupten konnte. Insbesondere Romanski war einfach umwerfend, und das blieb er auch.

Scrappy und Ruby freuten sich über den Erfolg, doch wenn sie an die unvergleichliche Erfolglosigkeit der letzten Jahre dachten, fürchteten sie immer noch, demnächst vom Blitz erschlagen zu werden. Es gab keinen Anlaß dafür, nur die dumpfen Vorahnungen, die ewigen Verlierern im Blut liegen. Trotz ihrer atemberaubenden Ergebnisse waren auch die Spieler ungläubig. Der Schock über ihr unfreiwilliges Coming-out war vergangen, doch hatten sie Stan Mann seine Kolumne nicht verziehen; sie schnitten ihn weiterhin.

Für Mann war die Situation schlimmer und schlimmer geworden. Zwar hatte er eine der sensationellsten Enthüllungen veröffentlicht, die es im Baseball und vielleicht überhaupt im Sport je gegeben hatte, aber das hatte sich als Bumerang erwiesen. Die Gents waren für Sportreporter und Fans die wichtigste Nachricht im ganzen Land. Ihre unerhörte Geschichte wurde in allen Zeitungen erzählt. Nur er, der Journalist, der das alles in Gang gesetzt hatte, konnte nicht mal einen einfachen Spieler interviewen. Nicht nur Manns Ego litt darunter. Die Redakteure der *Post* verloren langsam die Geduld mit ihm. Langsam wurde auch die freundliche Anerkennung für seine Outing-Kolumne Geschichte. Er glaubte nicht, daß er unter Verfolgungswahn litt, wenn er registrierte, daß Mike Tremendo inzwischen mehr Ruhm einheimste als er. Mike, Neuzugang in der Sportredaktion, war Absolvent der Journalistischen Fakultät der Columbia-Universität, ein heller Kopf und dadurch eine ständige Herausforderung für Mann. Die Bosse hätschelten den Nachwuchsschreiber, so, wie sie einst Stan hofiert hatten, als der noch ein junges, vielversprechendes Talent gewesen war.

Als würde das noch nicht genug sein, war die Ehe mit Marti, das Zentrum seines Lebens, so zerstört, daß Rettung kaum noch möglich schien. Seit ihrem Zusammenstoß wegen der Kolumne hatte sie jeden körperlichen Kontakt mit ihm vermieden. Die Unterhaltung beschränkte sich auf Banalitäten. »Das Essen steht auf dem Herd. Die Hemden liegen auf dem Bett.« Die Abende verbrachte sie vor dem Fernseher. Die Kälte war furchtbar für

Stan. Früher hatte er sich gefreut heimzukommen. Jetzt erwartete er nur neue Leiden.

Stan glaubte inzwischen, daß das Outen der schwulen Spieler nicht nur seine Journalistenpflicht, sondern durchaus auch moralisch gerechtfertigt war. »Verdammt, Marti, die sind nie glücklicher gewesen als jetzt!« sagte er. »Sie waren vorher schon gut, und jetzt spielen sie noch besser, denn sie sind befreit. Du bist im Unrecht, Marti.«

Sie weigerte sich, ihm zuzustimmen. Sie behandelte ihn wie einen schamlosen Betrüger, der für eine lumpige Kolumne seine Prinzipien verkauft hatte. »Du hast keine Ahnung gehabt, was mit den Jungs passieren wird, als du ihre Namen genannt hast«, sagte sie. »Und das war dir auch scheißegal. Du wolltest nur deine Story haben.«

Das konnte er nicht bestreiten, aber selbst wenn es, wie sie unerschütterlich glaubte, ein Fehler gewesen sein sollte, war doch nur Gutes daraus entstanden. Und das, wenn sonst nichts, sollte für die eigene Frau doch Grund genug sein, ihrem Gatten zu verzeihen. Marti tat es nicht; der Fortsetzung des Dialogs entzog sie sich, indem sie mit der Fernbedienung die Lautstärke des Fernsehers hochregelte.

Um die traurigen Begegnungen mit Marti auf den späten Abend zu verlegen und um seinen Chefs gegenüber zu kaschieren, daß die Gents ihn schnitten, saß Stan bis lange nach Redaktionsschluß im Büro, vergrub sich in seinen Akten und Erinnerungen und wärmte die Baseballmythen auf, über die er zur Freude seiner Leser so anschaulich zu plaudern wußte. Er war dankbar dafür, daß jetzt, in der Mitte der Saison, das All-Star-Spiel bevorstand, bei dem aus allen Mannschaften die besten Spieler ausgewählt wurden und gegeneinander antraten. Denn wenn jemand zahllose Anekdoten aus den zurückliegenden Jahrzehnten kannte, dann war es Stan Mann. Eine davon, die er für besonders glaubwürdig hielt, buddelte er in seiner Verzweiflung aus, auch wenn sie fast ein Dreivierteljahrhundert zurücklag. 1934 war es geschehen, im Polo Ground, dem Stadion der New York Giants.

Ihr As, der linkshändige Werfer Carl Hubbel, hatte nacheinander fünf der gefürchtetsten Schlagmänner der Amerikanischen Liga ausgetrickst: Babe Ruth, Lou Gehrig, Jimmie Foxx, Al Simmons und Joe Cronin.

Für seine nächste Kolumne in Vorbereitung der All-Star-Spiele wählte er eine überaus bemerkenswerte Begegnung im Stadion der Yankees aus dem Jahre 1939 aus. Sechs Mitglieder der Yankees führten die Trefferliste der Amerikanischen Liga an: Mittelfeldspieler Joe DiMaggio, Fänger Bill Dickey, der zweite Basemann Joe Gordon, der dritte Basemann Red Rolfe, der rechte Feldspieler George Selkirk und der Werfer Red Ruffing. Stan erzählte seinen Lesern in epischer Breite, daß eine solche Häufung von Spitzenspielern in einer einzigen Mannschaft dazumal ein Novum in der Geschichte der All-Star-Spiele gewesen war. Zuschriften belegten, daß seine Plaudereien Anklang fanden. Stan Mann hatte auf seine alten Tage endlich bemerkt, daß es einen Markt für Nostalgie gab. Und auf dem tummelte er sich, wenn er schon mit der Gegenwart nicht klarkam.

Auch wenn die Gents einen Bogen um ihn machten, mußte er sich ihrer Erfolge wegen mit ihnen befassen; schließlich war Baseball sein Ressort. Die Heimspiele besuchte er, und die anderen verfolgte er am Fernseher. Seine beste Quelle, so mußte er sich und irgendwann sogar ihr eingestehen, war dieses alberne Mädchen Olivia Jacob von *FNG-Kabel,* O.J. – sie bestand darauf, daß auch er sie so nannte. Sie war sehr angetan von seinem Interesse und freute sich über seine Fragen nach den Gents. »Es bedeutet mir sehr viel, Stan, äh, Mister Mann, daß ich für Sie eine Quelle sein darf«, sagte sie ihm, als sie nach einem Spiel gemeinsam Bier tranken. »Sie sind eine lebende Legende für mich.«

O.J. erzählte ihm von Tootes neuen Angewohnheiten. Üblicherweise war er stets als erster im Klub und ging als letzter. Jetzt auf einmal war alles anders. Er kam zu spät zum Schlagtraining, und sofort nach dem Spiel rannte er davon. »Keine Ahnung, was mit ihm los ist«, sagte O.J. »Er hat sogar mehrere Angebote ausgeschlagen, in *Cobbs Closet* aufzutreten. Meine Sendung ist ganz schön beliebt, und sonst läßt Toote keine Chance aus, sich vor Kameras für seine geliebten Gays zu produzieren.«

Taktvoll äußerte Mann sein Bedauern. »Steckt sicher was Wichtiges dahinter«, tröstete er die junge Kollegin.

Seine journalistische Neugier war geweckt. Und weil es für ihn, im Unterschied zu allen anderen Reportern, keinen Grund gab, nach einem Spiel der Gents noch im Stadion zu bleiben, lief er ein paar Tage später durch Zufall Toote über den Weg. Der bemerkte ihn gar nicht; er winkte ein Taxi herbei und stieg ein. Mann brauchte keine Sekunde für den Entschluß, ihm nachzufahren, obwohl er sich eigentlich zu alt für einen Kojak-Einsatz in Manhattan fühlte.

»Folgen Sie dem Taxi«, zitierte er den aus Hunderten von Spielfilmen bekannten Satz, und als lahme Erklärung fiel ihm ein: »Ich glaube, das ist ein alter Freund von mir.«

Der Taxifahrer starrte seinen Passagier im Rückspiegel an, und da die Prüfung von dessen Seriosität offenbar zufriedenstellend ausging, ließ er den Motor aufheulen und jagte dem anderen Taxi hinterher.

Zu Stans Überraschung fuhr Tootes Taxi über die Long-Island-Schnellstraße stadtauswärts. Die Rush-hour erschwerte die Verfolgung, aber durch gewagtes Springen von Spur zu Spur kam sein Fahrer doch immer wieder bis auf Sichtweite heran. Sie fuhren schon eine halbe Stunde, und Mann begann seine Initiative zu bedauern, da das Taxameter bereits zwanzig Dollar anzeigte und ein Ende der Fahrt noch längst nicht in Sicht zu sein schien. Wohin war Toote nur unterwegs? Ganz gewiß nicht an einen Ort, an dem es Stan gefallen würde. Und neuerdings, so dachte er, würde es sogar schwierig sein, die Spesen bei der *Post* abzurechnen. Besonders dann, wenn nicht mal eine Story dabei heraussprang.

Endlich wechselte Tootes Taxi auf die Abbiegespur, und bei der Abfahrt 45 bogen sie in die Manetto Hill Road. Das führende Taxi beschleunigte in Richtung Woodbury. Sie fuhren durch ein Industriegebiet. Kleine und größere Betriebe, dann etliche

Gulf- und Texaco-Tankstellen, dazwischen Imbißbuden, die mit wippenden Schildern darauf aufmerksam machten, daß sie Budweiser oder Miller-Bier im Angebot hatten. Dann folgten ausgedehnte Gebiete mit kleinen, einstöckigen Wohnhäusern, hinter deren großen Fenstern Stan, obwohl niemand sich blicken ließ, mittelständische Familien ihre Rituale des Lebens am Stadtrand zelebrieren sah. Kinder zogen sich die Videos von *MTV* rein, derweil ihre Mütter Kartoffeln schälten und Steaks weich klopften, um die Ankunft des Gatten angemessen vorzubereiten. Aber vielleicht stammten seine Vorstellungen ja auch aus einer anderen Zeit, dachte Stan. Heutzutage saßen die Muttis vielleicht gar nicht mehr daheim, sondern arbeiteten in Anwaltsbüros, Schulen oder Krankenhäusern, um Geld für die Hypotheken heranzuschaffen. Auch das war reine Spekulation, durch keinerlei Erfahrung zu belegen. Er wohnte nicht am biederen Stadtrand unter den gutsituierten Bürgern, er besaß kein Haus und mußte demzufolge auch keine Hypotheken bezahlen, seine Frau arbeitete nicht, Kinder hatte er nicht. Wenn es so weiterging, hatte er bald überhaupt keine Frau mehr, und Arbeit wohl auch nicht mehr sehr lange.

Ein Schild hieß sie in Huntington willkommen, und dort endete die unüberschaubare Reihe der flachen Zweifamilienhäuser, die nach dem Zweiten Weltkrieg in allen Vorstädten gebaut worden waren. Statt dessen gab es richtige Steinhäuser im Viktorianischen Stil – mit Türmchen und Erkern, mit ausladenden Veranden und geschwungenen Dächern. Die Stadt wirkte sympathisch altmodisch. Augenblicke später durchquerten sie das kleine Stadtzentrum. Bäume am Rand der Hauptstraße, in der sich Banken, Boutiquen, Schmuckgeschäfte, Pizzerien und Fischgaststätten aneinanderreihten. Ein paar Kurven weiter sah die Umgebung wieder so aus wie überall. Autoreparaturwerkstätten und Garagen, verwitterte Secondhandshops und Großmärkte, die ihre Waren in spanischer Sprache anpriesen. Endlich wurde Tootes Taxi langsamer und fuhr in die Einfahrt eines modernen, zweigeschossigen Hauses, dessen Glas- und Stahlfront in der schäbigen

Nachbarschaft auffiel. Stan bemerkte, daß nichts darauf hindeutete, was sich im Haus befinden mochte, denn die dreistellige Hausnummer besagte gar nichts.

»Fahr weiter, Abdul«, sagte Stan, der den Namen auf der Lizenz des Fahrers gelesen hatte, die, der Vorschrift entsprechend, sichtbar im Taxi aushing. Ein paar Häuser weiter gab Stan das Kommando zum Wenden. Er sah, daß Toote durch den Hintereingang das Gebäude betrat, und notierte die Adresse. Matt nannte er Abdul die Adresse der *Post* in Manhattan.

»Verdammt, was macht der Kerl da!« brummelte er verärgert vor sich hin. Fünfzig Dollar würde ihn die Fahrt mindestens kosten, und da sie kein vorzeigbares Ergebnis erbracht hatte, mußte er sie aus der eigenen Tasche zahlen. Zwei Stunden seines Lebens hatte er vergeudet für eine langweilige Fahrt auf der Long-Island-Schnellstraße. Oder war doch mehr herausgekommen? Stan hatte stets ein gutes Gespür für Geschichten gehabt. Wenn Toote sofort nach dem Spiel per Taxi nach Huntington raste, dann verbarg sich dahinter eine Geschichte. Er mußte sie nur noch finden.

27

Sofort nach seiner Ankunft bei der *Post* ging Stan ins Leichenschauhaus, wie das Archiv früher hieß, wahrscheinlich weil dort die toten Nachrichten gelagert wurden. Jetzt, im Zeitalter der politischen Korrektheit, durfte das Archiv offiziell nur noch Bücherei genannt werden. Aber auch dieser Name würde verschwinden. Wenn man den Chefs glauben durfte, dauerte es nicht mehr Monate oder Tage, sondern, genau betrachtet, nur noch ein paar Sekunden, bis das Papier endlich einem vollelektronischen System weichen würde. Jede Geschichte, jede Statistik, jedes Bit und Byte einer jeden Information und des dazu gehörenden Hintergrundmaterials würde auf den Disketten und Festplatten des Computernetzwerks gespeichert werden. Aber die Sekunden hatten sich seit der letzten Ankündigung doch schon wieder zu Monaten gedehnt, also mußte Stan selber blättern, anstatt dies den Computer erledigen zu lassen. In einer Ecke des Raums entdeckte er das gesuchte Regal. Die Verlagsleitung kannte ihre Journalisten, also hatte sie aus Sicherheitsgründen sämtliche Bände mit Ketten am Regal befestigt. Stan wühlte sich durch die staubigen, mit Eselsohren und Fettflecken vorzeitig ins Pensionsalter gekommenen Bände, bis er fand, wonach er stöberte: eine abgewetzte Kopie des Straßenadreßverzeichnisses von Suffolk County. Er schlug unter Huntington nach, fand die New York Avenue und mühelos auch die Adresse, die er notiert hatte.

»Bingo!« rief er so laut, daß die anderen im Raum sich mißbilligend nach ihm umwandten. Eigentümer des Hauses war die Long-Island-Assoziation für AIDS-Hilfe, e.V.

Stan verlor keine Zeit. Er ging in sein Büro, ermittelte die Telefonnummer der AIDS-Hilfe und rief dort an. Ob er Dick Toote sprechen könne. Der sei unbekannt, behauptete die Männerstimme am anderen Ende der Leitung. Aber er habe ihn ins Gebäude gehen sehen, erklärte Mann, noch nicht mal zwei Stunden sei das her. Dann hätte er ein paar Minuten vor der Tür warten sollen, wurde ihm bedeutet, und er hätte ihn wieder herauskommen sehen können. Was Toote mit ihnen zu tun habe, wollte er als nächstes wissen. Natürlich antworteten sie, diese Informationen seien vertraulich.

Nach dem ergebnisarmen Anruf lud er die Adressenliste der Gents auf seinen Bildschirm – ein Teil des elektronischen Archivs war bereits in Betrieb. Er wählte Tootes Nummer, und der war tatsächlich zu Hause.

»Mann hier. Ich muß sobald wie möglich mit Ihnen sprechen«, sagte er.

»Sind Sie nicht ganz richtig im Kopf?« fragte Toote kalt. »Ihnen habe ich nichts zu sagen. Sollte Ihnen der Grund dafür entfallen sein, kann ich Ihre Erinnerung auffrischen.«

»Mensch, Toote, wollen wir das nicht endlich vergessen? Halten Sie mal die Luft an. Wenn Sie ernsthaft drüber nachdenken, werden Sie einsehen, daß ich Ihr wunderbares Team überhaupt erst zusamengeführt habe, und das war doch wohl nicht schlecht, oder? Und jetzt habe ich wieder was herausgefunden, das Sie betrifft. Ich rufe an, um Ihnen die Chance zu geben, darüber zu sprechen, um Ihre Sicht darzulegen. Wenn Sie das nicht wollen, wird meine nächste Kolumne vielleicht nicht ganz so wohltätig wie die letzte. Machen Sie keinen Fehler! Was ich tun muß, werde ich sowieso tun. Also, was ist nun? Wollen Sie heute mit mir darüber reden, oder wollen Sie es morgen in der Zeitung lesen?«

Toote lachte böse. »Sie bringen mich weder durch Drohungen noch durch Erpressung dazu, daß ich Ihnen ein Interview gebe.

Leute wie Sie schreiben sowieso, was sie wollen, egal, was ich sage. Ihnen geht es nur um die Sensation, nicht um die Wahrheit. Haben Sie immer noch nicht genug Schaden angerichtet?« Toote hängte ein.

»Scheißkerl!« schrie Stan in die tote Leitung. »Dann lies es und flenne.« Er warf den Hörer auf die Gabel. Begreifen die Jungs nicht, daß sie sich nur selbst schaden, wenn sie nicht mit mir reden? dachte er. Ich bin doch kein Monster! Nur ein guter Journalist. Ich bin wieder mal auf eine Story gestoßen, und ich will Toote nichts überbraten. Im Gegenteil, ich folge dem Gebot der Menschlichkeit und habe versucht, mit dem Betroffenen zu reden. Der Menschlichkeit gegenüber Toote und gegenüber mir selbst. Es hätte die Rettung für die Ehe bedeuten können, wenn ich öffentlich mein Mitgefühl hätte zeigen können. Aber diese Möglichkeit hat mir Toote gründlich vermasselt.

Dann eben nicht! Er hatte es jedenfalls versucht. Frustriert setzte er sich an die Tastatur und hämmerte seine Kolumne »Mann zu Mann« herunter.

»Ist der Tag bereit für eine Nachricht, die jeder erwartet und niemand hören möchte? Wir haben alle gesehen, daß die Gents Sport- und auch Sozialgeschichte schreiben. Werden sie nun auch medizinische Geschichte schreiben? Sie haben dafür gesorgt, daß wir den Begriff »Gays« dem Standardvokabular des Baseball hinzufügen mußten. Ist es möglich, daß wir jetzt ein weiteres Wort mit vier Buchstaben für unsere Sportreportagen hinzulernen müssen? Heißt dieses Wort AIDS? Vielleicht kennt Dick Toote die Antwort. Doch wird ihn jemand anders danach fragen müssen. Mit mir wollte er nicht darüber sprechen.«

Stan las, was er geschrieben hatte, nickte zufrieden und füllte den Rest der Kolumne mit den üblichen Gerüchten und Trivialitäten. Als er den Text ins Netzwerk der Redaktion einspeiste, murmelte er: »Das wird die Sache wieder in Bewegung bringen.« Tootes Feindseligkeit, sein starres Beharren auf der Ansicht, die Presse habe ihm Böses angetan, beruhigte Stans Gewissen, das sich angesichts unbestätigter Vermutungen stets zu melden pflegte. Er hatte Toote eine faire Chance gegeben, wie sich das unter echten Sportsleuten gehörte.

◇

Toote machte sich keine Illusionen. Mann hatte etwas Unangenehmes auf Lager. Wenn er das nicht schon vorher gewußt hätte, dann hätten ihn spätestens seine Erfahrungen nach der historischen Pressekonferenz vor einem halben Jahr belehrt: Kaum ein Reporter konnte dem widerstehen, was er für eine gute Story hielt, und sie setzten sich rücksichtslos auf die Fährte. Er hatte Politiker und andere Berühmtheiten darüber jammern gehört, daß die Presse jede Fairneß und Genauigkeit in der Hitze des Gefechts beiseite wischte, wenn als Lohn ein schöner Skandal winkte. Was hatten die Journalisten alles über O.J. Simpson zusammengeschmiert! Je nach Ausrichtung des Blattes wußten sie alles besser als die Staatsanwältin oder als die Verteidiger, beschrieben Details, die in der Verhandlung keine Rolle spielten, und verschwiegen Beweise und Entlastungen, wenn sie ihnen nicht ins Konzept paßten. Ein paar Jahre früher, an der Stanford-Universität, hatte Toote im Kurs über amerikanische Geschichte eine Vorlesung über die Unverantwortlichkeit von Presse, Funk und Fernsehen in den fünfziger Jahren gehört: Bereitwillig wurden Senator McCarthys zumeist absurde Anschuldigungen über unamerikanisches Verhalten gedruckt, gesendet, nachgebetet, völlig unbeeindruckt davon, daß die Medien damit das Ansehen und die Karrieren vieler Menschen zugrunde richteten. Und jetzt waren die Baseballspieler an der Reihe. Ihr kostbarstes Recht, das Recht auf ein Privatleben, galt ihrer sexuellen Orientierung wegen auf einmal nichts mehr. Seine Mannschaftskameraden hatten oft genug darüber geschimpft, daß sie geoutet worden waren. Die Eltern, Brüder, Schwestern, Freunde und in einigen Fällen auch die Ehefrauen und Kinder hatten zumeist wenig gelassen reagiert, als sie in der Zeitung lasen, daß die Spieler homosexuell waren.

Toote schauderte, wenn er an die fast einmütige erste Reaktion der Medien auf die Ansammlung von Gays im Team der Gents dachte – an die geschmacklosen Schlagzeilen, die haarsträubend bekloppten Karikaturen, an die bigotten Bemerkungen, die jede Nachricht über sie begleitet hatten. Selbst diejenigen, die ihre Meinung frei äußern konnten – die Kommentatoren und Kolumnisten und Leitartikler –, hatten sich über die Gents lustig gemacht und sie fast einmütig abgelehnt. Und Mann, den er stets bewundert hatte, trabte mit der Meute mit. Die Saison hatte Toote gelehrt, wie ähnlich die Medien auf jederart Ereignis reagierten. Ganz schnell schufen sie Helden und Bösewichter, und wenn sie die Etiketten erst mal aufgeklebt hatten, bedurfte es schon ungewöhnlich vieler neuer Erkenntnisse und Beweise, ehe sie daran herumzukratzen bereit waren. In den Tageszeitungen besaß Nachdenklichkeit Seltenheitswert, und Entschuldigungen für Irrtümer und Unterstellungen konnte man wahrscheinlich nur mit gezogenem Revolver einfordern.

Worauf Mann diesmal hinauswollte, ahnte er nicht, aber er war sicher, daß es nicht gut war. Klar, die Gents waren ein Team geworden, in dem er sich wohlfühlte. Aber daß und wie Mann sie geoutet hatte, bewies für Toote, daß er kein Gewissen besaß. Was habe ich denn nun schon wieder angestellt? fragte sich Dick Toote. Warum hatte ihn Mann angerufen, und warum mit dieser Dringlichkeit in der Stimme? Wäre es vielleicht doch klüger gewesen, mit ihm zu reden? Schlimmer als seine Kollegen war Mann, genau betrachtet, nun auch wieder nicht. Wurde er durch die Gesprächsverweigerung nicht vielleicht sogar in eine Gegnerschaft hineingetrieben, die er gar nicht wollte? Wenn Toote mit dem Kolumnisten gesprochen hätte, müßte er wenigstens nicht herumrätseln. Was hatte er auf dem Feld getan, was in seiner Freizeit? Nichts Verächtliches, soweit er sich erinnerte. Aber wie würde das ein Journalist wie Stan Mann sehen? Und dann, auf einmal, wußte er, worum es ging.

28

Auf der Stelle reservierte Dick Toote den oberen Raum von Gallagher's Steak House für die nächste Pressekonferenz. Er hatte kurz erwogen, ob er das Management der Gents – Scrappy und Ruby – in seine Pläne einweihen sollte. Doch als er sich an die Umstände erinnerte, die seiner Coming-out-Party vorangegangen waren, erschien es ihm angeratener, die Kontrolle zu behalten und das Geheimnis bis zur Konferenz zu wahren. Da er diesmal nicht zwei Wochen, sondern nur achtzehn Stunden dichthalten mußte, würde ihm das nicht schwerfallen. Andererseits war Ruby für Public Relations zuständig; sollte er doch den Medien Ort und Zeit bekanntgeben; er wußte, wie er so kurzfristig die Journalisten zusammentrommeln konnte. Also sprach er ihn am Abend im Stadion an.

»Schon wieder du gegen den Rest der Welt?« fragte Ruby beunruhigt. Die Erinnerung an Dicks letzte Konferenz führte bei ihm immer noch zu Darmverschlingungen.

»Keine Angst«, sagte Toote und klopfte dem Pressemanager beruhigend auf die Schulter. »Ich komme inzwischen mit so was ganz gut klar.«

Rubys Innereien waren immer noch in Aufruhr, als er Scrappy informierte.

»Scheiße!« schrie Scrappy. »Womit will er nun schon wieder rauskommen?«

»Hat er für sich behalten«, antwortete Ruby. »Aber er hat alles im Griff. Das hat er mir jedenfalls versichert.«

»Und du weißt mal wieder von nichts!« meckerte Scrappy. »Hast du nichts beobachtet? Keine Gerüchte gehört? Was sagen die anderen? Die Jungs sind sich näher als deine beiden Arschbacken. Die wissen garantiert was. Und ich will es auch wissen! Krieg das gefälligst für mich raus! Mensch, das ist ein Team, das die Meisterschaft gewinnen kann! Das lasse ich mir nicht kaputtmachen!«

Ruby ließ den Anschiß mit hängenden Schultern an sich abgleiten. »Klar, Scrappy, klar«, sagte er. »Ich horch die Jungs aus.« Und geschwind zog er sich zurück.

Kurz bevor das Abendspiel begann, ging er hinüber zum rechten Feld, wo O.J. Cobb und ihre beiden Mitarbeiter noch immer residierten. Olivia trug ihr übliches rosa T-Shirt mit der Aufschrift »Cobbs Closet«, dazu schwarze Designerjeans und schwarze Tennisschuhe. Ihr langes, schwarzes Haar glänzte im Flutlicht des Stadions.

»Hallo, O.J.«, sagte er mit gezwungenem Lächeln. »Wie geht's? O Mann, das war 'ne gute Show, die du gestern abend gemacht hast.«

»Vielen Dank, Ruby. Ich nehme an, Sie meinen die von letzter Woche. Seitdem gab's *Cobbs Closet* noch nicht wieder.«

»Ja, genau«, Ruby nickte. »Die meine ich. Hat sich mir eingeprägt, falls du verstehst, was ich damit sagen will.«

»Von Ihnen«, verkündete O.J., »bedeutet mir das sehr viel. Sie waren mir immer ein großes Vorbild.« Gewinnend lächelte sie den alten Mann an. Es war eine Art gestyltes Grinsen, und obwohl sie nicht zu flirten beabsichtigte, entwaffnete sie die Männer damit. Olivia war sich ihres Charmes nicht bewußt und kam daher nicht auf die Idee, ihn bewußt einzusetzen – was ihn noch unwiderstehlicher machte.

Ruby lächelte zurück. »Danke, Mädchen. Stimmt schon, ich habe viele Baseballplätze gesehen in meinem Leben. Und wenn ich dir helfen kann, dann laß es mich bitte wissen.«

»Danke, Ruby. Das gilt umgekehrt natürlich auch«, sagte O.J., die lange genug höhere Tochter gewesen war, um genau zu wissen, welche Floskel an dieser Stelle die Höflichkeit gebot.

»Ich weiß das zu schätzen, O.J.«, sagte Ruby und legte ihr väterlich die Hand auf die Schulter. »Und wie es der Zufall will«, kam Ruby zur Sache, »gibt es tatsächlich was, wobei du mir helfen kannst.«

»Aber immer«, sagte O.J. erfreut.

»Die Sache ist«, fuhr Ruby fort, »daß ich gern ein bißchen mehr darüber wüßte, was mit Toote los ist. Da schwirren so ein paar Gerüchte herum.«

»Stimmt«, sagte O.J., »Stan Mann hat mich auch schon danach gefragt. Wie er sich in letzter Zeit aufführt. Daß er spät ins Stadion kommt und sofort nach dem Spiel verschwindet. Sogar heute, wo es zwei Spiele gibt, hat er sich dazwischen verpißt... Ist er verschwunden. Und dann sieht er immer so bedrückt aus. Vielleicht ist er krank?«

»Krank?« fragte Ruby genau in dem Moment, als ein Mitglied der Vereinigung kranker Homosexueller die Nationalhymne anstimmte. Da jetzt die Fernsehübertragung begann, hatte Olivia keine Zeit mehr für ihr Vorbild. Ohnehin hatte sie ihm gesagt, was sie wußte.

Die Gents trabten gerade auf das Feld, als Ruby die Presseloge betrat, in der Stan Mann saß. »Wir müssen miteinander sprechen«, japste er, ausgepumpt von dem langen Weg und dem hohen Anstieg auf die Tribüne. Stan folgte ihm in einen wegen Bauarbeiten gesperrten Gang, wo sie ungestört waren.

»Was ist los, Ruby? Du siehst nicht gut aus. Sind heute etwa nicht alle Plätze ausverkauft?«

Ruby alberte gern mit den Sportreportern herum. Er liebte es, wenn ein Wort das andere gab, und hatte Spaß an ihren Sticheleien. Normalerweise teilte er so viel aus, wie er einstecken mußte. Aber derzeit war er absolut nicht aufgelegt zum Blödeln, und das sagte er auch: »Ich hab jetzt nicht die Nerven dafür, Stan. Was ist mit Toote los?«

Mann sah Ruby abschätzend an. »Na, er schlägt vier von zehn Bällen, hat dreißig Homeruns geschafft und einundsechzig Spieler abgefangen. Behauptet die *Post*, also kann es ein bißchen von der Wirklichkeit abweichen. Aber nicht viel, das meiste habe ich selbst gesehen. Und du doch auch.«

»Klar, Stan, habe ich, aber du weißt verdammt genau, daß ich nicht die Statistik meine, sondern«, Ruby hatte Schwierigkeiten, es herauszubringen, »seine, äh, seine Gesundheit.«

»Du hast davon gehört?« fragte Stan überrascht. Soweit er wußte, war der Inhalt seiner morgigen Kolumne bis jetzt nur den Sportredakteuren bekannt.

»Eben nicht«, gab Ruby zu. »Nur das, was mir das Fernsehmädchen gesagt hat. Daß du herumschnüffelst, um rauszukriegen, was Toote für Probleme hat. Das ganze persönliche Zeugs. Wenn es da was gibt, müssen wir es wissen. Der Junge ist ein verdammt wichtiger Teil dieses Klubs.«

»Ich sag dir was, Ruby.« Stan freute sich, daß seine Exklusiv-Nachricht sich doch noch nicht herumgesprochen hatte, und so sollte es auch bleiben. »Lies morgen meine Kolumne! Steht alles drin.«

Ruby war beleidigt. Seiner Korrektheit und Glaubwürdigkeit wegen genoß er hohes Ansehen bei Presse, Funk und Fernsehen. Vielen Reportern hatte er Ideen für Geschichten und manchmal sogar die Geschichten geliefert. Nie hatte er ihr Vertrauen verletzt, nicht mal dann, wenn es gegen die Gents oder Scrappy ging und er eine unangenehme Nachricht durch eine Lüge hätte verzögern oder gar verhindern können. Und heute brauchte er ausnahmsweise mal einen von denen, und der ließ ihn am steifen Arm verhungern.

»Gequirlte Scheiße, Mann«, sagte Ruby ärgerlich. Der Journalist zuckte die Achseln und wollte zurück auf die Tribüne gehen.

»Übrigens«, hielt Ruby ihn auf, »für den Fall, daß deine Kumpels vergessen, es dir auszurichten: Morgen gibt Toote eine Pressekonferenz. Um eins im Gallagher's. Vielleicht kannst *du* da was erfahren.«

29

Als Toote eine halbe Stunde vor seiner Pressekonferenz im Gallagher's erschien, war das Restaurant überfüllt mit speisenden Gästen. Aber das war nichts gegen das Chaos, das er in dem von ihm gemieteten Raum im oberen Stockwerk vorfand. Er drängte sich durch die Masse der Journalisten, Fotografen und Techniker. Offenbar hatte jeder Manns Kolumne gelesen.

»Da ist er!« rief ein Rundfunkreporter und ließ das Mikrofon fallen, das er gerade am Pult befestigen wollte. Einen Moment wurde es absolut still, und dann entlud sich die Spannung in einem Gewitter von Blitzlichtern und im Donner von Fragen.

»He, Toote, wie fühlst du dich?«

»Worum geht's diesmal?«

»Stimmt es?«

»Fang gleich an, wir sind alle schon da!«

Toote schüttelte den Kopf und drängte sich weiter durch die Menge. Vielleicht irrte er sich, aber es schien ihm so, als würden die Reporter ihm in ungewohntem Tempo Platz machen. Unter denen, die dem Körperkontakt besonders deutlich auswichen, war ein Fernsehreporter, der bisher nicht durch besondere Empfindlichkeit auf sich aufmerksam gemacht hatte. »Na, hallo«, rief der Mann verblüfft, »der sieht aber noch ziemlich gesund aus!«

Toote nahm die beiden Stufen zum Podium mit einem einzigen Satz und pfiff scharf in das Mikrofon. Sofort trat Stille ein.

»Danke«, sagte Toote. »Schön, daß ihr euch Zeit für mich genommen habt.« Er überblickte die Menge. Es waren noch mehr gekommen als bei seiner ersten Pressekonferenz. Toote grinste und nickte in die Richtung von Stan Mann. »Ich schätze, die *Post* konnte heute ihre Auflage steigern.« Das erste Gekicher. Stan Isaacs lächelte und sagte zu George Vecsey, dem Kolumnisten der *New York Times*: »Tugend unter Druck. Ein gefährlicher Sommer. Haben und Nichthaben.« Isaacs hatte gerade an einem Symposium über Hemingway teilgenommen und zitierte gern Titel des Autors, weil sie seinen Bemerkungen einen rätselhaften Hauch von Bedeutsamkeit verliehen.

Toote setzte eine ernste Miene auf. »Als wir uns das letzte Mal hier getroffen haben, da wußtet ihr nicht, worum es gehen sollte. Jedenfalls nicht, bis ich es euch gesagt habe. Ihr hattet es schwer, mir zu glauben. Daß ihr es dann doch geschluckt habt, lag daran, daß die Auswahl der Möglichkeiten beschränkt war. Entweder ich bin ein Gay und so blöd, es rumzuerzählen, oder ich bin heterosexuell und total verrückt, weil ich mir einbilde, daß ich es nicht bin. Da war es am Ende doch einfacher zu glauben, daß ich bloß blöd bin und nicht verrückt.«

Vecsey nickte zustimmend. Zumindest seine Überlegungen hatte Toote offenbar korrekt wiedergegeben.

»Diesmal«, setzte Toote fort, »glaubt ihr, daß ihr wißt, worum es geht. Das hat euch Stan Mann in den Kopf gesetzt. Ihr glaubt, daß ich AIDS habe. Und das haltet ihr für eine Nachricht. Damals, als Magic Johnson bekanntgab, daß sein HIV-Test positiv ist, da war das, den Schlagzeilen nach zu urteilen, sogar eine sehr große Nachricht. Und Magic wurde so was wie ein Held. Ich denke, die meisten von euch werden sich noch daran erinnern.«

Der letzte Satz war eine rhetorische Floskel: Nicht nur Sportreporter kannten den berühmten Basketballspieler.

»Aber vielleicht erinnert ihr euch nicht daran, was damals noch gesagt wurde oder wer es gesagt hat. Es war Martina Navratilova. Und gesagt hat sie es der *Post*, ja«, er blickte Stan Mann an, »unserer *Post*.« Toote holte einen Zeitungsausschnitt hervor und zitierte die Worte der Tennislegende. »›Würden die Leute Verständnis zeigen, wenn *ich* den AIDS-Virus hätte? Nein. Sie würden sagen, die ist lesbisch, die hat es sich selbst zuzuschreiben. Aber bei Johnson akzeptieren sie es, weil er sich die Krankheit ja vermutlich bei einem heterosexuellen Kontakt geholt hat. Etliche Sportler sind inzwischen schon an AIDS gestorben, aber darum wurde kaum Aufheben gemacht, denn die haben sich das entweder durch Drogenspritzen geholt oder weil sie schwul waren.‹ – Die Navratilova hat noch mehr gesagt, aber ich denke, ihr habt den Gedanken verstanden.«

Toote machte eine Pause und sah sich langsam im Raum um. »Und nun aufgepaßt, denn jetzt folgt, was ich bekanntgeben will: Ich habe nicht AIDS. Ich wiederhole es noch mal, langsam und zum Mitschreiben: Dick Toote ist nicht an AIDS erkrankt. Ich bin nicht HIV-positiv. Zufällig habe ich in dieser Woche einen Test gemacht, und der war negativ. Das ist der zweite Negativtest in sechs Monaten. Praktisch bedeutet das, wenn ich mir den Virus nicht in den letzten Wochen eingefangen habe, und das habe ich nicht, dann gibt es keine Basis für Manns Angriffe, Anklagen, Unterstellungen, Andeutungen, Anspielungen, Sticheleien oder wie ihr den Quatsch nennen wollt.

Große Unruhe im Raum. Dick Toote wartete eine Weile, ehe er wieder laut ins Mikrofon pfiff.

»Okay. Nun wollen wir mal gemeinsam über alles nachdenken. Magic Johnson, der sich selbst als heterosexuell bezeichnet, gibt bekannt, daß er aufhört, Basketball zu spielen, daß er seine brillante Karriere beendet, weil der HIV-Test positiv ausgefallen ist. Und die Sportjournalisten und Kolumnisten und Leitartikler erklären ihn einstimmig zum Helden, weil er so mutig ist, die Wahrheit zu sagen, eine Wahrheit übrigens, die sowieso schwer zu verbergen gewesen wäre. Das ist der eine Fall. Der andere ist der von Dick Toote, der sich selbst als homosexuell bezeichnet und der durch eine dumme Veröffentlichung mehr oder weniger dazu gezwungen wird, an dieser Stelle bekanntzugeben, daß er auch weiterhin Baseball spielen wird, weil er nicht an AIDS erkrankt ist.«

Wieder machte Toote eine Pause und suchte Augenkontakt mit allen, die er kannte. Scrappy sah sehr erleichtert aus, und Ruby signalisierte ihm durch ein Zeichen mit dem rechten Daumen, daß er seine Sache gut machte. Auch ein paar Journalisten nickten ihm freundlich zu.

»Ich weiß nicht, wie das auf der Journalistenfakultät genannt wird«, sagte Toote. »Ich nenne es doppelte Moral. Ich nenne es Schlammschlacht. Ich nenne es Homophobie. Ich nenne es Schwulenklatschen.«

Stan zuckte zusammen. War das die letzte Bestätigung für Martis Vorwurf, daß er ein Gossenjournalist geworden war? Daß er für eine Sensation alle Ideale vergaß? Dann verdiente er ihr Urteil. Nicht mit Logik und schönen Worten noch mit moralischer Akrobatik konnte er vor sich selbst rechtfertigen, daß er Toote verletzt und seine eigene Macht mißbraucht hatte. Wie war es möglich, daß er sich in der Gosse wiederfand? Was, so fragte er sich, ist aus dem jungen Idealisten geworden, der nur dafür leben wollte, den Bedrängten beizustehen und ihre Peiniger zu bedrängen?

Stan versuchte, seinen Abstieg nachzuvollziehen. Was ihm dazu einfiel, war lediglich, daß er vor allem und jedem Furcht hatte. Es war nichts Dramatisches vorgefallen. Nur sein langsamer, unaufhaltsamer Verfall. Im Lauf der Jahre hatte er zwar bemerkt, wieviel Elan seine jüngeren Kollegen besaßen, aber daß die eigenen Kräfte nachließen, war ihm kaum zu Bewußtsein gekommen, denn seine Kolumnen wurden weiterhin gern gelesen, auch wenn er in seinen Erinnerungen kramte, anstatt sich ernsthaft mit neuen Gedanken und neuen Geschichten auseinanderzusetzen. Früher war das anders gewesen. Da hatte er sich um Geschichten bemüht, nicht um seinen Aufstieg. Er war stolz darauf, ein investigativer Journalist zu sein. So was gab es heute kaum noch. Jetzt traten schon die Absolventen der Journalistischen Fakultäten mit dem Anspruch an, so schnell wie möglich wohlbestallte Redakteure, Abteilungsleiter, Chefs zu werden. Ihnen geht es um Geld und den sozialen Aufstieg. Sie schleimen sich bei Prominenten ein, damit sie eine Einladung bekommen. In der richtigen Gesellschaft gesehen zu werden war wichtiger, als Richtiges über die Gesellschaft zu schreiben. Vorbei die gute alte Zeit, als er sich nach der Arbeit mit dem Chef in einer Kneipe vollaufen ließ und ihn im Suff so gründlich kritisierte, daß der ihm fristlos kündigte, ihn aber am nächsten Morgen natürlich wieder einstellte. All das war verschwunden mit den Freunden von damals, als sie in Rente gingen oder starben.

Auf einmal, mitten im Stimmengewirr des überfüllten Konferenzraumes, erkannte Stan die Wahrheit. Er war nicht nur durch den Verlust gleichaltriger Kollegen einsam geworden. Er hatte aufgehört, den eigenen Beruf ernst zu nehmen, der doch am Anfang seine wichtigste Quelle für Freude, Begeisterung und Spaß gewesen war. Er hatte versucht, mit den Möchtegern-Yuppies mitzuhalten, anstatt ihnen seine Auffassungen von Journalismus zu vermitteln. Auf einmal bemerkte er, daß Toote ihn anstarrte. Es war kalt geworden im Raum. Er entwand sich Tootes Blick, indem er aufstand und zur Treppe ging. Ich muß überleben! sagte er sich, als er hinunterstieg ins Restaurant. Ich muß! Und dafür werde ich tun, was nötig ist! Ich kann es noch. Ich werde es wieder können!

30

Zwar beantwortete Toote auf der Pressekonferenz keine Fragen, aber er gab den Journalisten die Möglichkeit, auf Armlänge an ihn heranzukommen – zunächst allerdings erst einmal mit einer Telefonleitung als Filter. Den Reportern oder Zeitungen, die er mochte, gab er Termine für Interviews, den anderen verweigerte er sich. Seine erste Wahl war Robert Lypstick von der *Times*, ein Journalist, den er bewunderte, weil er sich einfühlsam für Außenseiter und Unterprivilegierte einsetzte. Toote lächelte, wenn er daran dachte, wie das Stan Mann ärgern würde.

Beim Lunch im »Samthandschuh« in Greenwich Village und später in seinem Apartment schilderte Toote Lypstik die Ereignisse der letzten zwei Monate, die in Manns öffentlicher und falscher Unterstellung kulminierten, er, Toote, habe AIDS. Er sprach offen und in aller Ausführlichkeit, verschwieg auch die Gefühle nicht, die er lange versteckt hatte. Wenn er sich in Weitschweifigkeiten vergaloppierte, brachte ihn Lypstik durch behutsame Fragen wieder auf den Kern seiner Geschichte zurück, bis Toote die geographische und emotionale Route nachvollzogen hatte, die ihn von einer Wohltätigkeitsveranstaltung in Hampton zur Long-Island-Assoziation für AIDS-Hilfe und schließlich zu Terry geführt hatte.

Nach Tootes Erzählungen schrieb der Reporter eine Serie von Artikeln über die gesellschaftlichen und privaten Initiativen, mit den Auswirkungen der Immunschwäche fertigzuwerden. In der ersten Folge schrieb er darüber, wie es für den Star der Gents angefangen hatte: mit einer Einladung zu einer Veranstaltung zugunsten der AIDS-Opfer nach East Hampton.

Wie viele der jungen, gutbetuchten Einwohner von Manhattan, egal ob homo- oder heterosexuell, kannte Toote Hampton an der Spitze von Long Island recht gut. Er war dort zum Schwimmen oder zu Parties gegangen oder einfach nur mit dem Auto durch die eleganten, vergnügungssüchtigen Viertel gekreuzt, wann immer er Zeit und Lust dazu hatte. In seinem ersten Jahr bei den Gents hatte er die breiten Strände entdeckt, die schicken Restaurants und die Bars, deren Lärm die Brandung übertönte. Daß die Anfahrt fast drei Stunden dauerte, konnte sein Vergnügen an dem üppigen Erholungsort kaum schmälern.

In der Guild Hall, dem kulturellen Zentrum von East Hampton, wurde ein Tennisturnier zugunsten der AIDS-Forschung veranstaltet, bei dem Prominente gegeneinander antraten. Toote spielte in seiner Freizeit gelegentlich Tennis, also sagte er zu, als ein Freund ihn um seine Mitwirkung bat. Es war ein schöner Tag mit klarblauem Himmel, warmer Sonne und milder Seebrise. Das Ereignis hatte Hunderte Menschen in das fürstliche Anwesen gelockt, die es sich leisten konnten, zweihundertfünfzig Dollar pro Karte zu zahlen, um den Stars aus Literatur, Theater und Film beim Essen und beim Tennisspielen zusehen zu können. Gekommen waren Alec Baldwin und Kim Basinger, Kurt Vonnegut und E.L. Doctorow, Lauren Bacall, Alan Alda und Dina Merrill, Kathleen Turner und Joseph Heller. Diese Berühmtheiten mischten sich unter die vielen nicht ganz so prominenten Sommergäste, die ihre Kreativität, das Netzwerk ihrer Zusammenarbeit, ihre sportlichen Vergnügungen und ihre sozialen Beziehungen mehrere Monate in jedem Jahr an die Ostküste auslagerten. Toote fühlte sich allerdings ein wenig unbehaglich, ja sogar schuldig, als er, der damals noch für einen Heterosexuellen gehalten wurde, mit einem als Homosexuellen bekannten Schriftsteller gemeinsam gegen ein anderes aus Gay und Hetero gemischtes Doppel spielte.

Außer Spaß und Spiel ging es auch um ernstere Angelegenheiten. Wenn die AIDS-Bekämpfung gefördert werden sollte, mußte zunächst erst einmal geklärt werden, was bisher schon getan wurde und was noch getan werden mußte. Bei der Aussprache fiel Toote ein besonders eifriger junger Mann auf, der von der später durch Stan Mann entdeckten Hilfsorganisation kam, der Long Island Association for AIDS Care. Am Abend traf er ihn zufällig an der Bar. Die gerade Art des jungen Mannes gefiel ihm.

»Wir nennen uns LIAAC, Lie-Ack«, sagte er, indem er die Abkürzung als zwei Worte sprach, die er Toote nicht zu erklären brauchte: lie und acknowledge, das Gestehen von Lügen. »Wir sollten uns statt Assoziation besser Liga nennen, dann könnten wir uns LILAC abkürzen, das heißt Flieder und klingt wesentlich sympathischer.«

Toote kicherte. Es war erfrischend, mit jemandem zu sprechen, der trotz seines ständigen Umgangs mit Kranken und Sterbenden nicht verbittert war. Noch bevor er East Hampton verließ, entschied er sich, bei der AIDS-Hilfe mitzuarbeiten. Auf seinen vollgestopften Zeitplan – den Zeitplan der Gents, um genau zu sein – wurde keine Rücksicht genommen. Wenn er tatsächlich als Freiwilliger mitarbeiten wollte, dann ohne Sonderrechte. Sie würden ihn ausbilden wie jeden anderen. Wenn es um die Einhaltung der Regeln ging, verstand die LIAAC keinen Spaß, also jagte Toote zwischen den Spielen und überhaupt in jeder freien Stunde zu den Kursen der Hilfsorganisation.

Bei einem Orientierungstreffen beschrieb ein Mitarbeiter die Aufgaben und Möglichkeiten der freiwilligen Helfer. Rechtsanwälte und Buchhalter wurden dringend gebeten, ihre beruflichen Erfahrungen der Organisation zur Verfügung zu stellen. Andere, die wie Toote nichts Spezielles gelernt hatten, konnten eine Hotline besetzen und Fragen über AIDS beantworten, oder sie gingen in Schulen, in Betriebe und zu Organisationen, um die Zuhörer über den Umgang mit der Krankheit und mit den Kranken aufzuklären. Sie konnten das Essen zu den Kranken nach Hause bringen, sie zur Behandlung transportieren oder Patienten im Krankenhaus besuchen. Und das Höchste, was sie erreichen konnten, war es, der »Kumpel«, das war die offizielle Bezeichnung, der Kumpel eines AIDS-Kranken zu werden.

Alle Freiwilligen der LIAAC mußten unabhängig von ihrer Aufgabe einen zweitägigen Kursus besuchen, auf dem ihnen das nötige Wissen über die Übertragung und die Auswirkungen der Krankheit beigebracht wurde. Toote erfuhr, wie man die Ansteckung vermeidet, wie man die Krankheit entdeckt und wie man damit leben kann. In den Seminaren kamen nicht nur Ärzte und Schwestern zu Wort, nicht nur Psychologen und Sozialpfleger, sondern auch Kranke, Verwandte von Kranken und Menschen, die jemanden geliebt hatten, der an AIDS gestorben war.

Toote erzählte Lypstik eine Anekdote. »Eine der Instrukteurinnen warnte uns, daß wir auf alles gefaßt sein müssen, wenn wir an der Telefon-Hotline sitzen. Einmal hatte ein Mann in totaler Panik angerufen. Er sagte, daß er gerade einen Schwanz geblasen habe, und der Junge hatte ihm erst hinterher gesagt, daß er krank sei. Er war drauf und dran, etwas Verzweifeltes zu tun. ›Ich weiß, daß ich AIDS kriege!‹ wimmerte er. ›Ich weiß es!‹ Woher er das so genau wisse, hatte sie ihn gefragt, und er darauf: ›Na, weil ich alles runtergeschluckt habe!‹«

Die Instrukteurin habe dem Anrufer versichert, oraler Sex berge weniger Risiken als jedes andere Verhalten, sofern man keine Verletzungen im Mund habe. »Wenn ich schockiert gewesen wäre und aufgelegt hätte, sagte die Instrukteurin ihren Zuhörern, »wer weiß, was der arme Kerl dann angestellt hätte. Es gibt ja soviel Unwissenheit und Desinformation da draußen«, sie wies mit großer Geste auf das Fenster, hinter dem die Welt lag.

Bei LIAAC war es üblich, die Dinge direkt zu benennen, anstatt sie beschönigend zu umschreiben. Lypstik hatte damit Probleme. Er sagte Toote, daß die Chefs der *Times* ihm sicher nicht erlauben würden, die Anekdote zu veröffentlichen.

»Muß ja auch nicht sein«, sagte Toote. »Wichtiger ist, daß man den Leuten die Wahrheit sagt, damit sie mit der Realität zurechtkommen.«

Und der Baseballspieler erzählte weiter, was er erlebt hatte. »In meiner Klasse waren so um die zwanzig Leute, gleichviel Männer wie Frauen, fast alles Gays und Lesben. Die meisten waren unter dreißig und hatten Freunde, Geliebte, Verwandte durch AIDS verloren. Eine Frau hatte ihren Sohn verloren, und ein Mann war selber HIV-positiv. Aber niemand hatte Angst um sich selbst oder jammerte herum. Rührseligkeit war genausowenig angesagt wie diese dummen Beschönigungen, mit denen wir normalerweise unangenehmen Dingen aus dem Weg gehen. Worte wie *krank* und *sterben* wurden dauernd gesagt, ganz sachlich, genau darum geht es ja. Ich kann Ihnen sagen, das war eine intensive Erfahrung.«

Jede dieser Sitzungen, die den ganzen Tag dauerten, hatte Toote erschöpft, aber auch angeregt verlassen. Es würde sicher nicht leicht werden, den Todkranken beizustehen, doch empfand er als folgerichtig, daß er sich mit der Geißel seiner Generation befaßte. Oft fühlte er sich müde und deprimiert, und manchmal wurde er auch wütend. »Ja, wütend«, sagte er dem Journalisten, »denn die ganzen Jahre hat sich keiner dafür interessiert, weil man glaubte, das ist'ne Krankheit, die bloß die Schwulen kriegen.«

Toote dachte einen Augenblick nach. »Die Wut war es wohl, die mich antrieb, mich zu beteiligen. Wirklich mitzumachen. Ich entschloß mich, ein Kumpel zu werden. Das bedeutet, jede Woche ein paar Stunden mit jemandem zu verbringen, der AIDS im letzten Stadium hat.«

Es ist schwer, der Kumpel eines Kranken zu werden, sagte er Lypstik. Das ist in ihrer Art eine einmalige Beziehung. Sie läßt keine Intimität zu – das verbieten die Regeln der LIAAC und der gesunde Menschenverstand. Und der nahe Tod begrenzt ihre Dauer. Man mußte etwas anderes sein als Freund, Diener, Gesellschafter oder Liebhaber.

»Sterbende sind stets einsam und voller Furcht. Sie brauchen viel Zuwendung«, sagte Toote nüchtern. »Die emotionalen Anforderungen an den Kumpel sind groß. Deshalb ist der Kontakt auf einmal pro Woche begrenzt.«

Der Kumpel und der Kranke müssen zusammenpassen, das ist das wichtigste Auswahlkriterium. Toote entschied sich für Terry, »weil ich dachte, mit einem unbekümmerten Gay gut klarzukommen«, sagte er. »Wußten Sie eigentlich«, fragte er den Reporter, »daß entgegen dem, was die meisten Leute glauben, hetorosexuelle Fixer in Long Island die größte Gruppe unter den AIDS-Kranken stellen? Und es gibt einen ungewöhnlich hohen Anteil von Frauen.«

Toote hörte auf zu reden. Lypstik wußte inzwischen alles, was er wissen sollte. Aber der Reporter sah ihn so gespannt an, daß Toote doch weitererzählte. Terrys Geschichte war sehr persönlich und schmerzhaft, aber gerade deshalb auch wichtig. Daß Toote ein berühmter Mann war, wurde vor Terry geheimgehalten; selbst den Namen durfte er nicht erfahren, weil er ihn sicher schon gehört oder gelesen hatte. Die Hilfsorganisation ging davon aus, daß die angestrebte Beziehung nur dann funktionieren würde, wenn sich der Helfer und der Patient als Gleichgestellte kennenlernten. Aber als sie sich zum ersten Mal in Begleitung des für den Fall zuständigen LIAAC-Mitarbeiters in Terrys Zimmer in Huntington trafen, reagierte Terry so überschwenglich, daß keinerlei Zweifel möglich waren: »Er hat mich sofort erkannt, als ich zur Tür reinkam!«

Als sie sich die Hand schüttelten, ertappte Toote sich dabei, daß er aus der Stärke von Terrys Griff auf den Zustand seiner Gesundheit schließen wollte. Und er musterte Terry, ob Zeichen seiner Krankheit sichtbar waren. »Mir ging es wie jedem in der Situation«, sagte er Lypstik, »ich war besorgt und unruhig.« Jedoch da gab es nichts zu sehen. Die Verwüstungen in Terrys Immunsystem waren unsichtbar. »Er sagte, daß er sich stark und gesund fühlt. Und genauso sah er auch aus.«

Er wählte seine Worte vorsichtig, denn die LIAAC erwartete strikte Wahrung der Vertraulichkeit. So fiel die Beschreibung Terrys knapp aus. »Ein sehniger Bursche Anfang Dreißig, mit braunen Haaren ... Hat als Computerprogrammierer für eine Elektronikfirma auf Long Island gearbeitet. Er wuchs in Little

Rock auf, studierte an der Universität von Arkansas und zog dann nach New York.«

Toote beschrieb auch, wie er und Terry in den folgenden Wochen die gemeinsame Zeit verbracht hatten. Sie waren durch die Hügel der Nordküste von Long Island gewandert, durch den Wald, der wahrscheinlich erst der nächsten oder übernächsten Stadterweiterung würde weichen müssen. Sie fuhren nach Manhattan und gingen ins Metropolitan Museum und in das Museum der Modernen Kunst. Viele Stunden verbrachten sie im Zoo der Bronx, beobachteten die Großkatzen im Freigehege und die Mütter, die Kinderwagen und Buggys durch den Park schoben. Und natürlich waren sie ins Stadion der Gents gegangen. Toote auf das Feld, Terry auf die Tribüne. Die Regeln von LIAAC waren unmißverständlich: kein Alkohol, keine Drogen, kein Sex. Aber in ihrem Fall bedeuteten die Regeln wenig. Toote erzählte Lypstick nicht, daß er Terry wie den Bruder liebte, den er nie gehabt hatte.

◇

Lypstiks Serie erregte Aufsehen. Zum ersten Mal schilderte eine Tageszeitung so detailliert die düstere AIDS-Szene. Da der Führer durch diese Szene ein berühmter Baseballstar war, lasen auch viele junge Leute die Artikel. Natürlich gab es auch Kritiker. Als besonders wortgewaltig erwies sich wieder einmal Donald Bigg, der Besitzer der Yankees. Er nutzte jede sich bietende Gelegenheit für einen Angriff auf Toote, auf die Gents, auf die Schwulen, auf die AIDS-Kranken, auf die *Times* und auf Lypstik als Verderber der Jugend, als Verderber Amerikas und, als wäre das allein nicht schon schlimm genug, auch noch als Verderber des Baseballsports.

Aber weder Biggs Tiraden noch die kaum gemäßigteren Angriffe vieler anderer Klubbesitzer hinderten die Fans daran, Toote und den kompletten Rest der Gents in das All-Star-Team zu wählen. Das war wieder einmal ein neuer Rekord, denn damit wurden erstmals seit 1939 die Yankees übertroffen, die mit sechs Baseballern am All-Star-Spiel teilgenommen hatten.

Toote freute sich, als er die Nachricht hörte. Er war auch sehr zufrieden damit, wie genau und einfühlsam Lypstik das Material über ihn und Terry aufbereitet hatte. Nur eines ärgerte ihn: Daß er nicht Stan Manns Gesicht sehen konnte, als der die Serie in der *Times* entdeckte.

31

Das gleichzeitige Erscheinen von neun homosexuellen All-Star-Spielern im landesweiten Fernsehprogramm verursachte ein Erdbeben. Sie deklassierten die Nationalliga mit einem 10:1-Sieg und demolierten damit die festgefahrenen Meinungen des Sportestablishments und der Baseballfans. In den Wohnzimmern des ganzen Landes saßen die Familien vor ihren Bildschirmen, und ihr Vorurteil, Gays seien weibische Freaks, wurden erschüttert.

Auch die Minderheit, die sich nicht für Baseball interessierte, blieb nicht verschont von dieser Entwicklung. Kommentatoren und Moderatoren verbreiteten sich über die soziale Bedeutung des All-Star-Spiels. Da Michael Jackson wieder zu gesund war, um noch als Objekt für Witze zu taugen, widmete der bekannte Talkmaster David Letterman seinen allseits beliebten Eröffnungsmonolog eine Woche lang launigen Bemerkungen über die Gents. »Einige religiöse Führer waren beunruhigt über die Wirkung, die der Sieg eines homosexuellen Baseball-Teams über eine heterosexuelle Mannschaft auf die amerikanische Jugend haben könnte. Sie fragten den Vatikan um Rat. Der Vatikan antwortete, ein homosexuelles Team sei durchaus okay, solange es nicht auf dem Spielfeld praktiziere.« Harald Schmidt erzählte diesen Witz in seiner Spätshow nach, konnte damit bei seinem Publikum aber nicht landen, weil sich die meisten Deutschen weder für Baseball noch für schwule Sportler noch für den Vatikan interessieren.

Die Meinungsforscher, angeführt natürlich durch Dore Dupus, verzeichneten ein nie dagewesenes Umschlagen der öffentlichen Meinung. Erwachsene Amerikaner äußerten, daß sie nicht nur die Gays an sich zu tolerieren bereit seien, sondern sie auch als Kollegen, Nachbarn, Politiker und Grundschullehrer willkommen heißen würden. Dupus, der nicht über Gebühr übertreiben wollte, ließ eines der durch seine geschickten Fragen entstandenen Ergebnisse vor der Veröffentlichung verschwinden: Daß sich die Mehrheit aller Amerikaner einen Homosexuellen als Präsidenten wünschte, erschien ihm zu dick aufgetragen zu diesem Zeitpunkt. Den veröffentlichten Ergebnissen der Umfragen folgten Erklärungen der Politiker, eingeschlossen den Präsidenten, die den Erfolg der Gents als Sieg der amerikanischen Grundwerte interpretierten.

T-Shirts mit dem Symbol der Gents wurden von Küste zu Küste ein Verkaufsschlager. Eine große Sportschuhfirma ließ in einem Werbespot den Slogan hören: »Tu's einfach. Komm raus. Auf deine Art.« Rap-Musiker empfahlen auf ihren Plattencovers die lesbische und homosexuelle Lebensweise. *Time* brachte die Gays als Titelbild. *Newsweek* eröffnete an exponierter Stelle eine neue Rubrik: OUT IST IN. Eine deutsche Zeitschrift fragte auf dem Titelblatt in übergroße Lettern: WERDEN WIR ALLE HOMOSEXUELL?

Die New Yorker reagierten noch positiver und noch verrückter. Bisher war die Nummer der AIDS-Hotline im Stadion der Gents der einzige Leuchtturm in einem Meer weißer Werbeflächen gewesen. Jetzt war sie kaum noch zu entdecken in der Flut von Anzeigen, die von Bier bis zu Baustoffen nichts unbeworben ließen. Der Bürgermeister behauptete, er habe von Anfang an zum Klub gehalten, und holte bei Scrappy die Erlaubnis ein, vor einem Spitzenspiel am Wochenende die Nationalhymne höchstselbst singen zu dürfen, was er auch tat, obwohl er nicht bei Stimme war. Er trug einen großer Anstecker, auf dem stand: »Ich bin unvoreingenommen.« Leider war Olivias Kamera zu weit entfernt, als daß die Zuschauer seinen Slogan hätten lesen können.

◇

Scrappy wurde überschwemmt mit Angeboten für Fernsehübertragungen, darunter sämtliche Gesellschaften, die er vor der Saisoneröffnung vergebens angebettelt hatte. Ted Turner von *CNN* servierte ihm in seinem Privatjet in Gesellschaft von Jane Fonda ein Essen, aber selbst das Versprechen, daß sie von nun an zu jedem Spiel der Gents im Stadion erscheinen würde, sogar dann, wenn gleichzeitig Teds eigene Mannschaft, Atlanta Braves, spielte, klopfte Scrappy nicht weich. Während des gesamten Fluges lobte er Janes realistische Darstellung einer Hure im Film *Klute*. Erst nach der Landung sagte er, daß er mit den Fernsehrechten gar nichts zu tun habe. Die wurden nach wie vor von Rick Volpinos Firma *Mea Culpa* vergeben.

Volpino hatte die Möglichkeit für lukrative Verträge mit großen Sendern nicht vorausgesehen. Nun konsultierte er sämtliche ihm bekannten Winkeladvokaten, um einen Trick zu finden, den Vertrag mit Morris Jacob und *FNG* zu brechen. Morris Jacob hatte erwogen, die von Volpino angebotene große Abstandssumme einzustecken. Nach reiflicher Überlegung schlug er sie jedoch aus. Olivia und seine Frau waren beschäftigt und glücklich. Das ließ sich mit Geld nicht aufwiegen.

Durch ihren Exklusivvertrag mit den Gents war Olivia ein Star im Mediengeschäft geworden. Ein Foto, auf dem sie einen schwarzen Minirock trug, der so kurz war, daß ihr Vater vor Ärger aufheulte, erschien auf der Titelseite der Montagsbeilage der *Times*, und, was ihr noch viel mehr bedeutete, auch in *People* und im *New York Magazin*. Mittlerweile war das Publikum von *FNG* größer als das jedes anderen Kabelsenders. Die Einschaltquoten waren fast so hoch wie beim Kennedy-Mord. Das lumpige Fernsehteam genoß eine neue Erfahrung: Berühmtheit.

Und die Gents gewannen immer noch. Sie wurden von allen möglichen Organisationen und Personen um Spenden oder anderweitige Unterstützung gebeten. Die Einladungen zu Talkshows stapelten sich. Schriftsteller boten sich als Ghostwriter an, um die Memoiren der Stars zu verfassen. Selbst wenn sie meist kaum mehr als nein sagten, nahm allein die Lektüre der Post soviel Zeit in Anspruch, daß sie sich gezwungen sahen, Sekretäre zu engagieren. Rubys weitläufige Verwandtschaft erreichte den Status der Vollbeschäftigung. Alles lief so gut, daß der eingefleischte Pessimist Scrappy sich für den totalen Zusammenbruch stark machte. Gerade weil es kein Anzeichen dafür gab, erschien er ihm unausweichlich. Der einzige Mißklang, den er hörte, waren die unermüdlichen Nörgeleien von Donald Bigg, dem sich inzwischen Rush Limbaugh, der konservativste und beschränkteste aller konservativen und beschränkten Radiomoderatoren, angeschlossen hatte. Der Medienrummel war nicht zu stoppen.

Toote verbrachte weiterhin viel Zeit mit Terry. Allerdings war die Mannschaft inzwischen so oft und so lange unterwegs, daß sie sich nicht mehr in jeder Woche sehen konnten. Als Toote nach einer zweiwöchigen Tour an die Westküste zu Auswärtsspielen gegen die Padres, die Dodgers und die Giants heimkehrte, wirkte Terry nicht mehr so gesund wie bisher. Er hatte einen schweren Husten, gegen den kein Medikament half. Toote berichtete dem fallbetreuenden LIAAC-Mitarbeiter davon, und der überwies Terry an die Universitätsklinik in Manhasset, eines der drei Krankenhäuser von Long Island, die AIDS-Patienten behandelten. Sie stellten fest, daß Terry eine Lungenentzündung hatte, und behielten ihn gleich da.

In ihrem Eifer, über die unglaublichen Gents zu berichten, übersahen die Medien tatsächlich den Erfolg des anderen großen New Yorker Klubs. In einer normalen Saison hätten die Erfolge der Yankees die Sportseiten beherrscht. Auch sie führten seit dem Frühling die Tabelle ihrer Liga an, und im Sommer lagen sie bereits mit zwanzig Punkten Vorsprung vor ihren schärfsten Konkurrenten, den Red Sox aus Boston. In Las Vegas gewannen sie die Herausforderung der Amerikanischen Liga, so, wie sich die Gents in der Nationalliga durchgesetzt hatten. Damit stand bereits im Sommer so gut wie fest, daß das Endspiel um die amerikanische Meisterschaft – um die Weltmeisterschaft, wie es nicht nur die Sportreporter üblicherweise nannten – als Lokalderby zwischen den Gents und den Yankees ausgetragen werden würde.

Früher hatte die kraftstrotzende Dynastie der legendären Spieler Ruth, Gehrig, DiMaggio, Keller, Berra, Mantle und Marris mit unhaltbar weiten Schlägen die Weltmeisterschaft ins Yankee-Stadion gelockt. Das derzeitige Team machte seine Gegner mit Tempo, Tricks, einer soliden Abwehr und vor allem durch präzises Werfen fertig. Das As der Mannschaft war ein Neuling namens Lou Lewe, berühmt für seine unhaltbaren Schmetterwürfe. Er galt als *die* Neuentdeckung des Jahres. Lulu, so wurde er genannt, war auch Favorit beim Gewinn des Cy-Young-Preises und drauf und dran, zum besten Spieler der Amerikanischen Liga gewählt zu werden.

Es stimmte Scrappy unfroh, wie sich der Wettlauf um die Meisterschaft entwickelte. An einem Abend im August, als die Gents gerade mal wieder die Phillies besiegt hatten, sagte er zu Ruby: »Verdammt, ich fürchte, daß wir im Oktober mit Donald zusammenstoßen werden!«

»Na und?« sagte Ruby. »Es wird dir gefallen, ihm den Arsch zu versohlen.«

Scrappy kratzte seinen Kopf, um die Gedanken anzuregen. »Das wird kein Zuckerschlecken. Er hat eine gute Mannschaft. Besonders dieser Lulu. Einen Arm hat der Junge!« Böse Vorahnungen erfaßten Scrappy. »Na ja, vielleicht können wir ja noch zulegen«, beruhigte er sich selbst.

»Das werden wir!« sagte Ruby sehr überzeugt. Er streichelte Scrappy über das Gesäß, dann besann er sich eines Besseren und klopfte ihm ganz unschuldig auf die Schulter.

32

Im August und Anfang September hätte ein cleverer Statistiker voraussagen können, wie Dick Toote spielen würde, wenn er Terrys Kampf gegen AIDS beobachtet hätte. Und der Zustand von Tootes Schlagdurchschnitt war tatsächlich interessant, zumindest für die Statistiker und für die Fans. Toote war seit einem halben Jahrhundert der erste Baseballspieler, der mit einer Trefferquote von 0,400 flirtete. Auf den Sportseiten der Zeitungen und in den Abendnachrichten wurden Tootes Erfolge mit denen des Red-Sox-Spielers Ted Williams verglichen, der 1941 eine phantastische Quote von 0,406 erreicht hatte, außerdem mit Roger Maris von den Yankees, der im Jahre 1961 immerhin einundsechzig Homeruns geschafft hatte. Solche Ergebnisse schienen nicht unerreichbar für Toote, nicht mal der Rekord von Hack Wilson von den Cubs, der 1930 insgesamt hundertneunzig Runs für sein Team geschlagen hatte.

Der Druck war enorm. Um seine rekordverdächtige Quote zu halten, brauchte Toote zwei sichere Schläge am Tag, und wenn er zwei von fünfen schaffte, was ihm kaum ein anderer Spieler nachmachen konnte, dann hielt ihn das gerade eben so auf seinem Durchschnitt. Auch die intensivsten Bemühungen halfen kaum. Der überwältigende Beifall der Zuschauer spornte ihn an. Selbst bei Auswärtsspielen fanden sich inzwischen zahlreiche Fans ein. Aber die gegnerischen Werfer machten es ihm so schwer, wie sie nur konnten, den Rekord zu brechen. So, wie im Wilden Westen die Revolverhelden Billy the Kid herausgefordert hatten, wollten auch sie als Überwinder eines berühmten Gegners in die Geschichte eingehen.

Als Terry nach einer Woche aus dem Krankenhaus entlassen wurde, fühlte sich Toote so beschwingt, daß er das Ereignis feierte, indem er fünf von fünf Bällen traf, außerdem noch zwei Homeruns schlug und an weiteren sechs Punkten entscheidend beteiligt war. Er besuchte Terry zu Hause und war überrascht vom Anblick seines Kumpels. Zwar hatte er ein paar Pfund verloren, aber dafür, daß er gerade eine Lungenentzündung überstanden hatte, sah er erstaunlich gut aus. Außerdem wirkte er optimistisch und war guter Laune. Er erzählte Toote lustige Geschichten aus dem Krankenhaus. Sie hatten viel Spaß an der Story von einem Transvestiten, der irrtümlich in die Frauenabteilung verlegt worden war und der vehement im Falsett protestierte, er sei ein richtiger Mann, was die Schwestern ihm erst glaubten, als sie nachgesehen hatten. Daß zwei Mitpatienten während seines Aufenthalts im Krankenhaus gestorben waren, behielt Terry für sich.

Als die Gents in New York spielten, sahen sich die beiden öfter, und Toote konnte erfreut feststellen, wie schnell Terry gesund wurde und wie robust er wieder wirkte. Das verlorene Gewicht kehrte gleichzeitig mit der gesunden Hautfarbe zurück, und er sah besser aus als je zuvor. Bei einer LIAAC-Sitzung der Kumpel sprach Toote über Terrys bemerkenswerte Wiederherstellung. Die anderen Helfer hatten ähnliche Beobachtungen gemacht. »Die Veränderungen können unglaublich sein«, stimmte der Leiter der Gruppe scheinbar zu. Doch setzte er hinzu: »In beiden Richtungen.«

Die Medien berichteten ausschließlich über Tootes Aktivitäten auf dem Spielfeld. Lypstiks Serie in der *Times* war so umfassend, so endgültig, sorgfältig und intim gewesen – abgesehen davon, daß Terrys Identität geheimgehalten wurde –, daß es kein anderer Sportjournalist wagte, diese Beziehung auszuschlachten, nicht mal Stan Mann, der verzweifelt nach einer rührseligen Geschichte suchte, mit der er der Welt das Wiedererwachen seiner humanistischen Ambitionen beweisen konnte.

Kurz vor den Auswärtsspielen der Gents gegen die Expos, die Phillies und die Pirates rief Terry an. Ob Toote vielleicht mal vorbeikommen könne? Es sei wichtig, und es würde auch nicht lange dauern. Toote hatte bis zum Abflug nach Montreal noch ein paar Stunden Zeit, und Terry klang ungewohnt ängstlich. Also nahm Toote sofort ein Taxi nach Long Island.

Schon als Terry die Tür öffnete, mußte Toote alle Kraft zusammennehmen, um nicht zu weinen. Er brauchte keine Erklärungen. Die häßlichen purpurnen Flecke auf Terrys Gesicht waren nicht zu übersehen. Das war, wie er aus seinen Lehrgängen wußte, das Karposi-Sarkom, ein durch AIDS verursachter Hautkrebs, der den ganzen Körper mit Ausschlag überzieht. Einziger Trost: Die Krankheit ist nicht schmerzhaft, und sie führt auch nicht unbedingt oder wenigstens nicht sofort zum Tode.

»Seh ich nicht blendend aus?« fragte Terry. »Das ist ein Gesicht, das nicht mal 'ne Mutter lieben könnte.«

»Quatsch«, antwortete Dick. »Stell dir einfach vor, du hast Masern.« Er hatte einen Kloß im Hals. Terry begann zu weinen. Dick umarmte ihn und drückte den zuckenden Körper fest an sich.

»Jetzt hat es mich innen und außen erwischt«, sagte Terry unter Tränen. »Selbst Fremde können es jetzt sehen.«

Als er Abschied nahm, sagte Toote: »Das ist eine kurze Reise. Ich rufe dich aus Kanada an, und wenn ich wieder hier bin, dann gehen wir in die Matisse-Ausstellung. Abgemacht?« Terry nickte.

In den drei Spielen gegen Montreal gelang Toote nicht ein einziger Schlag. Seine Quote sank um zwölf Punkte. Trotzdem gewannen die Gents, die die Siege nicht mehr benötigten für den Meistertitel in ihrer Liga, zwei der drei Spiele. Ruby fragte Scrappy, ob er sich nicht mal mit dem ersten Basemann zusammensetzen wolle.

»Noch nicht«, sagte Scrappy. »Ich denke, der Junge hat ein Recht auf ein paar schlechte Tage. Wir führen sowieso mit – wieviel sind es eigentlich?– fünfundzwanzig Spielen, na, das reicht nun aber wirklich.«

Nachts, bei einem langen Telefongespräch, sagte Terry: »Ich will nicht mehr kämpfen. Nutzt sowieso nichts. Ich sterbe.«

Toote rief den Fallbetreuer der LIAAC an. »Ich fühle mich so hilflos«, sagte er. »Terry hat Schmerzen, zumindest in seiner Seele, und ich kann nichts tun. Nicht mal bei ihm sein kann ich. Er ist allein. Seine Familie kümmert sich nicht um ihn. Die sitzt da unten in Arkansas und harrt auf Gott weiß was.« Und da er die zu erwartende Antwort kannte, fügte er hinzu: »Ich weiß, wir haben beim Lehrgang darüber gesprochen, aber damals war Terry noch keine reale Person.«

»Sie tun mehr, als Sie denken«, sagte der Mitarbeiter. »Er braucht Sie, und Sie antworten auf die beste Art, die Ihnen möglich ist. Sein Leiden können Sie ihm nicht abnehmen. Sie haben ganz schön nachgelassen, ist mir im Fernsehen aufgefallen. Meinen Sie, es gefällt Terry, wenn Sie den Ball verfehlen? Konzentrieren Sie sich auf das Spiel, und besuchen Sie ihn, wenn Sie wieder zu Hause sind.«

Ein paar Tage schaffte Toote es, sich zu konzentrieren. In Philadelphia glückte ihm gleich beim ersten Mal ein Schlag, der den Ball bis zur Mittelfeldmauer trieb, und da der gegnerische Feldspieler, als er endlich den Ball erreicht hatte, ihn zu langsam zum zweiten Base warf, wurde daraus ein Dreipunkte-Erfolg. Wie üblich saßen viele Fans der Gents auf den Tribünen, und ihre lärmende Anerkennung trug Toote bis ans Ende dieses Spiels. Insgesamt glückten ihm vier Schläge, wodurch sein Schnitt wieder auf 0,393 stieg.

Am Ende der Reise schien es immer noch möglich, daß Toote die magische Marke von 0,400 erreichte, obwohl seine charakteristische Zuverlässigkeit praktisch nicht mehr existierte. Entweder er traf überhaupt nicht, oder er war gut drauf und traf fast jeden Ball.

Gleich vom New Yorker Flughafen aus nahm Toote ein Taxi nach Huntington. Terry sah noch schlechter aus. Seine Augen waren eingesunken, seine Haut war aufgerissen, fahl und durchscheinend. Sie glänzte schwach wie ein fernes Licht in einer Regennacht. Am schwersten zu ertragen war, daß Terry auf keinen Fall aus dem Haus gehen wollte. Der Hautkrebs hatte ihn extrem starrköpfig werden lassen. Nein, er wollte nicht zu den Spielen der Gents gehen. Und schon gar nicht in irgendein Museum oder eine Kunstgalerie. Im Fernsehen kommt was viel Interessanteres. Zum Beispiel *Baywatch* oder, noch viel besser, *General Hospital*. Als Dick eine ironische Bemerkung über das neue Interesse an Seifenopern machte, stauchte ihn Terry zusammen: »Du wirst doch wohl noch wissen, was sie dir darüber beigebracht haben, wie man mit Sterbenden umzugehen hat.« Von da an saß Toote still neben Terry vor dem Fernseher und stopfte sich traurig mit Popcorn voll.

Ein paar Tage später war Toote schon wieder unterwegs, diesmal für eine längere Zeit, denn die Endspiele gegen fünf Mannschaften im Landesinneren und dann noch gegen drei Mannschaften an der Westküste standen bevor. Sie umarmten sich, als Toote sich von Terry verabschiedete. Terry sagte nachdenklich: »Ich glaube, wir wissen beide, daß meine Zeit abgelaufen ist.«

Toote, der es sich selbst schuldig war, rief ihn nach jedem Spiel an. Manchmal war Terry munter. Sie unterhielten sich aufgekratzt, und Terry hatte Spaß an Tootes Beschreibungen wichtiger Spiele, obwohl er sie zwischen zwei Serien im Fernsehen längst gesehen hatte. Meist jedoch war Terry matt und traurig, und Toote schaffte es nicht, ihn aufzuheitern. Eines Nachts nahm Terry den Hörer nicht ab. Sein Kontaktmann bei LIAAC bestätigte die schlimmsten Befürchtungen. Terry lag wieder mit Lungenentzündung im Krankenhaus.

Als Toote von Terrys Tod erfuhr, brach er am Telefon zusammen und mußte aufhängen. Er ließ sich in einen Stuhl fallen und weinte. Oft hatte er in Gedanken Terrys Ende durchgespielt, aber gegen die Trauer half das nicht. Er fühlte sich jetzt einsamer als damals, als ihn seine Eltern verstoßen hatten.

Später rief Toote wieder den LIAAC-Betreuer an und sagte ihm, daß er nach New York zurückfliegen wollte. Der Betreuer redete ihm das aus. »Terrys Familie überführt ihn zur Beisetzung nach Little Rock«, sagte er. Toote ärgerte sich. Er mochte nicht glauben, daß er nicht mal an Terrys Beerdigung teilnehmen durfte. »Tut mir leid, Mister Toote«, sagte der Betreuer. »Ich habe die Eltern gefragt. Sie haben noch nie von Ihnen gehört.«

33

In der letzten Woche der regulären Saison stürzte Tootes Schlagquote ab, auch wenn er weiterhin als bester Spieler an der Spitze der Tabelle blieb. Aber nur Supermann persönlich würde es jetzt noch schaffen, die Rekorde aus den vergangenen Jahrzehnten zu brechen. Stan Mann, da ihm immer noch keine rührselige Story untergekommen war, kramte wieder im unerschöpflichen Reservoir seiner Erinnerungen. Ein wahrer Löwe, dieser Ted Williams mit seiner 0,406-Quote im Jahr 1941, und Dick Toote, so hoffnungsvoll sein Talent auch sein möge, fehle offenbar doch der alles entscheidende Wille zum Sieg.

Wütend und verbittert rief Toote Bob Lypstik in der *Times* an. »Sind Sie daran interessiert, Ihrer Serie eine Fortsetzung folgen zu lassen?« Natürlich war er interessiert. In Tootes Wohnung sprachen sie mehrere Stunden lang über Terrys Tod und darüber, daß Dick nicht am Begräbnis teilnehmen durfte.

»Die Diskriminierung verfolgt Homosexuelle bis zum Grab«, sagte Toote. Die Beziehungen zwischen Gays werden nicht anerkannt vor dem Gesetz. Selbst langjährige Lebensgefährten haben bei Todesfällen keinen Anspruch auf Urlaub zum Trauern. »Beim Kumpel-Training haben sie uns gesagt, daß man in den Vereinigten Staaten beim Tod eines nahen Angehörigen drei Tage Urlaub bekommt«, erzählte Toote. »Gays und Lesben steht beim Tod der Gefährten kein einziger Tag zu. Das zeigt, was wir in dieser Gesellschaft wert sind.«

Lypstik schrieb eine Kolumne über Terry und Toote, über Tod und Trauer, über die Weigerung der Bürokratie, die Wahrheit zu akzeptieren. Er erklärte, daß Terry und Toote Brüder im Geiste waren und einander näherstanden als Blutsverwandte. Diesmal wurde – mit Tootes Einverständnis – Terry beim Namen genannt. Es war auch eine Art Beisetzung, und diesmal nahm Dick daran teil.

Trotz Tootes Unzuverlässigkeit auf dem Spielfeld hatten die Gents ihre Siegesserie in Cincinnati fortgesetzt, und niemand zweifelte daran, daß sie sich auch beim Spiel gegen Los Angeles durchsetzen und damit unangefochten die Meisterschaft der Nationalliga gewinnen würden. Die Dodgers hatten sich in fünf Ausscheidungsspielen gegen die wilden Expos aus Montreal erschöpft, nachdem sie zuvor knapp gegen die San Francisco Giants gewonnen und damit Meister an der Westküste geworden waren.

Für Scrappy, der sich schon auf das Endspiel gegen die Yankees einstellte, die Meister der Amerikanischen Liga, schien es nicht nur von Vorteil, daß sie bis zum Ende der Vorrunde weiterzuspielen hatten. Zwar würden die Gents, wie anzunehmen, bereits mit vier Spielen die Gegner schlagen, und das war für die Werfer eher Erholung als Kampf, doch gerade die zu erwartende Leichtigkeit des Sieges konnte die Spieler nachlässig statt scharf werden lassen.

»Wenn du keine anderen Sorgen hast!« sagte Ruby, als Scrappy ihn mit seinen, wie üblich, grundlos negativen Überlegungen vertraut machte.

»Wieso? Hast du etwa bessere Sorgen als ich?« bellte Scrappy beleidigt.

»Allerdings!« trumpfte Ruby auf. »*Ich* frage mich, was mit Toote los ist. Schließlich ist er das Herz unseres Klubs.«

»Du bist und bleibst ein unverbesserlicher Pessimist, Ruby«, sagte Scrappy.

Nach Tootes Eröffnungsvorstellung auf dem Spielfeld in Los Angeles schmolz Rubys Besorgnis dahin. Im ersten Durchgang, als bereits zwei Läufer an verschiedenen Bases warteten, schlug er einen schnellen Ball über die linke Feldmauer. Er schaffte einen Homerun, und auch die beiden anderen Spieler vollendeten ihren Lauf um das Spielfeld. Der Vorsprung schaffte eine solide Basis für die klare Deklassierung der Dodgers mit einem 12:0-Sieg der Gents im Eröffnungsspiel. Toote schlug, obwohl er nur fünfmal auf der Schlagplatte stand, noch einen weiteren Homerun.

Bei ihrem Eröffnungsspiel gegen die Chicago White Sox erreichten die Yankees insbesondere durch den herausragenden Neuling Lulu Lewe mit 8:0 ebenfalls einen klaren Sieg. In einem Interview nach dem Spiel sagte Donald Bigg unverhohlen, was sein Ziel war. »Ich habe die ganze Saison darauf gewartet, endlich zeigen zu können, was richtige Männer mit diesem Haufen von Mißgeburten machen, die sich Gents nennen. Gents – Gentlemen – die noblen Herren!« Donald lachte höhnisch. »Wenn jemals eine Mannschaft einen falschen Namen hatte, dann diese. Na ja, wird ja nicht mehr lange sein.«

Als ein Reporter Donalds spöttische Äußerung zitierte und Scrappy um eine Entgegnung bat, mußte der nur einen Augenblick nachdenken. »Ist besser, ich sage nichts dazu. Das wäre Kindesmißhandlung.« Obwohl die Antwort nicht sonderlich originell war, machte sie die Runde durch alle Abendnachrichten.

Wenn sich die White Sox darüber ärgerten, daß Donald sie in sämtlichen Interviews ignorierte und stets nur über die Gents sprach, so schafften sie es jedenfalls nicht, ihre Wut auf dem Spielfeld produktiv werden zu lassen. Im zweiten Spiel wurden sie von den Yankees mit 11:3 zusammengeschlagen. An der anderen Küste setzte Toote, wieder ganz auf das Spiel konzentriert, mit unhaltbaren Schlägen den Dodgers zu. Er konnte drei von vier Schlägen umsetzen, darunter wieder ein Homerun, und die Gents triumphierten mit 8:1.

Zwei New Yorker Teams waren in der Vorrunde, beide als sichere Favoriten für das Endspiel. Das veranlaßte die Medien der Stadt, von *Times* bis *Post*, von den überregionalen Fernsehsendern bis hin zum kleinsten Kabelsender, täglich an exponierter Stelle immer neue Geschichten und Reportagen von der Baseball-Oberliga zu veröffentlichen.

Bei der *Post* spürte Stan Mann den wachsenden Druck auf seine Position als Starkolumnist der Zeitung. Da sich die Haltung gegenüber Homosexuellen und insbesondere gegenüber den Gents geändert hatte, war der Mantel der Schwulenfeindlichkeit unpopulär geworden, den er sich – eher durch die Umstände als durch boshaften Vorsatz angetrieben – übergestreift hatte. Ja, schlimmer noch, er hatte, außer allgemeinem Geschwätz, nichts über die Gents produziert, wohingegen der junge Mike Tremendo seinen Charme spielen ließ und Redakteure wie Kollegen mit leichtem Stil und gewinnender Persönlichkeit für sich einnahm. Natürlich hatte auch er bisher nicht über die Gents geschrieben, das war nicht seine Aufgabe. Sein Bereich waren Baseballspiele auf Schulhöfen und an Universitäten. Doch schrieb er so flott über die Meister von morgen, daß sich seine Artikel zunehmender Beliebtheit erfreuten.

In mittleren Jahren, mit großem Selbstvertrauen und einer sich stürmisch entwickelnden Karriere, hatte Stan gern den jüngeren Kollegen von seinen Erfahrungen erzählt, sie beraten, ihre Artikel aufpoliert und ihre überschäumenden Ambitionen auf ein zulässiges Maß zurechtgestutzt. Da er sicher in seiner eigenen Nische saß, war es ihm nie in den Sinn gekommen, daß er damit künftige Rivalen heranzüchtete, die seinen eigenen Status gefährden würden. Manchmal hatten sich die guten Beziehungen auch außerhalb des Büros fortgesetzt. Wenn ihm die jungen Leute besonders klug oder interessant erschienen, hatte Stan sie Marti vorgeführt. Sie hatten zu Hause gegessen oder waren gemeinsam in Restaurants gegangen. Damals war ihre Ehe noch gut gewesen, und Marti hatte an diesem Aspekt seines Lebens gern teilgenommen.

Aber jetzt empfand Stan die Existenz von Mike Tremendo nicht als Chance, sondern als Bedrohung. Da die eigene Zukunft unsicher geworden war, fühlte er Neid und Haß gegenüber dem Neuling, dessen Erfolg bereits vorprogrammiert schien. Was ihn besonders störte, war Tremendos Art. Er war ausgeglichen und selbstsicher, ohne dabei gar zu arrogant oder eitel zu wirken. Fast schien es, als würde er gar nicht merken, was für einen Eindruck er allein schon mit seinem jungenhaft guten Aussehen machte. Und weil er sich stets freundlich gab und seine Sätze mit lebhaftem Engagement vortrug, war es gar nicht leicht, ihn kalt abfahren zu lassen, nicht mal für Stan.

Von Anfang an hatte Mike Stan als Ratgeber erkoren. Er hatte ihm mit der Erinnerung geschmeichelt, daß Stans Gastvorträge an der Universität noch immer als Höhepunkte betrachtet wurden. Mike zitierte Stans berühmte Abschlußzeilen im Standardvortrag über den Sportjournalismus. »Wenn du aufhörst, Spaß am Spiel zu haben, häng deinen Sackschutz an den Nagel. Aber sei gut zu dir. Nimm ihn erst ab.« Und so war Stan, trotz seiner negativen Gefühle, von Mike gefangengenommen worden.

Langsam, aber unausweichlich bekam Stan mit Mikes Leben zu tun. Wenn Mike ihm vorschlug, nach der Arbeit noch auf ein Bier in die nächste Kneipe zu gehen, war Stan außerstande, die Einladung auszuschlagen. Sie schwätzten über die Arbeit, über Sport und über das Leben. Stan merkte, daß sein Zynismus aufgeweicht wurde durch die Begeisterung und die Hoffnungen des jungen Mannes. Mike erinnerte ihn an sich selbst in jenen Tagen, als er sich noch über die eigenen guten Geschichten freuen konnte, als er noch Spaß daran hatte, mit den Kollegen in verräucherten Kneipen zu schwatzen und als daheim im Bett eine liebende Frau neben, unter oder über ihm lag. Aber jetzt war die Ehe zerstört, weil Marti ihn für einen Sensationsjournalisten hielt. Also verbrachte er tatsächlich lieber seine Abende mit dem Konkurrenten Mike, als daß er gar zu früh in die eisige Wohnung neben Marti vor den Fernseher zurückkehrte.

Die Gents und die Yankees erspielten in der Vorrunde jeweils vier klare Siege. In aller Eile stellte der Bürgermeister eine Supershow zusammen, um New Yorks erstes Lokalderby seit über vierzig Jahren gebührend zu feiern. Er trug einen großen Anstecker mit der Aufschrift: ICH BIN NEUTRAL! Die Feier sollte im Central Park stattfinden. Stan kam auf den Einfall, ganz wie in alten Zeiten in Gesellschaft von Gattin und Schützling auszugehen, ein paar Drinks vor der Show zu nehmen und sie dann gemeinsam zu besuchen. Daß Mike einverstanden war, wunderte niemanden. Überrascht war Stan von der Reaktion seiner Frau. Auch Marti nämlich war ohne Zweifel angetan von Stans Vorschlag. War seine Ehe doch noch nicht hoffnungslos gescheitert?

34

Jeder sagte voraus, daß es ein Weltmeisterschaftsendspiel geben würde, an das man sich noch lange erinnern würde, und als es vorbei war, wußten sie, daß sie gute Propheten gewesen waren. Die ersten fünfundfünfzigtausend Karten für sieben Spiele wurden binnen einer einzigen Stunde verkauft. Psychologen, Soziologen und Historiker mischten sich unter Tausende von Sportreportern, darunter mehr als hundert Japaner, die sich als offizielle Berichterstatter akkreditieren ließen. Beamte und Politiker aus dem ganzen Land ließen ihre Verbindungen spielen, um Plätze in den Logen zu bekommen. Und in einer ungewöhnlichen Geste des guten Willens, die später als Wendepunkt in den Beziehungen zwischen den USA und Kuba angesehen wurde, lud der Präsident Fidel Castro ein, ihn am Eröffnungstag zu begleiten.

CBS stach beim gigantischen Wettbieten um die Übertragungsrechte alle anderen Gesellschaften aus. Aber der Sender mußte akzeptieren, daß er nicht exklusiv berichtete. Ruby bestand darauf, daß *FNG*, der Kabelsender seines alten Freundes Morris Jacob, bis in die Nachsaison hinein das Recht hatte, die Spiele der Gents zu übertragen. Olivia Jacob, inzwischen die berühmte O.J., die Chefin und einzige Reporterin der Sportredaktion von *FNG*, sah die Entwicklung als eine Herausforderung an. »Jungs«, sagte sie zu Pluckey und Edison, »wir müssen wieder so gut sein wie immer, sonst verlieren wir ein paar Zuschauer an *CBS*.« Um ihren Worten Nachdruck zu verleihen, warf sie ihren Pferdeschwanz energisch von einer Schulter auf die andere. Der Pferdeschwanz wurde durch ein rot-weiß-blaues Bändchen gehalten. Diese Frisur hatte sie von einem hochbezahlten Haarkünstler eigens für die Endrunde der Weltmeisterschaft entwickeln lassen.

Das Stadion der Gents, Schauplatz der zwei ersten Spiele, schimmerte rosa und lavendel. Namhafte Designer hatten für das Klubmaskottchen Gentian Violet Roben entworfen. Die Verkäufer, die im Falsett Schlagcreme und Weißwein anpriesen, gehörten inzwischen schon zum gewohnten Anblick. Für die Endrunde hatte Rick Volpino ihr Angebot um eine Neuschöpfung ergänzt. Sie hieß »Gentslöscher«, sah so aus wie die allseits beliebte rosa Limonade und schmeckte auch so.

Neben den üblichen Kommentaren der Experten, neben den Voraussagen über den Spielverlauf, die sich auf die Prozentquote beim Schlagen ebenso wie auf die Familiengeschichte der Spieler und auf Horoskope stützten, gab es diesmal auch Dinge und Erscheinungen, die nicht unbedingt zu einer Weltmeisterschaft gehörten. Da gab es zum einen Donald Biggs unaufhörliche schwulenfeindliche Äußerungen und Scrappys zunehmend unverschämte Antworten darauf. Und es gab den Antrag von Ruby Rubinstein bei der staatlichen Baseballkommission, wenigstens einer der Schiedsrichter solle ein Gay sein. Nachdem er sich mit Rechtsanwälten beraten hatte, sagte der Chef der Kommission, soweit ihm bekannt sei, könnten alle Schiedsrichter homosexuell sein, doch habe er nicht die Absicht, sich über ihre sexuelle Orientierung zu äußern.

Die größte Irritation löste die Anwesenheit des kubanischen Staatschefs aus. Die Einladung des Präsidenten an Castro hatte ein ambitionierter junger Mitarbeiter des Weißen Hauses angeregt, ein Bewunderer des Ex-Präsidenten Richard Nixon. Der Nachwuchspolitiker hatte dessen China-Politik studiert. Bekanntlich hatte Nixon Rot-China besucht und es dadurch nach allgemeiner Lesart für den Westen geöffnet. Dem vorausgegangen, so hatte der junge Mann seiner Lektüre entnommen, war eine

Serie von Tischtennisspielen, die das diplomatische Eis zwischen Amerika und China gebrochen hatte. »Sportwettkämpfe reißen die Barrieren zwischen den Beteiligten ein! Warum also nicht auch zwischen Zuschauern?«, hatte er in einem Memorandum formuliert, das durch eine Verwechslung nicht in den Schubladen der Untersekretäre, sondern direkt auf dem Tisch des Präsidenten im Oval Office gelandet war. Und er schlug vor, Fidel Castro einzuladen, dessen Begeisterung für Baseball allgemein bekannt war, während weder der Präsident noch sein Berater je gehört hatten, daß er Homosexuelle verachtete.

Das Weiße Haus ließ zunächst die Möglichkeit der Einladung an Castro durchsickern, um die Reaktion der Öffentlichkeit zu testen, bevor sich die Regierung durch eine offizielle Stellungnahme zu irgend etwas verpflichtete. Erst zu diesem Zeitpunkt wurde der Präsident darauf aufmerksam gemacht, daß der Diktator als schwulenfeindlich galt. Daß nämlich die Exilkubaner und die politische Rechte protestieren und die Linken jubeln würden, war vorhersehbar gewesen. Womit niemand gerechnet hatte, waren die Proteste homosexueller Aktivisten. Studien der Harvard-Universität und verschiedener Menschenrechtsorganisationen wurden angeführt, denen zufolge Castro die Homosexuellen diskriminierte, indem er angeordnet habe, daß alle Kubaner sich einem AIDS-Test zu unterziehen haben. Wer vom Virus befallen sei, werde bis ans Ende seines Lebens interniert. In den Zeitungen, angeführt von der *New York Times* und der *Washington Post*, erschienen Leitartikel gegen die Entscheidung des Präsidenten. Laut *Times* war es »ein weiteres Beispiel von ignoranter Außenpolitik oder aber ein kalkulierter Affront gegenüber einer unterdrückten Minderheit«, womit er die Homosexuellen meinte, weil er trotz Lypstiks Serie in seinem eigenem Blatt noch immer nicht mitbekommen hatte, daß AIDS gar keine Schwulenkrankheit war, doch damit befand er sich ja in der besten Gesellschaft der homosexuellen Aktivisten. Für die *Post* war es eine Unsensibilität, nur noch zu vergleichen mit der Teilnahme des früheren Präsidenten Ronald Reagan an der Zeremonie auf dem deutschen Militärfriedhof von Bitburg, wo auch SS-Leute begraben sind. Eine Umfrage, bei Dore Dupus in Auftrag gegeben, machte jedoch deutlich, daß kein ernstlicher politischer Schaden durch die Einladung entstehen würde, also verwirklichte das Weiße Haus seinen Plan.

Kurz vor der Eröffnung füllten sich die Logenplätze an der ersten Baselinie sehr schnell mit ungewöhnlich aussehenden Fans. Zuerst kam ein Kontingent der New Yorker Polizei, mit Helmen, Schilden und Schlagstöcken für Straßenkämpfe bestens ausgerüstet. Es folgte eine Gruppe von berufsmäßig unauffälligen Männern in dunklen Anzügen, weißen Hemden, konservativen Krawatten und Sonnenbrillen. Dann nahm eine Schar zigarrenrauchender, bärtiger Kubaner in Kampfanzügen die Plätze ein. Nun erst traten der Präsident und Fidel Castro in Begleitung ihrer engsten Mitarbeiter auf, abgeschirmt durch Leibwächter, und setzten sich in einen kugelsicheren Glaswürfel. Ganz zum Schluß folgte eine bunte Menge, gekleidet wie Touristen, aber mit Walkie-Talkies ausgerüstet, und verteilte sich diskret auf die Sitze am Rand.

Die Ankunft der beiden Staatschefs wurde mit lauten Unmutsäußerungen zur Kenntnis genommen, doch war unklar, gegen wen sich die Beschimpfungen richteten. Der Präsident und Castro taten, als wären sie mit herzlichem Beifall willkommen geheißen worden, und winkten den Fans freundlich zu. Die kubanischen Soldaten entfalteten ein riesiges Spruchband, auf dem stand: YANKEES SI! MARICÓNES NO!

Zwar erinnerten sich die meisten Reporter an die Losung der Revolution CUBA SI! YANKEES NO!, doch was die Kubaner diesmal mitzuteilen hatten, entzog sich ihrem Verständnis, und sie sahen sich nach Dolmetschern um. Nur Olivia mußte nicht lange suchen, denn Pluckey verstand Spanisch. »Maricónes sind Schwuchteln«, erklärte er.

»Tja, meine Damen und Herren«, sagte O.J. voller Autorität in ihr Mikrofon, »wie es aussieht, wird die kubanische Delegation heute die Gäste im Stadion der Gents anfeuern.«

Das Weiße Haus, der diplomatischen Korrektheit verpflichtet, ehrte Castro dadurch, daß er gebeten wurde, den ersten Ball zu werfen. Der Bürgermeister lehnte diese Entscheidung sehr energisch ab, allerdings nur im Kreis seiner engsten Mitarbeiter. »Könnt ihr euch das vorstellen?« fragte er. »Da wird eine lausige Hand gebraucht, um einen Ball zu werfen, und danach sehen sie sich auf der ganzen Welt um, und was finden sie am Ende der Hand? Einen Kommunisten!« Er rief seinen Polizeichef an und wies ihn an, alle Autos der Kubaner abzuschleppen, sowie sie im Stadion waren.

Sobald Castros Rolle feststand, einigten sich die Sicherheitsexperten beider Länder darauf, daß sie ein Problem hatten. Wenn der Kubaner den Ball warf, müßte er den Schutz des schußsicheren Würfels verlassen. Eine Sitzung der erfahrensten Geheimdienstmitarbeiter beider Nationen wurde einberufen, die nach zwölf Stunden mit einem exklusiven Abendessen und dem gemeinsamen Besuch in einer Bar mit nacktbusigen Kellnerinnen ihren festlichen Abschluß fand. Die Spezialisten waren mit dem Ergebnis ihrer Konferenz zufrieden. Sie hatten sich darauf geeinigt, ein kleines Loch in den Glaswürfel zu schneiden, von dem sich die Präsidenten, abgesehen vom Einwurf, fernzuhalten hatten.

Als das rituelle Singen beider Nationalhymnen abgeschlossen war, steckte Castro seinen Arm durch das Loch und warf einen schnellen Ball in Richtung des Fängers der Gents. Rhino Romanski stand neben dem Fänger in einer Entfernung von nicht mal zehn Metern von Castro mit seinem Schläger bereit. Der Ball kam sehr tief angeflogen, doch Romanski wuchs wieder einmal über sich hinaus. Er traf den Ball und schoß ihn mit einer genau kalkulierten Bewegung zurück. Das Loch traf er zwar nicht, aber doch wenigstens die Glasbox. Castro und der Präsident zuckten zurück, und die Gents riefen: »Olé, Rhino!«

35

Als Lulu Lewe den ersten Wurf für die Yankees machte, wußten die Gents, daß sie Schwierigkeiten hatten. Es war ein gefährlicher Gleitwurf, und als er die Hand des Neulings verließ und auf die Platte zuflog, war nicht zu erkennen, wohin genau Lulu gezielt hatte. Aus derselben Bewegung heraus folgte als nächstes ein schneller Ball, dessen Tempo auf über einhundert Stundenkilometer geschätzt wurde. Bereits nach drei Würfen war der erste der Schlagmänner, Speedy Gonzalez, aus, weil er jedesmal den Ball verfehlt hatte.

So ging es weiter, Durchgang für Durchgang. Die Gents bekamen bis zum vierten Durchgang keinen Ball aus dem Innenfeld heraus, und bis zum sechsten Durchgang, als Gonzalez endlich den Ball traf, glückte ihnen kein Schlag. Punkte holten sie überhaupt nicht. Immerhin hielt wenigstens ihr Werfer Tony Mike, was von ihm erwartet wurde, und sorgte dafür, daß die Yankees nicht mehr als die beiden bereits erreichten Punkte bekamen. Doch das waren immer noch zwei Punkte zuviel für die Yankees, so daß also die Gents das Eröffnungsspiel verloren – in Anwesenheit von zwei Präsidenten.

Erst im zweiten Spiel erwachten die Schläger der Gents zum Leben. Dick Toote schaffte einen Homerun und zwei Doppelpunkte, Romanski fügte einen zweiten Homerun hinzu, und Gigolo Johnson trug mit einem dreifachen und zwei einzelnen

Läufen zum 8:1-Sieg der Gents bei. Das dritte Spiel fand im Stadion der Yankees statt und war sehr ausgeglichen. Die Gents setzten ihre Schlagparade fort, aber die Yankees wurden damit recht gut fertig. Und so war das Spiel bis zum neunten Durchgang noch nicht entschieden. Da erst brachte ein Homerun von Toote mit Gonzalez als zweitem Läufer die Gents mit 7:6 in Führung. Die behielten sie bis zum Schluß.

Daß sie zwei von drei Spielen gewonnen hatten, war kein beruhigender Vorsprung für die Gents, denn im vierten Spiel bekamen sie es wieder mit Lulu zu tun. Nach zwei Ruhetagen hatte der neue Mann der Yankees wieder sämtliche Tricks auf Lager und auch die Kondition, sie einzusetzen. Das Ergebnis glich dem des ersten Spiels. Dieses Mal konnten die Gents immerhin die Zahl ihrer Schläge verdoppeln, aber auch vier Schläge reichten nicht zum Sieg.

Nun hatte jede Mannschaft zwei Spiele für sich entschieden. Das fünfte Spiel zerrte an den Nerven. Die Gents führten mit zwei Runs 4:2 – bis in die letzte Hälfte des letzten, des neunten, Durchgangs. Auf jedem Base wartete bereits mindestens ein Yankee darauf, weiterlaufen zu können. Und als ihr Schlagmann einen fast unhaltbaren Grenzball entlang der rechten Feldlinie schlug, sprang Mickey Mayo, der baumlange Shortstop der Gents, hoch in die Luft, um wieder einmal drei Läufer auf einmal abzufangen. Wunderbarerweise erwischte er den Ball, doch warf er ihn zu ungenau zum zweiten Base und mußte hilflos zusehen, wie der Ball ins rechte Mittelfeld rollte und alle drei Läufer ihren Punkt holten.

Nach diesem dramatischen Sieg in letzter Sekunde kehrten die Yankees für das Endspiel ins Stadion der Gents zurück. Sie brauchten nun nur noch ein Unentschieden, um Weltmeister zu werden. Nur wenn die Gents siegten, würde es mindestens noch ein Entscheidungsspiel geben. Die Gents waren niedergeschlagen, doch war ihr Seelenzustand immer noch ausgezeichnet, wenn man ihn mit dem von Stan Mann verglich. Da in New York, so sahen es nicht nur die Herausgeber, derzeit das größte Sportereignis seit

Menschengedenken stattfand, wurde von seiner Kolumne erwartet, die Auflage des Blattes in die Höhe zu treiben. In der guten alten Zeit hatte er durch seinen Kenntnisreichtum und seinen Einsatz die Kolumne zu einer Attraktion der *Post* werden lassen. Inzwischen versagte Stan, wie seine Redakteure offen aussprachen, schon routinemäßig dabei, sich die notwendigen Informationen und Termine mit wichtigen Interviewpartnern zu verschaffen.

Seine Zeit lief aus. Die Schritte von Mike Tremendo kamen immer näher, und er bedauerte, ihm mit Rat und Tat zur Seite gestanden und sein Talent gefördert zu haben. Und so absurd seine Gedanken auch sein mochten: Ihn störte die Vertraulichkeit, die sich beim Fest zu Beginn des Lokalderbys im Central Park zwischen Tremedo und Marti ergeben hatte. Offenbar war seine Ehe doch nicht mehr zu retten. Das deutliche Interesse, das Marti für einen Mann zeigte, der nicht mal halb so alt wie sie war, machte ihn eifersüchtig. Nur allzuklar schienen ihre Absichten, wenn er sah, wie sie den Arm des jungen Mannes berührte, wie sie sich an seinen Augen festsog, wenn er sprach, und wie sie selbst bei den abgeschmacktesten Scherzen laut lachte. Voller Trauer erinnerte er sich daran, daß sie sich, lange, sehr lange war es her, ihm gegenüber so verhalten hatte, nur waren seine Witze damals besser gewesen, glaubte er. Daß Tremendo die gute alte Marti attraktiv genug fand, um zurückzuflirten, war nicht eben dazu angetan, Stans Unbehagen zu mindern.

Jetzt fuhren sie gemeinsam in das Stadion der Gents, um über das möglicherweise letzte Spiel der Saison zu berichten. Es war nicht leicht für Stan, die Abneigung gegen seinen jungen Kollegen zu verbergen.

»Was glaubst du, Stan?« fragte Tremendo freundlich. »Wird es heute abend vorbei sein?«

Mann schaute aus dem Taxifenster. »Wenn ich's wüßte, würde ich nicht hingehen«, sagte er schnippisch.

Tremendo sah ihn erstaunt an und entschloß sich, die Klappe zu halten.

Das Schweigen gab Stan die Möglichkeit, darüber nachzudenken, wie er endlich die Quarantäne beenden konnte, die die Gents über ihn verhängt hatten. Wenn er keinen Zugang zu den derzeit wichtigsten Sportlern des Landes fand, hatte er keine Zukunft als Baseballkolumnist. Als sie das Stadion erreichten, hatte er sich für eine gewagte Lösung entschieden: Er wollte einfach die Wahrheit sagen.

Da ihm keine Ausrede einfiel, Tremendo abzuhängen, nahm er ihn mit ins Klubhaus. Die Gents, die sich zum entscheidenden sechsten Spiel umkleideten, beachteten ihn nicht, wie sie es gewohnt waren. Stan Mann wummerte mit der Faust gegen eine Blechtür, und nun blickten die Spieler, wenn auch mißbilligend, wenigstens in seine Richtung. »Hört zu!« brüllte er. »Ihr habt mich die ganze Saison draußen vor der Tür gelassen. Das war eure Rache für die Kolumne, die ich letzten Winter geschrieben habe. Und ich denke, es war euer gutes Recht, euch beschissen zu fühlen. Aber das ist nun Geschichte. Jeder von euch ist tausend Prozent besser dran als noch vor einem Jahr. Ihr seid aus euren Verstecken herausgekommen, out of the closet, ihr seid eine verdammt gute Mannschaft geworden und habt immer noch die Chance, Weltmeister zu werden. Vizeweltmeister seid ihr schon. Okay, ich will euch nicht einreden, daß ich das vorausgesehen habe. Aber es ist dabei herausgekommen! Ich habe euch in Schwierigkeiten gebracht, das weiß ich, aber am Ende hat es was genutzt! Euch selber, dem Baseball und vielleicht sogar den Rechten der Homosexuellen.«

Kein Zweifel, die Gents hörten ihm interessiert zu. Rhino sah Mickey Mayo an und sagte: »Hört sich gar nicht so verkehrt an, Mick!«

Mayo schüttelte den Kopf. »Ich mag den Kerl immer noch nicht.«

Stan machte eine Kunstpause und sah alle Spieler der Reihe nach an. »Und noch etwas möchte ich euch sagen«, setzte er wieder an. »Ich habe mir die Kolumne nicht ausgedacht, ich bin nicht von selbst auf die Idee dazu gekommen. Klar, der Inhalt hat euch erst mal nicht gefallen, aber es war doch auf jeden Fall die Wahrheit. Und woher kannte ich die? Jemand hatte sie mir mit der Bitte um Veröffentlichung mitgeteilt, so einfach ist das. Aber den Ärger hatte allein ich. Mir reicht's. Es ist an der Zeit, daß ihr endlich die ganze Wahrheit hört.«

Mike Tremendo zog seinen Kugelschreiber und öffnete den Block.

»Die Quelle für meine Story«, Mann verzögerte den Rest des Satzes, um die Wirkung seiner Eröffnung zu steigern, »war euer Boß.«

Wut und Unglauben machten sich hörbar Luft.

»Nicht Scrappy!«

»Das Schwein!«

»Dem habe ich sowieso nie über den Weg getraut!«

»Willst du uns schon wieder fertigmachen, du dumme Sau?«

Scrappy, der im angrenzenden Büro mit Ruby sprach, hörte das Geschrei und erschien in der Tür des Umkleideraums. »Was ist denn nun schon wieder los?« bellte er.

»Du Schwanz!« brüllte Rhino zurück. »Stan Mann hat uns gesteckt, daß du ihm das Material für seine beschissene Kolumne gegeben hast!«

Alle Augen schwenkten von Rhino zu Scrappy.

Scrappy sah Mann wütend an. Dann lächelte er sardonisch. Er sah sich im Raum um, bis er Dick Toote im Visier hatte.

»Stimmt«, sagte Scrappy. »Ich habe Mann informiert, und es tut mir nicht leid. Euch tut's inzwischen ja auch nicht mehr leid. Aber das ist noch nicht alles, stimmt's? Da sind immer noch Fragen offen. Zum Beispiel die, woher ich es hatte. Wie, verdammt noch mal, habe ich herausbekommen, daß ihr Gays seid? Wollt ihr es wissen? Wollt ihr es wirklich wissen? Dann fragt doch mal diesen Helden der sportlichen Welt, einen Mann, der zu gut ist, um wahr zu sein, den Edelmenschen Dick Toote!«

36

Toote donnerte seinen Helm gegen einen Schrank, um seine Wut über Scrappys Anschuldigung abzureagieren und sich in den Griff zu bekommen. »Ruhe!« brüllte er, obwohl niemand etwas sagte. »Alles raus hier!« kommandierte er. »Alle außer den Spielern. Das gilt auch für dich, Scrappy! Wir müssen das unter uns ausmachen.«

Mike Tremendo verließ den Raum als erster und rannte zum nächsten Telefon. Er rief die Sportredaktion der *Post* an und diktierte der Sekretärin aus seinen Notizen einen Artikel. »Gestern abend *Komma* Minuten vor dem Beginn des entscheidenden sechsten Spiels der Weltmeisterschaft *Komma* verwandelte sich der Umkleideraum der Gents in ein Tollhaus *Komma* als der *Anführung* Post *Abführung Bindestrich* Kolumnist Stan Mann den Besitzer und Manager des Klubs *Komma* Scrappy Schwrtznbrgr *Das schreibt sich ohne Vokale, ich buchstabiere: Schule Wilhelm Richard Theodor Zeppelin Nordpol Berta Richard Gustav Richard* Schwrtznbrgr *Komma* als seine Quelle für das *Anführung* Outing *Abführung* von neun homosexuellen Spielern der Baseballoberliga bezeichnete *Punkt* Schwrtznbrgr *Ich buchstabiere: Schule Wilhelm Richard Theodor Zeppelin Nordpol Berta Richard Gustav Richard* Schwrtznbrgr bestätigte das und sagte *Komma* daß *kursiv* seine *Ende kursiv* Quelle Dick *Klammer auf* Rootie *Ich buchstabiere: Richard Otto Otto Theodor Ida Emil* Rootie

Klammer zu Toote *Theodor Otto Otto Theodor Emil* Toote gewesen sei *Komma* der dienstälteste Star der Gents *Komma* der sich vor einen Dreivierteljahr als erster Oberligaspieler öffentlich zu seiner Homosexualität bekannt hatte *Punkt Absatz.*«

Der Nachwuchsreporter machte eine Pause, um den nächsten Satz zu komponieren.

»Na, weiter«, sagte die Sekretärin gelangweilt.

»Gleich«, antwortete Tremendo. Sein Herz schlug so schnell, daß er Mühe hatte, sich zu konzentrieren. Das war die erste Sensation, über die er exklusiv berichtete. In sechs Monaten würde niemand mehr wissen, wer Stan Mann gewesen war. Der hatte sich sein Grab selbst geschaufelt, und er, Mike Tremendo, warf als lachender Erbe eine Handvoll Sand auf den Sarg.

Derweil postierte Rhino Romanski seinen massigen Körper an der Tür des Umkleideraums, um etwaige Eindringlinge mit Sicherheit fernhalten zu können. Toote übernahm die Leitung der Spielerversammlung. »Erstens«, begann er, »ich bekenne mich schuldig. Scrappy hat recht. Ich habe ihm gesagt, daß ihr Gays seid.«

Die Spieler murrten. Toote brachte sie mit einer Handbewegung zum Schweigen. »Aber zweitens, und das werdet ihr mir aufs Wort glauben müssen, weil es dafür keine Zeugen gibt: Es war ein Unfall. Ich habe mich ihm gegenüber schon vor meiner Pressekonferenz geoutet, und ihr könnt euch vorstellen, daß es nicht leicht für mich war. Und ihr könnt mir glauben, daß er es mir absolut nicht erleichtert hat. Im Gegenteil. Er sagte so was wie: ›Du kannst doch keine Schwuchtel sein! Du bist ein Sportler!‹ Ihr kennt dieses Gerede. Na ja, ich war so frustriert, ich denke, äh, ich meine, da hatte ich mich nun endlich aufgerafft, diese wichtige Erklärung abzugeben, und der Scheißkerl glaubt mir nicht! Da habe ich ihm gesteckt, daß ich nicht der einzige bin, und ihm in meiner Rage alle Namen an den Kopf geschmissen, die mir einfielen. Hätten durchaus auch ein paar andere sein können, aber es waren ausgerechnet eure. Ich war so geladen, ich schwöre euch, daß ich hinterher nicht mal wußte, was ich gesagt hatte, bis ich Manns Kolumne las. Da konnte ich mir natürlich denken, daß ich irgendwie dafür verantwortlich war, aber alles war so furchtbar schnell gegangen und ließ sich nicht mehr ändern, und als es dann gut für uns lief, habe ich die ganze Geschichte einfach verdrängt. Das war es schon. Ich kann mich dafür nur entschuldigen, ja, ich entschuldige mich hiermit bei jedem von euch. Ich hoffe, ihr wißt, daß ich niemandem absichtlich wehtun wollte. Nicht euch! Überhaupt keinem Gay! Niemals. Wir haben wirklich genug Probleme mit dem Rest der Welt und brauchen uns nicht auch noch gegenseitig das Leben schwerzumachen. Aber Scrappy, das ist eine andere Geschichte. Ich habe keine Ahnung, was hinter den Kulissen abgelaufen ist. Wenn ich seine Vorgeschichte unter die Lupe nehme, seine sprichwörtliche Freundlichkeit und Verschwiegenheit, dann habe ich allen Anlaß zu glauben, daß er ganz genau gewußt hat, was er tat. Und das führt uns zu der Frage: Wie gehen wir damit um? Können wir jetzt noch was dagegen tun?«

Mayo trat einen Schritt vor. »Ich weiß nicht, wie ihr darüber denkt«, sagte er. »Ich jedenfalls möchte ihm klarmachen, was er getan hat. Ich bin dafür, daß wir ihm eine Lektion erteilen, die er nie vergessen wird.«

»Mick hat recht«, stimmte Rhino zu. »Vergeßt den ganzen Quatsch, daß es uns jetzt besser geht als je zuvor. Auch wenn's stimmt. So, wie ich Scrappy kenne, hat er es zu hundertfünfzig Prozent für sich selbst getan. Wir und unsere Familien und alles andere waren ihm scheißegal. Ich sage: Zahlen wir's ihm heim!«

Zustimmendes Gemurmel.

»Ich lasse es keinem durchgehen, daß er mich so reingelegt hat«, grollte Gigolo Johnson. »Ich bin dafür, daß wir streiken!«

»Da hat er's doch gefunden!« sagte Rhino. »Wir streiken!«

»Ich hab 'ne bessere Idee, wie wir's ihm geben können«, sagte der dritte Basemann Dave Ripp. »Wir spielen absichtlich so beschissen, daß wir verlieren. Dann merkt er endlich, wer hier das Sagen hat.«

Toote donnerte wieder seinen Helm gegen die Blechtür.

»Okay, okay, genug!« rief er. »Ist ja alles schön und gut, aber damit schneiden wir uns doch nur ins eigene Fleisch. Kommt mal wieder langsam runter auf den Teppich. Wir sind immer noch Baseballspieler. Wir sind immer noch eine Mannschaft. Und da draußen läuft immer noch die Weltmeisterschaft. In einer halben Stunde beginnt das Entscheidungsspiel. Das ist auch für uns wichtig! Mir ist da eine Idee gekommen. Wenn sie funktioniert, dann werden wir ihm einen Schlag versetzen und trotzdem spielen. Und vielleicht gewinnen wir sogar.«

37

Als die Gents wenig später auf das Spielfeld trabten, hatten sie zu einem neuen Einverständnis gefunden. Tootes Strategie sah vor, Scrappys Anweisungen zu mißachten und die eigenen Aktionen selbst zu bestimmen. Und damit konnten sie fast sofort beginnen.

Da die Yankees drei der fünf Endkämpfe gewonnen hatten, ließ Donald sie auf Sicherheit spielen und schickte als ersten seinen bewährten alten Werfer Wee Willie Winkie aufs Feld, um Jughead Jackson, den Werfer der Gents, auszustechen. Jackson machte eine gute Figur gegen die Gäste. In der zweiten Hälfte des ersten Durchgangs, als Winkie warf und die Gents mit Fangen, Schlagen und Laufen an der Reihe waren, verpaßte ihr erster Schlagmann, Speedy Gonzalez, drei direkte Bälle, ohne sich dadurch ins Aus zu spielen. Scrappy ließ ihm seine Anweisung durch den Trainer am dritten Base übermitteln. Der signalisierte Speedy, er solle den Ball nur zum Schein annehmen, ihn direkt vor seine Füße schlagen und zum ersten Base laufen. Noch nie hatte Speedy bisher die Anweisungen der Trainer ignoriert. So etwas tat ein Oberligaspieler nicht. Doch diesmal hielt er sich nicht daran. Er nahm den Ball mit einem vollen Schlag an. Die Feldspieler der Yankees, die das Zeichen natürlich auch bemerkt hatten, waren so überrascht, daß Speedy es sogar bis zum zweiten Base schaffte.

»Der Arsch sollte den Ball bloß zum Schein annehmen!« grunzte Scrappy.

»Klar«, antwortete Ruby trocken, »und er sollte auch nur bis zum ersten Base laufen. Scheiß auf die Punkte. Hauptsache den Plan erfüllt.«

Scrappy trat wütend gegen eine Stufe des Spielergrabens. »Darum geht es nicht!«

Um ein Rezept gegen Winkies tückische Würfe zu finden, sollte sich Dave Ripp, der als nächster Schlagmann der Gents an der Reihe war, erst einmal ein paar dieser Würfe ansehen, ehe er einen Ball annahm. Diesmal gab Scrappy selber das Signal. Doch bereits den ersten Wurf nahm Ripp an, und Gonzalez schaffte es bis zum dritten Base. Den nächsten Ball schlug Ripp ins rechte Feld, und Speedy vollendete seine Runde.

Der erste Punkt für die Gastgeber. Die Fans der Gents schrien vor Begeisterung. Speedy lief zum Graben und wurde von seinem wütenden Manager empfangen. »Was bildest du dir ein!« brüllte Scrappy. »Du hast zweimal meine Zeichen nicht beachtet!«

»No comprendo, señor«, sagte Gonzalez höflich und setzte sich ans andere Ende der Bank. Ärgerlich trat Scrappy eine Beule in die Kühlbox für das Trinkwasser.

Dave Ripp, der jetzt am ersten Base stand, war nicht dafür bekannt, daß er sonderlich schnell laufen konnte. Daß er überhaupt als zweiter Schlagmann eingesetzt wurde, lag nur daran, daß er seine Schläge sehr genau kontrollieren konnte. Er hatte die Fähigkeit, den Ball sehr kräftig und weit vor den laufenden Spieler – das war zumeist Gonzalez – zu schlagen, wobei fast jedesmal ein Punkt herauskam. Weil Ripp ein so schlechter Läufer war, achtete Winkie nicht auf ihn, als er den Ball zum dritten Schlagmann der Gents, zu Gigolo Johnson, warf. Doch bereits als Winkie zum Wurf ausholte, rannte Ripp los und schaffte es auch bis zum zweiten Base, ohne durch den Wurf eines Fängers zum Base gestoppt zu werden. Das war Ripps zweites gestohlenes Base in fünf Spielzeiten.

Die Feldspieler der Yankees erwarteten einen von Gigolos kräftigen Schlägen, und sie waren – wie auch Scrappy – völlig überrascht, als er den Ball sehr lasch annahm. Ripp hatte sich mit

Gigolo durch die für alle anderen unverständlichen Signale verständigt, die Toote bei ihrer Beratung festgelegt hatte, und während die Yankees noch nach dem Ball suchten, rannte Ripp unter Mißachtung sämtlicher Trainerzeichen von Base zu Base und holte den zweiten Punkt für die Gents.

Scrappy sah bleich aus, als Ripp in den Spielergraben trottete. »Ganz prima«, schnauzte er.

»Ich finde mich auch prima«, sagte Ripp und feixte.

Toote, der letzte Schlagmann im ersten Durchgang, schmetterte gleich den ersten Ball so weit über die rechte Feldmauer, daß er den Gents durch seinen Homerun einen Vier-Punkte-Vorsprung verschaffte, den sie bis zum Ende des letzten Durchgangs nicht mehr verloren.

Damit war die Bilanz der Endkämpfe mit drei Siegen auf jeder Seite wieder ausgeglichen. Und wichtiger noch war, daß die Gents mit sich und ihrer Solidarität zufrieden waren wie selten zuvor. Sie hatten nicht nur die Yankees, sondern auch das eigene Management besiegt, und so zogen sie denn auch, was sonst nicht üblich war, gemeinsam in die nächste Kneipe und machten sich unter brüllendem Gelächter über Scrappys Entrüstung lustig.

»Ich dachte, der kleine Scheißer bekommt einen Herzschlag«, rief Rhino.

»Als er gegen den Wasserkühler trat, hat er sich bestimmt den Fuß verstaucht«, überbrüllte Mickey Mayo das bierselige Gelächter. Der Shortstop klopfte Toote auf den Rücken. »Das war 'ne prima Idee von dir, Dick!«

»Ich habe mich richtig cool gefühlt«, sagte Gigolo Johnson, »als wir durch uns selbst und für uns selbst gewonnen haben. Und Scrappy ärgert sich darüber, obwohl wir gewonnen haben.«

Ein paar Bier später fühlten sie sich gut genug, daß sie beschlossen, mit niemandem über ihre Strategie zu sprechen – nicht mit den Medien und schon gar nicht mit Scrappy.

Allerdings war, was sie nicht ahnten, Scrappys Ärger über den zeitweiligen Verlust seiner Autorität nur sehr kurzlebig. Nach einigem Besinnen hatte er für sich entschieden, daß der Sieg ihn hinreichend für seine Erniedrigung entschädigte: Er war ein großes Trostpflaster. Und die Hoffnung, daß seine Mannschaft immer noch Weltmeister werden konnte, bewahrte ihn vor dem Ausrasten, als er am nächsten Morgen in der *Post* blätterte. Mike Tremendo hatte es, wenn auch noch ohne Foto, bereits zur Kopfzeile eines Kolumnisten gebracht, und sein Artikel füllte die ganze Rückseite der Zeitung. Sehr detailliert und plastisch beschrieb Tremendo den Aufruhr, der im Klubhaus der Gents ausgebrochen war, als sie erfuhren, daß der eigene Manager ihre Homosexualität für seine Ziele ausgenutzt hatte.

»Der nächste Eintrag in die Liste meiner bösen Taten«, sagte Scrappy gereizt. In der Tat stand nichts in dem Artikel, das Scrappys Ansehen als mitfühlendes menschliches Wesen heben konnte. Aber Scrappy wußte auch, daß diese Enthüllung schäbigen Verhaltens seiner Position in der Sporthierarchie kaum schaden konnte. Und wenn er nicht schon von selbst darauf gekommen wäre, hätte er es spätestens durch Ruby erfahren.

»Kann sein, daß es dir anderswo auf der Welt schaden würde, keine Ahnung, ich bin noch nicht dort gewesen. Aber wir sind in Amerika. Hier zählt nur der Erfolg. Und wenn du den Artikel genau liest, dann steht dort, daß du so clever warst, ein Meisterschaftsteam zusammenzubringen.« Um Scrappys Laune endgültig zu bessern, fügte er dreist hinzu: »Die *Post* schreibt nichts anderes, als daß du ein Genie bist!«

Gern ließ sich Scrappy durch seinen Pressemanager von einer Sache überzeugen, an die er sowieso glaubte.

In der Redaktion der *Post* hatte der Artikel eine wesentlich größere Wirkung. Tremendos Aktien stiegen bereits seit Monaten. Nun hatte er sich selbst zum Starjournalisten befördert, denn die Auflage der Zeitung war seines Exklusivberichts wegen sofort ausverkauft, und dafür sind Verleger immer dankbar. Stan Mann war von einem Kollegen geschlagen worden, der seine eigene Geschichte vermarktet hatte. Ein tödlicher Schlag. Der Chef der Sportredaktion hatte keine Nachsicht mit Stan. Der altgediente Reporter, der erfahrene Kolumnist, hatte sich in egozentrischer

Zerknirschung gesuhlt und bei den Spielern um Vergebung gebeten, indem er Scrappy als Quelle für seine Outing-Kolumne verpetzte, anstatt eine Kolumne darüber zu schreiben. An seiner Stelle hatte ein Anfänger, ein Reporter-Lehrling, die Pfiffigkeit besessen, die heiße Story zu erkennen und sie für die Zeitung aufzuschreiben. Im übrigen hatte die neueste Leserumfrage ergeben, daß die Beliebtheit der »Mann-zu-Mann«-Kolumne inzwischen weit abgeschlagen hinter der Wetterkarte rangierte.

Grund genug für den Chef der Sportredaktion, Mann in sein Büro zu zitieren. »Also, Stan«, sagte er und betrachtete verlegen die eigenen Schuhspitzen, »die Zeiten sind hart geworden, und die Bosse da oben müssen auch sparen und überlegen immer wieder, wo sie kürzen können. Kostenbeschränkung heißt das. Du weißt ja, sie wollen uns nicht mehr so weit herumreisen lassen und knausern bei den Spesen herum und unser Computerarchiv ist auch noch nicht fertig eingerichtet, weil die guten Programmierer zu teuer sind und die schlechten zu langsam. Und natürlich gucken sie auch, wie sie ein paar von den besonders fetten Gehältern loswerden können. Also vor allem Leute, die schon ganz lange dabei sind. Na ja, das ist doch aber eine wunderbare Chance für einen erstklassigen Deal. Nenne es Auslösung oder Frühberentung oder wie du willst, auf jeden Fall springt für dich was dabei heraus. Verdammt, ich wünschte, sie würden mir so ein Angebot machen.«

Stans bekam einen Krampf im Magen und biß sich schnell auf die Lippen, um sich nicht übergeben zu müssen.

»Gefeuert?« übersetzte Stan das Gerede des Abteilungsleiters in Klartext. »Du feuerst mich? Nach dreißig verdammten Jahren von Treue und Aufopferung? Das glaube ich einfach nicht. Was ist los? Hat Mike Tremendo den Verleger mit Kokain gefüttert?«

»Mensch, Stan, nimm's leicht«, sagte der Redakteur und wich vor Stans Zorn zurück. »So schlimm ist es doch gar nicht. In einem Monat wirst du mir sagen, wie großartig du dich fühlst.«

»Hör auf!« schrie Stan. »Erzähl mir nicht diesen Scheiß! Ich bin das Beste, was diesem Papierfetzen je untergekommen ist!

Ich sorge dafür, daß das Ding überhaupt verkauft wird! In den Kneipen prügeln sich die Leute wegen meiner Kolumne. Ich bin eine gottverdammte Institution!« Er schlug auf den Schreibtisch. Papier wedelte zu Boden. »Könnt ihr euch nicht mehr erinnern, wer die Story von den Gents an Land gezogen hat? Ich habe die Story nicht nur geschrieben, ich habe sie geschaffen, ihr Idioten! Bedeutet euch das überhaupt nichts?«

Der Redakteur sah ihm zum ersten Mal in die Augen. »Aber, Stan. Nimm dich zusammen. Das ist doch nicht das Ende der Welt.«

Stans Augen füllten sich mit Tränen. Das Gesicht des Redakteurs verschwamm. »Wohin soll ich gehen? Was soll ich denn tun? Ich hab doch mein ganzes Leben hier zugebracht!«

Der Abteilungsleiter sah ihn mit einer Mischung aus Abscheu und Mitleid an. Am liebsten hätte Stan ihn verprügelt, doch vermutlich war der Redakteur kräftiger, und selbst wenn er es nicht war, würde das nichts nutzen. Nach dreißig Jahren, nach lebenslanger Loyalität war Stan Mann draußen. Das konnte ihm einfach nicht passieren. Aber es war bereits geschehen. Genau in diesem Augenblick.

38

Wenige Sportereignisse erregen in Amerika ein so großes Interesse wie das siebte und entscheidende Spiel einer Weltmeisterschaft. Danach gibt es, wie die Sportreporter schon seit Generationen behaupten, kein Morgen mehr. Eine der Mannschaften hat – nicht nur, aber vor allem – den Ruhm gewonnen, die Ehre, nach sechs schweren, kraftzehrenden Monaten mit über hundert Spielen als beste von achtundzwanzig Oberligamannschaften anerkannt zu werden und so in die Baseballgeschichte einzugehen. Für die meisten Spieler ist der Weltmeistertitel das höchste aller möglichen Ziele schlechthin. Das bedeutet mehr als die Anerkennung als bester Schlagmann oder der Preis für den wertvollsten Spieler. Natürlich springt dabei auch Geld heraus, und nicht zu knapp, aber das ist meist weniger wichtig, denn in dieser Zeit der Millionengehälter für Spitzenspieler wird dafür wahrscheinlich sowieso nur ein Mercedes der S-Klasse als Zweit- oder Drittwagen angeschafft. Für das unterliegende Team bleibt nur die Hoffnung auf das nächste Jahr.

Als sich die Gents unter einer Hochspannung, die sogar den Kater vom Vorabendgelage vertrieben hatte, vor dem Spiel im Klubhaus zu einer Sitzung trafen, gesellte sich ein ungewöhnlich kleinlauter Scrappy zu ihnen. »Ihr habt gestern einen großartigen Sieg eingefahren«, sagte er und nickte langsam. »Ihr habt es für euch selbst geschafft und durch euch selbst.«

Er versuchte, seine Nervosität zu verbergen. Diese gesamte verdammte Saison war nur ein Vorspiel für das gewesen, was in den nächsten drei Stunden geschehen würde. Scrappy schaute sich im Raum um, blickte kurz in jedes Gesicht. Das waren erfahrene Spieler, allesamt All Stars, aber, das war nicht zu übersehen, sie waren so aufgeregt wie Neulinge. Sie waren nicht nur hervorragende Baseballspieler, sondern zugleich auch gestandene Männer. Wirkliche Gents. Gentlemen. Sie verdienten es zu siegen. Aber die Weltmeisterschaft wurde nicht durch Verdienste entschieden. Im Stadion konnte nur gewinnen, wer die meisten Punkte sammelte.

Scrappy räusperte sich und wählte seine Worte sehr vorsichtig. »Ja«, wiederholte er, »ihr habt durch euch selbst gewonnen. Aber das war gestern. Niemand weiß, was morgen sein wird oder nächste Woche und ganz sicher nicht im nächsten Jahr. Heute ist heute. Nicht mehr, nicht weniger. Die meisten Spieler verbringen ihr ganzes Leben damit, anderen Spielern dabei zuzusehen, wie sie die Weltmeisterschaft gewinnen. Wenn ihr Glück habt, dann habt ihr heute die Chance, wahrscheinlich die einzige Chance, selbst Meister zu werden. Es ist eure erste Chance, und ihr müßt euch ohne Fallschirm in den Kampf hinunterstürzen. Wenn ihr heute abend das Spiel gewinnt, dann könnt ihr den Rest eures Lebens davon erzählen. Und wenn ihr verliert, werdet ihr es wohl auch nicht vergessen, aber ihr könnt nicht damit angeben.«

Scrappy machte eine Pause, dann schüttelte er den Kopf. »Ich erzähle euch keinen Mist, Jungs. Es wird nicht leicht werden. Donald wird uns wieder seinen Neuling vor die Nase setzen. Ich muß euch nicht erzählen, was der uns schon alles angetan hat. Er ist gut, wirklich gut. Auf jeden Fall zu gut für Donald, wie ich die Dinge sehe. Aber wir können ihn ihm nicht wegnehmen. Wir können nur unser Bestes geben und hoffen, daß es reicht.«

Die Spieler sahen sich erstaunt an. So zurückhaltend, so ernsthaft und so ohne jedes Anzeichen von Gereiztheit hatten sie Scrappy noch nie erlebt.

Scrappy blickte unbehaglich auf den Fußboden. »Nur eines noch. Ich möchte euch sagen, daß es ein verdammt gutes Jahr war. Was auch immer passiert ist.«

Rhino Romanski und Dick Toote wechselten Blicke. »Scrappy«, sagte Rhino sanft, »vielleicht bist du gar nicht so ein blöder Schwanz, wie ich gedacht habe.«

◇

Im Klubhaus der Gastmannschaft unterhielt sich Donald mit Lulu Lewe. Über die Strategie brauchten sie nicht zu diskutieren. Bei seinen beiden Einsätzen gegen die Gents im Endausscheid hatte Lulu keinen Run verschenkt, und sein Ball war überhaupt nur sechsmal geschlagen worden. Sein Talent stand außer Frage, er war stark und fähig. Für Donald gab es nichts, was er noch hätte sagen müssen, aber Donald konnte noch nie nichts sagen.

Väterlich legte Donald seinen Arm um Lulus Schulter und sagte zu seinem neuen Star: »Junge, ich bin schon ein paar Jahre mit meinem Klub zusammen. Bei uns gab es immer nur zwei Sorten von Spielsaisons: gute und sehr gute. Und ich kann mich an alle erinnern, als ob es gestern gewesen wäre. Aber ich möchte, daß du ganz genau weißt, daß nichts auf der Welt mir jemals mehr bedeutet hat, als diese Tunten, diese vom Schwanzlutschen krummbeinigen, degenerierten Homos zu schlagen!«

Lulu zitterte, als er sich aus der Umarmung befreite und Donald direkt ins Gesicht sah. Tränen füllten seine Augen. Er kämpfte um Worte. »Boß«, stammelte er, »da gibt es, äh, ich muß Ihnen etwas sagen, glaube ich.«

Donald starrte ihn an. »Was denn? Was denn, um Gottes willen?«

Lulu knautschte seine Baseballmütze zusammen. »Ich, äh, es ist nicht leicht.«

»Ruhig, ganz ruhig, Junge. Entspann dich einfach«, sagte Donald und beruhigte sich selbst mit diesen Worten. »Spuck's aus. Was es auch sein mag, du wirst dich danach besser fühlen.«

Der junge Werfer schaute zur Seite. Er konnte Donald nicht in die Augen sehen. »Ich, äh, noch nie, ich habe es noch nie jemandem gesagt!«

Der Boß der Yankees rang die Hände. »Mensch, Junge, scheißegal, was es ist. Nur laß es endlich raus!«

»Mister Bigg«, sagte Lulu, und seine Stimme war kaum lauter als ein Flüstern, »ich, ich glaube, ich denke, ich weiß, ich bin ein Gay.«

»Gay? Gay?« heulte Donald vor Schmerz auf. »Du denkst, du bist ein Gay? Verrückt bist du! Komplett verrückt! Du kannst nicht schwul sein! Du bist ein Sportler! Du bist ein Baseballspieler! Du bist ein Star! Mein Gott, Lulu, du bist ein Yankee!«

Lulu zuckte vor Donalds Ausbruch zurück. Fast schien es, als würde er wieder anfangen zu weinen. »Es tut mir leid«, stammelte er. »Ich kann's doch nicht ändern. Ich weiß, wie Sie über *die* denken. Über *uns,* meine ich. Darum konnte ich vorher nichts sagen. Ich konnte nicht. Wann denn? Wie denn?«

Donalds Gesichtszüge entgleisten. Er kämpfte darum, die Kontrolle über seine Hände wiederzugewinnen, die offenkundig direkt zu Lulus Hals unterwegs waren, um ihn zu erwürgen. Sein Magen drehte sich um. Es war widerlich. In wenigen Minuten begann das Spiel. Das entscheidende Spiel. Wütend und frustriert starrte er Lulu an. Er konnte nicht glauben, was er gehört hatte. Er traute nicht seinen Ohren noch seinen Augen. Es ist wie bei der Invasion der Körperfresser, dachte er. Sie sind unter uns. Sie sind überall. Sie kommen in allen Größen und Gestalten vor. Sie sehen aus wie Sportler. Sie benehmen sich wie Sportler. Fast könnte man sie für Menschen halten. Was war bloß los mit der Welt?

Donald musterte sehr genau den jungen Mann, der vor ihm stand. Er betrachtete seine Haltung, seine Blicke. Nichts an Lulu verriet, daß er homosexuell war, also war er es auch nicht, beschloß Donald. Jemand, der so warf wie Lulu, war nicht schwul. Ich müßte verrückt sein, wenn ich ihn nicht werfen lasse. Sein Entschluß stand fest.

Lulu knautschte noch immer auf seiner Mütze herum. Sein Kopf war in Erwartung des Urteils gesenkt.

Donald klopfte Lulu auf die Schulter; die Berührung kostete ihn kaum Überwindung. »Geh und zeig's ihnen, Junge«, sagte er und bemühte sich darum, so begeistert wie nur irgend möglich zu klingen.

39

Dick Toote kam bis zum neunten Durchgang nicht zum Schlag, und so erfüllte sich Lulus Wunsch fast, daß die Gegner überhaupt keinen seiner Würfe durch einen Schlag zu ihren Gunsten umsetzen konnten. Das Spiel blieb punktlos bis zum Ende des achten Durchgangs, als die Yankees den einzigen Lauf und damit auch den einzigen Punkt dieses Spiels schafften. Durch ein Spiel mit einem einzigen Punkt Weltmeister zu werden, ist nicht gerade ein überzeugender Sieg, aber es ist ein Sieg, und die Fans der Yankees begannen ihn gleich an Ort und Stelle mit Ovationen zu feiern.

Lulu ging auf Dick Toote zu und sprach ihn an. »Ich würde mich gern mal mit dir unterhalten. Es ist ganz wichtig für mich.«

Toote nickte und quälte sich trotz der Niederlage ein bewunderndes Lächeln ab. »Jederzeit. Ein großartiges Spiel war das!«

Auch Lulu zwang sich ein Lächeln ab. »Danke. Vielen, vielen Dank. Aber es gibt Dinge, die sind wichtiger als Baseball. Sogar wichtiger als die Meisterschaft.«

Toote zog eine Augenbraue hoch. Es kam ihm seltsam vor, daß ein Neuling so sprach, der gerade in die Baseball-Geschichte eingegangen war, indem er allein durch seine Würfe dafür gesorgt hatte, daß seine Mannschaft Weltmeister wurde.

»Ruf mich einfach an«, sagte Toote.

Scrappy ging Donald in dem lärmenden Durcheinander nach dem Spiel aus dem Weg, und Donald, der doch die ganze Saison über auf den Triumph über die Gents gewartet hatte, suchte die

Begegnung ebenfalls nicht und war ganz gegen seine Natur sehr zurückhaltend. In einem Fernsehinterview mit O.J. Cobb vermied er jedes Lob für Lulu, bis die Reporterin ihn direkt fragte. »He, und was ist mit eurem Werfer? Eigentlich hat der es gebracht. Mit dem ist doch wirklich was los!«

Donald nickte langsam. »Mit dem ist mehr los, als man denkt«, sagte er und beendete das Interview.

Natürlich waren die Gents enttäuscht. Aber sie starrten nicht beschämt auf den Boden und murmelten keine Flüche. Sie wirkten eher ruhig als, wie sonst bei Verlierern üblich, verbittert. Es gab keine gegenseitigen Beschuldigungen und keine Belehrungen, wie die anderen es hätten besser machen können. Sie nahmen ihre Niederlage so philosophisch hin, wie man den Verlust im siebten Spiel der Weltmeisterschaft durch einen einzigen Punkt nur hinnehmen kann. Sie waren stolz auf ihre Leistung und froh, daß die anstrengende, einzigartige Saison endlich vorbei war. Sie waren zufrieden, daß sie Freunde geworden waren, und sprachen bereits darüber, wie wohl das nächste Jahr sein würde.

Dick Toote stand im Klubhaus neben seinem Garderobenschrank und dachte über die Frage nach, die ihm Olivia Jacob gerade gestellt hatte. »Wie ich mich fühle?« wiederholte er. »Ich fühle mich echt gut, O.J., auch wenn das vielleicht unglaubwürdig klingt. Klar, wir haben die Meisterschaft verloren. Ich weiß, daß ich mich total zerschmettert fühlen müßte. Aber, um die Wahrheit zu sagen, in dieser Saison sind soviel wichtigere Dinge geschehen, daß mich die Niederlage nicht so furchtbar belastet. Ich behaupte nicht, daß ich uns den Sieg nicht gewünscht hätte. Oder daß es mir nicht leid tut, daß wir verloren haben. Wir haben so gut gespielt, wie wir konnten. Und wir haben gegen eine bessere Mannschaft verloren. Oder, um genau zu sein, gegen einen besseren Werfer. Noch nie hat jemand geschafft, was Lulu getan hat. Aber ich fühle mich trotzdem gut, weil ich zum ersten Mal in meinem Leben genau weiß, daß ich dorthin gehöre, wo ich bin. Und ich glaube, dem Rest der Mannschaft geht es genauso. Auf die eine oder andere Weise sind wir dazu gekommen, wir selbst zu sein, und wir sind stolz darauf. Stolz darauf, Gays zu sein – nein, das stimmt nicht ganz, Gays waren wir auch schon vorher, wir sind stolz darauf, daß wir uns nicht mehr verstecken. Und was die Gents betrifft, mit uns wird auch im nächsten Jahr zu rechnen sein. Noch mehr als in diesem Jahr. Wir können es kaum erwarten, daß die nächste Saison endlich beginnt.«

»Na ja«, O.J. lächelte, »das wird wohl noch ein paar Monate dauern.«

Toote lehnte sich gegen den Schrank und sah an der Reporterin vorbei in das Klubhaus. O.J. wollte das Interview gerade mit den üblichen Dankesworten beenden, doch besaß sie inzwischen genügend Erfahrung, um zu bemerken, daß Toote noch etwas sagen wollte, also streckte sie ihm noch einmal das Mikrofon entgegen.

»Ich möchte noch über etwas anderes sprechen«, begann Toote mit sanfter Stimme. »In dieser Saison habe ich ein bißchen was über das Leben gelernt. Und eine Menge über den Tod. Einer Sache bin ich mir sicher. Baseball ist ein großes Geschäft, und es ist mein Beruf. Aber es ist immer noch ein Spiel. Das sollte es wenigstens sein. Ich denke, Baseball wird zu ernst genommen. Von jedem.«

Olivia nickte ihm zu und drehte sich zur Kamera um. »Das starke Schlußwort eines starken Spielers über eine starke Saison«, sprach sie in ihr Mikrofon. »Das war Dick Toote, der beste Spieler der Oberliga. Und das war zum letzten Mal *Cobbs Closet* aus dem Stadion der Gents in New York. Seien Sie nicht traurig: zum letzten Mal nur für dieses Jahr. Im nächsten Frühling sehen wir uns wieder. Gleiche Stelle, gleiche Welle. Bleiben Sie uns treu! Ich bin O.J. Cobb von *FNG*, Ihrem Kabelsender.«

◇

Als Stan Mann inmitten von über sechzigtausend Zuschauern das Stadion verließ, legte ihm jemand die Hand auf die Schulter. Er wandte sich um und erkannte Rick Volpino. Stan war sämtlichen Bekannten aus dem Weg gegangen und hatte einen großen

Bogen um die Pressetribüne gemacht. Er war sicher, daß seine Entlassung den Kollegen bereits bekannt war, und hatte keine Lust auf ihre bohrenden Fragen oder heuchlerischen Mitleidsbekundungen. Und nun hatte ihn doch jemand in der Menge entdeckt. Mit einem lahmen Lächeln erwiderte er Volpinos Schulterklopfen.

»Rufen Sie mich an«, sagte der Marketingexperte. »Ich habe was mit Ihnen zu besprechen. Wenn es möglich ist, schon morgen.«

Als Stan am nächsten Tag bei *Mea Culpa* eintraf, plazierte ihn die Empfangsdame in einem bequemen Sessel und sagte ihrem Chef telefonisch Bescheid.

»Schick ihn in zehn Minuten rein«, entschied Volpino wie üblich und nahm das neueste Exemplar des *Penthouse* aus seiner Schreibtischschublade.

»Er wird in wenigen Minuten Zeit für Sie haben«, nuschelte die Empfangsdame und widmete sich ihren Fingernägeln. Stan bewunderte die reiche Holztäfelung so lange, bis er endlich eintreten durfte.

Volpino, der ein ockerfarbenes Hemd trug, wies ihn auf ein Ledersofa. »Ich habe davon gehört«, kam er sofort zur Sache. »War nicht sehr freundlich, wie die *Post* mit Ihnen umgesprungen ist. Hatten die den scharfen Schnitt so dringend nötig?« fragte er, ohne eine Antwort zu erwarten. »Stan, ich will ehrlich mit Ihnen sein. Ich habe ein Angebot, und in Ihrer Situation können Sie es sich nicht leisten, es zurückzuweisen. Na ja, so schlimm ist es auch wieder nicht, es ist mehr ein Witz. Also: Ich habe einen neuen Kunden und eine wunderbare Idee. Der Kunde ist die größte Tabakfirma in Amerika. Und die Idee ist, daß wir Baseball-Sammelkarten in Zigarettenschachteln legen. Ich bin darauf gekommen, als ich eine Umfrage gelesen habe, der zufolge Joe Camel unter Schulkindern die am zweitbesten bekannte gezeichnete Figur ist. Die bekannteste ist natürlich Mickey Mouse, und ich muß schon sagen, es überrascht mich sehr, daß Reynolds das Kamel statt der Maus gewählt hat. Was halten Sie davon, Stan? Ist das eine Möglichkeit, diesen, sagen wir, jugendlichen Markt zu erschließen? Eine tolle Idee, stimmt's? Und nun wollen Sie wissen, wie Sie da hineinpassen? Sind Sie seit, na, vierzig Jahren in der Sportszene aktiv? Kennen Sie jeden Burschen, der irgendwann mal einen Schlagstock angefaßt hat? Na also, dann suchen Sie die Spieler raus, deren Bilder wir in die Schachteln stopfen, und holen Sie ihr Einverständnis ein. Ich denke, daß wir mit Baseball anfangen, weil das einfach die beliebteste Sportart ist, die Freizeitbeschäftigung der Nation oder so. Wie es weitergeht, werden wir sehen. Mein Mitarbeiter Dore Dupus wird ein paar Umfragen starten. Wenn wir in die Innenstädte gehen, werden wir Basketball nehmen. Oder Football. Für die privaten Oberschulen können wir Eishockey wählen. Vielleicht sogar europäischen Fußball. Ist im Augenblick noch egal. Die Möglichkeiten sind unerschöpflich. Wie ich sehe, gefällt Ihnen die Idee. Also die Hand darauf.«

Stan konnte nicht glauben, was er hörte. Er wurde wieder gebraucht! Jemand erkannte seine Fähigkeiten und hielt ihn für nützlich. Und Geld würde es auch geben. Das war noch nicht erwähnt worden, aber das gab es bei solchen Leuten wie Volpino immer. Genau aus diesem Grund hatten ja so viele Journalisten die Zeitung verlassen und machten jetzt Öffentlichkeitsarbeit oder Werbung. Klar, er hatte sie damals beschimpft, wenn sie gegangen waren. Ihnen Verrat am Beruf und Ausverkauf der Ideale vorgeworfen. Aber nicht nur, weil er ein standhafter Prinzipienreiter war, sondern auch aus Neid, daß sie künftig mit weniger Arbeit mehr Geld verdienen würden. Volpinos Angebot war zweifellos interessant. Es hatte mit Sport zu tun. Durchaus zutreffend hatte Volpino festgestellt, Stan kenne sie alle, könne mit ihnen sprechen und sie dazu überreden, sich am Projekt zu beteiligen.

Erwartungsvoll lächelte ihn Volpino an, streckte ihm die rechte Hand entgegen, und Stan schlug ein. »Abgemacht«, sagte er. Und mit der Vision einer brillanten neuen Karriere verließ er das Büro.

»Na, wunderbar«, machte sich Volpino selbst ein Kompliment. »Nicht mal ein Essen hat es mich gekostet.«

Als Stan nach Hause kam, freute er sich, daß auch Marti daheim war. Und es war auch gut, daß er ihr noch nicht gesagt hatte, daß er seine Stelle bei der *Post* verloren hatte. Die Schmach wurde durch das neue Angebot erträglicher. Doch als er sein Treffen mit Volpino beschrieb und ihr seine neue Aufgabe erklärte, entging ihm nicht, daß Marti wieder einmal seine Begeisterung nicht teilte. Als er seine Erzählung beendete, sprang sie sehr verärgert auf.

»Das kann doch nicht wahr sein!« schrie sie. »Du willst Werbung für eine Tabakfirma machen? Du willst Zigaretten an Schulkinder verkaufen? Hast du den Verstand verloren oder nur die Selbstachtung? Was ist los mit dir? Was ist aus dem Mann geworden, den ich mal geliebt habe!«

Sie zitterte und legte die Hände über die Ohren, weil sie seine Antwort nicht hören wollte. »Oh, Stan«, jammerte sie, »was ist aus uns geworden? Warum ist es nicht mehr so wie früher?«

Stan ging zu ihr, wollte sie umarmen, doch sie zog sich zurück.

»Marti, ich«, begann er unsicher, »ich wußte nicht«, er sprach lauter, weil sie sich immer noch die Ohren zuhielt, »ich wußte nicht, was ich sonst tun sollte. Verdammt noch mal, sie haben mich rausgeschmissen bei der *Post*. Gefeuert. In meinem Alter! Nach all den Jahren!«

»Nein!« Sie ließ die Hände sinken und schluchzte. »Das ist nicht gut.«

»Ich kann nicht leben ohne Arbeit«, sagte Stan. »Soll ich denn zu Hause sitzen und überhaupt nichts tun?«

»Ich gehe ja auch nicht arbeiten.«

»Vielleicht ist das eines unserer Probleme«, rutschte es Stan heraus, und da es nun mal ausgesprochen war, fügte er hinzu: »Für dich besteht die Welt aus Haushalt, Frauengruppe und Fernsehen. Von weitem sieht alles einfacher aus, klarer. Kann schon sein, daß ich zu dicht dran war und aus Betriebsblindheit ein paar Fehler gemacht habe. Damals mit der Kolumne, vielleicht sogar jetzt mit dem Tabak. Aber hat man nicht auch dafür eine Frau, daß sie zu einem steht, wenn man was falsch macht, und einem hilft, es besser zu machen? Du hast mich allein gelassen, und allein bin ich nicht rausgekommen aus dem Tal.«

»Ich will das nicht hören!« sagte Marti und hielt sich wieder die Ohren zu. »Es ist aus und vorbei. Ich kann nicht mit dir leben. Nicht mit einem Mann, der so weit vom Weg abgekommen ist. So weit, daß er es nicht mal merkt.«

Nun schwieg Stan und betrachtete ihren zitternden Körper. Besonders überrascht war er nicht, daß seine Frau ihn nicht verstand. Das war ja schon seit Jahren so. Schade, daß die Freude im Leben immer nur kurze Zeit dauert. Eine Freude nach der anderen war dahingeschwunden. Seine Jugend, seine Fähigkeiten, seine Arbeit, seine Ehe. Als er jung war, schien das Leben unzählige Möglichkeiten für ihn bereitzuhalten. Immer weniger wurden es im Lauf der Zeit. War jetzt überhaupt noch eine übriggeblieben?

Alt war er geworden, alt und traurig. Und nun verlor er auch noch Marti. Was band ihn denn überhaupt noch an das Leben? Doch als er in das Schlafzimmer ging, um seine Sachen zu packen, wurde ihm klar, daß er noch nicht bereit war, alles aufzugeben. Er hatte eine neue Arbeit, und vielleicht würde ihn Marti doch vermissen und er könnte sie zurückgewinnen. An beiden Fronten würde er hart arbeiten. Während er die Socken zusammensuchte, fragte er sich, ob er im Interesse der neuen Arbeit wieder mit dem Rauchen anfangen mußte. Nein, es war noch nicht vorbei, redete er sich zu. In Erinnerung an seinen allseits beliebten Witz sagte er laut vor sich hin: »Es wird noch 'ne Weile dauern, bis du deinen Sackschutz an den Nagel hängst, Stan Mann!«

40

Am Morgen danach war es still im Stadion der Gents. Im Laufe des Tages würde sich die damit betraute Firma um Rasenpflege und Reinigung kümmern, und die Verkäufer würden ihre Stände ausräumen, sofern sie nicht auch eine Konzession für die bevorstehende Football-Saison besaßen. Doch im Augenblick war alles noch leer, abgesehen vom Büro des Klubbesitzers tief im Inneren des Sportkomplexes.

Ruhigen Gemüts, wie es sich nach hochdramatischen, aufregenden Ereignissen zumeist von selbst einstellt, saßen Scrappy und Ruby entspannt in den Sesseln, dachten über das Vergangene ebenso nach wie über die Zukunft. Wie immer im Sport hatte jemand gewonnen und jemand verloren, doch war es diesmal trotz des eindeutigen Resultats nicht ganz klar, wer welcher Jemand war.

Scrappy hatte sich entschieden, gegen seine eiserne Regel zu verstoßen, am Vormittag keinen Alkohol zu trinken, und die Wodkaflasche aus dem Kühlschrank geholt. Zweimal lehnte Ruby ein Glas ab – auch er hatte eiserne Regeln –, dann fiel ihm gerade noch rechtzeitig sein oberstes Gesetz ein, den Boß niemals zu verärgern, und er hielt mit.

»Wir haben Donald ganz schön rennen lassen nach seinem Geld«, sagte Scrappy.

»Du hast mehr als das gemacht, Boß. Du hast das ganze Baseball-Establishment auf den Arsch gesetzt.«

Scrappy lachte zufrieden und kippte den nächsten Wodka. In den letzten zehn Monaten war mehr geschehen als je zuvor. Der Strom der Ereignisse hatte ihn mitgerissen und ihm nicht die Zeit gelassen, zu genießen oder zu beweinen, was um ihn herum passierte. Bis jetzt. Und selbst jetzt war er keinesfalls sicher, was genau geschehen war und welchen Anteil er daran hatte.

»Weißt du, Ruby, vor einem Jahr standen die Dinge so schlecht, daß ich mich schon über einen guten Morgenschiß gefreut habe, denn das war das Beste, was mir am Tag passieren konnte. Und nun? Wir haben ein bißchen Geschichte und viel Geld gemacht. Wir hatten unseren Spaß, und unser Klub ist zehnmal, wenn nicht zwanzigmal mehr wert.«

»Genau!« sagte Ruby. »Wir waren, also du warst so was wie ein Pionier, ja, das warst du. Mit dieser Idee zu kommen, aus diesen, äh, aus den Gays ein Team zu machen.«

»Klar war das was«, sagte Scrappy, schenkte sich nach und schlürfte den eiskalten Wodka. »Zwar haben wir das letzte Spiel verloren, aber es gibt ja noch das nächste Jahr.«

»Da hast du aber recht, Boß«, sagte Ruby und griff zu seinem Glas. »Und es sieht nicht schlecht aus fürs nächste Jahr.«

»Kann sein. Wer weiß? Wir suchen uns einen anderen Werfer, und dann kann uns niemand schlagen. Nicht mal Donald. Wäre dieser Lulu nicht genau der richtige für uns?«

Ruby nahm einen kleinen Schluck. »Der ist echt gut. Und kann durchaus sein, daß du demnächst eine kleine Überraschung mit ihm erleben wirst.«

Scrappy starrte Ruby an und ließ das erhobene Glas wieder sinken. In der letzten Zeit hatte es genug Überraschungen gegeben. »Was denn nun schon wieder?«

»Ich weiß nichts Genaues«, sagte Ruby. »Es ist nur ein Gefühl. Toote hat so eine Andeutung gemacht.«

»Was für eine Andeutung?«

»Er hat fallenlassen, daß der Junge im Dreß der Gents nicht schlecht aussehen würde.«

»Stellt jetzt Toote meine Spieler ein?« fragte Scrappy. Er gab sich selbst die Antwort: »Soll er nur, wenn es solche Leute wie Lulu sind. Meinst du, da tut sich was?«

»Na ja«, antwortete Ruby, »kann sein, kann nicht sein. Wir haben ein halbes Jahr Zeit. Bis zur nächsten Saison wirst du genau wissen, ob sich was getan hat. Aber weißt du, was das Geheimnis ist?«

»Was für ein Geheimnis?«

»Dein Geheimnis, Scrappy. Du bist neuen Ideen gegenüber aufgeschlossen. Und wenn du mit den Veränderungen mitgehst, dann führst du sie manchmal selbst herbei.«

»'ne prima Philosophie, Ruby. Und so wahr! Weißt du, wo ich wäre, wenn ich mir nicht diese Schwulen, diese Gays, gekrallt hätte?«

Ruby wies seinen Boß nicht darauf hin, daß die Idee genaugenommen von ihm gekommen war. »Ja«, sagte er, »dann wäre deine einzige Freude immer noch der gute Morgenschiß.«

Scrappy lachte, leerte sein Glas und füllte es wieder. Er ließ sich in seinem Sessel zurücksinken und dachte nach. »Erinnerst du dich noch, Ruby, vor einem Jahr wollte ich alles sausen lassen und mich in Florida an den Strand setzen. Aber das ist nichts für mich. Ich bin einfach kein Rentner. Jetzt nicht mehr.«

Ruby sah seinen Boß an. »Genau. Ich denke, du bist ein Mann, der Herausforderungen liebt.«

»Bin ich, Ruby. Also bring mir die nächsten Herausforderungen an!«

Da Ruby gerade keine Herausforderung parat hatte, schwieg er. Sie leerten ihre Gläser, dachten über das Leben und den Baseball nach und fragten sich, weshalb es für ein und dieselbe Sache zwei verschiedene Begriffe gab. Denn für sie waren Baseball und Leben genau dasselbe. Da ihnen nichts einfiel, mußte die nächste Herausforderung von draußen kommen, und genau das geschah. Das Telefon klingelte. Scrappy nahm den Hörer. Es war einer der Wächter.

»Hier sind zwei Mädchen, die Sie sprechen wollen, Mister Schwartzn ... Schwrtzn ...« Der Wachmann bekam den Namen nicht heraus und ließ seine Stimme in undeutlichem Gemurmel versickern.

In seiner uncharakteristisch guten Laune sagte Scrappy: »Mädchen? Nur zu. Schick sie runter.«

Ein paar Minuten später hörten sie Schritte im Korridor, dann Klopfen an der Tür.

Scrappy freute sich, daß Olivia Jacob eine der Besucherinnen war. Sie trug lavendelfarbene Jeans und ihr gewohntes rosa T-Shirt mit dem Aufdruck »Cobbs Closet«. Ein langes, dünnes, linkisch wirkendes Mädchen, höchstens achtzehn Jahre alt, begleitete sie. Der Teenager trug ein Baseballdreß mit der Aufschrift »Jakes Hardware« und wirbelte einen Baseballhandschuh herum.

Lässig winkte O.J. dem Boß der Gents und seinem Gehilfen zu. »Hallo, Scrappy, hallo, Ruby«, sagte sie. »Ich möchte euch meine Cousine Natalie vorstellen. Nat hat einen prachtvollen Wurf. Und ich habe eine wunderbare Idee für euch!«

Kultanwalt Henry Rios: seine ersten drei Fälle

Zweite Reihe 2001
15 DM/117 ÖS/16 SF.
ISBN 3-88619-901-0

Henry Rios wirft seine Stelle als Pflichtverteidiger hin, weil er keinen Sinn mehr darin sieht. Dann taucht Ex-Mandant Hugh Paris bei ihm auf und behauptet, sein Großvater wolle ihn umbringen lassen. Obwohl Rios die Geschichte nicht glaubt, stellt er Hugh zuliebe Nachforschungen an. Sie führen in die Welt einer der großen Kapitaldynastien der USA. Wie kann ein schwuler Chicano-Anwalt es wagen, den Namen alten Geldes zu beschmutzen?

Zweite Reihe 2003
17 DM/133 ÖS/18 SF.
ISBN 3-88619-903-7

Der letzte Wunsch eines sterbenden Freundes verdonnert Anwalt Henry Rios dazu, einen aussichtslosen Fall zu übernehmen: Jim Pears wurde mit der Tatwaffe in der Faust bewußtlos neben einem Ermordeten gefunden. Angeklagt, bekommt er unerwartet Rückendeckung: Der schwule Jet-Set persönlich setzt sich für ihn ein. Henry stößt auf Ungereimtheiten. Was verschweigen die Kollegen des angeklagten Hilfskellners?

Zweite Reihe 2011
17 DM/133 ÖS/18 SF.
ISBN 3-88619-911-8

Henrys Schwester überredet ihn, die Verteidigung eines Jugendfreundes zu übernehmen, der angeklagt ist, einen Kinderporno-Händler ermordet zu haben. Öffentliche Meinung und Gerichtsbarkeit der Kleinstadt Los Robles, wo Henry aufgewachsen ist, haben das Urteil längst gefällt. Er bezweifelt die Ordentlichkeit des Verfahrens und der polizeilichen Ermittlung und gerät prompt zwischen die Fronten eines öffentlichen Skandals und in die Schußlinie rachebesessener Opfer...

In der Zweiten Reihe sind bisher erschienen:

Band 2001 Michael Nava: Der kleine Tod
Band 2002 Waldtraut Lewin: Dicke Frau auf Balkon
Band 2003 Michael Nava: Goldjunge
Band 2004 Tom Wittgen: ... liebes Kind, komm, geh mit mir
Band 2005 Frigga Haug: Jedem nach seiner Leistung
Band 2006 Tamara Domentat: Ende eines Tanzvergnügens
Band 2007 Frank Augsburg: Aufschwung Ost
Band 2008 Hartmut Mechtel: Der unsichtbare Zweite
Band 2009 Lewin & Margraf: Jochanaan in der Zisterne
Band 2010 Shelley Singer: Glänzende Aussichten
Band 2011 Michael Nava: In einer Stadt so nett
Band 2012 Tom Wittgen: Crossbody – Der Wrestling-Krimi
Band 2013 Bernie Bookbinder: Das Baseball-Outing